anagramma

828

Della stessa autrice:

La serie *The Campus* comprende:
Il contratto
Lo sbaglio
Il tradimento
L'imprevisto

Resta per sempre con me

Titolo originale: *The Risk*

Traduzione dall'inglese di Sofia Buccaro
Prima edizione: maggio 2020

ISBN 978-88-227-3942-1

www.newtoncompton.com

Realizzazione a cura di Librofficina
Stampato nel maggio 2020 presso Puntoweb s.r.l., Ariccia

Elle Kennedy

Il mio rischio sei tu

Newton Compton editori

Capitolo uno
Brenna

Il ragazzo con cui dovevo uscire è in ritardo.

Ora, io non sono una stronza. Di solito cinque minuti di margine li concedo. Cinque minuti di ritardo si possono perdonare.

Sette minuti, posso ancora capirli, specie se il ritardo è accompagnato da una chiamata o da un messaggio in cui il ragazzo mi avvisa che farà tardi. Il traffico è una pessima amante. A volte ti fotte.

Dieci minuti, inizio a perdere la pazienza. E se il cafone non solo è in ritardo di dieci minuti ma non chiama nemmeno? Il prossimo, grazie. Infilo subito la porta.

Quindici minuti, scema io. Perché cavolo sto ancora al ristorante?

Oppure, come ora, al diner.

Sono a un tavolo del Della, il diner anni Cinquanta di Hastings. Hastings è la città in cui vivrò per i prossimi due anni, ma per fortuna non sono costretta ad abitare con mio padre. Vivremo pure nello stesso posto, ma prima ancora di passare alla Briar University ho messo subito in chiaro che non sarei andata a stare da lui. Ho già lasciato il nido. Col cavolo che torno a sorbirmi la sua iperprotettività soffocante e le schifezze che cucina.

«Vuoi un altro caffè, cara?». La cameriera, una riccia con la divisa in poliestere bianca e azzurra, mi lancia un'occhiata compassionevole. A vederla direi che ha quasi trent'anni. Sulla targhetta c'è scritto che si chiama STACY e credo proprio che abbia capito che mi hanno dato buca.

«No, grazie. Solo il conto, per favore».

Quando si allontana prendo il cellulare e scrivo un messaggio alla mia amica Summer. È tutta colpa sua. Quindi dovrà vedersela con la mia ira.

Io: Mi ha tirato pacco.

Mi risponde all'istante, quasi fosse attaccata al cellulare in attesa di un mio resoconto. Anzi, togliamo il «quasi». È poco ma sicuro. La mia nuova amica è spudoratamente impicciona.

Summer: Oddio! No!
Io: Sì.
Summer: Che stronzo! Mi spiace un casino, Bee.
Io: Mah, in realtà non mi stupisce. Gioca a football. Si sa che i giocatori di football sono teste di cazzo.
Summer: Pensavo che Jules fosse diverso.
Io: Pensavi male.

Compaiono tre puntini, indice che sta rispondendo, ma so già cosa scriverà. Un altro papiro di scuse che al momento non sono in vena di leggere. L'unica cosa che mi va di fare è pagare il conto, tornare al mio appartamento minuscolo e togliermi il reggiseno.

Stupido giocatore di football. Mi ero pure truccata per questo imbecille. D'accordo, dovevamo vederci solo per un caffè, ma mi ero impegnata.

Chino la testa e frugo nel portafogli alla ricerca dei soldi. Quando sul tavolino cala un'ombra immagino che sia Stacy con il conto.

Immagino male.

«Jensen», biascica un'arrogante voce maschile. «Ti hanno bidonata, eh?».

Uffa. Tra tutti quelli che sarebbero potuti arrivare adesso, lui è l'ultimo che avrei voluto vedere.

Jake Connelly sguscia sul divanetto di fronte a me e invece di accoglierlo con un sorriso gli lancio un'occhiataccia diffidente. «Che cosa ci fai qui?», gli chiedo.

Connelly è il capitano della squadra di hockey di Harvard,

alias IL NEMICO. La Briar e Harvard sono rivali storiche e il caso vuole che mio padre sia il coach della prima squadra. Sono dieci anni che la allena e durante il suo regno ha vinto tre volte il campionato. *L'era di Jensen*: così titolava un articolo apparso di recente su un giornale del New England. Un pezzo a tutta pagina sull'ottima stagione che sta facendo la Briar. Purtroppo la sta facendo anche Harvard, grazie alla superstar seduta di fronte a me.

«Mi trovavo nei paraggi». I suoi occhi verde bosco brillano divertiti.

L'ultima volta che l'ho visto, Connelly ci stava studiando appostato con un compagno di squadra sugli spalti del nostro palazzetto. Poco tempo dopo, quando le due squadre si sono scontrate, li abbiamo stracciati. Una soddisfazione immensa che ha rimediato alla partita persa all'andata.

«Mmm-mmm, certo, ti trovavi a Hastings *per caso*. Non vivi a Cambridge?»

«E allora?»

«Allora, sta a un'ora da qui», faccio con un sorrisetto. «Non sapevo di avere uno stalker».

«Mi hai sgamato. Ti sto stalkerando».

«Sono lusingata, Jakey. Era da un bel po' che non avevo uno spasimante disposto a farsi tutti questi chilometri per vedermi».

Le sue labbra si incurvano piano piano in un sorriso. «Senti, sarai anche una bella patata...».

«Oh, mi trovi una bella patata?»

«...Ma non butterei i soldi della benzina per venire fin qui a farmi frantumare le palle. Spiacente di deluderti». Si passa una mano tra i capelli mori. Li tiene leggermente più corti rispetto a qualche tempo fa e la barbetta di tre giorni che gli ombreggia la mascella gli dona moltissimo.

«Lo dici come se le tue palle potessero interessarmi», ribatto con voce suadente.

«Le mie palle metaforiche. Quelle vere sono fuori dalla tua portata», biascica. «*Patata*».

Alzo così tanto gli occhi al cielo che per poco non mi stiro un muscolo. «Sul serio, Connelly, che ci fai qui?»

«Sono venuto a trovare un'amica. Non è male questo posto per prendere un caffè prima di tornare in città».

«Hai un'amica? Be', mi rincuora. Ti ho visto in giro con alcuni compagni di squadra, ma pensavo dovessero fingere di trovarti simpatico perché sei il capitano».

«Gli sto simpatico perché sono un grande». E sfodera un altro sorriso smagliante.

Sciogli-mutande. Una volta Summer lo ha definito così. Sul serio, quella ragazza ha una vera e propria ossessione per il fisico statuario di Connelly. Tra le varie espressioni che ha usato per descriverlo rientrano: sovraccarico di figaggine, esplosione ovarica, bomba sexy, sbattibile.

L'ho conosciuta appena due mesi fa. In pratica siamo passate da perfette estranee a migliori amiche nel giro di tipo trenta secondi. Insomma, ha cambiato università perché per sbaglio ha dato fuoco al dormitorio della sua confraternita femminile... Come si fa a non amare una matta del genere? Studia moda, fa morire dal ridere ed è convinta che io abbia un debole per Jake Connelly.

Si sbaglia. È un gran figo e un giocatore fenomenale, ma fuori dal campo di hockey è un donnaiolo. Non che sia l'unico, ovvio. Quasi tutti gli sportivi hanno uno stuolo di ragazze che si accontentano di 1) farci sesso, 2) non avere l'esclusiva e 3) stare sempre al secondo posto rispetto allo sport del ragazzo di turno.

Io, però, sono diversa. Non ho nulla in contrario al sesso, ma sui punti 2 e 3 non transigo.

Senza contare che mio padre mi scuoierebbe viva se uscissi con IL NEMICO. Sono anni che lui e Daryl Pedersen, l'allenatore di Jake, si fanno la guerra. A sentire mio padre, nel tempo libero il coach Pedersen immola bambini a Satana e compie riti vudù.

«Ho un sacco di amici», aggiunge Connelly. Scrolla le spalle. «Compresa una carissima amica che va alla Briar».

«Di solito quando uno si vanta di avere tanti amici significa che non ne ha. Fa scena, hai presente?», gli dico con un sorrisino innocente.

«Almeno a me non tirano pacco».

Il sorriso scompare. «Non mi hanno tirato pacco!», mento. Peccato che la cameriera scelga proprio questo istante per sbugiardarmi.

«Sei arrivato!», esclama rivolta a Jake con aria sollevata. Dopodiché lo guarda bene e si illumina. «Stavamo iniziando a preoccuparci».

Stavamo? Non sapevo di avere una complice in questa situazione umiliante.

«Per strada si slittava», risponde Jake, indicando con la testa la vetrina del diner. Dei rivoli di pioggia scorrono sul vetro appannato, oltre il quale la striscia di un lampo rischiara per un attimo il cielo scuro. «Quando piove bisogna guidare con ancora più prudenza, dico bene?».

La cameriera annuisce con fervore. «Quando piove le strade si bagnano tantissimo».

Ma va là, Miss Perspicacia. *La pioggia bagna*. Qualcuno chiami la commissione del premio Nobel.

Jake si morde le labbra.

«Posso portarti qualcosa da bere?», gli chiede Stacy.

Gli lancio un'occhiataccia di avvertimento.

Lui risponde con un sorriso sornione e poi si gira facendole l'occhiolino: «Avrei proprio *voglia* di un caffè…». Getta un occhio alla targhetta. «…Stacy. E un altro per la musona con cui avevo un appuntamento galante».

«Non voglio un altro caffè e non avevamo un appuntamento galante!», ringhio io.

Stacy sembra confusa. «Ah. Ma…».

«È una spia mandata da Harvard per incastrare la squadra di hockey della Briar. Non dargli corda, Stacy, è il nemico!».

«Quanto sei melodrammatica», ridacchia Jake. «Ignorala, Stace. È solo arrabbiata perché sono arrivato in ritardo. Due caffè e una torta, per piacere. Una fetta di…». Rivolge lo sguardo agli espositori al bancone. «Non so quale scegliere, cacchio. Hanno tutte un bellissimo aspetto».

«Pure tu», sento Stacy mugugnare.

«Come, scusa?», fa lui, ma dal sorrisetto si capisce che ha sentito forte e chiaro.

La cameriera arrossisce. «Oh, ehm, dicevo che sono rimaste solo quella alle pesche e quella alle noci pecan».

«Mmm». Si lecca il labbro inferiore. Un gesto super sensuale. Connelly trasuda sesso. Ed è il motivo per cui lo detesto. «Sai che ti dico? Una fetta di entrambe. Le divido con lei».

«Neanche per sogno!», esclamo io. Ma Stacy si è già precipitata a prendere quelle cavolo di torte per re Connelly.

Cazzo.

«Senti, sebbene mi diverta parlare di quanto fa schifo la tua squadra, stasera sono troppo stanca per insultarti». Cerco di non dare a vedere quanto sono sfinita, ma il tono mi tradisce. «Voglio andarmene a casa».

«Non ancora». L'allegria leggermente canzonatoria che trasmetteva prende una nota seriosa. «Non sono venuto fin qui per te, ma già che stiamo prendendo un caffè insieme...».

«Contro il mio volere», lo interrompo.

«...C'è una cosa di cui dobbiamo parlare».

«Ah, ma davvero?». Pur non volendo, mi ha solleticato un po' la curiosità. La maschero con il sarcasmo. «Non vedo *l'ora* di scoprire di che si tratta».

Jake sbatte le mani sul tavolo. Che belle mani che ha. Cioè, proprio belle. Sono un po' fissata con le mani degli uomini. Se sono troppo piccole, mi passa subito qualsiasi fantasia. Se sono troppo grandi e cicciotte, mi inquietano un po'. Quelle di Connelly invece sono mani perfette. Le dita lunghe ma non ossute, palmi grandi e forti ma non cicciotti. Ha le unghie pulite e un paio di nocche arrossate e sbucciate, probabilmente per una rissa sul ghiaccio. I polpastrelli non li vedo, ma scommetto che hanno i calli.

Adoro la sensazione dei calli che mi accarezzano la pelle, che mi sfiorano i capezzoli...

Uffa. No. Non posso fare pensieri sconci vicino a quest'uomo.

«Devi stare lontana dal mio amico». Per essere più incisivo scopre i denti in una cosa non classificabile come un sorriso. È troppo feroce.

«Quale amico?», faccio io. Ma lo sappiamo tutti e due che ho capito a chi si riferisce. I giocatori di Harvard che mi sono fatta si contano sul dito di una mano.

Ho conosciuto Josh McCarthy a una festa di Harvard a cui mi ha trascinata Summer qualche tempo fa. All'inizio, quando ha scoperto che ero la figlia di Chad Jensen, ha fatto un po' il difficile ma poi ha capito di aver esagerato, mi ha mandato un messaggio di scuse via social e siamo usciti insieme un paio di volte. McCarthy è tenero, impacciato e un ottimo potenziale scopamico. E dato che vive a Boston, è impossibile che diventi troppo appiccicoso o che mi faccia improvvisate a casa.

Ovviamente non è un'opzione a lungo termine. Quindi il problema "Mio padre mi ammazzerebbe" non si pone. La verità è che McCarthy non mi prende. Ha gravi lacune in materia di sarcasmo e quando non mi infila la lingua in bocca è un pochino palloso.

«Dico sul serio, Jensen. Non prendere in giro McCarthy».

«Madonna, Mamma Orsa, ritira le unghie. È solo una storiella passeggera».

«Passeggera», mi fa eco lui. Non è una domanda, ma un "Non ti credo" strafottente.

«Passeggera, sì. Vuoi che chieda a Siri la definizione? Significa che non è una cosa seria. Per niente».

«Per lui lo è».

Lo guardo esasperata. «Be', per lui, non per me».

Sotto sotto però la dichiarazione diretta di Jake mi turba. *Per lui lo è.*

Oh mamma. Spero proprio che non sia vero. Sì, McCarthy mi scrive spesso, ma io rispondo praticamente solo ai messaggi sconci. Per evitare di illuderlo non gli scrivo neanche LOL quando mi manda link di video divertenti.

Ma... forse non sono stata chiara come pensavo sul fatto che fosse solo una storiella?

«Sono stufo di vederlo vagare come un cagnolino col mal d'amore». Jake scuote la testa infastidito. «C'è rimasto sotto e per questa cazzata agli allenamenti è deconcentrato».

«Ripeto: e perché sarebbe un mio problema?»

«Siamo nel bel mezzo del torneo di girone. Ho capito cosa cerchi di fare, Jensen, e devi piantarla».

«Piantare di fare cosa?»

«Piantarla di prendere in giro McCarthy. Digli che non ti interessa e smettila di frequentarlo. Punto».

Fingo di mettere il broncio. «Quanto sei severo, paparino».

«Non sono il tuo paparino». Incurva di nuovo le labbra. «Però se vuoi potrei diventarlo».

«Sei proprio un porco. Non ti chiamerei mai "paparino" a letto».

A riprova del fatto che è una campionessa di pessimo tempismo, Stacy torna nell'istante in cui mi escono di bocca queste parole.

Incespica. Il vassoio carico che sta portando trema pericolosamente. Le tazze e i piatti sbattono gli uni sugli altri. Stacy si piega in avanti e mi preparo alla cascata di caffè bollente che mi ustionerà la faccia, ma riacquista subito l'equilibrio e per un soffio evita la catastrofe.

«Torte e caffè!», esclama con brio, come se non avesse sentito nulla.

«Grazie, Stacy», le risponde beneducato Jake. «Mi scuso per la mia ragazza sboccata. Capirai perché non la porto spesso in giro».

Stacy se ne va rossa d'imbarazzo.

«L'hai traumatizzata a vita con le tue fantasie sessuali», mi informa Jake prima di avventarsi sulla torta.

«Scusa, paparino».

Ridacchia con la bocca piena e gli cadono un paio di briciole. Prende il tovagliolo. «Non puoi chiamarmi così in pubblico». Gli occhi verdi fanno un guizzo malizioso. «Tienitelo per dopo».

L'altra fetta di torta – quella alle noci, a giudicare dall'aspetto – rimane intatta davanti a me. Il caffè però lo prendo. Mi serve un'altra dose di caffeina per stare all'erta. Non mi piace essere qui con Connelly. Se ci vedesse qualcuno?

«O magari me lo tengo per McCarthy», ribatto.

«Nah, non lo farai». Ingurgita un altro boccone di torta. «Stai per mollarlo, ricordi?».

Okay, deve davvero smetterla di darmi ordini sulla mia vita sessuale come se avesse voce in capitolo. «Non comandi tu. Se voglio uscire con McCarthy, ci esco. Se non voglio uscirci, non ci esco».

«D'accordo». Mastica lentamente e ingoia. «Vuoi uscire con McCarthy?»

«Uscirci seriamente no».

«Bene, allora la pensiamo uguale».

Increspo le labbra e bevo un sorso di caffè. «Mmm. Non credo che mi piaccia pensarla come te. Magari dovrei rivedere l'ipotesi di uscirci seriamente... Potrei chiedergli se vuole mettersi con me. Sai dove potrei comprare un anello di fidanzamento?».

Jake spezza un pezzo di pasta frolla con la forchetta. «Non ci ripenserai. Ti sei stufata di lui cinque minuti dopo che te lo sei fatto. Se continui a vederlo è solo per due motivi: o non hai niente di meglio da fare o vuoi sabotarci».

«Ma davvero?»

«Sì. Sei una che si stufa presto. E conosco McCarthy... è un bravo ragazzo. Simpatico, dolce. Ed è proprio questo il problema. La dolcezza non fa colpo su una come te».

«Ci risiamo. Sei proprio convinto di conoscermi bene».

«So che sei la figlia di Chad Jensen. So che non perderesti occasione per mandare in tilt i miei giocatori. So che con molta probabilità tra qualche settimana ci scontreremo con la Briar alla finale di girone e che il vincitore si qualificherà in automatico per le nazionali...».

«Ci andrete voi», cinguetto io.

«Voglio che i miei ragazzi siano lucidi e concentrati sulla partita. Tuo padre è famoso per la sua integrità. Speravo che si potesse dire altrettanto della figlia». Fa un verso di disappunto. «Eccoti invece a prendere in giro il povero e dolce McCarthy».

«Io non prendo in giro nessuno», rispondo infastidita. «Andiamo a letto ogni tanto. Ci divertiamo. A differenza di quel che credi, le mie decisioni non riguardano né mio padre né la sua squadra».

«Be', invece quelle che prendo io riguardano la mia squadra», ribatte. «E ho deciso che devi stare lontana dai miei compagni». Ingurgita un altro pezzo di torta. «Cazzo, quant'è buona. Vuoi assaggiare?». Allunga la forchetta.

«Preferirei morire che posare le mie labbra sulla tua forchetta».

Jake ride e basta. «Proverei anche quella alle noci. Posso?».

Lo fisso. «L'hai ordinata tu».

«Madonna, come siamo suscettibili! Ma probabilmente lo sarei anch'io se mi avessero tirato pacco».

«Non mi hanno tirato pacco».

«Come si chiama e dove abita? Vuoi che vada a dirgliene quattro?».

Digrigno i denti.

Prende un boccone del dolce intatto davanti a me. «Ah, cazzo, questa è pure meglio! Mmm. Oh, che bontà!».

E all'improvviso il capitano della squadra di hockey di Harvard si mette a gemere e mugolare di piacere come in una scena di *American Pie*. Cerco di restare impassibile, ma la fedifraga che ho tra le gambe la pensa diversamente e nel sentire i versi sensuali di Jake Connelly incomincia a fremere.

«Posso andare adesso?», brontolo. Un attimo. Perché gli sto chiedendo il *permesso*? Mica mi stanno tenendo in ostaggio. Non nego di essermi vagamente divertita, ma questo tipo mi ha appena accusata di andare a letto con i suoi compagni per impedire a Harvard di vincere contro la Briar.

Tengo alla mia squadra, ma non fino a *questo punto*.

«Certo, va' pure, se vuoi. Ma prima scrivi a McCarthy per dirgli che è finita».

«Spiacente, Jackey, non prendo ordini da te».

«Invece sì. McCarthy deve pensare alla partita. Mollalo».

Sporgo il mento, incaponita. Sì, devo chiarire la situazione con Josh. Pensavo di avergli fatto capire che tra noi non c'è nulla di serio, ma evidentemente lui non la vede così, se il suo capitano dice che soffre di «mal d'amore».

In ogni caso, non voglio dare a Connelly la soddisfazione di assecondarlo. Quanto sono meschina.

«Non prendo ordini da te», ribadisco, infilando una banconota da cinque sotto la mia tazza ancora mezza piena. Dovrebbe bastare per il caffè, la mancia per Stacy e lo scompenso emotivo che le avremo procurato stasera. «Faccio quello che mi pare e piace con McCarthy. Magari lo chiamo proprio adesso».

Jake socchiude gli occhi. «Sei sempre così dispettosa?»

«Sì». Con un sorriso mi alzo dal divanetto e mi infilo la giacca di pelle. «Buon rientro a Boston, Connelly. Ho sentito dire che quando piove le strade si bagnano parecchio».

Ridacchia sotto i baffi.

Chiudo la giacca, poi mi chino e avvicino le labbra al suo orecchio. «Ah, Jakey…». Giuro che lo sento trattenere un secondo il fiato. «Vedrò di tenerti un posto dietro la panchina della Briar durante il Frozen Four».

Capitolo due
Jake

Arrivo a casa verso le nove e mezzo. Da solo non potrei mai permettermi il trilocale che divido con il mio compagno di squadra Brooks Weston. Nonostante io abbia firmato un bel contratto con gli Oilers. Abitiamo nell'attico di un condominio di quattro piani e l'appartamento è una figata: ci sono una cucina superaccessoriata, bovindi, lucernai, una gigantesca terrazza sul retro e persino un garage privato per la Mercedes di Brooks.

Ah, e non pago l'affitto.

Io e Brooks ci siamo incontrati a una riunione della squadra un paio di settimane prima che cominciassero i corsi, una cena «per conoscere i compagni prima dell'inizio del semestre». Siamo andati subito d'accordo e arrivati al dolce mi ha chiesto di andare a vivere con lui. È venuto fuori che nel suo appartamento a Cambridgeport c'era una seconda stanza… Gratis, ha insistito.

Aveva ricevuto un permesso straordinario per vivere fuori dal campus, grazie al fatto che il padre è un ex alunno sfondato di soldi che va accontentato per non perdere le laute donazioni elargite all'università. Il padre ha tirato un altro paio di fili e anch'io ho ricevuto un lasciapassare per vivere fuori dallo studentato. I soldi spalancano davvero tutte le porte.

Quanto alla questione affitto, sulle prime ero stato un po' titubante, perché nella vita nulla è gratis. Ma conoscendo poi meglio Brooks Weston, ho capito che per lui è *tutto* gratis. Quel tipo non ha lavorato un solo giorno in vita sua. Ha un fondo fiduciario inesauribile e qualsiasi cosa desideri gli viene servita su un piatto d'argento. L'appartamento glielo hanno trovato i suoi, o uno dei loro tirapiedi, e insistono per pagare l'affitto.

Quindi negli ultimi tre anni e mezzo ho avuto un assaggio di cosa significa essere un figlio di papà del Connecticut.

Non fraintendetemi, non sono uno scroccone. Ho provato a dargli i soldi. Ma non li ha voluti, e nemmeno i suoi. Quando ho tirato fuori l'argomento una volta che sono venuti a trovarci, la signora Weston ha fatto una faccia inorridita. «Voi ragazzi dovete pensare a studiare», ha detto schioccando la lingua. «Non preoccupatevi delle bollette da pagare!».

Ho trattenuto una risata, perché pago le bollette da che ho memoria. Ho iniziato a lavorare a quindici anni e non appena ho stretto tra le mani la prima busta paga ho dovuto contribuire alle spese di casa. Facevo la spesa, mi pagavo le ricariche del cellulare, la benzina, la TV via cavo.

Non che la mia famiglia sia povera. Papà costruisce ponti e mamma fa la parrucchiera, insomma rientriamo nella classe medio-bassa. Ma non abbiamo mai navigato nell'oro, quindi sperimentare il tenore di vita di Brooks scombussola. Ho giurato a me stesso che appena mi trasferirò a Edmonton e riceverò l'anticipo del contratto con la National Hockey League come prima cosa compilerò un assegno alla famiglia Weston per i tre anni e rotti di affitto mai pagato.

Mi levo le Timberland e inizia a vibrarmi il cellulare. Lo tiro fuori dalla tasca e trovo un messaggio della mia amica Hazel, con la quale ho cenato prima in una delle ottime mense della Briar.

Hazel: Tornato a casa bene?? Qui diluvia.
Io: Appena rientrato. Grazie ancora per la cena.
Hazel: Di niente. Ci vediamo sabato alla partita!
Io: Perfetto.

Mi invia un paio di emoji che mandano un bacio con il cuoricino. Certi ragazzi ci vedrebbero chissà cosa, ma io no. Io e Hazel siamo solo amici. Ci conosciamo dalle elementari.

«Ohi!», mi urla dal soggiorno Weston. «Stiamo aspettando che porti di qua il tuo culo!».

Mi scrollo di dosso la giacca bagnata. Quando ci siamo trasferiti qui la madre di Brooks ci ha mandato un arredatore e si è premurata di comprare tutta una serie di cose indispensabili che a noi maschi non verrebbero mai in mente, perché in mente abbiamo una cosa sola.

Appendo la giacca nell'ingresso e varco la porta che conduce alla stanza principale. L'appartamento è stato progettato come un open-space, quindi i miei compagni di squadra sono sparpagliati tra il soggiorno e la zona pranzo, mentre un paio è appollaiato sugli sgabelli al bancone della cucina.

Mi guardo intorno. Non sono venuti tutti. Lascio correre, considerando che ho indetto la riunione all'ultimo minuto. Mentre tornavo da Hastings, ho ripensato allo sfottò di Brenna sul campionato nazionale. Mi preoccupa quanto distrae McCarthy. Quindi ho incominciato a pensare a quante altre cose potrebbero distrarre la squadra. Dato che non sono uno che perde tempo, ho mandato subito un messaggio di gruppo: "Riunione di squadra. Casa mia. Adesso".

Ci sono quasi tutti i titolari – una ventina – il che significa che le mie narici vengono accolte dall'olezzo misto di vari bagnoschiuma, acque di colonia e sudore degli stronzi che hanno deciso di non farsi la doccia prima di venire.

«Ehi», saluto i ragazzi. «Grazie di essere venuti».

Ricevo alcuni cenni del capo, svariati «figurati» e unanimi mugugni di saluto.

Uno però non mi saluta: Josh McCarthy. Sta appoggiato alla parete accanto al divano a L di pelle marrone, gli occhi incollati al cellulare. La sua postura rivela un pizzico di frustrazione, le spalle leggermente irrigidite.

Probabilmente Brenna Jensen lo tiene ancora per le palle. Reprimo il fastidio che provo al solo pensiero. McCarthy non dovrebbe perdere neanche mezzo minuto con quella. Frequenta il secondo anno ed è anche un bel ragazzo, ma non sarà mai al livello di Brenna. È uno schianto. È sicuramente una delle ragazze più belle sulle quali io abbia mai posato gli occhi. E che bocca… magari da tappare ogni tanto posandoci sopra un altro paio di labbra… o infilandoci il pisello.

Oh, cazzo. Scaccio il pensiero. Sì, Brenna è bellissima, ma è anche una distrazione. Esempio lampante: da quando sono entrato nella stanza McCarthy non ha neanche alzato la testa.

Do un colpo di tosse. Forte. Lui e l'altra manciata di ragazzi che stavano al cellulare ruotano la testa verso di me. «Sarò breve», dico a tutti.

«Ti conviene», biascica Brooks dal divano. Ha addosso solo dei pantaloni della tuta neri. «Ho lasciato una tipa nel mio letto per venire qui».

Lo guardo esasperato. Ovvio che Brooks stava a letto con una ragazza. Sta sempre a letto con qualcuna. Non che io possa fargli la morale. Qualche ragazza la porto a casa anch'io. Mi sento in colpa con i vicini del piano di sotto che devono sopportare il continuo viavai di tipe su e giù per le scale. Per loro fortuna non diamo tante feste. Dare feste è una minchiata: chi vuol vedere la propria casa ridotta come una discarica? Per quello esistono le sedi delle confraternite.

«Mica sei l'unico», gli ribatte Dmitry, il nostro migliore difensore. «Anch'io ho lasciato il mio letto per venire qui. Il letto e basta. Sono stravolto, cazzo».

«Lo siamo tutti», interviene la nuova ala sinistra di nome Heath.

«Sì, D, benvenuto nel club degli stanchi!», lo sfotte Coby, uno dei giocatori di lunga data.

Vado in cucina a prendere una bottiglia d'acqua. Sì, so bene di cosa parlano. L'ultimo mese è stato pesantissimo. Le squadre della prima divisione sono impegnate nel torneo di girone, il che significa che per un mese buono si terranno le partite di hockey più agguerrite che voi abbiate mai visto. Ci contendiamo la qualificazione automatica per le nazionali. Se non ce la facessimo, si spera di raggiungere un punteggio abbastanza buono per arrivare in finale. Ci sono in ballo stagioni intere.

«Sì», concordo aprendo la bottiglia. «Siamo stanchi. A lezione riesco a malapena a tenere gli occhi aperti. Ho il corpo ricoperto di lividi. Vivo e respiro per i playoff. Di sera, prima di andare a dormire, mi scervello sulle strategie». Bevo lentamente un sorso. «Ma fa parte del gioco e siamo a un passo dal traguardo. Quello con Princeton sarà l'incontro più difficile della stagione».

«Princeton non mi preoccupa», dice Coby con un sorrisetto arrogante. «Li abbiamo già battuti quest'anno».

«A inizio stagione», specifico. «Da allora sono migliorati parecchio. Ai quarti di finale hanno stracciato la Union».

«E allora?», fa Coby con una scrollata di spalle. «Anche noi abbiamo stracciato le squadre del nostro girone».

Ha ragione. Lo scorso weekend abbiamo giocato come mai prima. Ma ora siamo in semifinale. Sarà dura.

«Si è conclusa la fase in cui passano due squadre su tre», ricordo ai ragazzi. «Qui c'è l'eliminazione diretta. Se perdiamo, siamo fuori».

«Dopo una stagione come la nostra?», esclama Dmitry. «Verremo selezionati per le nazionali anche se non arriviamo alla finale di girone».

«E metteresti a rischio un'intera stagione puntando su questo?», lo sfido io. «Non preferiresti una qualificazione sicura?»

«Sì, okay, ma…».

«Nessun ma», lo interrompo. «Non ripongo tutte le nostre speranze nella *possibilità* che la nostra stagione venga considerata abbastanza buona per andare avanti. Io punto sul fatto che il prossimo weekend stracceremo Princeton. Chiaro?»

«Sissignore», mugugna Dmitry.

«Sissignore», gli fanno eco i più giovani.

«Vi ho detto di non chiamarmi signore, Cristo».

«Vuoi che ti chiamiamo Cristo?», Brooks sbatte le ciglia con aria innocente.

«No, neanche. Voglio che vincete. Voglio che *vinciamo*». Siamo talmente vicini alla vittoria che riesco quasi ad assaporarla.

Sono… cazzo, non ricordo neanche quanti anni sono passati dall'ultima volta che Harvard ha vinto il campionato nazionale di hockey. Non da quando gioco io, in ogni caso.

«Quand'è stata l'ultima volta che abbiamo vinto le nazionali?», chiedo a Aldrick, l'appassionato di statistiche. È un'enciclopedia vivente. Conosce qualsiasi cosa ci sia da sapere sull'hockey, persino i dettagli più insignificanti.

«1989», risponde.

«Nell'89», ripeto. «Sono passati poco più di trent'anni dall'ultima volta che siamo stati proclamati campioni nazionali. Le partite del torneo cittadino non contano. Le finali di girone neanche. Noi puntiamo al premio più prestigioso».

Il mio sguardo vaga un'altra volta per la stanza. Con mio grande fastidio noto che McCarthy sta di nuovo controllando il cellulare, e nemmeno con discrezione.

«Sul serio, hai idea di cosa mi stavano facendo al pisello quando hai scritto di vederci?», brontola Brooks. «C'era in ballo la glassa al cioccolato».

Un paio di ragazzi lanciano un gridolino.

«E volevi solo farci un discorso alla *Miracle*? L'abbiamo capito, eh», continua Brooks. «Dobbiamo vincere».

«Sì, dobbiamo. Quello che non dobbiamo fare, invece, è *distrarci*». Gli lancio un'occhiata piccata, dopodiché rivolgo lo stesso sguardo a McCarthy.

Il ragazzo del secondo anno è palesemente spiazzato. «Che c'è?»

«Parlo anche di te». Lo fisso. «Smettila di trastullarti con la figlia di Chad Jensen».

Fa una faccia costernata. Non mi sento in colpa per aver rivelato a tutti che esce con Brenna, tanto sono abbastanza sicuro che lo sapessero già cani e porci. McCarthy lo sbandiera quasi fosse una medaglia al valore. Non che sia così squallido da parlarne nello spogliatoio, ma non fa che ripetere quant'è bella Brenna.

«Sentite, di solito non sono uno che viene a dirvi cosa dovete fare col vostro pisello, ma stiamo parlando di qualche settimana. Sono sicuro che non avrete problemi a tenerlo dentro i pantaloni fino ad allora».

«Quindi sarà vietato scopare?», fa sconvolto Jonah, uno del primo anno. «Perché in tal caso ti chiederei di dirglielo *tu* alla mia ragazza».

«In bocca al lupo, capitano. Vi è un'erotomane», ridacchia Heath, riferendosi alla ragazza di lunga data di Jonah.

«Fra l'altro, aspetta un attimo... L'altra sera non te ne sei andato dal bar con una bella rossa?», mi chiede Coby. «Mi pare che predichi bene e razzoli male, amico».

«Chi è senza peccato scagli la prima pietra», fa in tono solenne Brooks.

Reprimo un sospiro e alzo una mano per metterli a tacere. «Non ho detto basta scopate. Ho detto basta distrazioni. Se non riuscite a scopare senza distrarvi, trattenetevi. Jonah: tu e Vi scopate come conigli, ma non ha mai influito sulle tue prestazioni in campo. Quindi per me potete pure continuare a scopare come conigli. Tu invece...». McCarthy riceve un'altra occhiataccia. «...Questa settimana hai cannato tutti gli allenamenti».

«Non è vero!», protesta lui.

Prende la parola Johansson, il nostro portiere: «Stamattina non hai imbroccato un tiro».

McCarthy è sconcertato. «Sei *tu* che li hai parati tutti. Mica posso beccarmi un cazziatone perché sei un bravo portiere!».

«Dopo Jake sei quello che segna più gol», ribatte Johansson con una scrollata. «Un paio di tiri avresti dovuto piazzarli».

«E perché sarebbe colpa di Brenna se ho avuto una giornata storta? Ho...». Si interrompe di colpo e si guarda una mano. Immagino che gli abbia vibrato il cellulare per un messaggino.

«Cacchio, stai confermando esattamente quello che dice Connelly!», lo rimprovera Potts, un attaccante. «Metti via il cellulare! C'è gente che non vede l'ora di tornarsene a casa e farsi una birra».

Mi giro di scatto verso di lui. «A proposito di birra... Tu e Bray avete il divieto ufficiale di andare a feste universitarie fino a nuovo ordine».

«Eddai, Connelly!», insorge Will Bray.

«Lo so che il beer pong è divertente, ma non potete toccare alcol. Cazzo, Potts, ti sta venendo il bulbo etilico!».

Tutti gli occhi nella stanza sono puntati sulla sua pancia. Al momento è nascosta sotto un felpone di Harvard, ma lo vedo nudo ogni giorno nello spogliatoio. Lo so che cosa c'è là sotto.

Brooks fa un verso di disappunto. «Non ci credo che prendi in giro Potts per il fisico».

Fulmino il mio coinquilino con lo sguardo. «Non prendo in giro nessuno per il fisico. Sto solo facendo notare che a furia di giocare a beer pong sta diventando lento in campo».

«È vero», risponde rattristato Potts. «Ultimamente faccio cagare».

Alcuni ragazzi sghignazzano.

«Non fai cagare», lo rassicuro. «Però, sì, per un paio di settimane potresti anche tenere giù le mani dalla birra. E tu...». È il turno di Weston. «Devi darti all'astinenza pure tu».

«Col cazzo. Il sesso mi dà i superpoteri».

Alzo gli occhi al cielo. Con Brooks mi capita spesso. «Non mi riferivo al sesso. Ma alle tue attività ricreative».

Brooks serra la mascella all'istante. Sa benissimo a cosa alludo, e anche i nostri compagni di squadra. Non è un segreto che gli piaccia sballarsi alle feste. Un cannone qui, una riga di coca là. Fa attenzione a quando lo fa e a quanta ne prende, e fortunatamente le tracce di coca rimangono in circolazione solo per quarantotto ore.

Non tollero quella robaccia. Per niente. Ma dire a Brooks che cosa deve fare è come parlare al muro. Una volta ho minacciato di riferirlo al coach e la sua risposta è stata: «Fa' pure». Gioca a hockey per divertirsi, non perché è lo sport che ama e vuole farlo di professione. Potrebbe mollare in un secondo e le minacce non funzionano con chi non ha paura di perdere qualcosa.

Non è il primo che ogni tanto si droga e non sarà neanche l'ultimo. Ma pare che per lui sia soltanto uno svago e non prende mai niente nei giorni in cui giochiamo. Ma nell'after-party? A quel punto può succedere di tutto.

«Sai bene che cosa succederebbe se ti beccassero mentre ti fai o con un esame delle urine. Quindi, congratulazioni! Hai l'obbligo ufficiale di restare pulito fino alla fine del Frozen Four», lo informo. «Ci siamo capiti?».

Dopo un'interminabile pausa carica di tensione, annuisce. «Ci siamo capiti».

«Bene». Poi dico agli altri: «Pensiamo a battere Princeton questo weekend. Qualsiasi altra cosa va messa in secondo piano».

Coby mi lancia un sorriso impertinente. «E tu a cosa rinuncerai, capitano?».

Mi acciglio. «A cosa ti riferisci?»

«Indici una riunione. Proibisci al povero McCarthy di inzuppare il biscotto, vieti a Weston le sue attività ricreative e togli a Potts e Bray il titolo di campioni di beer pong. Tu cos'hai intenzione di fare per la squadra?».

Nell'appartamento cala un silenzio assoluto.

Per un attimo rimango senza parole. Non dirà sul serio? Faccio come minimo un gol a partita. E se segna qualcun altro di solito è su mio assist. Sono il giocatore più veloce della costa orientale e un capitano con i fiocchi.

Apro la bocca per ribattere quando Coby inizia a ridere.

«Avresti dovuto vedere che faccia hai fatto, zio!», sghignazza. «Rilassati! Fai già fin troppo. Sei il migliore capitano che abbiamo mai avuto».

«Signorsì!», urlano diversi ragazzi.

Mi rilasso. Però Coby non ha tutti i torti. «Sentite, non ho intenzione di scusarmi perché vi chiedo di restare concentrati, ma mi dispiace pretendere tanto. Specie da te, McCarthy. Vi chiedo solo di pensare alla partita, ce la facciamo?».

Una ventina di teste annuisce.

«Bene». Sbatto le mani. «Adesso potete andare. Fatevi una bella dormita e domattina venite carichi all'allenamento».

La seduta è tolta, il gruppo si disperde. Per l'ennesima volta i vicini devono sciropparsi un andirivieni su e giù per le scale, stavolta di venti giocatori di hockey che pestano i piedi.

«Posso tornare in camera mia, papà?», mi chiede Brooks, sarcastico.

Gli faccio un sorrisino. «Sì, figliolo, vai pure. Chiudo io la porta».

Schizza verso la camera da letto facendomi il dito. Nel frattempo McCarthy mi aspetta all'ingresso.

«Che cosa dovrei dire a Brenna?», mi chiede.

Non capisco se è arrabbiato. Dalla faccia non traspare nulla. «Dille che devi concentrarti sul torneo e basta. Dille che vi vedrete alla fine della stagione».

"Non si rivedranno mai più".

Non lo dico ad alta voce, ma so che andrà così. Brenna Jensen non permetterebbe a nessuno di "metterla in pausa", figuriamoci a un giocatore di Harvard. Se McCarthy interromperà la loro frequentazione, anche solo temporaneamente, per lei sarà finita per sempre.

«Negli ultimi dieci anni la Briar ha vinto tre volte il campionato nazionale», dico inespressivo. «E noi qui sempre a mani vuote. È inaccettabile. Quindi dimmi un po', che cosa ti interessa di più: berti il cervello per colpa di Brenna Jensen o battere la sua squadra?»

«Battere la sua squadra», risponde all'istante.

Nessuna esitazione. Mi piace. «Allora battiamoli. Fa' quello che serve».

McCarthy esce salutandomi con un cenno del capo. Chiudo subito la porta.

Mi sento in colpa? Magari un po'. Ma è lampante che lui e Brenna non sono fatti per stare insieme. L'ha detto pure lei.

Io ho solo anticipato l'inevitabile.

Capitolo tre
Brenna

«Dov'eri finita? Ti ho chiamato tre volte, Brenna».

Il tono scorbutico di mio padre riesce sempre a farmi girare le palle. Si rivolge a me come se fossi uno dei suoi giocatori: impaziente, brusco e intransigente. Mi piacerebbe poter dire che è sempre stato così, che è da quando sono nata che mi sgrida e sbraita addosso. Ma sarebbe una bugia.

Papà non è sempre stato severo con me. Mia madre è morta in un incidente stradale quando avevo sette anni, perciò di colpo si è ritrovato a dovermi fare sia da padre che da madre. E ha svolto bene entrambi i ruoli. Un tempo mi parlava con un'aria e un tono carichi d'amore e tenerezza. Mi prendeva sulle ginocchia, mi arruffava i capelli e mi diceva: «Raccontami come è andata a scuola oggi, stellina». Mi chiamava Stellina, per la miseria.

Ma sono passati tanti anni. Ormai sono Brenna e basta, e non ricordo neanche l'ultima volta che ho associato le parole *amore* e *tenerezza* a mio padre.

«Sono tornata a casa a piedi sotto il diluvio», gli rispondo. «Non riuscivo a rispondere al cellulare».

«Tornata a casa da dove?».

Mi tolgo gli scarponcini nel corridoietto del mio appartamento nel seminterrato. Gli affittuari sono una bella coppia: Mark e Wendy. Viaggiano un sacco per lavoro, aggiungiamoci poi che ho un ingresso privato e possono passare settimane senza incrociarci.

«Dal Della. Mi sono presa un caffè con un'amica», dico.

«Così tardi?»

«Tardi?». Allungo il collo verso la cucina ancora più piccola del corridoio e do un'occhiata all'orologio del microonde. «Non sono neanche le dieci».

«Domani non hai il colloquio?»

«Sì, e allora? Non penserai mica che non sentirò la sveglia perché sono rientrata alle nove e mezzo», rispondo senza riuscire a nascondere un certo sarcasmo. A volte è un'impresa non rispondergli male come fa lui con me.

Ignora la mia frecciatina. «Prima ho parlato con una persona dell'emittente», dice. «Stan Samuels... Lavora alla regia. Un tipo affidabile», prosegue sempre più scorbutico. «Gli ho detto che domani avresti fatto un salto lì e ho messo una buona parola per te».

Mi addolcisco un po'. «Ah, che gentile. Grazie mille». Certe persone si sentono a disagio a chiedere favori per farsi strada, ma a me non dà alcun fastidio sfruttare le conoscenze di mio padre, se può aiutarmi a ottenere lo stage. C'è tantissima concorrenza e anche se ho tutte le carte in regola – mi sono fatta il mazzo per avercele – come donna sono svantaggiata. Purtroppo è un ambiente maschilista.

Il piano di studi della facoltà di Telecomunicazione prevede un tirocinio all'ultimo anno, perciò spero di battere la concorrenza giocando d'anticipo. Se riuscissi a ottenere uno stage estivo alla HockeyNet, avrei buone probabilità di fare lì anche il tirocinio dell'ultimo anno. Il che significa che avrei un vantaggio rispetto agli altri studenti e un possibile lavoro dopo la laurea.

Il mio obiettivo finale è sempre stato diventare giornalista sportiva. Sì, la HockeyNet è un'emittente nata appena dieci anni fa (e probabilmente il giorno in cui hanno scelto il nome l'originalità non era di casa), ma si occupa esclusivamente di hockey e con il suo lancio ha colmato un grande vuoto nel giornalismo sportivo. Guardo l'ESPN religiosamente, ma una delle sue pecche maggiori è che ci sono poche trasmissioni sull'hockey. Ed è una vergogna. Cioè, in teoria l'hockey è il quarto sport più seguito del Paese, ma spesso le emittenti principali lo considerano meno della Formula Uno, del tennis e – rabbrividisco – del golf.

Io sogno di stare davanti alle telecamere, seduta insieme agli esperti al tavolo dei grandi, a fare le sintesi delle partite, analizzarle, realizzare pronostici. Il giornalismo sportivo è una strada difficile da intraprendere per una donna, ma me ne intendo di hockey e sono certa che al colloquio di domani farò bella figura.

«Fammi sapere come va», mi ordina papà.

«Certo». Mentre attraverso il soggiorno calpesto con un calzino qualcosa di bagnato e lancio uno strillo.

Papà si preoccupa subito. «Tutto a posto?»

«Tutto bene, scusa. La moquette è bagnata. Avrò rovesciato qualcosa…». Mi blocco perché noto una piccola pozza davanti alla porta scorrevole del giardino sul retro. Piove ancora, un tamburellio costante sulle piastrelle del patio. «Cazzo. C'è acqua davanti alla porta vetrata».

«Non va bene. Da dove arriva? Un pozzetto di scarico che riversa l'acqua in casa?»

«E io che ne so? Secondo te mi sono studiata il sistema di scarico prima di traslocare?». Non può vedere l'esasperazione che ho stampata in faccia, ma mi auguro che la avverta dal tono.

«Dimmi da dove entra l'acqua».

«Te l'ho detto. Sta davanti alla porta vetrata». Faccio il giro della stanza rasente le pareti. Ci metterò tipo tre secondi. C'è acqua soltanto davanti alla porta.

«Okay. Be', è un buon segno. Probabilmente non è un problema di tubature. Se invece riguarda il sistema di deflusso, potrebbero esserci diverse cause. Il vialetto è lastricato?»

«Sì».

«I padroni di casa dovrebbero pensare a un sistema di scolo. Domani chiamali e digli di venire a dare un'occhiata».

«Sarà fatto».

«Fallo».

«Ho detto che lo farò». Lo so che sta cercando di darmi una mano, ma perché deve rivolgersi a me con quel tono? Qualsiasi cosa dica Chad Jensen è un ordine, non un consiglio.

Non è una cattiva persona, lo so. È solo iperprotettivo, e magari una volta aveva anche ragione di esserlo. Ma ormai sono tre anni che vivo da sola. So badare a me stessa.

«Sabato sera vieni alla semifinale?», mi chiede di sfuggita.

«Non riesco», gli rispondo. Mi dispiace molto perdermi una partita decisiva come quella, ma è un secolo che ho preso altri impegni. «Vado a trovare Tansy, ricordi?». Tansy è la mia cugina preferita, la figlia di Sheryl, la sorella maggiore di mio padre.

«Questo weekend?»

«Sì».

«D'accordo. Allora salutamela. Dille che non vedo l'ora di vedere lei e Noah a Pasqua».

«Sarà fatto».

«Passi la notte da lei?», chiede con una vena di nervosismo.

«Due notti, in realtà. Vado a Boston domani e torno domenica».

«Non fare…». Si blocca.

«Non fare cosa?». Stavolta sono io ad avere un tono innervosito.

«Non fare stupidaggini. Non bere troppo. Stai attenta».

Apprezzo che non abbia detto «Non bere niente», ma probabilmente è solo perché sa di non potermelo impedire. Da quando sono diventata maggiorenne non può più impormi il coprifuoco e le sue regole. E da quando ho compiuto ventuno anni non può impedirmi di bere un paio di bicchieri.

«Starò attenta», gli prometto, perché è l'unica cosa che posso garantirgli per certo.

«Bren», dice. E si interrompe di nuovo.

Ho la sensazione che gran parte delle conversazioni con mio padre vada così. Iniziano e si bloccano. Parole che vogliamo dire e parole che non diciamo. È molto difficile entrarci in sintonia.

«Papà, possiamo lasciar perdere adesso? Vorrei farmi una doccia calda e andare a letto. Domattina devo svegliarmi presto».

«D'accordo. Fammi sapere come va il colloquio». Si zittisce. Quando riapre bocca è per pronunciare una rara frase d'incoraggiamento. «Andrai benissimo».

«Grazie. 'Notte, papà».

«'Notte, Brenna».

Riaggancio e faccio quello che gli ho anticipato: una doccia bollente, perché dopo venti minuti a camminare sotto la pioggia il freddo mi è entrato fin dentro le ossa. Esco dal piccolo box doccia più rossa di un'aragosta. Nel bagnetto non c'è la vasca ed è un gran peccato. Farsi un bel bagno caldo è il massimo.

Siccome non mi piace dormire con i capelli bagnati me li asciugo veloce e poi frugo nella cassettiera alla ricerca del pigiama più caldo che ho. Opto per dei pantaloni scozzesi e una maglia a maniche lunghe con il logo della Briar University. In genere i seminterrati sono gelidi e il mio appartamento non fa eccezione. Mi sorprende che nei sette mesi e rotti che ho abitato qui non mi sia ancora beccata una polmonite.

Quando mi infilo sotto le coperte stacco il cellulare dal caricabatteria e trovo una chiamata persa di Summer. Ho il presentimento che se non la richiamo lo farà lei, probabilmente cinque secondi dopo che mi sarò addormentata, quindi la prevengo prima che mi guasti la mia bella nottata di sonno.

«Sei arrabbiata con me?», esordisce.

«No». Mi accoccolo su un fianco, il cellulare in bilico su una spalla.

«Anche se ti avevo combinato io l'appuntamento con Jules e avevo garantito per lui?». La voce trasuda senso di colpa.

«Sono grande e vaccinata, Summer. Non mi hai mica costretta ad accettare».

«Lo so. Ma mi sento in colpissima. Non ci credo che non si è presentato».

«Stai tranquilla. Non ci sono rimasta male. Semmai ho schivato un fosso».

«Okay, bene». Sembra sollevata. «Ti troverò un ragazzo ancora più figo con cui uscire».

«Neanche per sogno», le dico allegra. «Sei ufficialmente sollevata dall'incarico di cupido... Che ti eri autoconferita, fra parentesi. Fidati, tesoro, non ho problemi a conoscere uomini».

«A conoscerli no. Ma a starci insieme? Su quel versante fai pena».

Insorgo all'istante. «Perché non voglio mettermi con nessuno».

«Perché no? È bellissimo avere il ragazzo».

Certo, magari quando stai con Colin Fitzgerald. Summer sta con uno dei più bravi ragazzi che io abbia mai conosciuto. Intelligente, gentile, arguto, senza contare che è un figo assurdo.

«Tu e Fitzy siete sempre pazzi l'uno dell'altra?»

«*Pazzissimi*. Lui sopporta la mia follia e io la sua imbranataggine. E poi il sesso è pazzesco».

«Scommetto che Hunter sarà contento come una Pasqua», dico ironica. «Spero che tu non sia una che urla».

Hunter Davenport è il coinquilino di Summer e Fitz, e poco tempo fa lei gli ha dato il due di picche. Aveva accettato di uscire con lui, per poi rendersi conto però che non poteva ignorare ciò che provava per Fitz. Hunter non l'ha presa bene.

«Dio, non hai idea di quanto sia difficile stare zitta quando Fitz mi fa le sue magie magiche», mi risponde con un sospiro.

«Magie magiche?»

«Sì, magie magiche. Ma se ti preoccupa che Hunter se ne stia a letto ad ascoltarci e a piangere sconsolato, sta' tranquilla. Si porta a casa ogni sera una tipa diversa».

«Buon per lui», ridacchio. «Scommetto che Hollis è verde d'invidia».

«Secondo me Mike non se ne accorge nemmeno. È troppo impegnato a pensare a te».

«Ancora?». Madonna. Speravo che gli fosse passata.

Chiudo un secondo gli occhi. Ho fatto delle stupidaggini in vita mia, ma quella di farmi Mike Hollis sta in cima alla lista. Eravamo tutti e due ubriachi marci, abbiamo solo limonato e poi mi sono addormentata mentre gli facevo una sega. Non è stato uno dei miei momenti migliori e decisamente non memorabile. Non capisco perché mai lui possa voler replicare.

«È cotto», mi conferma Summer.

«Gli passerà».

Summer ridacchia, ma l'allegria sparisce subito. «Hunter ci tratta malissimo», ammette. «Quando non si scopa qualsiasi tipa che respira».

«Mi sa che gli piacevi tanto».

«Dici? Non credo che ce l'abbia con me. Secondo me ce l'ha con Fitz».

«Capisco. Voleva farsi Fitz», dico in tono solenne. «Insomma, chi non se lo farebbe volentieri?»

«No, scemotta. È che quando Hunter gli ha chiesto se aveva un debole per me lui ha mentito spudoratamente. E Hunter lo considera un tradimento del codice dei maschi».

«Il codice dei maschi è sacro», devo ammettere. «Specie tra compagni di squadra».

«Lo so. Fitz dice che agli allenamenti la tensione si taglia con il coltello». Sbuffa. «E se influisse su come giocheranno alla semifinale, Bee? Andrebbe in finale Yale».

«Mio padre gli darà una raddrizzata», la rassereno. «E di' pure quello che ti pare su Hunter, ma detesta perdere. Non permetterebbe mai che i problemi con una ragazza – senza offesa – lo distraggano dalla vittoria».

«Secondo te dovrei...».

Una vibrazione all'orecchio interrompe la sua domanda.

«Cos'era?»

«Un messaggio», rispondo. «Scusa, continua pure. Stavi dicendo?»

«Mi chiedevo se sia il caso di riparlargli».

«Secondo me non cambierebbe nulla. Hunter è di coccio, ma alla fine farà la persona matura e volterà pagina».

«Speriamo».

Chiacchieriamo ancora un po', finché non mi calano le palpebre. «Devo andare a nanna, tesoro. Domattina ho il colloquio».

«Okay. Chiamami domani. Ti voglio bene».

«Anch'io».

Sto per spegnere la luce quando mi torna in mente l'SMS. Clicco sull'icona dei messaggi e appena vedo il nome di McCarthy strabuzzo gli occhi.

Ehi B, è stato bellissimo uscire con te, ma devo sparire per un po'. Almeno fino all'eliminatoria. Devo concentrarmi sulla partita, capisci? Ti chiamo quando le cose si sistemano, ok? Bacio.

Rimango di stucco. È uno scherzo?

Rileggo il messaggio ma no, il contenuto non cambia. McCarthy mi ha scaricata davvero.

A quanto pare Jake Connelly mi ha appena dichiarato guerra.

Capitolo quattro
Brenna

In genere me la cavo praticamente in qualsiasi situazione. Non ho mai sofferto d'ansia e non ho paura di nulla, neanche di mio padre, che è famoso per far scoppiare a piangere uomini adulti solo con uno sguardo. Non è un'iperbole: una volta l'ho visto coi miei occhi.

Stamattina però mi sudano le mani e ho un maledetto nodo allo stomaco, e tutto per colpa di Ed Mulder, il direttore della HockeyNet. Appena inizia il colloquio, comincia a fare lo sgradevole. È alto, pelato e inquietante, e subito dopo avermi stretto la mano mi chiede per quale motivo una bella ragazza come me si candida per un lavoro *dietro* le telecamere.

Nascondo il mio fastidio per il commento sessista. Tristan, l'assistente di un prof della Briar, ha fatto qui il tirocinio e mi ha avvisata che Mulder è un coglione. Ma mi ha anche detto che gli stagisti non si rapportano con lui, il che significa che dopo il colloquio non dovrei più averci a che fare. È solo un ostacolo da superare per accaparrarmi il tanto ambito tirocinio.

«Be', come ho scritto nella mia lettera di motivazione, vorrei diventare commentatrice o cronista, ma prima mi piacerebbe fare un po' di gavetta dietro le quinte. Come sa, studio giornalismo e telecomunicazione alla Briar. Il prossimo anno dovrò fare un tirocinio per…».

«Questo è uno stage non remunerato», mi interrompe. «Lo sai?».

Rimango spiazzata. Quando congiungo le mani mi accorgo che sono sudaticce, quindi le appoggio sulle ginocchia. «Ah, ehm, sì, lo so».

«Bene. Ho notato che i candidati maschi conoscono tutti i dettagli, mentre molte ragazze si aspettano di venire pagate».

È passato da un commento velatamente sessista a uno sfacciatamente sessista. E senza senso. Nell'annuncio sul sito era specificato che si trattava di un tirocinio non retribuito. Per quale motivo gli uomini si aspetterebbero una cosa e le donne un'altra? Sta insinuando che le donne non leggano bene l'annuncio? O che non sappiamo proprio leggere?

La nuca mi si imperla di sudore. Sono decisamente fuori forma.

«Allora, Brenda, parlami un po' di te».

Deglutisco. Mi ha chiamata Brenda. Dovrei correggerlo?

"Certo che dovresti correggerlo. Che vada a fanculo. Rispondigli a tono". La Brenda sicura di sé – cioè Brenna – drizza la sua splendida testa.

«In realtà mi chiamo Brenna», dico con nonchalance «e credo di essere la persona giusta per il posto. Innanzitutto sono un'appassionata di hockey. È il…».

«Tuo padre è Chad Jensen». Rumina e mi accorgo che sta masticando un chewing gum. Che signore.

Rispondo con un prudente «Sì».

«Un allenatore che ha vinto diverse volte il Frozen Four, giusto?».

Annuisco. «È un ottimo allenatore».

Mulder annuisce a sua volta. «Devi andarne fiera. Qual è il tuo maggior pregio, a parte avere un padre semifamoso?».

Mi sforzo di ignorare l'insinuazione maligna e rispondo: «L'intelligenza. Reagisco con prontezza. Lavoro benissimo sotto pressione. E soprattutto amo questo sport. L'hockey è…».

Eeeeee Mulder non mi ascolta più.

Incomincia a guardare lo schermo del computer e continua a masticare il chewing gum come un cavallo che rumina biada. Sulla finestra alle sue spalle intravedo il riflesso del monitor… È un videogioco di fantahockey? Mi pare una pagina fantasy dell'ESPN.

Di colpo Mulder mi lancia un'occhiata. «Qual è la tua squadra?».

Mi acciglio. «La squadra della mia università o…».

«Della lega nazionale», mi interrompe spazientito. «Per chi tifi, Brenda?»

«Brenna», faccio a denti stretti. «Tifo per i Bruins, ovviamente. Lei invece?».

Mulder fa una risata nasale. «Oilers. Sono un canadese D.O.C.».

Mi fingo interessata. «Ah, interessante. Quindi è di Edmonton».

«Esatto». Il suo sguardo torna allo schermo. Con tono assente mi chiede: «Qual è il tuo maggior difetto, a parte avere un papà semifamoso?».

Reprimo una rispostaccia. «A volte perdo la pazienza», confesso. Col cavolo che gli faccio un discorsetto scontato su quanto lavoro sodo e tengo all'hockey. Bleah.

Mulder torna alla sua fantasquadra. Nell'ufficio spazioso cala il silenzio. Mi agito infastidita sulla sedia e mi metto a osservare la teca di vetro addossata alla parete. Contiene i premi vinti negli anni dall'emittente televisiva, insieme ad alcuni cimeli firmati da vari giocatori di hockey professionisti. Ci sono un sacco di gadget degli Oilers, noto.

Sulla parete di fronte ci sono due grandi schermi sintonizzati su trasmissioni diverse: la telecronaca settimanale del campionato nazionale di hockey e la Top Ten che fa il conto alla rovescia per la stagione più esplosiva della storia riguardo ai giocatori esordienti. Quanto vorrei che ci fosse il volume. Almeno potrei sentire qualcosa di interessante mentre vengo ignorata.

La frustrazione mi si arrampica sulla schiena come edera e mi serra la gola. Mulder non mi calcola di striscio. O è il peggior selezionatore del pianeta, o è un coglione maleducato o non mi sta prendendo seriamente in considerazione per il posto.

Oppure, ultima possibilità, tutte le risposte precedenti.

Tristan si sbagliava. Ed Mulder non è un coglione… è uno stronzo patentato. Ma purtroppo non capita tutti i giorni la possibilità di fare un bello stage pratico in una grande emittente televisiva come la HockeyNet. Ci sono pochissimi tirocini disponibili. E non sono neppure così ingenua da pensare che Mulder sia l'eccezione. Molti professori, sia uomini che donne, mi hanno messa in guardia sul fatto che il giornalismo sportivo non è un ambiente molto accogliente con le donne.

Dovrò affrontare uomini come lui per tutta la carriera. Perdere le staffe o uscirmene come una furia dal suo ufficio non mi aiuterebbe a raggiungere il mio obbiettivo. Anzi, "confermerebbe" le sue idee misogine: che le donne sono troppo emotive, fragili e inadeguate a sopravvivere in uno stadio.

«Allora». Do un colpetto di tosse. «Che mansioni dovrei svolgere se ottenessi il lavoro?». Conosco già la risposta: so quasi a memoria l'annuncio, senza contare che ho fatto a Tristan un interrogatorio degno della CIA. Ma tanto vale chiedere qualcosa, visto che Mulder non sembra interessato a ricambiare il favore.

Solleva la testa. «Abbiamo tre posti per stagisti assegnati alla produzione. Dirigo io il reparto».

Chissà se si rende conto che non ha risposto alla mia domanda. Espiro per calmarmi. «E le mansioni?»

«Molto impegnative», risponde. «Ti verrebbe chiesto di compilare le sintesi delle partite, montare le clip, aiutare a creare le anteprime e i servizi supplementari. Dovresti partecipare alle riunioni della produzione, dare spunti per i servizi…». Si blocca e clicca un paio di volte sul tasto del mouse.

Insomma, il lavoro perfetto per me. Lo voglio. *Mi serve.* Mi mordo l'interno della guancia, chiedendomi come potrei capovolgere l'andamento di questo colloquio disastroso.

Non ne ho modo. Qualcuno bussa alla porta, che si apre prima ancora che Mulder riesca a rispondere. Nell'ufficio fa irruzione un uomo con la barba incolta e l'aria euforica.

«Roman McElroy è appena stato arrestato per violenza domestica!».

Mulder si alza di scatto dalla poltrona in pelle. «Mi prendi per il culo?»

«Il video sta facendo il giro del web. Non quello in cui picchia la moglie, quello dell'arresto».

«Ne hanno già parlato altre emittenti?»

«No». Il barbuto saltella come un bambino in un negozio di giocattoli, e avrà come minimo cinquantacinque anni.

«Che presentatori abbiamo in studio?», chiede Mulder mentre si avvia verso la porta.

«È appena arrivata Georgia…».

«No», lo interrompe il boss. «La Barnes no. Cercherebbe di infilarci chissà quale stronzata femminista. Chi altro c'è?».

Mi mordo la lingua per evitare di rispondere male. Georgia Barnes è una delle due donne che si occupano di analisi alla HockeyNet ed è *bravissima*. Ha intuizioni straordinarie.

«Kip Haskins e Trevor Trent. Ma ora sono in diretta. Stanno girando il *Friday Five*».

«Fanculo il *Friday Five*. Di' a Gary di buttare giù qualcosa e a Kip e Trevor di parlarne esaminando il video fotogramma per fotogramma. Voglio una puntata intera su 'sto McElroy». Ricordandosi all'improvviso di me, Mulder si paralizza sulla soglia. «Noi finiamo lunedì».

Rimango a bocca aperta. «Come… scusi?»

«Torna lunedì», urla lui. «Abbiamo per le mani uno scoop pazzesco. Le notizie non aspettano, Brenda».

«Ma…».

«Lunedì alle nove». Al che se ne va.

Fisso la soglia vuota, incredula. Che cavolo è successo? Prima Mulder esordisce con una serie di commenti sessisti, poi non ascolta una sola parola che dico e ora mi pianta in asso a metà del colloquio? Capisco che un giocatore di hockey professionista accusato di aver picchiato la moglie sia una notiziona, ma… non posso tornare lunedì. Ho lezione. Tristan mi aveva messa in guardia su Mulder, ma questo tipo è ancora peggio di quanto immaginassi.

Raccolgo furiosa la borsa e il cappotto e mi alzo. Col cazzo. Io non ritorno lunedì. Non permetto a questo stronzo…

"Lo stage dei tuoi sogni", mi ricordo. Lo ripeto e lo ripeto mentalmente. L'ESPN e la HockeyNet sono le due emittenti sportive più importanti del Paese. E al momento l'ESPN non offre tirocini.

Quindi…

Mi sa che lunedì salto le lezioni.

Rochelle, la bella receptionist bionda di Mulder, alza lo sguardo dalla scrivania quando mi avvicino. Mi dà un altro appuntamento per il colloquio e lascio la sede della HockeyNet con una brutta sensazione alla bocca dello stomaco.

Per la prima volta da un secolo non piove, quindi prenoto un Uber e lo aspetto sul marciapiede. Nel frattempo chiamo mia cugina Tansy. «Ehi», dico quando risponde. «Il colloquio è finito».

«Di già?»

«Sì».

«Come è andata?»

«È stato un disastro completo. Dopo ti racconto. Ho appena prenotato un Uber… Posso venire comunque da te?». Il piano prevedeva che stessi da lei mentre era a lezione.

«Certo, ho lasciato le chiavi alla responsabile dello studentato. Stanza 404. Bussale e prendi le chiavi. La mia è la 408».

«Perfetto». Lancio un'occhiata al palazzone alle mie spalle che ho appena lasciato, con le sue finestre scintillanti, l'atrio in vetro e il gigantesco logo bianco e rosso della HockeyNet. Mi scappa un sospiro. «Spero che tu sia pronta a sbronzarti stasera, perché ho bisogno di affogare il ricordo di questo colloquio nell'alcol».

«Ti odio con tutto il cuore. Come fai a essere sempre così bella senza il minimo sforzo?», brontola Tansy alla sera.

Siamo nella sua reggia al Walsh Hall, uno degli studentati del Boston College. Ha tre coinquiline e divide la camera con Aisha, che questo fine settimana è andata dai suoi a New York. Mi rivedo molto in lei: ha trasformato la sua scrivania in un angolo bellezza. Se ne avessi una a casa mia lo farei anch'io. Ho sempre preferito studiare stravaccata sul letto o sul divano.

Rivolgo a mia cugina un sorriso dallo specchio enorme di Aisha e continuo a mettermi il mascara sulle ciglia superiori. «Mi sto pure truccando», le faccio notare. «Non è uno sforzo?».

Mugugna. «E questo lo chiami truccarti? Ti sei messa un velo di correttore e il mascara. Capirai».

«E il rossetto», le ricordo.

«E il rossetto», ammette. Mi guarda esasperata. «Lo sai, vero, che in questo grande e bellissimo mondo esistono altri colori oltre al rosso, vero?»

«Il rosso è il mio colore preferito». Increspo le labbra e le schiocco per mandarle un bacio. «La mia amica della Briar dice che è il mio marchio di fabbrica».

«Poco ma sicuro. Non ricordo l'ultima volta che ti ho vista senza. Forse il giorno di Natale?». Fa una pausa. «No, aspetta, quel giorno ce l'avevamo tutte e due. In pendant coi cappellini da Babbo Natale. Io stavo malissimo, però. Questo me lo ricordo. Il rossetto rosso mi sta da schifo».

«Abbiamo la stessa carnagione, Tans. Ti sta benissimo».

«Non in modo sfrontato, intendo. Per sfoggiare il rosso serve una certa spavalderia».

Non ha torto. È un colore che richiede sicurezza in sé stessi. Stranamente invece a me *dà* sicurezza. Lo so che sembrerà assurdo, ma ogni volta che mi metto il rossetto rosso fuoco mi sento invincibile.

«Se vuoi posso imprestarti un po' della mia», le propongo.

Mi sorride, il naso che si arriccia. L'orecchino d'argento sulla narice sinistra riflette la luce e sembra sfavillare. «Oh, grazie, Bee. Non è un caso infatti se sei la mia cugina preferita».

«Be', le altre non sono esattamente le candidate favorite per ricevere un tale onore. Leigh e Robbie sono troppo bigotte e bacchettone. E meglio se sto zitta su Alex».

Facciamo tutte e due una smorfia. Alex è la figlia di zio Bill ed è davvero odiosa.

Il cellulare mi squilla per un messaggio. «Ehi, puoi leggermelo?». L'ho lasciato sulla sua scrivania, e lei è più vicina.

Allunga un braccio sul letto. «Un certo BG dice che gli manchi. Ha messo tipo cento I e cinque, no, sei emoji con il cuoricino. Oooh, e il cuore è *rosso*. Vuol dire che gli piaci sul serio. Allora, chi è BG e perché non me ne hai mai parlato?».

Scoppio a ridere. «BG sta per Barbie Greenwich. È il soprannome che ho dato alla mia amica Summer. È bella, piena di soldi e viene dal Connecticut».

«Bugiarda. Non ti ho mai sentita nominare nessuna Summer», mi accusa lei.

«Si è trasferita alla Briar a inizio gennaio». Rinfilo lo scovolino nel tubetto del mascara e avvito il tappo. «È fuori di testa. In senso buono, intendo. Fa schiantare dalle risate. Sempre pronta a divertirsi. Non vedo l'ora di presentartela».

«Ci vediamo con lei questo weekend?»

«No, purtroppo no. Domani sera deve fare la brava fidanzata e andare a tifare per la Briar alla semifinale contro Yale. Gioca il suo ragazzo».

«Come mai le manchi?»

«Non ci vediamo dallo scorso weekend. E sì, lo so che una settimana non è chissà quanto tempo, ma per Summer sono tipo dieci anni. È melodrammatica».

Mi squilla di nuovo il cellulare.

«Visto cosa intendo?», ridacchio mentre infilo mascara e rossetto nella piccola trousse che mi sono portata da casa. «Mi passi il cellulare? Se non le rispondo, è capace di farsi venire un attacco di panico».

Tansy controlla lo schermo. Irrigidisce un po' le spalle. «Non è lei», mi informa.

Mi acciglio. «Okay. E chi è?».

Un lungo silenzio. Qualcosa cambia nell'aria e all'improvviso tra noi cala una nube di tensione.

Tansy mi scruta, diffidente. «Perché non mi hai detto che ti senti ancora con Eric?».

Capitolo cinque
Brenna

La tensione mi si insinua dentro, pietrificandomi le spalle e irrigidendomi la spina dorsale. Le dita invece sembrano di gelatina e incominciano a tremare. Per fortuna ho finito di mettere il mascara, altrimenti mi sarei conficcata lo scovolino in un occhio.

«Un messaggio di Eric?». Nel sentire la vocina che ho fatto mi infastidisco. «E che dice?».

Tansy mi lancia il cellulare. Il mio sguardo si fionda subito al messaggio. È telegrafico.

Eric: Chiamami, B. Devo parlarti.

L'inquietudine mi scorre lungo la schiena come gocce che scendono da un rubinetto che perde. Che cosa vorrà adesso?

«Che cosa vuole?». Tansy dà voce ai miei pensieri, solo che sembra molto più diffidente di me.

«Non lo so. E per rispondere alla tua domanda: non ci sentiamo più».

Non è proprio la verità. Sento Eric due o tre volte all'anno, di solito quando è fatto come una scimmia o sbronzo marcio. Se non rispondo continua a chiamarmi all'infinito, finché non cedo. Non ho il coraggio di bloccare il numero, ma ogni volta che gli rispondo mi si spezza il cuore nel sentire quanto è messo male.

«Sai che mia madre lo ha incrociato tipo sei o sette mesi fa? Nel periodo di Halloween».

«Davvero? Perché non mi ha detto niente durante le vacanze?»

«Non voleva che ti preoccupassi», mi confessa Tansy.

Un respiro profondo mi si blocca in gola. Il fatto che zia Sheryl abbia pensato che mi sarei preoccupata la dice lunga sullo stato di Eric quando lo ha visto. «Era fatto?»

«Secondo mamma, sì».

Espiro lentamente. «Mi dispiace da morire per lui».

«Sbagli», risponde lei schietta. «È lui che decide di continuare a fare quella vita. Sua madre gli aveva trovato posto in una costosissima clinica di disintossicazione nel Vermont e lui si è rifiutato di andarci, ricordi?»

«Me lo ricordo, sì». Mi spiace anche per la madre. È molto frustrante cercare di aiutare qualcuno che non ammette di avere un problema.

«Nessuno gli versa l'alcol in gola a forza o lo costringe a drogarsi. Nessuno lo tiene in ostaggio a Westlynn. Potrebbe andarsene da lì in qualsiasi momento. *Noi* l'abbiamo fatto».

Ha ragione. Non c'è nulla che trattenga Eric a Westlynn, New Hampshire, se non i suoi demoni. Io sono volata a Boston subito dopo il diploma.

Non c'è niente che non vada nel paesino in cui sono cresciuta. È un bellissimo posto, una tipica cittadina tranquilla e pittoresca. Mio padre e i suoi fratelli sono nati e cresciuti lì, e zia Sheryl e zio Bill ci vivono ancora con i rispettivi coniugi. Papà ha aspettato che io me ne andassi di casa per trasferirsi a Hastings, Massachusetts. Prima si faceva ogni giorno un'ora di viaggio per andare alla Briar, così io ho potuto continuare a frequentare la scuola con le mie cugine e i miei amici. Penso che stia meglio a Hastings. Abita in una spaziosa villetta vittoriana carica di fascino a cinque minuti dal campus.

Il mio ex invece ha scelto di restare nel nostro paesino d'origine. Dopo il diploma è entrato in un brutto giro, ha iniziato a frequentare della gentaglia e ha preso una strada pericolosa. Non che Westlynn pulluli di spacciatori, ma non significa che non girino droghe. Purtroppo quelle si trovano ovunque.

Eric è bloccato. Tutti gli altri sono andati avanti, lui invece è sempre uguale. Anzi, in questo periodo è messo anche peggio.

Forse non dovrei dispiacermi per lui, ma così è. E visti i nostri trascorsi mi è difficile eliminarlo completamente dalla mia vita.

«Secondo me non dovresti chiamarlo».

Le parole severe di mia cugina mi riportano al presente. «Probabilmente non lo farò».

«*Probabilmente?*»

«Al novanta percento no, ma c'è un dieci percento che lo faccia».

«Il dieci percento è troppo». Scuote la testa. «Se lo fai rientrare nella tua vita quel tipo ti trascinerà assieme a lui».

Sbianco. «Ma va', non corro nessun rischio. Su questo sono sicura al cento percento».

«Bene. Perché è evidente che sta ancora in fissa per te».

«Non è mai stato in fissa per me», dico in difesa di Eric.

«Scherzi? Ricordi quando ti sei presa la mononucleosi al penultimo anno e hai dovuto saltare due mesi di scuola? Eric era andato in tilt», mi ricorda. «Ti chiamava ogni cinque secondi, marinava per venire a trovarti, ha dato di matto quando zio Chad gli ha detto di smetterla di venire a casa vostra. È stato allucinante».

Distolgo lo sguardo. «Okay, forse è stato un tantino drammatico. Che ne dici di questa canotta, invece?». Indico il top nero a coste. Si lega dietro la nuca e sulla schiena, lasciando la pancia scoperta.

«Sexy di brutto», dichiara.

«Lo sai, vero, che non serve dire sempre "di brutto"? Fa molto bimbaminkia», la sfotto, tirando un sospiro di sollievo perché ha accettato di cambiare argomento senza fare storie.

Non mi piace rivangare quel periodo della mia vita. A dire la verità, ripensare a Eric mi sfibra come quando ci stavo insieme. Il solo pensiero e mi pare di aver scalato l'Everest. Il mio ex succhia tutte le energie.

«Parlo il giovanilese», replica Tansy. «L'unica vera lingua che esiste. Comunque sei uno schianto e io sono uno schianto, quindi usciamo per far vedere a tutti quanto siamo fighe. Pronta?».

Prendo la borsa sul letto della coinquilina. «Di brutto».

Finiamo in un irish pub nella zona di Back Bay. Si chiama La volpe e il violino e, a giudicare dalle facce giovani, pullula per lo più di studenti universitari. Purtroppo c'è una grave penuria di tute da hockey. Individuo un paio di maglie oro e granata, i colori dei Boston College Eagles. Ma non c'è altro. Mi fa rimpiangere il Malone, il bar di Hastings dove bazzica la tifoseria della Briar.

Appena entriamo Tansy controlla il cellulare. Dobbiamo beccarci con il suo ragazzo. O forse adesso è il suo ex? Scopamico? Non so mai come stanno le cose tra lei e Lamar. Il loro continuo tiremmolla è frastornante come una corsa sull'ottovolante.

«Lamar non mi ha ancora scritto. Immagino non sia arrivato». Mi prende a braccetto e andiamo al bancone. «Ordiniamo due shot. È da Natale che non ne beviamo».

C'è una marea di gente che aspetta di essere servita. Attiro l'attenzione di un barista, il quale mi fa segno che arriva subito.

«Quanto mi piacerebbe che venissi anche tu al Boston College», mi dice mogia Tansy. «Potremmo uscire sempre insieme».

«Lo so». Mi sarebbe piaciuto tantissimo andare all'università con lei, ma non mi hanno accettata. All'epoca non avevo una buona media: per via della storia con Eric il mio rendimento era andato a farsi benedire. Quindi mi sono iscritta un'università pubblica, finché non sono riuscita a passare alla Briar, dove sono esonerata dalle salatissime tasse perché ci lavora mio padre.

«Bello! Danno la partita dei Bruins». Alzo lo sguardo verso uno dei monitor montati alla parete. I Bruins vanno all'attacco, un vortice nero e giallo che sfreccia sullo schermo.

«Yuppi!», esclama Tansy con finto entusiasmo. Non gliene frega niente dell'hockey. Il suo sport preferito è il basket. Tant'è che esce solo con cestisti.

Provo a fare un altro cenno al barista, ma è impegnato a servire un gruppo di tipe vestite da ragazzine. Stranamente il bar è pieno nonostante siano solo le dieci e mezzo. Di solito a quest'ora la gente sta ancora facendo aperitivo da un'altra parte.

Tansy ricontrolla il cellulare e scrive qualcosa. «Dove cavolo è?», bofonchia.

«Scrivigli».

«Appena fatto. Non risponde, chissà per… Ah, aspetta, sta scrivendo». Non dice nulla, finché non appare il messaggio. «Okay, è… Oddio, non dirà sul serio!».

«Che c'è?».

I suoi occhi mori si accendono di un lampo d'irritazione. «Un secondo. Lo chiamo, così capisco che cacchio ha *combinato*».

Oh mamma. Spero che non ci siano guai in vista, perché a volte Tansy perde la brocca con il suo ragazzo barra ex ragazzo barra scopamico. Non ho ancora capito cosa sia.

Quel che è certo è che non vedevo l'ora di divertirmi con la mia cugina preferita, specie dopo il colloquio tremendo di stamattina. È andato malissimo.

Intanto che aspetto Tansy mi guardo la partita dei Bruins. Nessuno dei due baristi viene a prendere l'ordine e probabilmente è meglio così, perché mia cugina torna con il muso.

«Non ci crederai mai!», esclama. «Quel cretino ha sbagliato bar. È alla Rana e la volpe, vicino a Fenway. Questo è La volpe e il violino».

«Perché in questa città tutti i bar hanno *volpe* nel nome?»

«Vero? Non posso neanche arrabbiarmi più di tanto, perché ci sta che uno si sbagli». Sospira esasperata. «Comunque, è con un gruppetto di amici e non gli va di trascinare tutti qui, quando a me e te bastano dieci minuti di taxi per raggiungerli».

«Non ha tutti i torti».

«Ti spiace se andiamo?»

«Figurati». Mi allontano dal bancone districandomi tra la gente. «Vado un attimo in bagno».

«D'accordo. Io prenoto l'auto. Ci becchiamo fuori?»

«Perfetto».

Tansy esce dal pub e io mi dirigo alla toilette. Malgrado la ressa del venerdì sera non c'è la fila. Quando entro trovo due ragazze davanti allo specchio che chiacchierano ad alta voce mentre si ritoccano il trucco. Faccio un cenno di saluto ed entro in una toilette.

«Se vuoi andare al Dime, ci andiamo», dice una delle due.

«Te l'ho detto che non mi va».

«Sicura? Perché continui a parlare di Jake Connelly e della sua lingua».

Mi pietrifico. Giuro che il flusso di pipì mi si blocca come in una specie di trucchetto di magia.

«Tanto stasera non dobbiamo andare da nessun'altra parte», continua la prima ragazza. «Facciamo un salto al Dime, così lo vedi. Magari riesci a fartelo un'altra volta...».

«Improbabile. Connelly non ripete». La seconda ragazza sembra demoralizzata. «Inutile andarci».

«Non si sa mai. Hai detto che è stato bene, no?»

«Gli ho fatto un pompino. Ci credo che è stato bene».

Serro le labbra per trattenere un sorriso. Ah, senti, senti. L'altra sera Jakey se l'è spassata. Buon per lui.

Peccato che poi mi torni in mente la scenata che mi ha fatto per McCarthy e il sorriso sparisce. Riprendo subito a fare la pipì, impaziente di uscire dal bagno per non dover più ascoltare queste cazzate.

Fuori dalle cabine risuona un sospiro malinconico. «Non hai idea di quanto è stato bello».

«In realtà ce l'ho. Non parli d'altro».

«Bacia *da Dio*. E quando è sceso in basso, ha fatto 'sta cosa con la lingua, cioè... non so come dirti. Era tipo... un bacio con risucchio».

Mi sento parecchio a disagio. Anche io parlo di sesso con le mie amiche, ma queste due scendono proprio nei dettagli. E lo sanno che c'è un'altra persona in bagno. Mi hanno *vista* entrare.

«Mi stupisce che abbia ricambiato il favore. Di solito i fighi come lui se ne fregano se la ragazza non viene».

Tiro lo sciacquone ed esco rumorosamente dalla toilette. «Scusate, dovrei passare», faccio disinvolta indicando i lavandini.

Le due si spostano e continuano a parlare. «Be', è stato tutto il contrario», assicura la tipa di Jake all'amica. «Voleva proprio farmi venire».

Stavolta le guardo bene. L'amica è alta e castana. Quella che si è fatta Jake è minuta, con i ricci ramati, tette enormi e occhioni castani da cerbiatta.

È questo il tipo di ragazza che piace a Connelly? Le cerbiattone?

«Allora andiamo al Dime», insiste la brunetta.

La cerbiattona si morde il labbro. «Non so. Sarebbe strano presentarsi al suo bar preferito. Insomma, siamo stati insieme quattro giorni fa. Non si ricorderà neanche di me».

Passo le mani insaponate sotto l'acqua calda. Quattro giorni ed è preoccupata che lui si sia già dimenticato di lei? Ha una considerazione così bassa di sé? Magari dovrei intromettermi e suggerirle di non darsi tanta pena per rintracciarlo. Una come lei Jake se la mangia viva.

«Va bene, allora restiamo qui», risponde l'amica mentre escono. «Dovremmo cercare un...».

La porta si chiude e non le sento più. Mi asciugo le mani con una salvietta e rifletto su quello che ho appena sentito. Insomma. Quattro giorni fa Jake si è slinguazzato una cerbiattona. Quando si dice l'ipocrisia.

Con che coraggio viene a dirmi con chi posso andare a letto e ordina a McCarthy di scaricarmi, mentre lui fa sesso orale con una cerbiattona e passa il venerdì sera in un bar, probabilmente per rimorchiare qualche altra tipa? Nel frattempo il povero McCarthy se ne sta a casa con il divieto di menarselo senza il permesso di Connelly.

Che vada a quel paese!

Impettita, esco dal bagno e vado a cercare mia cugina. Sta accanto a un parchimetro sul marciapiede, davanti alla portiera posteriore di una berlina nera. «Pronta?», mi dice appena mi adocchia.

La raggiungo. «Sì, ma c'è un cambio di programma. Prima facciamo un salto in un posto».

Capitolo sei
Jake

Il Dime è il mio locale preferito di Boston. È la bettola per eccellenza. Minuscolo. Luci basse. Al tavolo da biliardo mancano tre palle, compresa la numero otto. Il bersaglio per giocare a freccette è spaccato a metà. Il più delle volte la birra sembra annacquata e il cibo è coperto da uno strato di unto che ti si rapprende come un sasso alla bocca dello stomaco.

Ma nonostante questi difettucci, lo adoro. Essendo così piccolo, di solito le comitive si avventurano altrove. E la clientela è generalmente maschile, quindi è il posto perfetto in cui andare se non sei in cerca di una scopata.

Naturalmente per Brooks non è un deterrente. Il mio coinquilino è capace di scovare una ragazza in ogni dove. Se lo porti in un convento, è capace di sedurre una suora. Se lo porti a un funerale, si sbatte la vedova in bagno. O sulla bara, cazzo. Quel tipo è proprio un puttaniere.

Al momento sta limonando con la cameriera a un tavolino. Stasera ci sono solo due persone a servire i tavoli e Brooks ha infilato la lingua in bocca a una delle due.

L'altro cameriere, un tizio più vecchio con la barba e gli occhiali, continua a dare colpetti di tosse, piccato. La collega continua a ignorarlo. Quando le urla: «Il tuo tavolo aspetta, Rachel!», la ragazza stacca le labbra da quelle del mio compagno di squadra e con un cenno della mano liquida il collega. «Puoi occupartene tu? Ti prendi le mance».

Immagino sia stufa di lavorare qui e che questa sia la sua tecnica per rassegnare le dimissioni, perché come minimo si beccherà una lavata di capo. L'altro cameriere si scambia occhiate torve con il barista e sono abbastanza sicuro che uno dei due abbia già chiamato il gestore.

Mentre Brooks se ne sta in un angolino a pomiciare con la cameriera, noialtri ci godiamo la partita dei Bruins e ascoltiamo Coby Chilton lamentarsi del limite di due birre che ho imposto. Per quanto mi riguarda può lagnarsi pure tutta la sera. Domani pomeriggio giochiamo contro Princeton ed è categoricamente vietato che qualcuno si presenti con i postumi da sbornia. A Potts e Bray ho proibito proprio di uscire stasera. Non mi fido del duo del beer pong.

«Se poteste trombarvi un giocatore di hockey, morto o vivente, chi scegliereste?», chiede Coby a Dmitry. Dato che fino a un secondo fa stava parlando di birra, il cambio di argomento ci spiazza.

«Eh?». Dmitry sembra parecchio confuso. «Intendi una giocatrice?»

«E con "morto" intendi un cadavere o che dovremmo trombarci una morta quand'era viva?», si intromette Heath.

«No, intendo giocatori della lega nazionale di hockey maschile. E non robe da necrofilo», fa Coby con l'aria inorridita.

«Cioè, ci stai chiedendo che *giocatore* ci scoperemmo?», chiede un difensore.

Soffoco una risata.

«Sì. Io mi farei Bobby Hull. Ho un debole per i biondi. Voi, invece?»

«Fermi tutti!», starnazza Adam Middleton, la nostra matricola più promettente. «Chilton, non sarai mica gay?». Il diciottenne lancia un'occhiata intorno al tavolo. «È gay e io lo scopro solo adesso? Lo sapevate tutti?»

«Ti *piacerebbe*, eh?», ribatte Coby.

La matricola si corruccia. «Perché dovrebbe piacermi?»

«Perché sono una bomba del sesso. Non sai cosa ti perdi».

«Che succede?», mi chiede Adam.

Serro le labbra tremolanti. «Boh».

«L'altro giorno a Harvard Square ho sentito delle ragazze che facevano questo giochino», spiega Coby, scolandosi la seconda (e ultima) birra. Alza gli occhi al cielo con fare plateale. «Sceglievano i più sfigati. Tyler Seguin! Sidney Crosby!».

«Io Crosby me lo farei», si intromette Dmitry. «Non dovrei neanche immaginarmi una tipa per farmelo rizzare, mi basterebbe pensare a quanti punti segna».

Scoppiamo tutti a ridere. Inizia a vibrarmi il cellulare. Lo tiro fuori dalla tasca.

Hazel: Che fai stasera? Io mi annoio a casa.

Le scrivo due parole per dirle che sono fuori con i ragazzi.

Hazel: Usa il profilattico!

Scoppio a ridere, attirando l'attenzione di Coby. «Cos'è che ti fa tanto ridere?». Mi fulmina con lo sguardo. «Spero che tu non ci stia provando con una ragazza. Hai bandito le scopate, ricordi?»

«Ho bandito le distrazioni», lo correggo.

E per ora sta funzionando. All'allenamento di stamattina McCarthy era in splendida forma, a riprova del fatto che la causa del suo recente periodo schifoso era il flirt con Brenna Jensen. Stasera non è uscito con noi perché voleva stare a casa a guardare qualsiasi video disponibile della stagione di Princeton per prepararsi alla partita domani. Visto cosa succede quando si eliminano fastidiose distrazioni?

«E poi non ci sto provando con nessuna», aggiungo. «Rispondevo a un messaggio di Hazel».

«Ah, okay. Salutamela», mi ordina Coby.

L'anno scorso l'ho portata a una festa della squadra, quindi gran parte dei compagni la conosce. A Coby, in particolare, è piaciuta subito. Ma a lui piace chiunque abbia le tette. E i capelli biondi, a quanto pare, a prescindere dal genere sessuale.

«Mi darai mai il suo numero?», fa con tono lagnoso.

«No. Non puoi farti le mie amiche». Non voglio che Chilton si avvicini a Hazel. È un donnaiolo, le spezzerebbe il cuore. È troppo sprovveduta per gestire uno così.

A dire la verità, mi sa che non ha mai avuto un ragazzo. Immagino che si faccia qualcuno, perché è una bella ragazza di ventuno anni, ma non l'ho mai vista insieme a un uomo. In passato mi sono chiesto se fosse lesbica, ma non l'ho neanche mai vista in compagnia di una donna. E poi mi è capitato di beccarla a spogliare con gli occhi dei ragazzi. Mi sa che non rimorchia granché. Coby invece rimorchia fin troppo.

Un fischio copre la musica rock sparata a tutto volume nel bar. Arriva dai biliardi. Due uomini a un tavolo hanno interrotto la partita per fissare a bocca aperta la porta del bar.

Seguo i loro sguardi e… *Madonna!*

Brenna Jensen attraversa la stanza con passo deciso. E a vederla viene voglia di mangiarsela tutta.

Indossa stivali con il tacco, una minigonna e un chiodo di pelle. I capelli color cioccolato le ricadono sulle spalle e ha le labbra carnose rosso fuoco.

È seguita da un'altra mora. Carina pure lei, ma Brenna monopolizza la mia attenzione. I suoi occhi scuri hanno un fuoco dentro e ogni scintilla è diretta a me.

«Connelly». Si avvicina al nostro tavolo, scoprendo i denti in un sorrisino strafottente. «Ragazzi. Che bello vedervi. Vi spiace se mi unisco a voi?».

Fingo che il suo arrivo mi lasci del tutto indifferente. Sotto sotto le budella mi si attorcigliano come un serpente a sonagli. «Certo». Indico l'unica sedia libera. «Ma purtroppo c'è solo un posto».

«Non importa, non ci tratterremo molto». Poi fa alla sua amica: «Vuoi sederti tu?»

«Nah». La ragazza è palesemente divertita dalla scena. Chissà *cosa* sta per succedere. «Chiamo Lamar. Vieni a cercarmi quando hai finito». Va verso il bancone, il cellulare già incollato all'orecchio.

«Che caldo che fa», commenta Brenna. «Tutti i corpi strizzati in questo buco generano un calore infernale». Abbassa la zip della giacca.

La canotta che indossa sotto fa schizzare gli occhi fuori dalle orbite a tutti.

«Oh cazzo», sento mugugnare Coby.

Il top le lascia scoperta la pancia piatta e setosa, ed è abbastanza scollato da mettere in mostra uno splendido décolleté. Non indossa neanche il reggiseno, quindi si intravedono i capezzoli, due gemme dure che sporgono dal tessuto a coste. Il pene mi freme nei pantaloni.

Brenna passa al vaglio i miei compagni di squadra e poi si concentra su di me. «Dobbiamo fare due chiacchiere, Connelly».

«Ah sì?».

Il suo sguardo scorre di nuovo sul tavolo. Ciascun ragazzo, persino l'umile matricola Adam, viene passato in rassegna. Con mio grande dispiacere, l'esame più lungo è riservato a Coby, al quale è scesa la lingua fino al pavimento appiccicoso del bar.

«Accomodati pure», dico cupo.

«Non mi dispiacerebbe affatto». Brenna inarca un sopracciglio, si dirige verso Coby e gli si siede in braccio.

Lui fa un verso strozzato. In parte di stupore, in parte di gioia.

Fulmino Brenna.

Mi sorride. «Che c'è, Jakey? Mi hai detto tu di accomodarmi».

«Secondo me, staresti più comoda su una sedia», dico con una punta di fastidio.

«Oh, sto benissimo qui». Con un braccio snello cinge il collo di Coby e appoggia la mano sulle sue spalle larghe. È alto un metro e novantatré per centodieci chili. In confronto Brenna sembra uno scricciolo.

Non mi sfugge come Coby la stringe sul fianco per non farla cadere.

«Jensen», la ammonisco.

«Ehi, Jensen!». Finalmente Brooks prende un attimo di respiro e si accorge che è arrivata Brenna. «Quando sei arrivata? C'è pure la Di Laurentis?»

«No, Summer è a Hastings».

«Ah. Peccato, cazzo». Fa una scrollata di spalle e riprende la partita di hockey tonsillare con la cameriera prossima alla disoccupazione.

«Allora, il problema è questo», fa Brenna. Starà pure seduta sulle ginocchia di Coby ma ha occhi solo per me. «Hai ordinato a Josh di mollarmi».

Alzo la bottiglia di birra e bevo lentamente un sorso, meditando sulle sue parole. «Mollarti, eh? Pensavo che non steste insieme».

«Infatti. Ma tra noi c'era una bella intesa. Mi piaceva».

Strano che sia così schietta. È raro che una donna ammetta che le piaceva il tipo che l'ha appena scaricata. Al pensiero che McCarthy potesse piacerle davvero provo una strana fitta allo stomaco.

«Mi piaceva come mi toccava», continua con voce suadente, e di colpo tutti i ragazzi al tavolo pendono dalle sue labbra. «Mi piacevano le sue labbra… le sue dita…».

La matricola Adam dà un colpetto di tosse strozzato. Lo ammonisco con un'occhiata omicida. Butta giù un sorso di birra.

«Mi sa che dovrai trovarti altre mani, labbra e dita con cui intrattenerti», rispondo.

Coby apre la bocca e lo fulmino con lo sguardo prima che possa offrirsi volontario con le sue parti anatomiche. Chiude la bocca all'istante.

«Te l'ho detto, non comandi tu», dice con scioltezza lei.

«Io non comando nessuno. È stata una scelta di McCarthy».

«Non ci credo. Non mi piace che ti immischi nella mia vita».

«E a me non piace che tu ti immischi nella mia squadra».

Le teste dei ragazzi fanno avanti e indietro tra me e Brenna.

«Dobbiamo davvero riaprire l'argomento?», mi chiede annoiata. Struscia un indice sul braccio di Coby.

Il ragazzo fa gli occhi da triglia.

Cazzo. Brenna non è solo uno schianto, è anche super magnetica. E al momento il suo culo perfetto è appoggiato sul pacco di un giocatore di hockey pieno di carica e grinta represse in vista della semifinale di domani.

«Sei venuta a sgridarmi, patata? Perché non servirà a far tornare sui suoi passi il povero e dolce McCarthy», la pungolo. Principalmente perché mi diverte vedere i suoi occhi castani accendersi di rabbia come due tizzoni ardenti in un braciere.

«Hai ragione. Non riavrò McCarthy. Quindi immagino sia ora di trovarmi un sostituto». Allunga la mano su quella che Coby le tiene sul fianco. Intreccia le dita alle sue e quando vedo che gli sfrega il palmo con il pollice, mi incupisco.

Mi pare di aver sentito addirittura Coby gemere. Con la musica non si sente bene, ma a vedere l'espressione straziata che ha si capisce che Brenna gli fa effetto. Gli lancio un'occhiataccia. «Concentrati, amico. Sta solo giocando».

«Non sto giocando. Mi piace molto il tuo amico». Scosta i capelli setosi su una spalla e inclina la testa per incrociare lo sguardo ammaliato di Coby. «Come ti chiami?»

«Coby», fa lui con voce stridula.

Oh cazzo. Che casino. Coby la ammira come se fosse già nuda. Cavolo, mi sa che qualsiasi uomo nel bar la guarda così.

«Io sono Brenna», fa lei con voce suadente. «È un grande piacere conoscerti».

«Un grande piacere», le fa eco lui, deglutendo visibilmente.

Brenna mi sfodera un sorrido smagliante, poi toglie la mano da quella di Coby e la fa scivolare sul suo petto muscoloso. La preme sul logo di Harvard stampato sulla felpa grigia, il palmo sul pettorale sinistro. «Ti batte forte il cuore. Tutto bene?»

«Benissimo». Coby è completamente ammaliato. Si mangia con gli occhi le curve di Brenna. Dopodiché si agita sulla sedia, probabilmente perché ha un'erezione da record.

«Concentrati su di me, Chilton», gli ordino. «Non farti traviare».

«Non dargli retta, Coby. Insomma, vuoi davvero che Connelly ti gestisca la vita? È proprio un rompiscatole. A chi piacciono i rompiscatole?». Gli si avvinghia. «Allora, che cosa ti piace fare, a parte giocare a hockey? Ti piace ballare?»

«Da morire», mugugna lui, lo sguardo incollato alla scollatura. So per certo che non conosce neanche un passo. «Non ci cascare, Coby. Non le interessi».

Mi ignorano entrambi.

«Dovremmo andare a ballare insieme una volta. Ci divertiremmo. Un sacco». Gli accarezza i pettorali prima di portare la mano sul mento barbuto. Accarezza pure quello. «Scommetto che se stessimo vicini vicini il cuore ti batterebbe ancora più forte».

Adam riprende a tossicchiare. Accanto lui, Dmitry sembra completamente stregato. Tutti quanti. Brenna fa quest'effetto agli uomini.

Lancio un'occhiataccia a Coby. «Ti prende in giro. È una ripicca per il presunto sgarro che le ho fatto».

Brenna mi fa un sorrisetto di sfida. «In realtà, il caso vuole che io trovi Coby estremamente attraente».

«Non ne dubito», biascico. Continuo a spronare il cretino su cui è seduta: «Puoi farcela, amico! Esci dal tunnel!».

Quando finalmente Coby ritrova la voce, sembra che qualcuno gli stia cavando le parole di bocca con le pinze. «Mi spiace, Jake. Mi sa che mi sono innamorato».

Brenna scoppia a ridere e scende agile dalle sue gambe.

Scatta in piedi anche lui. «Dovremmo andare a ballare stasera», dice con trepidazione.

Sospiro. «Smidollato».

Sospirando a sua volta, Brenna fa una carezza sul braccio al mio compagno di squadra. «Spiacente, tesoro, ma ha ragione Connelly. Stavo solo giocando».

Lui la guarda sbigottito. «Sul serio?»

«Sul serio. Ti ho usato e ti chiedo scusa. Sei stato una pedina inconsapevole nella partitella a scacchi tra me e il tuo capitano».

Coby fa una faccia talmente delusa che devo sforzarmi di non ridere. Però non mi dispiace. Lo avevo avvisato.

Brenna si gira verso di me. «Visto quant'è stato facile?». Scuote la testa, infastidita. «L'unico motivo per cui non mi dispiace per McCarthy è che avevamo un accordo temporaneo. Ma che ti serva da lezione, Connelly. Non immischiarti nella mia vita. Né amorosa, né sessuale. Nella mia vita in generale. Non hai il diritto di costringere una persona a mollarmi. È infantile».

«E quello che hai appena fatto no?», insorgo.

«Oh sì. Non lo nego. Mi sono abbassata al tuo livello per chiarirti il punto. Se mi crei problemi, io li creo a te. Se continui ad accusarmi di distrarre i tuoi amici, pensa un po', inizierò a farlo. E a giudicare da quanto ho appena visto non ci vorrà molto». Dà una pacca a Coby sulla spalla. «Ripeto: mi dispiace tanto di averti coinvolto. Per quel che vale, ti trovo un gran figo e ho un'amica – Audrey – che vorrei presentarti. Sei proprio il suo tipo».

Coby si illumina. «Davvero?».

Brenna alza il cellulare. «Sorridi. Le mando una foto e vediamo se le interessi».

Guardo completamente sconcertato Coby che se ne sta lì impalato e si mette in posa per una foto. Flette i bicipiti, porca miseria. E come se non bastasse dice persino: «Grazie».

'Sto cretino la *ringrazia*. Dio mio. I miei compagni di squadra sono proprio irrecuperabili.

Brenna infila il cellulare nella borsa e cerca il mio sguardo. «Goditi il resto della serata, Jakey». Mi fa l'occhiolino. «E ricordati... Se mi crei problemi, io li creo a te».

Capitolo sette
Jake

Alle tre del mattino mi ritrovo a tracannare un bicchiere d'acqua in cucina. Non so perché mi sono svegliato. Forse per un tuono? Da quando io e Brooks siamo tornati a casa dal bar non ha smesso di piovere neanche per un secondo.

O forse ad avermi strappato dalle braccia di Morfeo è il senso di colpa. A Brenna non lo direi neanche morto ma... è vero che mi dispiace di aver messo bocca nei suoi affari. Non nego di essermi sentito una merda quando ha confessato che McCarthy le piaceva.

«Oh!», strilla una voce femminile. «Non mi ero accorta che qualcun altro era sveglio».

Alzo la testa in tempo per vedere una sagoma ben fatta a due metri da me. O la penombra mi gioca brutti scherzi o indossa soltanto il perizoma. Fa un paio di passi avanti, una cascata di capelli biondi che le ondeggiano sulla schiena. Accende la luce della cucina e, sì, è senza dubbio mezza nuda. Ha le tette all'aria.

«Scusa», mi dice. «Pensavo di essere sola».

Nonostante le scuse, non fa il gesto di coprirsi il seno.

E siccome sono un uomo, non riesco a fare a meno di fissarlo. Belle tette. Non grandissime, ma carine e sode, con i capezzoli rosa chiaro al momento inturgiditi per il freddo.

Il luccichio malizioso nello sguardo della ragazza però mi fa passare qualsiasi fantasia. Presumo che sia ospite di Brooks, ma non avevo sentito entrare nessuno. E dato che è praticamente nuda, immagino che non siano impegnati in una sessione di studio notturna in camera da letto. Quindi non mi pare proprio il caso che mi guardi così.

«Ti fermi a dormire con Brooks?», le chiedo mentre sciacquo il bicchiere.

«Mmm-mmm».

Mi acciglio. «Quando sei arrivata?»

«Intorno a mezzanotte. E prima che tu me lo chieda: sì, mi ha chiamata per scopare».

Trattengo l'impulso di scuotere la testa. Brooks Weston è allucinante. Passa la serata a limonare con una tipa e poi ne chiama un'altra per scopare.

«Potresti darmi un bicchiere? Non so dove li tenete». Si lecca le labbra. «Ho sete».

Ha parecchia sete.

Apro la credenza, prendo un bicchiere e glielo porgo. Quando lo afferra mi sfiora le dita con fare da gatta. «Grazie».

«Prego». Ritraggo la mano. «Sembri infreddolita», dico indicando i suoi capezzoli.

«In realtà ora ho caldissimo». Ridacchia. «Sarà per colpa tua».

«In che senso?»

«Sembri molto *caliente*».

Cerco di non alzare gli occhi al cielo. Quant'è sfacciata. Troppo, considerando chi è venuta a trovare stasera. «Non eri in camera con il mio coinquilino?». Indico con la testa il corridoio.

«Sì, quindi?»

«Quindi forse non dovresti dire a un altro che ti sembra molto *caliente*».

«Brooks sa benissimo cosa penso di te».

«Ma guarda». Avverto un brivido di disagio lungo la schiena. Non mi piace che la gente parli di me. E mi auguro vivamente di non rientrare nei giochini erotici che lei e Brooks fanno a porte chiuse.

La ragazza riempie il bicchiere al distributore d'acqua del frigo. Si ferma a bere senza reggiseno, senza farsene minimamente un problema. Ha un gran bel fisico, ma c'è qualcosa in lei che mi infastidisce. Non è la sfacciataggine. Le ragazze dirette mi piacciono. Quelle impertinenti. Come Brenna Jensen... lei è l'impudenza fatta persona, ma non mi fa venire voglia di darmela a gambe.

Questa ragazza, invece…

«Come ti chiami?», chiedo cauto. Non so perché non mi convinca, ma la sua presenza mi infastidisce.

«Kayla». Beve lentamente un altro sorso, appoggiando un fianco al ripiano di granito. Il fatto che indossi soltanto le mutandine non la scompone minimamente. «Ci siamo già conosciuti», mi fa.

«Ah sì?».

Un palese dispiacere le adombra il viso. Immagino che non sia il tipo di ragazza a cui piace venire dimenticata. Ma non me la ricordo per nulla.

«Sì, alla festa di Nash Maynard».

«Vieni anche tu a Harvard?»

«No, ne abbiamo parlato anche alla festa, non ricordi?», si irrigidisce. «Vado alla Boston University».

Il vuoto. Ho un buco di memoria nel punto in cui dovrebbe esserci questo presunto incontro.

«Piccola!», giunge dal corridoio una voce assonnata. «Torna a letto! Sono arrapato!».

Le faccio un sorrisino ironico. «Ti chiamano».

«Il tuo coinquilino è insaziabile», dice ricambiando il sorriso.

«Non saprei», rispondo con una scollata di spalle.

«No?». Finisce l'acqua e ripone il bicchiere nel lavello. Mi scruta, una scintilla di curiosità nello sguardo. «Tu e Brooks non avete mai…?». Lascia in sospeso la domanda.

«Nah. Sono dell'altra sponda».

Inclina la testa, pensierosa. «Neanche se partecipasse una ragazza?».

Eeeeee… fine della conversazione. È tardi e sono troppo stanco per parlare di *ménage à trois* con una sconosciuta in cucina. «Non faccio neanche quelle cose», bofonchio quando le passo accanto.

«Peccato», fa lei, spostandosi.

Non mi giro. «Buonanotte, Kayla».

«'Notte, Jake». Un tono invitante.

Cavolo. Quante avance per un semplice incontro casuale. Mi

sarebbe bastato un cenno e si sarebbe fatta sbattere sul bancone della cucina. Se mi piacessero i triangoli, si sarebbe fatta sbattere sia da me che da Brooks.

Ma non mi alletta nessuna delle due ipotesi.

Me ne torno a letto e per sicurezza chiudo la porta a chiave.

Di prima mattina intraprendo il lungo viaggio per andare a trovare i miei. Prevede un breve tratto in metro, seguito da uno non tanto breve sulla linea Newburyport/Rockport che porta direttamente a Gloucester. Ci avrei messo di meno se avessi chiesto l'auto a Weston e fatto la costa, ma non mi dispiace prendere il treno. Costa meno che fare il pieno alla Mercedes e così ho un po' di tempo per riflettere in santa pace e prepararmi psicologicamente alla partita di oggi.

L'intera stagione dipende dal risultato di questa partita.

Se perdiamo…

"Non perderete".

Ascolto la vocina determinata nella mia testa e attingo alla sicurezza che ho sin da quando giocavo a hockey da bambino. È innegabile che abbia avuto talento sin da piccolo. Ma il talento e il potenziale non servono a niente senza i fallimenti e la disciplina. Per dare un senso alla vittoria bisogna perdere. Ho perso tante partite, partite importanti per le classifiche, per i trofei. Perdere non deve intaccare la sicurezza in sé stessi. Dovrebbe aumentarla.

Oggi però non perderemo. Siamo la squadra migliore del girone, forse addirittura la migliore del Paese.

Alle nove il treno arriva in stazione, e dato che stamattina non piove, invece di prendere un Uber decido di andare fino a casa dei miei a piedi. Inspiro l'aria frizzante primaverile, godendomi il familiare profumo salmastro di pesce e alghe. Gloucester è una cittadina di pescatori, il porto di mare più antico del Massachusetts, il che significa che non puoi fare due metri senza vedere un faro, una barca o altre robe nautiche. Passo davanti a tre case, tutte con un'ancora disegnata sulla porta.

Quella a due piani dove sono cresciuto è praticamente identica a tutte le altre che costeggiano le varie stradine: tinteggiata di bianco, con il tetto spiovente e un bel giardino davanti, che mia madre cura con dedizione. Quello sul retro è ancora più bello, a riprova del suo pollice verde. Non è grandissima, ma essendo solo in tre abbiamo sempre avuto spazio a sufficienza.

Mentre mi avvicino al portico, mi squilla il cellulare. È Hazel. Mi fermo per rispondere, perché nel pomeriggio dovrebbe venire alla partita. «Ehi», la saluto. «Sei sempre dell'idea di venire a Cambridge dopo?»

«Mai e poi mai. Morirei piuttosto che tradire la mia università».

«Ma finiscila. Non ti piace neanche l'hockey. Vieni in amicizia, mica per tifare».

«Scusa. Sì, certo che vengo. Solo che mi diverte fingere che siamo accaniti rivali. Che abbiamo una relazione proibita, insomma. Cioè, un'amicizia», rettifica.

«Non è un'amicizia proibita. Lo sanno tutti che sei la mia migliore amica e nessuno ha niente da ridire».

Per un attimo non dice nulla. «Vero. Allora, che stai facendo? Se ti va posso venire prima, così stiamo un po' insieme prima della partita».

«Sono appena arrivato dai miei. Mia madre mi prepara una colazione speciale pre-partita».

«Ah, potevi dirmelo, sarei venuta volentieri!».

«Come no. Avresti dovuto svegliarti prima della otto. Di sabato».

«L'avrei fatto tranquillamente», insorge.

«"Prima delle nove il mondo non esiste". Ti sto citando, Hazel», ridacchio.

«Come festeggiamo stasera la vittoria? Oooh, che ne dici di una bella cenetta?»

«Si potrebbe fare. Ma di sicuro i ragazzi vorranno uscire a divertirsi. E poi verso le dieci devo andare in un posto. Se ti va, puoi accompagnarmi».

«Dipende da dove devi andare».

«Ti ricordi Danny Novak? Stasera il suo gruppo suona in città. È il loro primo concerto, ho promesso di andarci». Danny era nella mia squadra alle superiori. Uno dei giocatori migliori che abbia mai conosciuto e l'agilità delle dita gli fa comodo pure con la chitarra. Non saprebbe scegliere tra l'hockey e la musica.

«Che genere fanno?»

«Metal».

«Bleah. Piuttosto la morte», sospira. «Ti faccio sapere, ma al momento sono tentata di dirti di no».

Ridacchio. «Ci vediamo dopo, okay?»

«D'accordo. Salutami i tuoi».

«Sarà fatto».

Riaggancio ed entro in casa. La porta non è chiusa a chiave. Nel piccolo atrio butto la giacca da hockey su uno degli appendini metallici a forma di – cos'altro? – ancore. «Mamma?», urlo mentre slaccio gli scarponcini.

«Ciao amore! Sono qui!». Il suo saluto giunge dalla cucina assieme a un profumino invitante.

La pancia mi brontola come un orso burbero. È da una settimana che aspetto questa colazione. Molti preferiscono non abbuffarsi prima di giocare, io invece sono l'opposto. Se a colazione non mi strafogo mi sento spompato e senza energie.

In cucina trovo la mamma ai fornelli, una spatola di silicone rossa in mano. La fame aumenta. Evvai! Sta facendo un french toast. E pancetta. È una salsiccia, quella?

«Ciao. Che profumo!». Mi avvicino e le stampo un bacio sulla guancia. Poi inarco le sopracciglia. «Begli orecchini. Nuovi?».

Ruota tra il pollice e l'indice la perla scintillante che ha sul lobo destro. «Carini, vero? Una sorpresa che mi ha fatto tuo padre qualche giorno fa! Non ho mai avuto perle così grandi».

«E bravo papà!». Rory Connelly conosce il segreto per far funzionare un matrimonio. Moglie felice, vita felice. E non c'è nulla che renda più felice mia madre dei gingilli sbrilluccicosi.

Si gira per guardarmi in faccia. Con i capelli mori raccolti in un'elegante coda di cavallo e le guance arrossate dal calore dei fornelli non dimostra affatto cinquantasei anni. I miei mi hanno avuto a più di trent'anni, quindi mia madre si definisce sempre "una mamma anziana". Ma non lo sembra proprio.

«Ah, vi saluta Hazel. L'ho appena sentita».

Batte le mani contenta. «Oh, dille che mi manca. Quando viene a trovarci? Non è venuta durante le vacanze».

«No, quest'anno è andata dalla madre». I suoi genitori hanno divorziato qualche anno fa. Il padre vive ancora a Gloucester, la madre invece si è trasferita in Vermont, quindi per le vacanze Hazel deve alternarsi. «Dopo viene alla partita. Voi venite?»

«Mi sa di no, purtroppo. Tuo padre non farà in tempo a tornare a casa. E lo sai che non mi piace guidare da sola in autostrada».

Nascondo la delusione. I miei non sono mai stati molto presenti nella mia carriera nell'hockey. Papà è sempre stato troppo impegnato con il lavoro per venire alle partite e alla mamma semplicemente non è mai interessato. Quand'ero piccolo ci rimanevo male. Vedevo i genitori dei miei amici sugli spalti e dei miei neanche l'ombra. Li invidiavo tanto.

Ma pazienza. È la vita. La mia filosofia di vita è: il passato non cambia, non piangere per il presente e non stressarti per il futuro. È inutile, specie avere rimpianti.

«Be', se arriviamo in finale fate in modo di venire, okay?», le dico scanzonato.

«Certo. Ora smettila di alitarmi sul collo e vai a sederti, superstar. Penso a tutto io».

«Almeno lasciami apparecchiare», ribatto, e vado per prendere i piatti dalla credenza.

Mi dà uno schiaffetto sulla mano. «No. Siediti e basta», mi ordina. «Potrebbe essere l'ultima occasione che avrò per viziarti, prima che tu abbia uno staff a servirti e riverirti».

«Nah, non succederà mai».

«L'autunno prossimo giocherai tra i professionisti. Quindi diventerai famoso e le persone famose hanno dei domestici».

Ho commesso l'errore di mostrare ai miei il contratto che ho firmato per la National Hockey League e quando hanno visto quanto guadagnerò (senza contare gli incentivi che il mio agente è riuscito a strappare al club) per poco non gli sono schizzati gli occhi fuori dalle orbite. Non so quanto finirò per percepire al netto, ma per contratto mi spettano circa due milioni, che per un esordiente sono decisamente parecchio.

Stando al mio agente, è quanto danno alle "future superstar". Cavolo, che iniezione di autostima ho avuto quando l'ho sentito! A mia madre è piaciuto così tanto che ora mi chiama solo così: superstar.

«Non voglio domestici». Ma scoppio a ridere e mi siedo comunque. Perché non lasciarmi viziare, se la mamma ci tiene tanto? In parte ha ragione. Il prossimo anno sarò a Edmonton, a congelarmi le palle nel gelido inverno canadese. Mi mancheranno i sabati a Gloucester con i miei.

«Dov'è papà?»

«Al cantiere», mi risponde mentre spegne il fuoco.

«Di sabato?». In realtà non mi stupisce. Mio padre è il titolare di un'impresa edile specializzata in ponti e tunnel, e di solito si occupa di progetti pubblici. E i progetti pubblici implicano tempi stretti e un sacco di burocrazia, cosa che a sua volta implica uno stress tremendo per mio padre.

È il tipo di lavoro che fa venire un infarto... Nel vero senso della parola. Qualche anno fa papà stava in cantiere e ne ha avuto uno. Io e mia madre ci siamo spaventati da morire. Mi meraviglia che gli abbia permesso di riprendere a lavorare, ma credo che papà non avesse alternative. Gli manca ancora un bel po' alla pensione.

«Ieri hanno avuto qualche problema», mi spiega mia madre. «Non chiedermi cosa, lo sai che quando attacca a parlare di ponti, io mio perdo. So solo che è un brutto momento, devono finire prima dell'inverno e rischiano di sforare coi tempi, perché alcuni muratori stanno facendo – parole di tuo padre – le teste di cazzo».

Scoppio a ridere. Mio padre ha un modo di esprimersi un po' colorito. «Sono sicuro che andrà tutto bene», la rassicuro. «Papà è bravissimo a urlare addosso alla gente. E gli piace pure, quindi prende due piccioni con una fava».

La mamma inizia a portare i piatti di portata sul grande tavolo di cedro che ho costruito con papà un'estate quand'ero piccolo. Provo a infilzare con la forchetta un toast, ma mi arriva un altro schiaffo sulla mano. «Aspetta che porto tutto. Comunque, a dire la verità, non sono tanto sicura che a tuo padre piaccia ancora dare ordini agli operai. È stanco, tesoro. Sono tanti anni che fa questo lavoro».

Appoggia una pila di fette di pane di segale imburrate sul tavolo. «Ma dimmi di te, piuttosto! Hai intenzione di portare a casa chi-sai-tu prima o poi?».

Faccio lo gnorri. «Chi-sai-tu? Tipo un cagnolino? Una macchina?»

«Una *ragazza*, Jake. Ti serve una ragazza», sbuffa.

«Ah. Mi serve, eh?», non riesco a fare a meno di prenderla in giro. Sono anni che i miei mi assillano perché sono single.

«Sì», risponde con fermezza. «Ti serve. Ti serve una brava ragazza che ti sostenga. Come Hazel… Non capisco proprio perché non vi mettiate insieme. È perfetta per te!».

Hazel è sempre la prima candidata che propone. «Non ho intenzione di mettermi con lei», le rispondo come ho già fatto almeno una decina di volte. «Non mi interessa in quel senso».

«Okay, allora esci almeno con *qualcuna*».

Questa è sempre la seconda opzione: *qualcuna*. Non vede l'ora che mi sistemi.

Ma al momento non rientra nei miei piani. «Non mi interessa», rispondo con una scrollata. «Per ora la mia priorità è l'hockey».

«L'hockey è la tua priorità da quando avevi cinque anni! Non ti pare l'ora di trovarne altre?»

«No».

Scuote la testa con disappunto. «Vai all'università, Jake. Sei giovane e bello, non voglio che un giorno tu ripensi a questi anni e rimpianga di non averli condivisi con una persona speciale».

«Io non ho rimpianti, mamma. Mai».

Anche se, a essere sincero al cento percento, un rimpianto ce l'ho.

Non riesco a scacciare il senso di colpa per essermi intromesso tra Brenna e McCarthy. Certo, non è che stessero per sposarsi, ma Brenna ha ragione: è vero che gli ho chiesto di scaricarla. È stata una mossa da stronzo. A me non piacerebbe se qualcuno mi desse ordini sulla mia vita sessuale.

Speravo che il senso di colpa svanisse, ma non è successo. Ieri sera mi attanagliava e continua a logorarmi.

"Giorno di partita", mi ricorda una vocina severa.

Giusto. L'unica cosa che conta adesso è la partita contro Princeton. Dobbiamo vincere.

Vinceremo.

Non ci sono alternative.

Capitolo otto
Brenna

«Non ci credo che mi pianti in asso!». Guardo male Tansy. In fondo però non mi stupisce.

Speravo con tutto il cuore che lei e Lamar non mi rovinassero il weekend ma, come piace dire a mio padre, sperare è da illusi. «Lavora sodo per realizzare i tuoi sogni», ripete sempre, «così non dovrai sperare in un bel niente».

«Sarà solo per una o due orette», mi promette mia cugina.

«Seh, come no», sbuffo dal letto della sua compagna di stanza. Per l'ennesima volta Aisha si è dimostrata il mio mito. Ha sostituito il normale materasso fornito dallo studentato con uno di quelli in memory foam che danno la sensazione di dormire su una nuvola. Appena rientrate dal pranzo e lo shopping, mi sono fiondata sotto le coperte. Per dire quant'è comodo.

«Sul serio», insiste. «Vado solo a parlargli di quello che è successo ieri sera».

«Ah, intendi quando tu e il tuo ragazzo avete iniziato a urlarvi addosso come due psicopatici davanti a tutti i clienti del bar?».

Esatto. È stato uno spasso. Tansy e Lamar si sono messi a litigare praticamente un secondo dopo che abbiamo messo piede alla Rana e la volpe. Era da un bel po' che non assistevo a una scena che degenerava a tal punto.

Si sono salutati con un bacio, lei lo ha preso in giro perché aveva sbagliato bar, lui ha bofonchiato che era stata *lei* a dargli il nome sbagliato, lei ha negato, lui ha insistito, lei gli ha detto che non era colpa sua se era così scemo da non saper leggere neanche un messaggio e lui ha detto: «Perché fai così la stronza?». Ed ecco… l'Apocalisse.

Oh, Lamar. Mai, *mai* dire alla propria ragazza che sta facendo la stronza. Neanche se è vero.

Io e i suoi amici abbiamo deciso di farci un paio di shot di tequila. Pensavamo che prima o poi si sarebbero stufati e ci avrebbero raggiunti, peccato che non sia andata così e, anzi, mia cugina mi ha trascinata fuori dal bar in lacrime e siamo tornate a casa che non era neanche mezzanotte.

Mi sono addirittura svegliata senza i postumi da sbornia. Per come la vedo io significa che è stata una serata di merda.

«Dai, Tans, digli che vi vedete domani. Già hai rovinato lo shopping mandandogli messaggini tutto il tempo». Avremmo dovuto divertirci, invece ho passato la giornata a guardarla scrivere al cellulare. A pranzo abbiamo a malapena scambiato due parole perché lui continuava a messaggiarla.

«Lo so, mi dispiace tanto. È solo che...». Mi guarda con occhioni supplichevoli. «Avevamo intenzione di sposarci dopo la laurea. Non riesco a ignorarlo quando litighiamo. Dobbiamo risolvere».

Alla parola "sposarci" non batto ciglio. Lei e Lamar si sono mollati e ripresi, mollati e ripresi così tante volte che ormai non prendo più la loro relazione sul serio. Ci sarà un motivo se due si lasciano di continuo. Curiosità: litigare sempre non fa durare i fidanzamenti.

Dubito fortemente che ci sia una proposta di matrimonio in vista. E se per caso dovesse capitare, lei e Lamar non arriveranno mai all'altare. Ci scommetterei i pochi soldi che ho da parte.

Ma accantono il mio scetticismo e le rispondo: «D'accordo, pensavate di sposarvi. Ma non può rimetterci tua cugina, che non ti vede da mesi ed è venuta fin qui per passare il fine settimana con te. La serata di ieri si è trasformata nella fiera del singhiozzo. Il giro per negozi di oggi nella fiera degli SMS. E guarda un po', adesso vuoi addirittura tirarmi pacco per la cena e la discoteca».

«Non ti tiro pacco, giuro. Salto la cena ma in discoteca ci andiamo. Puoi usare il mio buono per la mensa e mangiare qui, così non spendi. Poi ti fai una dormita o altro, e sarò subito di ritorno. Andiamo al Bulldozer come da programma».

Il Bulldozer è una discoteca che muoio dalla voglia di vedere. Nome orrendo a parte, ha ottime recensioni e pare che mettano musica stratosferica.

Ho come la sensazione che non avrò modo di sentirla.

«Per favore», mi supplica Tansy. «Ci metto poco, giusto qualche ora».

Mi piace come è passata da «una o due orette» a «qualche ora».

«Ti prometto che non ricapiterà. La prossima volta che organizziamo un weekend tra ragazze vengo alla Briar e Lamar se ne sta a casa, così io e te ci divertiamo come matte».

Reprimo una risposta acida. Tanto ha già deciso, che senso ha mettersi a discutere? «Fa' come vuoi, Tans».

«Dai, Bee, per favore, non arrabbiarti con me».

«Allora non tirarmi pacco».

«Brenna…».

Mi squilla il cellulare. Di norma non sono così cafona da controllarlo mentre parlo con qualcuno, ma Tansy sta davvero mettendo a dura prova i miei nervi, quindi lo prendo giusto per fare la stronza.

Peccato che… Ottimo. La notifica sullo schermo mi dà ancora più sui nervi di mia cugina.

«Harvard sta battendo Princeton», brontolo.

Lei mi guarda cauta. «È una notizia bella o brutta?».

Inspiro per calmarmi. «Se oggi avessi ascoltato una sola parola che ho detto, conosceresti la risposta».

Tansy: Arrivo tra poco.

Il messaggio arriva alle nove e tiro un sospiro di sollievo. Era ora. Tansy è via da tre ore.

Prima ho sfruttato per bene la mensa. Mi sono fatta una bella cenetta, ho conosciuto delle ragazze simpatiche e ho respinto le avance di un paio di giocatori di lacrosse. Siccome stavo incominciando ad annoiarmi, sono quaranta minuti che me ne sto sul letto di Aisha a passare svogliatamente in rassegna profili su Tinder.

Non uso molto le app di incontri, ma cos'altro ho da fare al momento? I miei amici non posso chiamarli… Sono tutti all'università, a guardare la semifinale contro Yale o a giocarla. E io me la sto perdendo, perché Tansy e Aisha non hanno la TV e non sono riuscita a trovare una diretta streaming sul cellulare.

Quindi vada per chattare con tipi qualsiasi.

Dopo due minuti che ho aperto l'app mi è arrivata una notifica di compatibilità con quindici ragazzi, quattordici dei quali mi hanno già scritto. Una serie di «Ehiii» e «Ciao bella», una manciata di emoji con gli occhi a cuoricino e un «Cazzo, esisti davvero??».

Quest'ultimo mi ha strappato una risata. Do un'altra occhiata al profilo del tipo. Si chiama Aaron, ha un fisico asciutto da giocatore di basket e un gran bel sorriso. Mi giro sul fianco e gli rispondo.

Io: A volte me lo chiedo anch'io.
Lui: LOL.
Io: Cioè, cosa esiste? Noi esistiamo? Il cielo?
Lui: Il cielo non esiste. Mi spiace dirtelo…
Io: Oddio. Allora cos'è?
Lui: Viviamo sotto una cupola. Come in *The Truman Show*.
Io: Ah. Non spoilerarmelo. Non l'ho mai visto.
Lui: Dovresti. È bellissimo. Ti piacerebbe un casino. Io studio cinema quindi a lezione vediamo un sacco di roba pazzesca.
Io: Che figata. E in cosa ti stai specializzando? Sceneggiatura? Regia?
Lui: Regia. Un giorno vincerò un Oscar :) In effetti ho già girato qualche film.

Sulle prime l'accenno mi incuriosisce. Finché il tipo non aggiunge l'emoji che fa l'occhiolino.

Oh-oh.

Capendo dove vuole andare a parare, decido di non dargli corda.

Io: Bello.
Lui: Non mi chiedi che genere di film? ;)
Io: Credo di averlo intuito.

Spuntano altre due faccine che strizzano l'occhio.

Lui: Sei uno spettacolo. Adoro il tuo corpo. Mi piacerebbe molto se recitassi in un mio film.

Non ha ancora scritto niente di schifoso, ma è solo questione di tempo, quindi chiudo la conversazione scrivendo: "Spiacente, non mi interessa recitare".

Lui: Scommetto che hai due tette meravigliose. Mmmmmm, e i capezzoli. Mi piacerebbe molto succhiarteli e filmarmi mentre lo faccio.

Bleah. Perché? *Perché?*

Gli tolgo immediatamente la compatibilità e mi metto a fissare il soffitto. Sinceramente inizio a mettere in dubbio la teoria dell'evoluzione. Siamo passati dai cavernicoli, all'*Homo sapiens*, a una società di menti brillanti. Alexander Graham Bell che ha inventato i telefoni, Steve Jobs che ha inventato… tutto. E poi c'è stata un'involuzione. Siamo tornati ai cavernicoli, solo che al giorno d'oggi si chiamano puttanieri.

L'uomo è tornato al punto di partenza. È abbastanza tragico.

Sbuffo ad alta voce, infastidita che mia cugina non sia ancora tornata. Non riesco a credere che mi sto perdendo la semifinale per starmene qui da sola.

Ripensandoci, controllo il cellulare per vedere se ci sono aggiornamenti su come sta andando la Briar. Stando a Twitter, alla fine del secondo tempo vinceva 2-1. Uno scarto troppo piccolo per tranquillizzarmi. Harvard ha battuto Princeton di tre gol.

Scommetto che Connelly starà gongolando. Magari è uscito con la cerbiattona per festeggiare la vittoria con un pompino postpartita e un bacio con risucchio. Glielo auguro.

Faccio per riaprire Tinder, quando mi arriva un altro messaggio di mia cugina.

Tansy: Cambio di programma. Lamar viene con noi in discoteca.

Stritolo il cellulare. Scherza? Questo era il nostro *weekend tra ragazze*! Lamar ha già rovinato ogni singolo minuto e ora lei gli permette di rovinarci l'uscita al Bulldozer? Non vedevo l'ora di andarci, cavolo!

Invece di rispondere con un messaggio, la chiamo, il risentimento che mi sale in gola. «Stai scherzando?», le chiedo appena risponde.

«Mi dispiace tanto», mugola lei. «È solo che... ci siamo baciati e mi ha chiesto se poteva venire. Cosa dovevo dirgli? Di no?»

«Esatto! Dovevi proprio dirgli di no! Digli di non prendersela, ma ci serve una serata da sole».

«Dai, Bren, ci divertiremo! Giuro!».

Come no. Come ci siamo divertite ieri sera? Digrigno i denti così forte che iniziano a pulsarmi. Provo a rilassare la mascella espirando lentamente. Sono stufa di discutere con lei. «Va bene. Passate a prendermi o ci vediamo là?»

«Passiamo a prenderti. Guida Lamar, tanto non vuole bere stasera. Mi cambio qui, così tra un'oretta stiamo da te».

«Come vuoi. Scrivimi quando partite. Inizio a prepararmi».

Reprimo il fastidio e mi faccio una doccia veloce, poi mi asciugo i capelli e con la piastra di Tansy mi faccio delle onde morbide. Mi sono portata un vestitino sexy per andare ballare, un miniabito di paillettes nero, attillatissimo e scollato, che scopre le gambe. Me lo infilo e poi passo all'angolo bellezza di Aisha per truccarmi. Stasera mi trucco più del solito: oltre al mio irrinunciabile rossetto rosso, faccio uno smokey-eye con tanto mascara e l'eye-liner ad ala.

Una volta finito, mi rimiro allo specchio soddisfatta del risultato. La serata di ieri è stata uno schifo. La giornata di oggi pure. Ma per stasera ho un buon presentimento. Che problema c'è se Harvard è arrivata in finale? Ce la farà anche la Briar e li stracceremo. E tra un'oretta sarò al Bulldozer, a ballare fino a tarda notte.

Mi squilla il cellulare. Bene. Si parte. Tansy sta venendo a prendermi e...

Tansy: Per favore, non uccidermi. Io e Lamar non veniamo.

Il mio sogno si infrange. Il Bulldozer mi scivola ufficialmente tra le dita. Per la rabbia mi viene la tachicardia e mi lascio cadere sul letto di Tansy, completamente senza parole. Tansy ha ufficialmente surclassato la cugina Alex. È proprio la peggiore. È impossibile battere un torto del genere. *Impossibile.*

Rispondo, le mani che mi tremano.

Io: Mi prendi in giro?

Tansy: Mi dispiace da morire. Abbiamo avuto due giorni SUPER STRESSANTI e secondo lui è meglio se stasera stiamo da soli. Restiamo a casa a guardare un film e a consolidare il rapporto.

Consolidare il rapporto? Ma se si vedono tutti i giorni! L'indignazione mi serra la gola e mi si pietrifica la mascella.

Io: Congratulazioni. Hai appena vinto il premio per la peggiore cugina dell'anno. E siamo ancora ad aprile.

Tansy: Scusami, mi sento uno schifo.

Io: Non è vero. Se no, non mi tiravi pacco.

Tansy: Sei incazzata?

Io: Certo che sono incazzata. Che ti dice la testa, T?

Non mi importa di litigare e di sicuro non ho intenzione di fingere che vada tutto a meraviglia quando non è vero. Evidentemente le mie parole la colpiscono perché, dopo diversi secondi carichi di tensione, Tansy fa marcia indietro.

Tansy: Hai ragione. Scusami. Mi sto comportando in modo assurdo. Aspetta che riparlo con Lamar e ci vediamo in discoteca, ok?

Rimango a bocca aperta. È fuori? Secondo lei, dovrebbe farmi piacere? A denti stretti, le scrivo un papiro. Titolo: vaffanculo.

Io: No, ok un bel niente. E non disturbarti a venire in discoteca. Stai da Lamar. Tanto è evidente che vuoi stare con lui e non mi va di passare la serata con una persona che preferirebbe stare con qualcun altro.

Cambierò i miei programmi, T. Ho altri amici a Boston, quindi goditi la tua serata e magari ci vediamo domattina.

Cinque secondi dopo il cellulare riprende a squillare.

Lo ignoro.

Io e il mio vestito di paillettes finiamo in un localino dove c'è musica dal vivo vicino a Fenway Park. Inizialmente ho provato ad andare in un paio di bar. Di solito non ho problemi a uscire da sola e attaccare bottone con gente che non conosco, ma stasera sono così di malumore che mi ritrovo a guardare di traverso chiunque provi ad avvicinarsi, uomo o donna che sia. Non voglio né parlare né rimorchiare. Voglio starmene per i fatti miei.

Decido che mi serve un posto in cui la musica è talmente alta da scoraggiare qualunque tipo di approccio.

Il Bulldozer andrebbe anche bene, ma mi è passata pure la voglia di ballare. Voglio bere qualcosa e starmene imbronciata, in silenzio. Anzi, voglio starmene imbronciata con musica assordante, perché nel posto in cui sto entrando stasera suona un gruppo metal. Perfetto.

Il locale è costituito da un'unica sala in cui c'è appena posto per un palchetto e il pogo. Lungo una parete in mattoni tinteggiata di nero e ricoperta di graffiti ci sono dei tavolini alti da bar. Dal lato opposto c'è il bancone, ma siccome è occupato mi dirigo ai tavolini. Sono tutti liberi.

Quando attraverso la stanza buia mi fissano tutti, probabilmente perché sembro agghindata per una serata in città, mentre la gran parte dei clienti pare sbucata da sotto un ponte: vestiti spiegazzati, capelli unti e magliette dei Pantera e degli Slayer ovunque. Le luci sono così basse che è praticamente impossibile vederli in faccia. Avverto i loro sguardi ma per fortuna non sono costretta a vederli.

«Che posso portarti?», mi chiede un cameriere con i capelli che gli arrivano al sedere. «Tra poco inizia la band, ti conviene sbrigarti a ordinare».

«Una vodka al lampone, grazie».

Fa un cenno e se ne va senza neanche chiedermi la carta d'identità. Tanto me la sono portata, non mi preoccupo. Mi volto verso il palco e osservo il cantante capellone scattare verso l'asta del microfono.

«Ciao Boston! Siamo gli Stick Patrol e stasera faremo UN PO' DI CASINO!».

Se con «un po' di casino» intende che suoneranno sei canzoni spaccatimpani dai testi sconclusionati che termineranno prima ancora che io finisca il mio primo drink, l'obiettivo è raggiunto.

Resisto all'impulso di prendermi la testa tra le mani e farmi un bel pianto.

Che cavolo di concerto è?

Rimango impalata a fissare il cantante che ringrazia il pubblico di essere venuto. *A bocca aperta*, cacchio.

Il set è durato quattordici minuti, praticamente due minuti e mezzo a canzone. Ma i pezzi metal non dovrebbero durare un triliardo di minuti? Giuro che qualsiasi brano dei Metallica io abbia mai sentito è più lungo dei film del *Signore degli Anelli*.

Quattordici minuti, si riaccendono le luci e rimango a fissare la band che smonta l'attrezzatura. Un tizio porta via l'amplificatore con un carrellino. Un altro avvolge i cavi del microfono.

"Andate a cagare, Stick Patrol!". Che vadano a cagare loro e lo stupido nome che si ritrovano, che vada a cagare mia cugina che ha tradito il codice delle ragazze, che vada a cagare Harvard che ha vinto la partita di stasera, e che vada a cagare il riscaldamento globale che ci sommerge con questa maledetta pioggia. Che vadano a cagare tutti!

Finisco la vodka in un sorso e faccio cenno al cameriere di portarmene un'altra.

È davvero il peggior weekend della storia.

«Oddio, mi sono perso il concerto?». Un calvo palestrato con due piercing alle sopracciglia si avvicina con passo pesante. Guarda me, il palco vuoto e di nuovo me. Quando nota come sono vestita il suo sguardo si accende di un luccichio libidinoso.

Sovrappensiero passo un dito sul bordo del bicchiere vuoto. «Mi spiace, sì. Hanno appena finito».

«E che cazzo!».

«Dillo a me». E non mi piace neanche il metal. Non posso immaginare cosa significhi voler ascoltare una band, arrivare nel posto del concerto e scoprire che è già finito.

«Ti spiace se ti faccio compagnia?». Stringe il bordo del tavolino con le dita.

Lo sguardo mi ricade sulle sue mani. Sono enormi, due zampone con le nocche arrossate. Non mi piacciono e non sono particolarmente in vena di compagnia, ma il tipo non sembra accettare un no.

Si avvicina e appoggia un braccio sul tavolo. Ha pure braccia enormi, la sinistra ricoperta di tatuaggi tribali. «Ti piace la musica?».

Mi ha appena chiesto se mi piace la *musica*? In generale? Non piace a tutti? «Sì, certo».

«Qual è il tuo gruppo metal preferito?»

«Ehm, in realtà nessuno. Non mi piace il metal. Sono venuta qui perché volevo bermi una cosa».

«Figo».

Aspetto che dica altro. Non lo fa. Ma non se ne va nemmeno.

«Allora, studi?», gli chiedo, arrendendomi a conversare. Tanto non ho niente di meglio da fare.

«Ritirato», risponde apatico.

Uhm. Okay. Non che mi cambi qualcosa, ma è strana come risposta. «E dove studiavi? Al Boston College? Alla Boston University? Io vado alla Briar».

«Andavo alla Saint Michael».

«Saint Michael?». Mi scervello. «Mai sentita quest'università».

«Superiori», bofonchia lui. «Non è un'università. È un liceo». Solleva i pollici verso il petto. «Mi sono ritirato alle superiori».

Uhm.

E cosa cacchio si risponde a una frase del genere?

Per fortuna mi salva il cameriere. Spunta con un'altra vodka al lampone e una Corona per l'autoproclamato ritirato. Porto avidamente il bicchiere alle labbra.

Il mio compagno si beve un bel sorso di birra. «Allora, com'è che ti chiami?»

«Brenna».

«Ganzo».

«Grazie. E tu?»

«No, è il mio nome… Ganzo. Mi chiamo Ganzo».

Uhm.

Reprimo un sospiro da morte dell'anima. «Ti chiami Ganzo?»

«Be', no, in realtà mi chiamo Ronny. Ganzo è il mio nome d'arte». Scrolla le spalle enormi. «Suonavo in una band, facevamo cover dei Guns N' Roses».

«Ah, figo. Ma credo che ti chiamerò Ronny».

Butta indietro la testa ridendo. «Sei una dominatrice. Mi piace».

Su di noi cala di nuovo il silenzio. Si avvicina un pochino e mi dà una lieve gomitata sul braccio. «Hai la faccia triste».

«Ah sì?». Ne dubito. L'unica emozione che provo al momento è fastidio.

«Sì. Hai la faccia di una che ha bisogno di un abbraccio».

Mi sforzo di sorridere. «No, grazie, sto bene così».

«Sicura? Io sono un campione di abbracci». Spalanca le braccia muscolose e solleva le sopracciglia, neanche fosse Patrick Swayze in *Dirty Dancing* che mi fa cenno di saltargli in braccio.

«Sto bene così», ripeto, stavolta più decisa.

«Posso assaggiare il tuo drink?».

Eh? Chi chiede una cosa del genere? «No, ma se vuoi posso ordinartene uno uguale».

«Nah, non scrocco da bere a una signora, io».

Provo a svignarmela allontanandomi un po', ma lui fa un passo verso di me. Non mi sento in pericolo. È un armadio, ma non è minaccioso. Non cerca di intimidirmi con la sua stazza. Secondo me semplicemente non coglie il messaggio "Non sono interessata" che sto cercando di trasmettergli.

«Sì, be', ho avuto una vita… complicata», mi confessa Ronny, come se gli avessi chiesto di raccontarmela.

Cosa che non ho fatto.

«Sono cresciuto a North Shore. Mio padre fa pesca d'altura e quella troia di mia madre se l'è svignata con uno stronzo».

Non ce la faccio. Dio mio, non ce la faccio proprio.

Non che Ronny mi inquieti o altro. È decisamente logorroico, ma mi sembra un ragazzo a posto, sta solo cercando di fare conversazione.

Ma io *non ce la faccio*. Vorrei che questa serata, questo cavolo di weekend fosse finito. È stato un incubo. Pessimo. Sinceramente non vedo come possa andare peggio di così.

Non appena lo penso, l'universo decide di punirmi portando Jake Connelly nel mio campo visivo.

Jake Connelly, cazzo.

I muscoli sul collo scattano sull'attenti, irrigidendosi dal sospetto. Cosa. Ci. Fa. Qui?

«Bello schifo, eh? Uno si trasferisce a Boston pensando di trovare un lavoro da sballo... Invece non è per niente facile senza il diploma».

Ormai ascolto a malapena Ganzo. Cioè, Ronny. Jake ha praticamente monopolizzato la mia attenzione. Con i jeans slavati, la T-shirt sportiva verde scuro e il cappellino dei Bruins, è l'unico maschio nel locale che non indossi una maglietta nera o di una band. E sovrasta tutti di un trenta centimetri buoni.

Digrigno i denti. Perché gli sportivi sono così alti e virili? Jake ha un fisico stupendo. Gambe lunghe, braccia muscolose, petto scolpito. Non l'ho mai visto a petto nudo e mi ritrovo a chiedermi come sia. Ben definito, immagino. Che sia peloso? Liscio come il sedere di un neonato? Quei traditori dei miei polpastrelli fremono per scoprirlo.

Non mi ha vista. Sta parlando sotto il palco con un membro della band. Il chitarrista, credo.

Chissà se riesco a svignarmela senza farmi vedere. Se Connelly mi trovasse qui, in questo buco di locale, con addosso un vestitino di paillettes attillatissimo... sarebbe la ciliegina marcia sulla torta andata a male in cui si sta trasformando questo fine settimana.

«E lo sai qual è la parte peggiore? Conoscere ragazze su internet», si lamenta Ronny.

Stacco gli occhi da Jake. «Sì, è una merda», dico distrattamente cercando di localizzare il cameriere.

«Ricevo un sacco di notifiche compatibilità e messaggi di ragazze che scrivono cose tipo: "Ciao bello, mi fai un sesso pazzesco" e poi la conversazione finisce lì. Non capisco».

Sul serio? Non ci arriva? Perché io un vago sospetto sul perché le conversazioni finiscano ce l'ho. Ganzo non ci sa proprio fare. Gli accenni di sfuggita a «quella troia di mia madre», e il fatto che si autodefinisca di continuo un «ritirato»... Mi sa che non incomincia con il piede giusto, ma evito di offrirgli una critica costruttiva. Sono troppo impegnata a cercare di elaborare un piano di fuga.

Il mio sguardo schizza verso il palco. Jake sta ancora parlando con il chitarrista.

Cazzo. Dov'è il cameriere? Devo pagare i drink e andarmene da qui.

«Sei una tipa giusta, Brenna», dice impacciato Ronny. «Metti le persone a loro agio».

Lancio un'altra occhiata in giro per la sala. È ora di andarmene. Se Jake mi notasse, per me sarebbe la fine. Il vestito, il locale, la compagnia.

«Scusa ma devo pagare il conto», dico a Ronny. «Devo...».

Ammutolisco. Perché Jake non è più in fondo alla stanza.

Dove caspita è andato?

«Vai via?». Ronny è avvilito.

«Sì, incomincio a essere stanca e devo...».

«Eccoti, amore!», esclama una voce che conosco. «Scusa il ritardo».

Dopodiché, Jake si avvicina tranquillo, mi afferra per la nuca e avvicina le labbra alle mie.

Capitolo nove
Jake

Non avevo pianificato di baciarla. Volevo solo andare a salvarla dal tipo da cui stava palesemente cercando di scappare. Ma le sue labbra stavano *proprio lì*. Rosse e carnose, troppo allettanti per resistere, cacchio.

Le sfioro in uno stuzzicante assaggio di bacio. Credo che stuzzichi me più di quanto stuzzichi lei, però, e me ne pento subito perché *cazzooooo*, vorrei altro. Vorrei un bacio con la lingua. Un bacio come Dio comanda.

Ma non si può. Sono venuto a soccorrerla, non a limonarmela.

Ho visto abbastanza volte Hazel alle prese con provoloni che non le piacevano da saper riconoscere un SOS nello sguardo di una donna. È una via di mezzo tra "Buon Dio, fa che la pianti" e "Per favore, qualcuno venga a salvarmi".

Lo sguardo di Brenna esprimeva esattamente quel panico. Quando l'ho vista in fondo alla sala non credevo ai miei occhi. Per quanto sia assurdo, come prima cosa ho pensato che mi avesse seguito fin qui, ma ho subito scacciato l'idea. Non è una cosa da Brenna Jensen. Una volta superato lo shock, ho notato che cercava disperatamente di chiamare il cameriere e sono entrato in azione.

Stacco piano piano le labbra dalle sue, il mio corpo che insorge. Il pene grida e la bocca chiede un altro bacio. Uno vero, stavolta. Invece mi metto dietro di lei e avvolgo il suo corpicino tra le mie braccia.

«Ciao patata», mormoro chinando la testa per strusciare il naso sul suo collo. Porca miseria, che buon profumo ha.

Per un attimo Brenna si irrigidisce, ma poi si rilassa. «Ehi, sei in ritardo». Drizza la testa per guardarmi negli occhi. Dopo un istante di complicità, si gira verso il terzo incomodo. «Ronny, lui è Jake, il mio ragazzo».

«Oh». Una delusione inequivocabile gli adombra il viso. «Non avevo capito... Scusami».

«Non hai nulla di cui scusarti», gli risponde lei tranquilla.

«Invece sì». Lancia un'occhiata carica di rimorso verso di me. «Ho abbordato la tua ragazza. Scusami, zio».

«Nessun problema». Le accarezzo il braccio nudo. Un gesto giocoso, ma anche possessivo. Traduzione: è mia.

Il ragazzo prende un'aria vagamente invidiosa. «Da quant'è che state insieme?»

«Un annetto», mento.

«Un anno di troppo», borbotta lei.

Ronny fa una faccia perplessa.

«Ignorala». Le accarezzo il braccio e il suo respiro si fa incerto. Mmm. Le piace quando la tocco. Archivio l'informazione per il futuro. «Fidati, è pazza di me. Mi fa scoppiare il cellulare ogni giorno a furia di dirmi quanto mi ama. Credo che gli psicologi lo chiamino *love-bombing*».

«Oh, non apriamo il discorso *love-bombing*», fa con voce dolce Brenna. «Ogni sera prima di dormire lui mi scrive uno splendido *haiku*. Di solito sui miei occhi. E sulle mie labbra».

«E sul culo», dico facendo l'occhiolino. Faccio scivolare le mani lungo il suo corpo delizioso per dare una palpatina al suddetto culo. Ed è una pessima idea, perché è sodo e polposo, e toccarlo ti manda in paradiso. Mi eccito praticamente all'istante.

«Wow! Come siete... innamorati, eh? È bello vedere una coppia così. Questa cultura del sesso fine a sé stesso sta uccidendo l'amore, cacchio. Siamo diventati tutti usa e getta, no?». Ronny ci fa un sorriso talmente sincero che mi sento in colpa a mentirgli. «Siete una bellissima coppia».

Stampo un bacio sulla spalla a Brenna. Altra pessima idea. Ha la pelle calda e un profumo buonissimo. «Sì, staremo insieme per un bel po'».

«Nei secoli dei secoli», cinguetta lei, rivolgendomi un sorriso radioso.

Ronny finisce la Corona e appoggia la bottiglia sul tavolo. «Be', tolgo il disturbo. Ma grazie per la chiacchierata. Buona serata, ragazzi».

Quando se ne va, Brenna si divincola dalle mie braccia e si piazza a un metro di distanza. Le labbra rosso fuoco si imbronciano. «Che cosa ci fai qui?»

«Potrei farti la stessa domanda».

«L'ho chiesto prima io».

«Conosco i musicisti», dico con una scrollata.

«Certo, non ne dubito. Perché non sei a festeggiare la grande vittoria con i tuoi amichetti di Harvard?». Dalla sua espressione incupita capisco esattamente cosa pensa della nostra vittoria.

«Te l'ho detto. Quelli della band sono amici miei. Sono andato a scuola con il chitarrista».

A proposito di Danny, mi volto per assicurarmi che non ce l'abbia con me per averlo piantato in asso, ma è immerso in una discussione animata con un tizio con la felpa dei Metallica. Quando attiro la sua attenzione per fargli cenno che lo raggiungo tra poco, fa di sì con la testa e continua a parlare.

«Be', di' al tuo amico che devono suonare più di quattordici minuti», dice Brenna. «Il concerto è durato un battito di ciglia».

Ridacchio. «Lo so, ma era la prima volta che suonavano in un locale. Non prendertela». Faccio un cenno al cameriere che sta passando e si ferma al nostro tavolo. «Potrei avere una birra? E un altro di questo per la mia ragazza». Indico il suo bicchiere vuoto.

«Non...». La sua protesta si spegne, perché l'uomo sta già saltellando via. «Non ne voglio un altro, Connelly», bofonchia.

«Offro io. Il minimo che puoi fare è berti una cosa con me. In fondo ti ho appena salvato il culo».

Mi fa un sorrisetto sarcastico. «Pensi di avermi salvata?»

«Direi di sì. Avevi scritto in fronte: "Portatemi via da qui"».

Brenna scoppia in una risata fragorosa e poi si passa una mano tra i folti capelli lucenti. «È vero che volevo andarmene», mi conferma. «Ma perché avevo visto *te*».

Socchiudo gli occhi.

«Sul serio. Insomma, dai, ti sembro una donzella in difficoltà? Credi davvero che non avrei potuto sbarazzarmi da sola di quel tipo?».

Non ha torto. Di sicuro non è una donzella indifesa. Al pensiero che stesse cercando di scappare da me e non da Ronny mi si rigira lo stomaco. È un brutto colpo al mio ego. «Quindi non mi merito neanche un grazie, nonostante abbia *provato* a fare il bravo ragazzo?»

«È così che ti vedi? Un bravo ragazzo?», fa lei con un occhiolino. «Non lo sai? I bravi ragazzi non arrivano da nessuna parte».

«Non mi hai ancora detto come mai sei venuta qui. Vestita *così*». Faccio un cenno energico con la testa verso il suo vestitino... sperando che la mia faccia non riveli cosa ne penso.

Che *vestito*, cazzo. È inguinale e talmente scollato che mi si azzera la salivazione. Quando cacchio arriva la mia birra? La stoffa luccicante aderisce a ogni curva tentatrice del suo corpo, fasciando un seno alto e sodo per il quale un uomo sarebbe disposto a dare via il proprio primogenito, pur di poterci mettere le mani sopra. E le gambe... Madonna. Brenna non è altissima... Direi nella media – forse uno e sessantacinque – ma tra il minivestito e gli stivali col tacco sembra che abbia gambe chilometriche.

«Sarei dovuta andare a ballare», mi risponde a denti stretti. «Ma mia cugina mi ha bidonata all'ultimo minuto».

«Che carognata».

«Eh sì».

I nostri drink arrivano e tracanno subito un lungo sorso per bagnarmi la gola quanto serve. Brenna Jensen è troppo figa ed è proprio un casino trovarmela davanti stasera. Sono ancora su di giri per la vittoria del pomeriggio, l'adrenalina che mi scorre nelle vene. Abbiamo stracciato Princeton. Di brutto. E ora il destino mi ha fatto incontrate Brenna e mi sta incasinando la testa, per non parlare delle mie intenzioni.

Appena l'ho vista con Ronny ho pensato che avrei potuto soccorrerla per scusarmi della storia con McCarthy.

Però ora che ce l'ho davanti con questo vestitino, scusarmi è l'ultimo dei miei pensieri. L'unica cosa a cui penso è baciarla. E toccarla. Palpare di nuovo il suo sedere sodo. Anzi, non solo palparlo.

Per la testa mi passano solo pensieri sconci. Vorrei piegarla sul tavolo e prenderla da dietro. Accarezzarle le natiche lisce. Penetrarla con un solo affondo, lentamente... Scommetto che se lo facessi, inarcherebbe la schiena con un gemito.

Mi tocca mordermi il labbro per evitare di mugolare. Per fortuna lei non se ne accorge. È troppo impegnata a rigirare la cannuccia nel bicchiere. Beve un sorso, fa una smorfia e riappoggia il bicchiere sul tavolo.

«Mi spiace, Connelly, ma non riesco a finirlo. Ne ho già bevuti due in meno di un'ora e inizia a girarmi la testa».

«Dove dormi?», le chiedo con voce roca. «Non vorrai mica guidare fino a Hastings, vero?»

«No, prenderò un Uber».

«Ti costerà un occhio».

«Ottanta dollari», risponde cupa. «Ma è sempre meglio che tornare da mia cugina allo studentato».

Faccio un fischio. Ho sulla punta della lingua un invito a casa mia, ma riesco a trattenermi. È una delle idee più stupide che abbia mai avuto. E poi Brenna non accetterebbe mai.

Afferro la bottiglia e mi rassegno alla realtà dei fatti: sono arrapato.

Sono ancora gasato dalla partita. Ho il sangue caldo, ce l'ho in tiro e Brenna mi fa un sesso assurdo. La sua presenza mi annebbia il cervello e mi manda in tilt.

Di colpo delle dita calde mi sfiorano il polso, e ho un sussulto, quasi mi avessero dato la scossa. Abbasso lo sguardo e vedo Brenna che sta giochicchiando con le perline rosa del mio braccialetto. Ne tocca una, le labbra che tremolano nel tentativo di non ridere.

«Che gioiellino», commenta. «Hai saccheggiato la cameretta di una bambina di otto anni?»

«Simpatica», dico esasperato. «È il mio portafortuna. Lo metto ogni volta che ho una partita».

«Gli sportivi e i loro riti scaramantici». Increspa le labbra. «Ipotesi numero due: hai rapinato un gruppo di coccinelle e rubato alla cieca».

«Sbagliato di nuovo».

«Ipotesi numero tre: arrivi dagli anni Sessanta e...».

«Mi spiace deluderti», la interrompo con un grande sorriso, «ma non c'è nessuna incredibile storia dietro questo braccialetto. Al primo anno delle superiori ho perso una scommessa con un compagno di squadra e per penitenza mi è toccato metterlo per un mese di fila».

«Avrebbe dovuto intaccare la tua virilità?», fa sarcastica.

«Assurdo, no?». Ammicco. «Evidentemente non mi conosceva bene. La mia virilità è solida come una roccia». E anche il mio pisello, ma cerco di non pensarci, nella speranza che passi. Rigiro il braccialetto rosa e viola sul polso. «Credo che l'avesse davvero rubato alla sorellina. Spero che non ci tenesse molto, perché col cavolo che glielo restituisco».

«Ha poteri magici?»

«Altroché! Nel mese in cui l'ho indossato non abbiamo perso una sola partita. Abbiamo sbaragliato tutti gli avversari. Per quattro weekend di fila. E poi, quando me lo sono tolto...». Un brivido freddo mi percorre la schiena.

Brenna sembra affascinata. «Quando te lo sei tolto, cosa?»

«Non riesco neanche a parlarne. Mi potrebbe venire una crisi da stress post-traumatico».

Le scappa una risata melodiosa. Non posso negare che mi piaccia. Anzi, mi piace sapere che sono stato io a *fare* ridere questa bellissima stronza con l'atteggiamento più strafottente del mondo, che non perde occasione per sfottermi.

«La prima partita che abbiamo giocato DB – dopo il braccialetto», chiarisco. «Ormai uso questo sistema di datazione».

Sul suo viso danza un'aria divertita. «Ovvio».

«Be', abbiamo perso. Anzi, abbiamo perso *malissimo*. Non ci sono neanche parole per descrivere quanto abbiamo giocato male». Tuttora al ricordo avvampo per l'umiliazione. «Tanto valeva piegarci e farci sculacciare dagli avversari con le mazze.

È stata la bastonata del secolo». Faccio una pausa a effetto. «Ci hanno eliminati otto a zero».

Brenna rimane a bocca aperta. «Otto a zero? Credo di non aver mai visto una partita in cui una squadra ha segnato *otto* gol. Cavolo. Non toglierti più questo braccialetto, se no…». Si blocca. «Anzi…». Mi fa un sorriso suadente. «Me lo presteresti?».

Sogghigno. «Ti piacerebbe. Ce lo avrò al polso quando vinceremo la finale. A proposito…». Tiro fuori il cellulare. È tutta la sera che seguo la partita tra la Briar e Yale, ma sarà mezz'ora che non controllo. «Guarda un po', bella patata. Indovina chi è ai supplementari».

Il suo buonumore sparisce. «A quanto stanno?», chiede.

«Due pari». Sbatto le ciglia con aria da angioletto. «Se la memoria non mi inganna fino agli ultimi due minuti del terzo tempo la Briar vinceva di un gol. A quanto pare i tuoi ragazzi hanno incominciato a risentire della pressione e Yale ha recuperato».

«Non mi preoccupo. Vinceremo noi». Scrolla le spalle con indifferenza. «Detto questo, ora vado a casa. Buona serata, Connelly».

Provo una fitta di delusione. Vorrei che restasse. Che casino.

Lancio un'occhiata al palco, dove Danny è ancora impegnato a chiacchierare. «Ti accompagno fuori», propongo.

«Non serve. Non ho bisogno di un accompagnatore». Mi dà una pacca sul braccio. «Buonanotte, Jakey».

Malgrado il suo rifiuto, la seguo.

«Te l'ho detto, non mi serve un accompagnatore».

«Sì, l'hai detto».

Brenna si ferma al bancone e allunga al barista venti dollari. «Dovrebbe bastare anche per la sua birra». Mi guarda con la coda dell'occhio. «Ringrazia la mammina, Jakey».

«Grazie». Sfodero un sorrisone apertamente voglioso. «A papino piace quando ti prendi cura di lui».

«Ti odio», fa lei con un sospiro.

La seguo verso la scala stretta. «Nah, non è vero», ribatto.

Siccome il locale sta in un interrato, bisogna salire le scale per uscire. Va avanti lei e mi ritrovo il suo sedere a cinque centimetri dalla faccia. Per poco non mi sento male. Madonna. Quasi le vedo sotto il vestito.

Arrivati al pianerottolo, la fermo appoggiandole un braccio sulla spalla. «Ti piaccio», azzardo.

Mi esamina lentamente. «Veramente secondo me sono *io* che piaccio a *te*».

«Sei okay», faccio con una scrollata.

Un sorriso le solleva gli angoli della bocca. «Ma va', pensi che sia più che "okay". Sei fissato coi Jensen».

«Ma va', figurati».

«Quindi stai dicendo che se ti chiedessi di venire a casa con me, tu rifiuteresti?». Si lecca le labbra, quelle sensuali labbra rosse e si avvicina.

Me le lecco anch'io. «Rifiuterei, sì».

Si avvicina ancora di più, sempre sorridente, spingendomi centimetro dopo centimetro verso il muro, finché il suo corpicino caldo non mi sta addosso e la testa mi solletica il mento.

«Secondo me accetteresti», mi sussurra. Porta piano piano le mani al mio petto e le appoggia sul colletto della maglia.

Alzo un sopracciglio. «Credi davvero che ci caschi? Ieri sera ti ho visto fare lo stesso giochetto con Chilton, ricordi? E non sono scemo come lui».

«Sei uomo. E gli uomini sono tutti scemi». Brenna alza lo sguardo per guardarmi in faccia e, cavolo, è la donna più bella che io abbia mai visto. È sfacciata e vulcanica, due qualità che unite alla sua bellezza la rendono una bomba.

Eppure… Noto che sta deglutendo. E che ha il respiro un po' accelerato. Non è imperturbabile, la ragazza. Le faccio un certo effetto.

«Parli tanto, piccola. Ma se smascherassi il tuo bluff, secondo me scapperesti a gambe levate».

«Chi sta bluffando?»

«Tu. Secondo me non fai che bluffare». Le appoggio una mano sul fianco. Non premo, la tocco quasi di sfuggita, ma lo faccio di proposito. E ottengo l'effetto sperato.

Il suo sguardo si accende.

«Cosa troverei se ti infilassi una mano sotto il vestito?», dico con tono graffiante.

La domanda dovrebbe smuovere *lei*, ma frega pure me. Mi viene durissimo. Mi piacciono questi giochini piccanti in cui ci si stuzzica, si gioca e ci si provoca finché uno dei due non cede. Finché uno non crolla.

«Che cosa troverei?», ripeto. Le mie dita scivolano leggerissimamente verso il basso per giocare con l'orlo del suo vestitino striminzito.

Brenna continua a guardarmi negli occhi. «Mi troveresti arida come il deserto».

«Mmm. Non credo. Secondo me ti troverei pronta». Tiro il tessuto elasticizzato e tocco il punto in cui aderisce alla pelle. Passo il pollice sulla coscia e mi godo come Brenna schiude le labbra. «Che dici? È il caso di verificare la mia ipotesi?».

Ci fissiamo negli occhi. Sfrego di nuovo il dorso della mano sulla sua pelle. È morbidissima e mi eccita da morire. Ho un'asta bollente nei jeans. E incomincia a fremere.

Ah no, è il cellulare. Sta nella tasca vicina al mio pene in agonia e le vibrazioni mi danno un brivido di piacere.

«Hai intenzione di rispondere?», mi chiede con malizia Brenna. Mi sta ancora attaccata, le mani sul mio petto e di sicuro si è accorta che ce l'ho in tiro.

«No, ho altro da fare». Ho ancora la mano sotto il vestito, a pochi centimetri dal paradiso.

Dopo uno scatto improvviso, Brenna infila una mano nella sua borsetta a tracolla. Ci suona il cellulare in contemporanea? Può voler dire una cosa sola...

Stacco la mano dal suo fianco. Tiro fuori il cellulare per primo, scorrendo la serie di messaggi responsabili delle vibrazioni. Brenna controlla le sue notifiche e lancia un gridolino di vittoria che rimbomba sulle pareti nere delle scale anguste.

«Evvai!», esclama. «Evvai, *cazzo*!».

La guardo negli occhi a malincuore. «Complimenti». La Briar

ha battuto Yale ai supplementari. Il gol della vittoria è stato segnato da Nate Rhodes, il capitano.

Un sorriso le illumina il viso. Poi le labbra prendono un'incurvatura compiaciuta, più simile a un sogghigno e si aprono in un malefico sorrisino strafottente.

«Insomma, mi sa che ci vedremo alla finale».

Capitolo dieci
Brenna

A parte la vittoria della Briar contro Yale, per il resto il weekend è stato uno schifo. Sono arrivata a casa intorno a mezzanotte con un Uber che mi è costato un occhio della testa e stamattina mi sono svegliata con una decina di SMS e tre messaggi vocali di Tansy che si sperticava in scuse e mi supplicava di perdonarla. All'inizio le ho risposto che dovrà strisciare almeno per un mese prima che io le conceda il mio perdono completo ma, siccome non riesco a essere arrabbiata a lungo con le persone a cui voglio bene, poi le ho detto che mi è passata ma mi deve un fine settimana da sole.

Ora sono a un brunch con Summer e le racconto del mio weekend infernale. Ovviamente tralascio la parte su Jake Connelly. Summer ci si avventerebbe come un cane su un osso. Solo che, a differenza di un cane che alla fine mollerebbe l'osso per andarlo a seppellire da qualche parte, lei continuerebbe a parlarne e a sviscerare ogni dettaglio del mio incontro con Connelly per l'eternità.

«Mi dispiace, ma da quello che dici tua cugina è proprio una stronza», mi fa, mentre mastica una fetta di pancetta. Ha raccolto i capelli dorati in una treccia laterale un po' spettinata che le penzola sul maglione di cashmere bianco. Non ha un velo di trucco, e non le serve nemmeno. Summer Heyward-Di Laurentis è di una bellezza imbarazzante. Idem suo fratello maggiore Dean. Sembrano Ken e Barbie, anche se lei non sopporta che la chiami così. Quindi ovviamente io lo faccio solo per romperle le scatole.

«Ma no, non è vero», rispondo io, riferendomi a mia cugina. «Però questo weekend ha fatto sicuramente la stronza».

«Ti ha tirato pacco *tutte e due* le sere! È una carognata!».

«Be', la prima sera siamo state insieme. Più o meno. Ha fatto una litigata pazzesca col suo ragazzo, quindi sono stata quasi sempre con gli amici di lui».

Sorvolo su quello che era successo prima... l'improvvisata fatta a Connelly e ai suoi compagni di squadra nella bettola. Non ho neanche il coraggio di dirle del concerto. Potrei tranquillamente raccontarglielo senza accennare al ruolo che ha avuto Jake, ma ho paura che mi scappi qualcosa che è meglio tacere.

Tipo quant'erano calde le sue labbra quando hanno sfiorato le mie.

O che mi ha infilato una mano sotto il vestito e per poco non me l'ha messa in mezzo alle gambe.

O l'enorme sollievo che mi ha travolta quando l'ha tolta, perché se non lo avesse fatto mi avrebbe scoperto. A differenza di quanto gli ho detto, non ero per nulla arida come il deserto. Ero bagnatissima. Credo di non aver mai voluto tanto qualcuno come Connelly in quell'istante.

E non va bene. Non va bene per niente. Jake è troppo imprevedibile. Non capisco mai che cosa stia pensando, che cosa stia per dire o fare, e non lo accetto. Come fai a tutelarti se non capisci che intenzioni ha l'altra persona?

«Ribadisco: a quanto dici è una stronza...», fa Summer agitandomi contro una fetta di pancetta. «Così per dire».

«È per colpa del rapporto malsano che ha con Lamar. Una volta non era così egoista». Innaffio il secondo pancake di sciroppo d'acero. «Mi dispiace tanto dirlo, ma mi auguro davvero che si lascino».

Summer beve un sorso di tisana. «Be', la bella notizia è che ora sei a casa e farò il possibile affinché il weekend finisca bene. Ti va di venire al Malone a guardare con noi la partita dei Bruins?»

«Certo». Butto giù un boccone di pancake.

«Se ti va posso anche aiutarti a prepararti per il secondo colloquio. È domattina, giusto?».

Annuisco. «Probabilmente andrà di merda come il primo».

«Non dire così. La positività genera positività, Bee».

«Te la sei appena inventata?»

«Sì. E la sai un'altra cosa?»

«La negatività genera negatività?»

«Pure. Ma stavo per dire che per domani ti impresto i miei stivali di Prada. Quelli neri scamosciati che mi ha mandato mia nonna. Ti porteranno bene».

«Oh-oh! Ne hai la prova scientifica?»

«Serve una prova? Sono di Prada. Prada, cacchio! È impossibile indossare un paio di Prada e *non* sentirsi invincibile».

Non riesco ancora a capire come ho fatto a diventare la migliore amica di questa ragazza. Spumeggiante, femminile, con la mania dei vestiti firmati. La sua famiglia è ricca sfondata, quindi può permetterseli. A me invece le marche non sono mai interessate. Datemi il mio rossetto, la mia giacca di pelle e i miei stivali preferiti, un paio di jeans skinny, uno o due vestiti attillati e sono a posto. Eppure malgrado le nostre diversità, io e Summer... andiamo d'accordissimo.

«Ah, prima che venissi qui Fitz mi ha dato conferma... Domattina può darmi un passaggio fino al campus, così puoi prendere la mia auto». Summer ha un'Audi fiammante e si è offerta di imprestarmela per andare a Boston, così non devo prendere mille autobus e treni. A mezzogiorno ho una lezione di teorie della comunicazione che non posso saltare, quindi devo tornare a Hastings il prima possibile.

«Sicura che non ti scoccia?»

«Figurati». Prende la tazza.

«Grazie. Non hai idea di quanto tempo mi farai risparmiare...».

«Ciao!!!», mi interrompe una voce allegra.

In un batter d'occhio un turbine di capelli castani, pelle luminosa e occhi grandissimi sfreccia nel mio campo visivo.

Una ragazza che non ho mai visto in vita mia sguscia accanto a Summer sul divanetto e ci piazza le chiappe, come se fossimo amiche da anni.

Summer è sbalordita. «Scusa... cosa...». Si scosta un pochino, senza parole. Un evento, per Summer Di Laurentis.

Squadro la nuova arrivata da capo a piedi. Indossa una maglietta bianca con i bottoni rossi. I capelli ondulati sfiorano il colletto di pizzo.

«Ciao», dico con educazione. «Non so se hai familiarità con il concetto di *galateo*, ma di solito non si piomba così al brunch di altra gente, soprattutto se non ti conosce».

«Fa niente. Tanto tra poco mi conoscerete». Fa un gran sorriso che rivela una dentatura bianco smagliante. È piuttosto carina.

Ma il fatto che una persona sia carina non esclude che sia pazza.

«Io sono Rupi, Rupi Miller. Sì, il nome è indiano, mentre il cognome americano, perché mio padre è un americano D.O.C. Fa il dentista. Cioè, la *noia* fatta persona. Mia madre invece è meravigliosa. Era una grande star di Bollywood!», dice tutta orgogliosa.

Accanto a lei, Summer la guarda sconcertata. «È fantastico...». Si ammutolisce di nuovo.

Reprimo una risata. «Rupi?».

La ragazza mi fa un sorriso radioso. «Sì?»

«Perché ti sei seduta al nostro tavolo?»

«Oh, scusate. Sono logorroica, lo so. Ricomincio daccapo. Io sono Rupi, voi invece siete Brenna Jensen e Summer Heyward-Di Laurentis».

«Esatto, grazie per averci ricordato come ci chiamiamo», replico sarcastica.

Finalmente a Summer viene in mente come si termina una frase. «Non trattarmi male Rupi», mi rimprovera. Dal luccichio nei suoi occhi verdi capisco che si sta riscaldando per la ragazzina intraprendente.

«Sono al primo anno», spiega Rupi. «Lo so che le matricole sono sfigate, ma io no, giuro. Sono molto simpatica... Vedrete. Il fatto è che non conosco molta gente più grande. Tranquille, non voglio stalkerarvi o che so io. Ero laggiù con le mie amiche e vi ho notate. Si chiamano Lindy e Mel». Indica due ragazze sedute qualche tavolino più in là. Una sta arrossendo visibilmente, mentre l'altra ci saluta tutta euforica.

Gli rivolgo un'occhiata e poi torno a guardare Rupi. «Non capisco comunque per quale motivo hai interrotto il nostro brunch».

«Volevo farvi una richiesta ufficiale», dichiara.

«Una richiesta ufficiale per *cosa*?», farfuglia Summer.

«Vorrei che mi presentaste una persona».

«Chi?», faccio corrucciata.

«Mike Hollis».

Metto giù la forchetta.

Summer posa la tazza.

«Mike Hollis?», dice alla fine.

«Sì, il tuo coinquilino», risponde servizievole Rupi.

Ridacchio sotto i baffi.

«Lo so che è il mio coinquilino». Summer scuote la testa. «E perché cavolo vuoi che ti presentiamo? A *lui*?».

Rupi emette un lungo sospiro sognante. «Perché è il ragazzo più bello sulla faccia della terra e credo che sia la mia anima gemella, quindi vorrei che qualcuno ci presentasse».

Cala di nuovo il silenzio. Non sono una che ha certezze assolute, quindi mi limito a dire che sono sicura al novantanove virgola nove nove nove percento che è la prima volta nella storia dell'umanità che una donna abbia definito Hollis il ragazzo più bello sulla faccia della terra e/o la propria *anima gemella*.

A quanto pare Summer è sconcertata quanto me. Ma ci riprendiamo velocemente e dopo un attimo di telepatia Summer schiude le labbra in un sorriso grande quanto Boston. Dà una pacchetta sul braccio a Rupi e le dice: «Sarebbe un onore presentartelo».

«Anzi, farò di meglio», mi intrometto. «Ti do il suo numero, così puoi contattarlo direttamente».

Summer mi asseconda subito. «Sì, meglio ancora! E quando torno a casa gli dico che sta per chiamarlo la figlia di una star di Bollywood». Appena Rupi si volta mi fa l'occhiolino.

Gli occhi castani della ragazza si illuminano. «Davvero?»

«Oh, ma certo!». Summer scorre la rubrica. «Te lo puoi segnare sul cellulare?».

Rupi tira fuori un iPhone con il guscio di silicone rosa shocking e Summer si affretta a dettarle il numero di Hollis. Quando la ragazza finisce di scriverlo, ci lancia un'occhiata solenne. «Sappiate che siete bellissime e meravigliose, e che quando io e Mike ci metteremo insieme ci vedremo spesso».

Devo dire la verità… la sua convinzione è proprio d'ispirazione.

«Vabbè, non voglio rubarvi altro tempo. Sappiate solo che secondo me siete due splendide creature e che vi ringrazio *tantissimo* dell'aiuto!».

Dopodiché, veloce com'è apparsa, si alza dal tavolo con un balzo energico.

Più tardi arrivo al Malone in contemporanea a Nate Rhodes. «Ehi!», esclamo prendendolo per il braccio muscoloso. «Non sapevo che venissi anche tu».

Sono una sua grande fan. Non solo è un bravo centrocampista con uno slapshot pauroso, ma è anche un ragazzo d'oro. Molti atleti hanno la nomea di sbruffoni. Girano per il campus tutti impettiti, quasi fosse proprietà loro, e sembra che facciano un piacere alle ragazze a concedere il loro tempo e il loro pisello. Nate no. Insieme a Fitzy è il ragazzo più modesto e alla mano che io abbia mai conosciuto.

«I miei piani sono saltati. Dovevo vedermi con una, ma mi ha tirato pacco».

«Cosa? Ma lo sa che sei il capitano della squadra di hockey?!», mi fingo sconvolta.

«Assurdo, no?». Scrolla le spalle. «Ma forse è meglio così. Mi sto ancora riprendendo dalla sbronza di ieri sera».

«Nei supplementari hai fatto miracoli per vincere», gli dico. «Mi spiace non avervi visto con i miei occhi».

«I supplementari più stressanti della mia vita», confessa quando entriamo nel bar. «Per un attimo ho pensato che avremmo potuto perdere davvero, cacchio». I suoi occhi azzurri scrutano la stanza piena di cimeli sportivi, teleschermi e studenti universitari.

«Eccoli», dico individuando i nostri amici a un tavolo in fondo. «Urca. C'è anche Hollis? Ora sono ancora più contenta che ci sei pure tu. Mi farai da scudo».

«Cerca ancora di sfilarti le mutandine?»

«Ogni volta che ci vediamo».

«Come dargli torto», fa con un plateale sguardo libidinoso.

«Ma piantala. Tu non hai mai mostrato alcun interesse per le mie mutandine».

«Certo, perché il coach mi taglierebbe il pisello! Non significa che non ci abbia pensato».

«Porco».

Ride.

Arriviamo al tavolo, uno di quelli semicircolari abbastanza grandi da ospitare quattro giocatori di hockey, me e Summer. Lei è avvinghiata a Fitz, mentre Hollis sta seduto da solo dall'altro lato, lo sguardo incollato alla partita dei Bruins che è già incominciata.

Quando arriviamo si volta. «Brenna! Accomodati pure!», esclama dandosi un colpetto sulla coscia. «C'è posto».

«Grazie, caro. Sto bene qui», rispondo infilandomi accanto a Summer.

Invece di sedersi vicino a lui, Nate si accascia vicino a me, spingendo Fitz e Summer verso Hollis.

«Mica ho la lebbra, ragazzi!», bofonchia.

Alzo lo sguardo verso uno schermo. Il Boston è all'attacco. «Dov'è Hunter?», chiedo.

L'atmosfera cambia quasi all'istante. Fitz si incupisce. Sul viso di Summer scorgo una punta di senso di colpa, ma secondo me non ha motivo di sentirsi così. Sì, ha avuto un breve flirt con Hunter, ma appena si è accorta di provare qualcosa per Fitz è stata sincera con lui. Hunter deve voltare pagina.

«Boh. Sarà uscito con una tipa», risponde Hollis. «Ultimamente è sempre infoiato».

Increspo le labbra. Spero che le attività extracurricolari di Hunter non influiscano sulle sue prestazioni in campo. Ma ieri sera ha segnato tutti i punti realizzati nei primi tre tempi e ha fatto l'assist a Nate per il gol della vittoria, quindi non dovrebbe essere un problema.

«Perché non vi date un bacino e fate la pace?», chiedo a Fitz.

«Io ci sto provando», protesta lui. «Ma a Hunter non interessa».

«Ha un atteggiamento del cazzo», ammette Nate. Cosa preoccupante detta dal capitano. Significa che la squadra risente davvero del comportamento di Hunter. «Non potendo intervenire, non possiamo fare molto. Gioca bene e le serate di bagordi non lo rallentano in campo».

«Sì, ma non fa bene al morale della squadra che due compagni siano in rotta», ribatte Fitz.

«Allora fa' qualcosa», dice Nate guardandolo con esasperazione. «Lo screzio ce l'ha con *te*».

«Ci sto provando», ripete lui.

Summer gli stringe il braccio. «È tutto a posto. Alla fine si calmerà. Continuo a pensare che forse è meglio se mi cerco un altro appartamento...».

«No», si affrettano a dire Fitz e Hollis, e il discorso si chiude. Summer non lo riapre.

Per un po' guardiamo la partita. Mi bevo una birra, scherzo con Nate e ignoro le avance di Hollis. Durante il primo intervallo parliamo dei risultati delle semifinali.

«Io e Corsen ci siamo guardati in diretta la partita di Harvard e Princeton», dice cupo Nate. «Una roba vergognosa».

«Perché?», chiedo accigliata.

«Quel maledetto Brooks Weston ha tirato due colpi scorrettissimi. Allucinante. Prima è saltato addosso a un difensore buttandolo faccia a terra. L'arbitro non l'ha visto minimamente, roba da non credersi... Come ha fatto a sfuggirgli? Poi ha tirato una bastonata sul ginocchio a un altro. Per quello si è beccato una penalità».

Fitz scuote la testa rivolto verso Summer. «Non sopporto che alle superiori ci uscivi insieme».

«È un tipo a posto», insorge lei.

«È un bastardo», dice Nate a denti stretti. «Un bastardo falloso».

«Allora gli arbitri dovrebbero richiamarlo», nota Summer.

«Non se ne accorgono», dice Fitz. «È la tattica di alcune squadre... Provocare gli avversari, così reagiscono e si beccano una penalità. Harvard è campionessa».

«È il motivo per cui mio padre odia così tanto Daryl Pedersen», dico a Summer. «Incoraggia questo tipo di gioco».

«Ma una volta tuo padre e Pedersen non giocavano nella stessa squadra?», mi chiede Nate.

«Giocavano insieme a Yale», confermo. «Non si sopportano».

«Come mai?», fa Summer, l'aria incuriosita.

«Non conosco bene i dettagli. Papà non è certo un tipo loquace».

I suoi giocatori fanno un verso all'unisono. «Decisamente no», scappa a Hollis.

Scrollo le spalle. «Credo che Pedersen fosse scorretto già allora e a mio padre non piaceva affatto».

«Non lo biasimo», bofonchia Nate. «Pedersen è un figlio di puttana. Incita i suoi a essere più violenti possibile».

«Cazzo, ma qualcuno potrebbe farsi male!», esclama Mike con un tono talmente candido che non riesco a trattenere una risata. Hollis ha proprio un animo tenero. È un bambinone.

«Non so se lo sai», gli dico con solennità, «ma l'hockey è uno sport violento».

Fitz ridacchia.

Prima che Hollis possa ribattere, il suo cellulare emette un suono terribile. Ha la suoneria più fastidiosa della terra, un pezzo hip-hop in cui dei tizi urlano cose senza senso. Gli si addice alla perfezione, però.

«Ohi», risponde.

Mi rimetto a guardare la partita. Per un attimo. Perché la mia attenzione viene subito ricatturata da Hollis, che ci regala una pseudoconversazione assurda.

«Rallenta... cosa?». Ascolta. «Se ho l'auto? No». Altra pausa lunga. «Cioè... potrei chiederla in prestito. Aspetta, ma chi è che parla?».

Nate ride a crepapelle.

«Che sta succedendo?». Hollis sembra sconcertato. «Chi sei? Ruby? Pi cosa? Ci siamo conosciuti alla festa di Jesse Wilkes?».

Summer soffoca un verso e si tappa la bocca.

La guardo e ci scambiamo un sorriso raggiante. Non è Ruby. È *Rupi*. Il ciclone d'energia del diner ha sferrato l'attacco. E non ha neanche perso tempo.

«Non capisco... Uhm, okay... senti, Ruby, non so chi sei. Sei figa?».

Fitz fa un urletto divertito. Io mi limito ad alzare gli occhi al cielo.

«Okay... Non credo». Hollis è ancora completamente sbalordito. «Ci si vede», dice e poi riattacca.

«Chi era?», chiede Summer, le labbra che non smettono di tremare.

«Boh!». Prende la birra e ne tracanna la metà. «Una matta che ha chiamato per dirmi di andare a prenderla giovedì per portarla a cena fuori».

Summer schiaccia la faccia contro la spalla di Fitz, in preda a una ridarella irrefrenabile. Non avendo un fidanzato che possa nascondermi, mi mordo il labbro nella speranza che Hollis non si accorga che mi scappa da ridere.

«Strano, no?», dice confuso. «Da quando in qua un'estranea ti chiama per chiederti di uscire? L'avrò conosciuta da qualche parte». Lancia un'occhiata a Nate. «Conosci una Ruby?»

«No».

«Fitz?»

«Neanch'io».

Summer ride ancora più forte.

«E tu?», la accusa Hollis.

«No», mente lei, e si vede che si sta sforzando di non guardare verso di me. «Solo che questa storia mi fa riderissimo».

Sgancio i denti dal labbro inferiore. «Allora, ci esci?», chiedo con più nonchalance possibile.

Lui mi guarda sconvolto. «Ovvio che no! Non mi ha detto se è figa, ha risposto che lo avrei scoperto giovedì sera. Quindi ho detto che non credo proprio e ho riattaccato. Non mi va di finire ammazzato. Grazie ma anche no».

Come mai ho la sensazione che Rupi Miller non si accontenterà di questa risposta?

Per poco il sorriso non mi spacca la faccia in due. Aveva ragione Summer. Il weekend da incubo *è finito* bene.

Capitolo undici
Brenna

«Sono certa che tra poco arriva», continua a rassicurarmi l'impiegata incaricata di badare a me.

Francamente non mi importa quando arriverà Ed Mulder. In effetti mi sto trattenendo dall'andarmene solo per ripicca. Se stamattina non mi fossi fatta due ore di macchina nel traffico di punta per venire a Boston, di sicuro avrei già mandato tutti a quel paese e me ne sarei uscita come una furia dalla sede della HockeyNet per non metterci mai più piede. Ma che io sia maledetta se mi sono sciroppata quel traffico allucinante per niente.

"Mulder è soltanto un piccolo ostacolo", mi rassicura una vocina dentro la mia testa.

Giusto. Se riuscirò a conquistare la vetta del Coglione, sull'altro versante troverò ad aspettarmi la terra promessa del tirocinio. Tanto non sarei costretta ad avere a che fare con Mulder. Probabilmente non lo rivedrei mai più. Mi basta dimostrargli che ho le qualità giuste per il posto e poi potrò dimenticarmi che esiste. E non sarà molto difficile.

Non posso credere che lo sto aspettando da un'ora. Sono arrivata alle nove in punto, e Rochelle si è subito scusata e mi ha informata che in quel momento il signor Mulder era impegnato in una videochiamata fuori programma. *Importantissima*, a quanto pare.

Come no. Talmente importante che dietro la porta chiusa non sento altro che risate e sghignazzate.

Dopo quarantacinque minuti circa, Rochelle è entrata nell'ufficio per dirgli qualcosa. Dopodiché è apparso un impiegato di nome Mischa e ha annunciato che mi avrebbe portata a fare un giro degli studi in attesa che Mulder finisse con la telefonata.

Seguo la sua figura allampanata lungo il corridoio illuminato a giorno. «Allora, di cosa ti occupi di preciso, Mischa?»

«Sono il direttore dei tirocini, che in realtà è un lavoro molto meno figo di quanto sembri. In sostanza coordino i neoassunti, soddisfo le esigenze del direttore, pulisco il set e preparo mille caffè». Mi lancia un'occhiata sarcastica. «Ogni tanto mi danno la possibilità di sistemare le luci».

«Ooooh! Allora hai sfondato!».

«Spero che alla fine mi nominino regista, o almeno mi mettano in cabina di regia. *Quello* sì che sarebbe sfondare», risponde con un sorriso.

Superiamo un omone in gessato grigio. Sta al cellulare e quando gli passiamo accanto ci guarda di sfuggita. Lo riconosco subito.

«Porca miseria!», sibilo a Mischa. «Era Kyler Winters?»

«Sì. Lo abbiamo appena assunto come commentatore speciale. Farà la telecronaca dei playoff nazionali».

«Avete tanti ex giocatori che lavorano per voi?»

«Eh sì. Principalmente come analisti o telecronisti. Abbiamo anche qualche ex allenatore. Poi c'è chi si occupa di fantahockey, quelli delle statistiche, gli esperti di infortuni. E presentatori sguaiati come Kip e Trevor», risponde, nominando la famosa coppia che conduce probabilmente la trasmissione più chiacchierata. Hanno entrambi opinioni molto nette e non hanno paura di esprimerle.

«Quanto testosterone in un palazzo solo», scherzo. «E come siete messi a estrogeni?».

Scoppia a ridere. «Be', se parliamo di donne in video abbiamo Erin Foster. Di solito fa i servizi dagli spogliatoi. E Georgia...».

«Barnes», termino io.

Georgia Barnes è praticamente il mio mito assoluto. Fa le domande scomode a fine partita e non risparmia nessuno. È acuta come un'aquila e conduce una rubrica settimanale e anche se non è polemica quanto Kip e Trevor, trovo i suoi commenti molto più intelligenti, a essere onesta.

«Georgia è bravissima», mi dice Mischa. «La lingua più tagliente che io abbia mai conosciuto. L'ho vista rimettere a posto uomini tre volte più grossi di lei».

«La adoro», confesso.

«Abbiamo anche una regista per alcuni programmi serali, qualche analista e pure un paio di donne nella troupe. Ah, poi le assistenti esaurite tipo Maggie, laggiù», conclude indicando la sagoma che si sta precipitando verso di noi. «Ehi, Mags».

Maggie è una ragazza dall'aria terrorizzata con la frangia che continua a ricaderle sugli occhi. Regge un vassoio di cartone con delle tazze caffè e invece di fermarsi per salutarci bofonchia: «Non dire nulla. Sono in ritardo. Kip mi ammazzerà». Ci supera di corsa senza guardarsi indietro.

«Sempre convinta di voler lavorare qui?», scherza Mischa.

«Nessuno sa portare il caffè come me», rispondo con piglio sicuro. «E sono sempre puntale».

«Buono a sapersi. Perché alcuni tizi che lavorano qui perdono le staffe per un nonnulla. Pete, uno dei produttori, licenzia un assistente un mese sì e un mese no. Quest'anno ne ha già cambiati tre».

Continuiamo il giro, che si conclude nello studio principale. Che figata vederlo. Guardo anelante la scrivania a cui siedono gli analisti, ma il set del programma di Kip e Trevor, *L'angolo dell'hockey*, è ancora più bello. Il familiare divano di pelle marrone e lo sfondo tappezzato di trofei e gagliardetti mi scatenano un'ondata di euforia. Che figata sarebbe se un giorno conducessi un programma tutto mio? Se avessi un set personale?

Scaccio i miei sogni megalomani. È bello fantasticare, ma immagino che ci vorrebbero anni, se non decenni, prima che qualcuno mi affidi un programma tutto mio.

La radiolina attaccata alla cintura di Mischa emette un suono gracchiante. «Il signor Mulder è pronto per riceverla», dice la voce di Rochelle.

«Visto? Non hai aspettato tanto», mi fa. «No?».

Come no. Proprio. Mulder ha fatto un'ora e un quarto di ritardo per un colloquio che non avrebbe neanche dovuto svolgersi oggi. Un professionista irreprensibile.

Mischa mi riaccompagna agli uffici della produzione, dove Rochelle si affretta a portarmi dal suo capo.

«Signor Mulder», dico. «Che piacere rivederla».

Come sempre ha la testa altrove. Uno dei vari schermi alla parete è sintonizzato sul notiziario di un'emittente rivale. Il volume è al minimo, ma il servizio riguarda la partita degli Oilers di sabato sera.

Mulder distoglie lo sguardo dallo schermo. «Grazie di essere tornata. Venerdì è stata una giornataccia».

«Sì, avevate un bel daffare». Non mi chiede di accomodarmi, ma mi siedo comunque e aspetto che riprenda il colloquio.

«Insomma, la tua università affronterà Harvard alla finale di girone», dice. «Che cosa ne pensi?»

«Li stracceremo!».

Mulder sorride strafottente. «Con Connelly al timone? Purtroppo credo che siate destinati alla sconfitta. Hai sentito parlare di Jake Connelly, vero?».

Purtroppo sì. «Certamente».

Mulder si appoggia allo schienale della poltrona. «D'accordo, ora ti faccio un test. I nostri stagisti devono intendersene di statistiche. Dimmi le statistiche di Connelly in questa stagione».

Evito di mostrarmi confusa. È la domanda più generica che io abbia mai sentito. Le sue statistiche? Quali statistiche?

«Deve essere un po' più preciso», gli rispondo. «A quali statistiche si riferisce? Gol? Assist? Gol in vantaggio? Tiri in porta?».

Mulder sembra infastidito dalle mie domande. Invece di rispondere inizia a sfogliare alcune delle carte.

Benissimo. Colloquio di merda, parte seconda. Detesto quest'uomo. Non gli interessa che io sia qui, e non ha intenzione di assumermi. Ma paziento e resto seduta, pur sapendo che se ne frega bellamente.

Suona il cicalino, che grazie al cielo rompe il silenzio imbarazzante. «Signor Mulder, c'è in linea sua moglie. Dice che è importante».

Lui fa una faccia esasperata. «Non è mai importante», commenta. Preme un dito sul pulsante. «Sono nel bel mezzo di un colloquio. Chiedile di essere più precisa».

Ohhhh sul serio? *Lui* può chiedere alla gente di essere più precisa, mentre se lo faccio io non va bene?

Dopo qualche minuto, Rochelle torna in linea. «Deve confermare quante persone verranno a cena venerdì».

«Importante, 'sto cazzo. Dille che la richiamo quando ho finito il colloquio». Ripreme il pulsante. «Donne!», mugugna.

Mi astengo dal commentare, perché ehilà, sono una donna!

«Nel fine settimana avremo gente a cena», mi spiega scuotendo la testa scocciato. «Come se mi importasse qualcosa dei dettagli. Cosa me ne frega di che colore sono i tovaglioli? Se ci sono quattro o venti portate? Giuro, quella donna si fissa su certe scemenze».

Mi stupisce che non prosegua con un commento progressista su come le donne siano creature frivole con un cervello grande quanto un chicco di mais e non potrebbero mai e poi mai lavorare in ambito sportivo. La casetta sull'albero dello sport è solo per i maschi! Vietato l'accesso alle femmine!

Sullo schermo grande l'ESPN trasmette una clip in cui Connor McDavid degli Oilers segna uno dei gol più belli mai visti in vita mia. Purtroppo non è bastato a farli vincere.

Mulder lancia un fischio, il morale risollevato. «Quel ragazzo è una macchina da guerra!», gracchia.

«Uno dei migliori giocatori della sua generazione», concordo. «Il più bravo della squadra da decenni a questa parte».

«E nella prossima stagione avremo pure Connelly. Evviva! Saremo imbattibili!».

Annuisco. «Connelly darà alla squadra la velocità che le serve. È uno dei migliori pattinatori in circolazione».

«Un fulmine sui pattini. Dio mio, Brenna, non ho mai aspettato tanto una stagione!». Si sfrega le mani con gioia spudorata.

Rilasso la postura. Per la prima volta Mulder si è sciolto un po' nei miei confronti. Non sono proprio entusiasta di aver rotto il ghiaccio grazie a Jake Connelly, ma a questo punto qualsiasi aiutino è benaccetto. È più facile scalare l'Everest che la vetta del Coglione.

Parliamo di Jake per circa cinque minuti. Giuro che Mulder sembra apprezzare le mie opinioni. Dopo una mia osservazione dice addirittura: «Non potrei essere più d'accordo».

E però quando cerco di riportare la conversazione sullo stage?

Torna a guardare lo schermo del computer.

La frustrazione mi sale alla gola. Vorrei solo mettermi a urlare. Non capisco se gli sto simpatica o antipatica. Se vuole assumermi o mettermi alla porta.

«Comunque grazie di essere tornata», mi dice distrattamente.

Be', ecco la risposta che cercavo. Messa alla porta.

«Dobbiamo ancora esaminare alcuni candidati, ma appena prenderemo una decisione ti faremo sapere».

Vuol dire che mi faranno sapere che non ho avuto il posto. Al momento le probabilità che ottenga lo stage sono pari a quelle che ho di arrivare sulla luna.

Pazienza. Accantono la delusione e provo ad autoconvincermi che forse è meglio così.

«Grazie della disponibilità», dico cortesemente.

«Mmm, prego». Per l'ennesima volta Mulder è concentrato su altro e non mi calcola.

Sì, è sicuramente meglio così. Non sopporterei di lavorare nello stesso palazzo di un tipo come Ed Mulder. Non gli frega un cazzo di niente, a parte sé stesso e i suoi preziosi Oilers. L'unica volta che si è mostrato coinvolto o un minimo interessato è stato quando abbiamo fatto due chiacchiere su Jake. La sua eccitazione per Connelly è quasi ridicola.

Mentre mi dirigo verso la porta ho un attimo di esitazione.

Mi viene un'idea. È folle. Lo so che è folle. Però... magari non importa.

Voglio questo stage. Lo voglio da morire. C'è gente che ha fatto cose ben più disperate per ottenere un lavoro. In confronto, quello che sto per fare è... una sciocchezzuola. Insomma, solo una cosa da ochetta con sogni frivoli.

«Signor Mulder?».

Lancia un'occhiata alla porta, l'aria infastidita. «Sì?»

«Prima... Be', prima non gliel'ho detto perché mi sembrava un po' fuori luogo ma... Jake Connelly...». In un attimo di incertezza ripenso alla follia che sto per fare.

Inspiro, stilando velocemente nella mia testa un elenco di pro e contro. C'è una caterva di contro. Cioè, una *caterva*. E i pro non sembrano soddisfacenti quanto...

«Che cosa?», mi chiede Mulder, spazientito.

Espiro in fretta. «È il mio ragazzo».

Capitolo dodici
Jake

L'allenamento del mattino è estenuante, ma dal coach non mi aspettavo nulla di diverso. Già ci faceva sudare sette camicie prima che arrivassimo in finale. Ora il gioco si fa duro. Dobbiamo pattinare più veloce, colpire più forte, tirare di più. L'allenamento è così intenso che alcune pattinate mi lasciano addirittura senza fiato, e io sono il migliore sui pattini.

Non che mi lamenti. Alcuni compagni non fanno che lagnarsi di doversi alzare presto. Della dieta, dell'intransigenza del coach. Non nego che Pedersen abbia uno stile di gioco più fisico del mio. Io punto su velocità e precisione più che sulla forza bruta. Quando giocava lui invece picchiava duro e incoraggia i suoi giocatori a essere altrettanto aggressivi. Brooks è il più violento, ma ultimamente Pedersen ha iniziato a chiedere anche agli altri di tirare più gomitate. Da me però non lo pretende. Sa cosa sono disposto a fare.

Quando esco dallo spogliatoio con i capelli bagnati, lo trovo ad aspettarmi in corridoio. Mi dà una pacca sulla spalla. «Bel pressing, Connelly».

«Grazie, coach».

«Lo sfodererai anche alla finale?»

«Sissignore».

Inclina la testa. «Sarà dura battere la Briar».

Scrollo le spalle. «Io sono tranquillo. Abbiamo la vittoria in tasca».

«Altroché». Si fa cupo in volto. «Ma meglio non darlo per scontato. L'anno scorso Jensen ha fatto una stagione di merda e vorrà un ritorno in pompa magna. Non mi stupirebbe se si allenassero due volte al giorno».

Neanche a me. Quest'anno la Briar sembra molto migliorata. Non so cosa sia successo nella scorsa stagione, so solo che da quando Garrett Graham si è laureato hanno avuto problemi a ritrovare un buon attacco. Nate Rhodes è bravo, ma niente di eccezionale. Hunter Davenport è veloce quasi quanto me, ma è ancora giovane. È appena al secondo anno e deve affinare la tecnica. Credo che nella prossima stagione, con Davenport al timone, la Briar sarà inarrestabile. Ma a partire dalla prossima stagione. Questa la vinciamo noi.

«Domattina devi venire prima», mi dice l'allenatore. «Alle sei e mezzo, okay? Voglio che ti alleni uno contro uno con Heath».

Annuisco. Ho notato che oggi Heath ha cannato diversi passaggi chiave. «Nessun problema».

«Lo sapevo». Mi dà un'altra pacca sulla spalla e se ne va.

Mi incammino verso l'atrio del palazzetto, dove mi aspetta Brooks. Nell'istante in cui lo raggiungo mi arriva una notifica di Instagram sul cellulare. Siccome lo uso pochissimo, sto per ignorarlo quando noto il nome utente.

BrenJen.

Cioè Brenna Jensen?

Vengo assalito dalla curiosità. «Ehi, tu vai pure», dico a Brooks. Andiamo a pranzo con alcuni compagni di squadra nel bar del campus. «Ci vediamo lì. Prima devo fare una telefonata».

«Okay». Mi guarda strano e se ne va strascicando i piedi.

Apro Instagram e i messaggi privati. La foto di "BrenJen" mostra una cascata di capelli scuri e uno scorcio del profilo. Ma le labbra rosse sono inconfondibili. È sicuramente Brenna e dal pallino verde accanto alla foto capisco che è online.

Connelly, sono Brenna. Possiamo vederci?

Le sopracciglia mi schizzano fino all'attaccatura dei capelli. Inizio subito a scriverle, infischiandomene della lezioncina che mi ha fatto una sera Brooks su come si risponde alle ragazze. La sua regola d'oro è di aspettare *minimo* un'ora, per evitare che pensino di avere il coltello dalla parte del manico. Ma sono troppo curioso per seguirla.

Io: Ho le allucinazioni o mi hai scritto in privato?
Brenna: Purtroppo sì. Ti va di vederci?
Io: Mi stai chiedendo di uscire?
Brenna: Sogna, Jakey.

Sorrido allo schermo, mentre Brenna mi manda un altro messaggio.

Brenna: Sono in città e ho un'oretta prima di tornare alla Briar. Speravo di riuscire a vederti.
Io: Per il nostro primo incontro servirà ben più di un'oretta. Insomma, basterebbe appena per i preliminari.
Brenna: Un'ora di preliminari? Quanto sei ambizioso.
Io: Non ambizioso. Realistico.

Forse non è il momento adatto per cercare di avviare una conversazione sconcia online, perché l'idea dei preliminari con lei è molto allettante.

Io: Perché vuoi che ci vediamo?
Brenna: Devo parlarti di una cosa. E non voglio farlo via messaggio, quindi sì o no?

Sono troppo curioso per rifiutare. Insomma, la figlia dell'allenatore della Briar che prova a organizzare un incontro clandestino con il capitano della squadra di hockey di Harvard? Chi non sarebbe incuriosito?

Perciò rispondo: "Dove e quando?".

Ci incontriamo in una caffetteria a Central Square. Tanto per cambiare diluvia. Fradicio e infreddolito, raggiungo Brenna a un tavolino in fondo al locale.

Regge una tazza di caffè, il vapore che sale le arrossa il naso. Ne indica un'altra davanti alla sedia libera. «Ti ho ordinato un caffè».

«Grazie», rispondo prendendo la tazza calda con le mani bagnate. Ho le dita congelate, cazzo.

Mentre butto giù un bel sorso, Brenna mi fissa.

Appoggio la tazza sul tavolo. «Allora», biascico.

«Allora», biascica lei.

Dio, quant'è carina oggi. Ha legato i capelli in una treccia ordinata ed è struccata. O, se non lo è, ha optato per un trucco acqua e sapone. Ha un rossore luminoso e fresco sulle guance e... porca misera, non ha il rossetto rosso. Ha un lucidalabbra rosa.

Per poco non mi scappa un: «Che cazzo hai in faccia?», ma mi trattengo prima che sia troppo tardi. Non è *mai* una domanda da fare a una ragazza.

«Hai intenzione di illuminarmi sul perché mi trovo qui?», le chiedo invece.

«Sì, ma prima devi promettermi un paio di cose».

«Nah. Io non faccio promesse, mai».

«Va bene. Allora niente. Almeno posso andarmene con la soddisfazione di averti fatto venire fin qui per niente». Fa per alzarsi. «Ci vediamo, Jakey».

«Rimetti giù quel bel culetto», le ordino con una faccia esasperata. «D'accordo. Cosa devo promettere?»

«Uno: che mi ascolterai fino alla fine. Due: che non gongolerai».

Il mistero si infittisce. Mi appoggio allo schienale della sedia e le dico: «Va bene. Giurin giurello».

«Bravo». Espira. «Insomma, ho mandato il curriculum per uno stage alla HockeyNet».

«Bello».

«Sì, sarebbe bello se il selezionatore non fosse un deficiente». Stinge le dita intorno alla tazza. «Ho fatto due colloqui e non mi ha presa sul serio in nessuno dei due». Mi guarda in cagnesco. «E prima che tu te ne esca con una frecciata sul fatto che non sono all'altezza del lavoro...».

«Non era mia intenzione», la interrompo.

«Bene. Perché lo sono. Secondo me non prende sul serio

nessuna donna. O almeno non quelle che cercano di entrare nel mondo dello sport. Avresti dovuto sentire con quanta arroganza parlava di Georgia Barnes. Come se non meritasse di lavorare lì. Come se *io* non meritassi di lavorare lì». Ha un tono carico di frustrazione, ma il suo sguardo trasmette autentico scoramento. «È proprio uno stronzo».

«Mi dispiace», le dico, e sono serio. Non credo di averla mai vista così abbattuta. Mi meraviglia che quel tipo sia riuscito a intaccare la sua sicurezza. «Vuoi che vada a picchiarlo?»

«Se fosse così semplice, lo picchierei da sola. Si meriterebbe proprio un bel calcio nelle palle».

Ridacchio. «Allora, perché mi hai fatto venire?»

«Insomma... Il tipo è di Edmonton», esordisce.

Aggrotto le sopracciglia. Non credo di aver capito dove voglia andare a parare. Immagino che il tipo tifi per gli Oilers, ma io ci giocherò tra un anno. «Continuo a non capire che cosa c'entri io».

«L'unico momento del colloquio di oggi in cui è sembrato davvero interessato a me è stato quando abbiamo parlato di Edmonton. E di te», aggiunge di malavoglia. «È convinto che tu sia esattamente quello che serve alla squadra per vincere la Stanley Cup».

Concordo. La squadra ha ottenuto buoni risultati, ma io ho intenzione di migliorarli. Sono un giocatore con i controcazzi, non solo perché ho talento, ma anche perché mi faccio il culo. È da quando sono piccolo che mi impegno per raggiungere quest'obiettivo.

«A ogni modo...». Brenna si blocca. Beve un sorso di caffè. «Perché mi hai fatto venire qui, Jensen? Tra poco ho lezione».

«Perché, come ti ho detto, l'unica volta che il tipo mi ha calcolata è quando gli ho detto che ti conoscevo».

Sorrido deliziato. «Hai fatto il mio nome, eh?»

«Sta' zitto. Mi sono sentita morire».

Mi scappa una risata. Che tipa. Sono talmente abituato alle ragazze che mi si buttano addosso che quando una non lo fa è quasi una ventata d'aria fresca.

«Non ho solo fatto il tuo nome», confessa.
Mi corruccio. «Okay. E cosa gli hai detto?».
Bofonchia qualcosa sottovoce.
Mi chino. «Che hai detto?»
«Gli ho detto che stiamo insieme», sbotta. Ha la mascella talmente tirata che mi sorprende che non si spacchi in due.
La fisso un secondo. Quando capisco che dice sul serio, mi viene di nuovo da ridere. «Non dire cazzate».
«È vero. Guarda che hai promesso di non gongolare».
«Spiacente, promessa infranta». Non riesco a fare a meno di sghignazzare. «È troppo divertente, cazzo. Va ben oltre fare il nome di una persona. È... una leccata di culo da Oscar!». Mi asciugo le lacrime agli occhi.
Brenna mi lancia occhiate taglienti. «Innanzitutto, *che schifo*! Secondo: mi spiace, ma a differenza tua, dopo la laurea dovrò trovarmi un lavoro. Io non ho il lusso di un contratto multimilionario con una squadra di hockey professionista. Ho sempre sognato di fare la giornalista, quindi se devo leccare il culo a un coglione per ottenere lo stage, lo farò».
Mi sforzo di smettere di ridere. È un'impresa. «Okay, insomma gli hai detto che stiamo insieme». Cavolo, wow. Pazzesco. Quasi riesco a immaginarmi la sua faccia mentre glielo diceva. Il supplizio. «Non capisco comunque perché ci troviamo qui».
«Inutile dire che al pensiero di poterti conoscere Mulder è venuto nei pantaloni». Sospira. «Venerdì darà una cena a casa sua e ha invitato anche noi».
«Noi?». Rido. «Ora siamo un *noi*?»
«Fidati, è l'ultima cosa che vorrei, ma gli ho detto che ci saremmo andati. E ora, per quanto sia umiliante, ti chiedo il favore di accompagnarmi». Dal tono e dalla faccia sembra che preferirebbe rotolare in una fossa buia piena di lamette da barba.
Il mio sorriso cresce. Credo che potrebbe rompermi la faccia.
«Non farmi una cosa simile», mi dice con aria affranta. «Lo so che è assurdo, ma mi serve il tuo aiuto. Hai già finto di essere il mio ragazzo, ricordi? Non hai avuto problemi a mettermi

le mani ovunque al concerto. Ma immagino che andasse bene perché quella farsa era una *tua* idea».

Non ha torto.

«Devi rifarlo, okay?», dice con un pizzico di acredine. «È soltanto una sera… se vuoi sono anche disposta a pagarti».

«Ehi, mica sono un gigolò».

«Va bene, allora fallo gratis. Fa' un'opera pia».

Ci penso un attimo su. «Nah».

«Dai, Connelly». Non credo di averla mai vista tanto agitata. «Non costringermi a supplicarti».

Un lampo di libidine mi sale di colpo fino al pacco. «Allettante, cazzo».

Serra le labbra. «Non succederà mai».

«Mmm, inginocchiata… a supplicarmi». Il pene mi freme.

È ufficiale. Questa ragazza mi attizza. Sono stato a letto con parecchie ragazze, ma non ricordo l'ultima volta che ne ho desiderata una così tanto. Mi immagino la scena che ho appena descritto, la fantasia che spicca il volo. Brenna in ginocchio che mi abbassa i pantaloni. Mi afferra il pene. Mi guarda con i suoi occhioni. Mi implora.

«Non ti sto supplicando», dice con tono fermo. «Te lo sto chiedendo. Se dici di no, nessun problema, mi alzo e me ne vado».

Mi scuoto dalla mia trance erotica. «Non ho detto di no».

«Ottimo. Allora accompagnami venerdì».

Ridacchio. «Non ho neanche detto di sì».

Se uno sguardo potesse uccidere, in questo momento mi ritroverei a terra con intorno i segni di un gessetto. «Allora cosa stai dicendo?», mi chiede.

«Sto dicendo… *do ut des*… Non so se te l'hanno insegnato a scuola, ma nella vita niente è gratis». Le faccio l'occhiolino. «Una mano lava l'altra».

«Io non ti lavo *un bel niente*!».

«Voglio solo dire che se ti aiuto voglio qualcosa in cambio».

«Tipo cosa?». Inizia a toccarsi la punta della treccia, palesemente scocciata.

Mi piacerebbe che se la sciogliesse. Vorrei vedere i suoi capelli mori ricaderle sulle spalle. Anzi, no. Vorrei vederli sul mio petto nudo mentre si china per…

«Tipo cosa?», ripete perché ci metto troppo a rispondere.

Mi sforzo di nuovo di concentrarmi. «Insomma vuoi che usciamo insieme venerdì sera…».

«Per un finto appuntamento».

«Per un finto appuntamento», rettifico. «Be', in cambio ne voglio uno vero».

«Uno vero cosa?»

«Un appuntamento vero. Tu ottieni un finto appuntamento, io uno vero».

«Scherzi?». Spalanca la bocca. «Vuoi che usciamo insieme?».

Scruto la sua faccia incredula. «Assurdo, no? Ci sono rimasto anch'io». Le rivolgo una scrollata di spalle. «Ma così è, quindi eccoci qui. Ti trovo carina e lo so che anche tu mi trovi carino…».

«*Pensi* che io ti trovi carino».

«Non lo penso, lo so. Ho visto come mi guardi, quindi…». Alzo le mani con disinvoltura, dopodiché indico me e poi lei. «Secondo me tra noi c'è qualcosa…».

«Non c'è niente. Niente».

«Va bene, d'accordo. Allora me ne vado». Alzo il culo dalla sedia.

«Connelly», brontola Brenna. «Torna a sederti». Chiude un secondo gli occhi. «Stai dicendo che se mi accompagni alla cena poi dovrò solo uscire con te sul serio?»

«Sì, ma non fare come se stessi per uscire con un serial killer. Almeno *fingiti* un minimo contenta di uscire insieme».

«Okay!». Batte le mani. «Ho un appuntamento con te! Yuppi!».

«Molto meglio», faccio. Mi sa che da quando mi ha detto perché voleva vedermi non ho smesso di sorridere un secondo. «Allora è un sì?».

Sospira. Profondamente.

Capitolo tredici
Brenna

Martedì è previsto un altro temporale. Persino il meteorologo dell'emittente via cavo locale sembra stufo del maltempo. Quando ho guardato il telegiornale del mattino, leggeva le previsioni puntando la telecamera con aria truce, quasi ritenesse i telespettatori responsabili degli acquazzoni che nell'ultimo mese si sono riversati sul New England.

Per fortuna non devo tornare a piedi dal campus, perché io e Summer abbiamo lezione più o meno alla stessa ora. Siccome ho finito un'ora prima, mi sono messa a fare i compiti nell'enorme atrio della facoltà di Arte e design. È disseminato di divanetti comodi e stranamente non c'è quasi nessuno. C'è solo una ragazza con il PC sul divano accanto alle finestre. Io mi sono messa con il mio dalla parte opposta, così mentre aspetto Summer riesco ad avere un po' privacy.

Faccio i compiti per il corso che mi piace di meno: scrittura per il telegiornale. Non potendomi specializzare in sport, seguo corsi su qualsiasi ambito giornalistico. Per questo in particolare dobbiamo scrivere un pezzo per la televisione, invece che per la carta stampata, e al professore è sembrato divertente assegnarmi un argomento politico. Il che significa che devo buttare giù un pezzo sulle ultime pagliacciate del presidente, con l'ansia di non conoscere la posizione del docente sulla linea di governo. Non ha mai espresso le sue idee politiche e sono sicura che se qualcuno gliele chiedesse, ci farebbe un pistolotto sul fatto che un giornalista deve restare sempre obiettivo. Ma dai, siamo seri. Alla fine ognuno ha le proprie preferenze. Punto.

Dopo aver buttato giù un po' più di cinquecento parole, faccio una pausa. Do un'occhiata ai messaggi sul cellulare, ma non ce ne sono di nuovi. Il nome di Jake mi punzecchia dall'elenco, perché ieri al bar ci siamo scambiati i numeri per non dover comunicare via Instagram.

Un respiro profondo mi si blocca in gola. Che cosa, *che cosa* mi ha spinta a dire a Ed Mulder che stavo con Jake? *Perché* gli ho mentito? Me ne sono pentita praticamente un nanosecondo dopo, ma ormai era troppo tardi per rimangiarmelo. Mulder era così al settimo cielo che sembrava gli avessi proposto un pompino. Ma probabilmente preferirebbe che glielo facesse Jake. Dio solo sa quanto gli piace.

A proposito di Jake, che cosa, *che cosa* lo ha spinto a chiedermi di *uscire*? Sono ancora sconvolta, senza contare il fatto che non capisco che intenzioni abbia. È già stato dimostrato la sera del concerto che tra noi c'è una certa chimica, ma non significa che dobbiamo sfogarla. Gioca per *Harvard*, per la miseria. È ingiustificabile.

Mentre scorro i messaggi me ne arriva uno che mi scatena un'ondata di malessere. Di Eric. *Ci risiamo.*

Eric: Ti prego, B, non capisco perché mi ignori.

Tecnicamente non lo sto ignorando. Domenica sera, tornata a casa dal Malone, gli ho risposto al messaggio che mi aveva mandato. Gli ho detto che nelle settimane successive sarei stata super impegnata con gli esami di fine semestre e la vita in generale, e non avrei avuto molto tempo. Evidentemente la mia risposta non gli è andata giù.

Arriva un altro messaggio: "Chiamami".

Cazzo. Conosco Eric. Se non lo chiamo continuerà a tartassarmi di messaggi. E se non rispondo ai messaggi inizierà a chiamare. E chiamare. E richiamare.

Scaccio il fastidio e digito il suo numero.

«Ehi, B!». Il suo sollievo è palpabile persino al telefono. «Mi fa piacere che hai chiamato».

Ha preso qualcosa. Si capisce da come parla, dall'affanno che ha ogni volta che gli scorre nel sangue qualche robaccia tossica. Sono contenta di non poterlo vedere negli occhi. È sempre stata la parte peggiore, capire dai suoi occhi che era strafatto. Era come guardare un'altra persona. L'Eric Royce del quale ero innamorata persa veniva sostituito da un patetico estraneo. E stargli vicino era – *è* – estenuante.

Sarò una brutta persona, ma non mi importa più. Eric non è una mia responsabilità. Non ho firmato un contratto per fargli da badante. È compito di sua *madre*.

Ma la signora Royce è sempre stata ed è tuttora una madre assente. Lavora come legale in una grande azienda. Era il padre che stava a casa per prendersi cura di lui, prima di morire. Dopo la sua morte però la signora Royce non ha ridotto l'orario di lavoro per trascorrere più tempo con il figlio. È andata avanti come se nulla fosse.

L'unico sforzo che ha fatto quando è diventato palese che Eric aveva un problema di droga è stato provare a spedirlo in Vermont. Ma lui si è rifiutato. Non si considera un drogato. Gli piace divertirsi "qua e là" e basta.

«Non hai una bella voce», gli faccio. «Ansimi».

«Ah, sono un po' raffreddato».

È così che si dice adesso? «Allora dovresti riposarti un po'». Sento una specie di folata di vento. «Sei fuori?»

«Sto uscendo dal Dunkin' Donuts. 'Sta pioggia… è assurda, no?».

Trattengo un'imprecazione. «Non mi hai scritto per parlare della pioggia. Cosa ti serve, Eric? Che succede?»

«Ho solo…». La sua voce prende una nota straziante. «Sono, ehm, sono a corto di soldi, B. La settimana prossima devo pagare l'affitto. Mi bastano i soldi che ho sul conto, ma poi non mi resterà molto per fare la spesa e comprare, ehm, roba essenziale…».

Immagino che per «roba essenziale» intenda la metanfetamina, e ribollo di rabbia. «Vivi con tua madre», gli ricordo. «Sono certa che ti perdonerà se questo mese non paghi l'affitto».

«Se ne sbatte», bofonchia lui. «Dice che se non pago mi caccia di casa».

«Be', per fortuna i soldi che hai bastano per l'affitto», gli ricordo. «Per la spesa, sono certa che tua madre non ti lascerà morire di fame».

«Per favore, mi serve solo un cinquantone, massimo cento. Eddai, B».

Non mi sta chiedendo una cifra folle, ma non importa. Da me non avrà più un centesimo, specie dal momento che sono sicura che li spenderebbe per comprarsi la roba. E poi non è che io navighi nell'oro. Non pagherò le tasse universitarie, ma ho altre spese. L'affitto, il cibo, "roba essenziale" che *non è* metanfetamina. Ho messo da parte qualcosa quando ho lavorato come cameriera, ma non ho intenzione di usarla per foraggiare l'autodistruzione di Eric.

«Mi dispiace. Lo sai che se potessi ti aiuterei, ma sono al verde», mento.

«Non è vero», protesta lui. «Lo *so* che hai dei soldi da parte, B. Per favore. Dopo tutto quello che abbiamo passato insieme, non puoi abbandonarmi così. Siamo sulla stessa barca, ricordi?»

«Neanche per sogno», lo tronco subito. «Ci siamo lasciati da anni, Eric. *Non* stiamo più insieme».

In un corridoio vicino rimbombano delle voci che giungono fino all'atrio. Spero che Summer abbia finito la lezione.

«Mi dispiace», mi ammorbidisco. «Non posso aiutarti. Parlane con tua madre».

«Fanculo mia madre», sbotta.

Mi mordo l'interno della guancia. «Ora devo andare. Tra poco ho lezione», mento. «Ma ci sentiamo presto, okay? Appena ho un attimo di respiro ti chiamo».

Butto giù prima che possa fare storie.

Quando appare Summer mi stampo in faccia un sorriso e mi auguro che nel viaggio di ritorno a casa non si accorga che sono più taciturna del solito. E così è. Summer è capacissima di portare avanti una conversazione da sola, e oggi gliene sarei grata. Mi sa che devo fare uscire Eric dalla mia vita per sempre. Non è la prima volta che ci penso, ma spero sia l'ultima. Non ce la faccio più a continuare così.

Quando Summer mi molla a casa piove meno. «Grazie del passaggio, mattacchiona». Le stampo un bacio sulla guancia per ringraziarla.

«Ti voglio bene», mi urla quando schizzo fuori dall'auto.

È importante avere amici che ti dicono «Ti voglio bene» ogni volta che ci si saluta. Sono quelli che servono nella vita.

Fa retromarcia piano piano nel vialetto e io faccio il giro della casa per raggiungere il mio ingresso privato. Scendo i gradini fino alla porticina e…

Ciac!

Gli scarponcini affondano in un oceano.

Okay, un oceano è esagerato. Ma ai piedi della scala ci sarà quasi mezzo metro d'acqua.

Mi sento male. Porca miseria. Si è allagato l'interrato! Mi si è *allagata* la casa, cazzo!

Avanzo in preda al panico. Sguazzo nell'oceano con gli scarponcini di cuoio e osservo i danni, orripilata da quello che vedo.

La moquette a terra è… da buttare. Il tavolino è a mollo… da buttare. La base del divano che ho comprato in un negozio dell'usato è completamente zuppa… da buttare. Il futon… da buttare.

Mi mordo il labbro, sconvolta. Fortuna che oggi mi ero portata dietro il computer. Gran parte dei vestiti è intatta. Sono quasi tutti appesi nell'armadio, ben al di sopra del livello del mare e visto che la scarpiera è alta si sono bagnate solo le suole delle scarpe che stavano sul fondo. L'ultimo cassetto della cassettiera si è riempito d'acqua, ma lì tengo solo i pigiami e i vestiti per casa, quindi non è la fine del mondo. La roba importante sta in alto.

La moquette, invece…

I mobili…

Che casino!

Raggiungo la porta dove ho appeso la borsa. Prendo il cellulare per chiamare Wendy, la padrona di casa, che mi auguro ci sia. Nel vialetto non c'era né la sua macchina né quella di Mark, ma di solito lei parcheggia in garage, quindi è possibile che sia di sopra.

«Ciao, Brenna. Ti ho appena sentita entrare. Fuori piove ancora, eh?».

È in casa. Grazie a Dio. «Piove pure dentro», rispondo desolata. «Non so come dirtelo, ma ho l'appartamento allagato».

«*Cosa?*», esclama.

«Sì. Mi sa che ti conviene mettere degli stivali di gomma, meglio quelli che arrivano al ginocchio, e scendere».

Due ore dopo ci troviamo davanti a una scena da incubo. L'appartamento è un macello.

Dopo l'SOS di Wendy, il marito Mark è uscito prima dal lavoro per precipitarsi a casa. Abbiamo staccato l'elettricità per evitare, insomma, di morire fulminati, e poi abbiamo fatto insieme un sopralluogo con delle torce. Mark mi ha garantito che l'assicurazione coprirà i danni ai mobili che ho perso. "Perso" è proprio la parola giusta, perché sono irrecuperabili. Sono troppo rovinati, tocca buttare tutto. L'unica cosa da fare è inscatolare le cose scampate alla Grande Alluvione.

A sentire Mark in casa non c'è una pompa di scarico perché Hastings non è in una zona di alluvioni. Dovranno chiamare un professionista per pompare l'acqua, ce n'è troppa per un mocio o un aspiratore. Ha stimato che per asciugare tutto e pulire a fondo l'appartamento ci vorrà almeno una settimana, forse addirittura due. A quanto pare, se non si pulisce bene, c'è il rischio che si formi la muffa.

Il che significa che devo trovare un'altra sistemazione finché non avranno finito i lavori.

Cioè: devo tornare a casa di mio padre.

Non è il massimo, ma è la migliore opzione che ho. Summer ha insistito che andassi da lei, ma mi rifiuto di vivere sotto lo stesso tetto di Mike Hollis. Non sopporterei le sue stupidaggini e le continue avance per un periodo prolungato. Una casa dovrebbe essere un luogo sacro e sicuro.

E non posso nemmeno andare in uno studentato. La mia amica Audrey può ricevere ospiti per al massimo una o due notti… Il responsabile è inflessibile su questo genere di cose. Quello dello studentato di Elisa è più indulgente, ma lei vive in una stanzetta minuscola e dovrei dormire in un sacco a pelo per terra. Probabilmente per due settimane.

Col cavolo. A casa di papà ho la mia stanza, la chiave nella toppa e un bagno privato. Posso sopportare le sue menate, finché ho queste tre cose.

Viene a prendermi a casa di Mark e Wendy, e dieci minuti dopo varchiamo la soglia della sua vecchia casa vittoriana. Mi porta dentro la valigia e il borsone, mentre io tengo lo zaino e la borsa con il PC.

«Te li porto di sopra», dice brusco, sparendo su per le scale strette. Un attimo dopo sento le assi del parquet al primo piano scricchiolare sotto i suoi passi.

Mi tolgo gli scarponcini e appendo il cappotto, maledicendo sottovoce il brutto tempo. È da un mese che mi rovina la vita, ma ora ha ufficialmente superato il limite. Dichiaro guerra al clima!

Salgo nella mia stanza e incrocio papà che esce. Sfiora quasi lo stipite della porta con la testa. Sconvolgente. È altissimo e ha le spalle larghe, e ho sentito dire che le tifose di hockey della Briar gli sbavano dietro quanto ai giocatori. Che *schifo*! Il fatto che sia un bell'uomo non significa che io voglia pensare a mio padre in termini sessuali.

«Tutto a posto?», fa scorbutico.

«Tutto a posto, sì. Sono solo seccata».

«Ci credo».

«Gli ultimi due giorni sono stati un vero incubo. A partire dal colloquio di venerdì fino all'inondazione di stasera».

«E il secondo colloquio di ieri? Com'è andato?».

Malissimo. Almeno finché non ho finto di stare con Jake Connelly. Ma questa parte la tengo per me e dico: «È andato bene ma non mi faccio illusioni. Il tizio che mi ha fatto il colloquio era super misogino».

Papà inarca un sopracciglio scuro. «Ah sì?»

«Fidati, se mi prendessero sarebbe un miracolo». Scosto una ciocca di capelli dalla fronte. «A ogni modo, a furia di fare su e giù nell'acqua tutto il pomeriggio sono fradicia e ho i piedi congelati. Ti spiace se mi faccio una doccia?»

«Figurati. Ti lascio».

Apro il rubinetto nel bagno di servizio, mi tolgo i vestiti zuppi ed entro nella doccia. Il calore dell'acqua mi penetra nelle ossa e mi dà un brivido di piacere. La metto ancora più calda e per poco non mi viene un orgasmo. È orribile passare ore bagnati e infreddoliti.

Mentre mi insapono ripenso all'accordo con Jake. Che sia stato un errore? Probabile. È uno sforzo considerevole per ottenere un semplice stage non remunerato, ma se voglio fare la gavetta in un'emittente sportiva importante, *per di più* durante l'anno accademico, ho solo due opzioni: l'ESPN e la HockeyNet. E per la prima c'è ancora più concorrenza.

Metto la testa sotto il getto dell'acqua e rimango così finché posso. Quando immagino che mio padre potrebbe attaccare con una predica sull'aumento della bolletta dell'acqua calda, chiudo il rubinetto.

Mi imbozzolo nell'accappatoio di spugna, avvolgo un asciugamano in testa a mo' di turbante e vado in camera mia.

Papà ha comprato la casa quando mi ero già trasferita, quindi la camera non la sento mia. I mobili sono anonimi e mancano decorazioni e oggetti personali. Persino la biancheria da letto è asettica: un copriletto bianco, in tinta con cuscini bianchi e lenzuola bianche. Da ospedale. O da manicomio. Nella vecchia casa a Westlynn avevo un letto a baldacchino con una trapunta colorata e sopra la testiera era appesa una targhetta in legno con su scritto STELLINA con i glitter. Un regalo di mio padre per il mio decimo compleanno.

Chissà che fine avrà fatto. Mi viene l'amaro in bocca. Non ricordo neanche l'ultima volta che papà mi ha chiamata Stellina. Probabilmente è stato prima che mi mettessi con Eric. La nostra storia non ha rovinato soltanto il rapporto tra me e mio padre. L'ammirazione iniziale per un giocatore di hockey talentuoso si è tramutata in un odio che persiste tuttora. Papà non gli ha mai perdonato quello che è successo tra noi e non prova un briciolo di compassione per il fatto che da allora Eric è finito nel tunnel della droga. «Un uomo vero sa riconoscere quando ha un problema», dice sempre.

Apro la valigia e tiro fuori un paio di calzini pesanti, mutande, leggings e una felpona. Appena finisco di vestirmi papà bussa alla porta.

«Sei presentabile?»

«Sì, entra».

Apre la porta e si appoggia al telaio. «Vuoi qualcosa di speciale per cena?»

«Ah, tranquillo», gli dico divertita. «Non serve che cucini».

«Non mi sarebbe mai passato per l'anticamera del cervello. Pensavo di ordinare una pizza».

Ridacchio. «Sai che ho visto la dieta che hai imposto ai ragazzi, vero? E tu intanto ordini pizze?»

«Sei a casa», fa lui con una scrollata. «Bisogna festeggiare».

Davvero? Le nostre interazioni sono talmente rigide e impacciate che sembriamo due estranei. Non c'è affetto. Non c'è nemmeno astio, ma di sicuro papà non è più lo stesso uomo che una volta mi chiamava Stellina.

«Allora okay. La pizza va benissimo», gli rispondo.

Per un attimo rimaniamo in silenzio. Sembra che papà mi esamini, che cerchi il mio sguardo per… chissà cosa.

Per qualche motivo mi sento obbligata a dire: «Ormai sono grande».

Peccato che quando una persona dice «Sono grande» gli altri la considerino tutt'altro.

Le labbra di papà fanno un guizzo sarcastico. «Ne sono ben consapevole».

«Insomma, il fatto che starò qui per una settimana o poco più non significa che puoi dirmi cose tipo "questa casa non è un albergo". Non ho intenzione di rispettare un coprifuoco».

«E io di vederti rientrare ubriaca alle quattro del mattino».

Faccio una faccia esasperata. «Non ho l'abitudine di farlo. Però potrei rientrare un po' brilla verso mezzanotte dopo un'uscita con gli amici. E non serve che mi fai la predica».

Papà si passa una mano sulla testa rasata. È da che ho memoria che sfoggia questo taglio militare. Non gli piace perdere tempo in frivolezze. Tipo i capelli.

«Tu fatti la tua vita, io mi faccio la mia», concludo. «D'accordo?»

«Finché quello che fai non nuoce a te o agli altri non avrò nulla da ridire».

Mi si serra la gola. Non sopporto che mi veda ancora come una ragazzina autolesionista e inaffidabile. Non sono più così. Non lo sono da un bel po'.

Papà si volta. «Fammi sapere quando inizi a sentire fame, così chiamo per ordinare le pizze».

Esce e chiude la porta.

"Bentornata a casa", penso.

Capitolo quattordici
Brenna

«Santo cielo, Bee, tu saresti *schiattata*!». È venerdì sera e sono al telefono con Summer che mi sta aggiornando sulla scena assurda che pare ci sia stata ieri per gentile concessione della nostra Rupi Miller.

«Sul serio si è presentata da voi e ha trascinato fuori Hollis?». Quella ragazza ha fegato. Wow!

«Sì! Aveva un vestitino nero carinissimo con il colletto di pizzo bianco e belle scarpe col tacco, mentre lui stava in tuta sul divano a giocare ai videogame con Fitz. Lo ha guardato e gli ha urlato: "Di sopra! Subito!". Avresti dovuto vedere la faccia di Hollis!».

Trovandomi in un luogo pubblico non posso urlare come vorrei. Ma urlo col pensiero, perché mi immagino *benissimo* la faccia che ha fatto. «Scommetto che era convinto di scoparsela».

«Non so che cosa pensasse. Era da una settimana che Rupi gli scriveva di questo "loro appuntamento", ma era convinto che fosse una specie di scherzo. Non credeva che sarebbero usciti sul serio, finché lei non si è presentata alla porta di casa nostra per portarlo fuori». Inizia a ridere come una matta. «L'ha accompagnato al piano di sopra, ha frugato nel suo armadio e *gli ha scelto i vestiti...*».

Mi sbellico dalle risate. Non riesco a contenermi, e chi se ne frega se mi sente mezza stazione ferroviaria. Questa storia è esilarante.

«...Sono usciti un'oretta fa e non so se andare a denunciarne la scomparsa o aspettare di vedere come va a finire».

«Aspetta», mi affretto a dire. «Ti prego, non intrometterti tra

Rupi e il suo uomo. Ti supplico. Hollis deve capire come ci si sente a venire perseguitati».

«Secondo me sono fatti l'uno per l'altra».

«C'è qualche speranza».

Qualcuno mi lampeggia coi fari. Sono dieci minuti che aspetto davanti alla stazione una Honda Civic blu e mi sa che finalmente è arrivata. Via via che la macchina si avvicina al marciapiede la scruto. «Scusami, tesoro, devo andare. È arrivata la mia auto».

«Non *ci credo*, stai per uscire con un ragazzo e io non ne so nulla».

«Non c'è niente da sapere. È uno conosciuto su Tinder. Probabilmente ci scapperà solo una scopata». Sì, sono una bugiarda. Fustigatemi. E sì, ovviamente mi sento in colpa a mentire ai miei amici, ma non mi sognerei mai di dire a Summer che cosa sto per fare. Già mi sento male a saperlo *io*.

La saluto di fretta e riattacco nell'istante in cui si spalanca la portiera del passeggero della Honda. Mmm. Jake sta seduto davanti. Sbircio il posto del conducente e scorgo una bella ragazza con i capelli cotonati e orecchini pendenti turchesi. Come mai non mi sorprende?

«Ehi!», esclama lui scendendo dall'auto.

Per un attimo rimango senza parole. Indossa la giacca di Harvard, un peccato che gli perdono solo perché per il resto sta da Dio. Si è tirato indietro i capelli, cosa che gli mette in risalto gli zigomi scolpiti e la mascella volitiva. Si è fatto la barba. Il weekend scorso ce l'aveva corta. Sbarbato così sembra giovanissimo e… d'accordo, un gran gnocco.

Purtroppo Jake Connelly è un bellissimo ragazzo.

Gli vado incontro. «Ehi». Mentre lui mi tiene la portiera aperta, salgo dietro, saluto l'autista e mi accomodo.

Jake si siede accanto a me, allacciamo la cintura di sicurezza e partiamo. Stando all'email che mi ha mandato la segretaria, Ed Mulder abita a Beacon Hill. Deve prendere un ottimo stipendio alla HockeyNet per vivere in quel quartiere.

«Hai qualcosa di strano», mormora Jake.

«In che senso strano?». Non è il genere di frase da dire alla propria finta fidanzata. Mi sto già innervosendo.

«Hai il lucidalabbra. *Rosa*».

«E quindi?»

«Quindi non mi piace», brontola.

«Non ti piace? Oh, no! Aspetta, corro a casa a scegliere una nuance che sia più di tuo gradimento!».

La ragazza al volante fa una risata nasale.

Gli occhi verde scuro di Jake si accendono di un guizzo divertito. «D'accordo, ignora il mio parere. Ma io preferisco il rosso. Il rosa non mi piace».

Non piace neanche a me, ma non gli do la soddisfazione di ammetterlo. Mi sono vestita apposta in modo sobrio. La parte triste e malata di me spera così di fare una buona impressione a Ed Mulder.

Durante il tragitto scorro le notizie sportive sul cellulare. Nel leggere un titolo mi acciglio parecchio. «Stai seguendo la storia di Kowski?», chiedo a Jake. «Gli arbitri stanno cercando di sabotarlo».

«Dici?»

«In tutto il campionato nessun giocatore ha subito così tanti falli. E la stragrande maggioranza è passata inosservata. C'è sotto qualcosa». Leggo bene il resto dell'articolo, ma l'autore non aggiunge altre informazioni. In sostanza, gli arbitri continuano a non fischiare i falli e Sean Kowski continua a farne le spese.

L'autista svolta in Cambridge Street e rallenta davanti a una fila di antiche villette a schiera in mattoni rossi. Cavolo, che cosa darei per abitare qui. Alcune di queste villette cariche di fascino sono rimaste intatte. Con i suoi grandi alberi e i lampioni d'epoca, Beacon Hill è uno dei quartieri più pittoreschi della città. Ed è tranquillissimo, considerando che sta al centro di Boston. Quando si viene qui sembra di fare un tuffo nel passato, e mi piace da morire.

«Arrivati», dice la ragazza al volante.

Jake si china per toccarle la spalla. «Grazie, Annie. Passa una bella serata».

«Anche tu, Jake».

Cerco di non alzare gli occhi al cielo e scendiamo dall'auto. Immagino che siano già diventati amici del cuore. Non so perché ma mi urta che Jake vada d'accordo con tutti. È difficile considerarlo IL NEMICO, se ti viene sempre sbattuto in faccia che potrebbe essere davvero un bravo ragazzo.

«Hai un colorito verdastro», commenta via via che saliamo i gradini all'entrata. «Pensavo fossi una che non si spaventa davanti a niente».

«Infatti», bofonchio. Però ha ragione. Sono tesissima. Immagino sia dovuto ai due incontri tremendi che ho avuto con Mulder. «Non so, mi sento male al pensiero di dover fare una buona impressione a quel deficiente».

«Nessuno ti costringe», fa notare lui.

«Voglio ottenere lo stage. Quindi non ho alternative, devo fargli una buona impressione».

Suono il campanello e due secondi dopo la porta si apre su una signora con pantaloni e camicia neri e un grembiule bianco. Dubito che sia la moglie di Mulder, perché vedo un'altra donna vestita in modo identico affrettarsi verso una porta che presumo dia sulla cucina.

«Entrate, prego», ci dice. «Gli altri ospiti sono già arrivati. I signori Mulder li stanno intrattenendo in salotto».

Oh mamma, sono quel genere di coppia? Immagino che verremo raccolti nel salotto e poi accompagnati in sala da pranzo, dopodiché gli uomini si ritireranno nello studio mentre le donne andranno a lavare i piatti. Di sicuro sarebbe una mossa alla Mulder.

«Posso prendervi i soprabiti?», ci chiede la signora.

Jake se lo sfila di dosso e glielo passa. «Grazie», dice.

Sbottono il cappotto verde e me lo tolgo. Nel sentire un sospiro profondo, lancio un'occhiata a Jake e lo trovo intento ad ammirarmi. «Stai bene, Jensen», dice sottovoce.

«Grazie». Non potendo scegliere il mio solito outfit total black, ho messo un maglione grigio attillato, leggings neri e tronchetti marroni scamosciati. Ho un trucco leggero e mi sento nuda senza il rossetto, ovvero la mia corazza. Ma stasera volevo sembrare chic.

Mentre ci incamminiamo verso il salotto mi chiedo che cosa ci aspetti. Gli altri ospiti saranno più vecchi di noi? Più giovani? Quanta gente ci sarà?

Con mio grande sollievo non sono tanti. C'è Mulder con a fianco una donna dalla carnagione chiarissima, che immagino sia la moglie. Poi una coppia sui quarant'anni e un'altra sulla ventina. Il ragazzo ha una faccia familiare, ma capisco chi è solo quando Jake me lo sussurra all'orecchio.

«Porca miseria, quello è Theo Nilsson!».

Nilsson è un difensore degli Oilers, e grazie alla sua modestia e al fascino nordico spopola sia nella tifoseria degli Oilers che in quelle avversarie. Purtroppo dovrà stare fermo fino alla prossima stagione perché si è infortunato alla gamba.

«Avevo sentito dire che è di Boston, ma non pensavo che fosse in città», bofonchia Jake. «Che figata».

Quando Mulder si accorge di noi sulla porta, si illumina. «Jake Connelly!».

Reprimo il mio fastidio. E io cosa sono, un soprammobile?

«Sono felice che sei riuscito a venire!», esclama. «Entrate, entrate! Vi presento gli altri!». Ci fa cenno di avvicinarci.

Le presentazioni durano poco. La donna pallida è Lindsay, la moglie di Ed. Ha le sopracciglia biondissime, quasi bianche, e i capelli legati in uno chignon da educanda. Ci saluta con un flebile sorriso. Accanto a lei ci sono Nilsson, che ci dice di chiamarlo "Nils", e sua moglie Lena, che ha un forte accento svedese ma parla benissimo inglese. La coppia più grande che completa il gruppetto è costituita dal fratello e dalla cognata di Mulder: David e Karen.

«È un onore conoscerti», dice Jake a Nills, come incantato. «Ti ho seguito durante la stagione. Mi è dispiaciuto molto che sei dovuto uscire così».

«È stato uno strazio guardare la partita in cui ti sei fatto male», dico con compassione. Nell'hockey gli infortuni fanno parte del gioco, ma non capita molto spesso che qualcuno si rompa la gamba in campo. «Mi sembra però che tu stia meglio».

Il biondo annuisce. «Ho tolto il gesso un paio di settimane fa. Ora ho iniziato la fisioterapia e Dio santo quant'è dura».

«Immagino», gli faccio.

Nils lancia un'occhiata a Jake. «Ho seguito le selezioni quando hanno fatto il tuo nome al primo giro. Non vediamo l'ora di averti in squadra il prossimo anno».

«Anch'io non vedo l'ora».

Jake e Nils parlano un po' degli Oilers. I fratelli Mulder si infilano subito nel discorso e ben preso gli uomini si allontanano piano piano dalle donne per dirigersi all'angolo bar vicino al pianoforte a coda.

Sul serio?

Le donne vengono relegate ai due divani accanto all'imponente caminetto. Ribollo di frustrazione, mentre osservo gli uomini parlare di hockey e ascolto distrattamente Karen che racconta della nuova palestra di yoga che ha da poco scoperto a Back Bay.

«Ah, la Loto!», esclama Lena Nilsson. «Io ci vado da quando siamo tornati a Boston. Gli insegnanti sono bravissimi».

«Quanto vi fermate in città?», le chiedo.

«Finché Theo non potrà riprendere gli allenamenti. Fosse per me rimarrei qui per sempre. Non mi entusiasma l'idea di tornare su a Edmonton». Si imbroncia. «Fa un freddo cane».

Le signore continuano a chiacchierare e io non ho assolutamente nulla da aggiungere alla conversazione. Osservo con invidia Jake, tutto preso a discutere con Nils. Si sarà sentito osservato, perché di colpo si volta verso di me. Dallo sguardo capisco che ha intuito il motivo per cui lo fisso. Al che dice qualcosa a Nils e mi fa un cenno. «Amore, vieni a raccontare la tua teoria complottistica su Kowski e gli arbitri».

«Scusatemi». Scatto allegramente in piedi e spero che Lindsay e le altre non si offendano per la fregola che ho di scappare da loro.

Ed Mulder non sembra felicissimo del mio arrivo, Nils invece mi accoglie con entusiasmo. «Un complotto, eh? A dirla tutta inizio a pensarlo anch'io».

«Non ci sono altre spiegazioni», rispondo. «Avete visto il video di ieri? È palese che l'arbitro ha visto tutto e non ha fischiato fallo apposta. E sinceramente ogni volta che chiudono un occhio su un'irregolarità danneggiano Kowski. Con tutti i colpi che si prende non riesce a dimostrare quant'è veloce, e per di più i giocatori fallosi la fanno franca».

«Concordo», dice Nils scuotendo la testa incredulo. «È assurdo. L'arbitro... chi era, McEwen? Mi pare che fosse McEwen... Aveva un'ottima visuale su Kowski e sull'ala dei Kings che l'ha colpito con la mazza».

«È stato Kowski a cominciare», si intromette Mulder, il tono infastidito.

«Stava solo difendendo il disco», ribatto io. «Mentre con il marcamento che ha subito ha rischiato di sbattere la testa».

«Ma non è successo», continua Mulder, guardandomi con sufficienza. «E poi gli infortuni fanno parte del gioco, dico bene, Nils?».

Reprimo il fastidio.

«In genere sì. Ma su Kowski sono d'accordo con Brenna. C'è una bella differenza tra un ingaggio normale e uno che può causarti danni cerebrali», risponde Nils con una scrollata di spalle. Fa a Jake un sorriso sarcastico. «Vuoi sempre venire a giocare con noi la prossima stagione, ora che sai che l'arbitro potrebbe farti finire ammazzato?»

«Al cento percento». Nessun tentennamento, anche se poi fa un raro sfoggio di umiltà. «Spero solo di non deludervi».

«Andrai alla grande», dico decisa, perché lo penso davvero. «Scommetto che sarai il più giovane della storia a vincere l'Art Ross». È il trofeo per il giocatore che segna più punti nella stagione, e in precedenza è stato vinto da leggende come Gretzky e Crosby.

«Così mi metti ansia, amore», borbotta Jake. «Mi accontenterei di ricevere uno o due assist». Dopodiché sogghigna, sfoderando la sua classica sicurezza. «O la coppa Stanley».

Nils alza il calice di vino: «Cin cin».

«Ve la meritate senz'altro», dico. «Da quant'è che non la vincono gli Oilers? Dal 1989? Di sicuro da prima che se ne andasse Gretzky».

Nils conferma con un cenno del capo. «Te ne intendi di hockey».

«Siamo arrivati in finale nel 2006», puntualizza Jake. Si blocca. «Però abbiamo perso».

Dopodiché hanno seguito undici anni di magra, cosa alquanto imbarazzante se si considera che quasi tutte le squadre della lega nazionale sono arrivate ai playoff. Però me ne sto zitta. Non mi sognerei mai di dirlo, specie a un fan sfegatato degli Oilers, a un giocatore in carica degli Oilers e a un futuro membro degli Oilers.

A proposito del fan sfegatato, mi sento addosso lo sguardo di Mulder e quando mi volto gli trovo un sorrisetto del cazzo stampato in faccia. La prima cosa che penso è che ho fatto colpo.

Ma ormai dovrei saperlo com'è fatto.

«Scusami, ma a volte mi viene proprio da ridere». Sghignazza agitando i cubetti di ghiaccio nel bicchiere. «Insomma, sentire una donna parlare di analisi e statistiche sull'hockey fa proprio tenerezza».

Tenerezza?

Inizio a vederci rosso. Se le donne continuano a incontrare ostacoli insormontabili quando cercano di sfondare nel giornalismo sportivo è proprio per atteggiamenti come questo. È storicamente un ambiente maschilista e tutt'oggi sono pochissime le giornaliste affermate. Non perché non ce ne siano di brave... ma a causa di uomini come questo qui, secondo i quali la vagina e lo sport sono due universi paralleli.

«Conoscere le statistiche è una delle tante doti di Brenna», dice galante Jake.

Ed Mulder travisa completamente. Sono sicura che Jake non volesse fare una battuta a doppio senso, visto che ha fatto il possibile per coinvolgermi nella conversazione. Ma il cervello di Mulder viaggia su un altro livello.

«Ci scommetto», biascica. Mi fissa il seno per svariati secondi durante i quali mi viene voglia di tirargli un pugno, poi fa l'occhiolino a Jake e gli dà una pacca sulla spalla.

Jake si irrigidisce.

Io stringo i denti, premendo sui fianchi i pugni. Quest'uomo è proprio un maiale. L'unica cosa che vorrei fare è tirargli un ceffone e dirgli di ficcarsi il suo stage su per il culo.

Nel vedere la mia faccia Jake scuote lievemente la testa. Mi sforzo di rilassarmi. Ha ragione. Se facessi una scenata mi tirerei la zappa sui piedi da sola.

La moglie di Mulder si consulta con la cameriera sulla porta e poi annuncia: «La cena è servita!».

Capitolo quindici
Jake

L'estate scorsa sono andato un paio di settimane in Italia con Brooks e i suoi. I Weston hanno una villa a Positano, una delle località più chic della costiera amalfitana. Un posto spettacolare, ma io e Brooks ne abbiamo approfittato per girare e visitare anche Napoli, Pompei e il famigerato Vesuvio. Vivere vicino a un vulcano dev'essere parecchio stressante. Io non farei altro che lanciargli occhiate preoccupate, chiedendomi quand'è che erutterà... sapendo che *può* eruttare. Sapendo che ha il potere di far scomparire dalla faccia della terra un'intera civiltà, esattamente come è successo a Pompei.

Stasera quel vulcano è Brenna.

È buffo pensare a quante volte è sembrato che le stesse uscendo il fumo dalle orecchie.

Troverei quasi comica la sua rabbia trattenuta a stento, se non la provassi anch'io.

Theo Nilsson è un tipo a posto, ma i fratelli Mulder? Affatto. Soprattutto Ed. È proprio la testa di cazzo fotonica che aveva descritto Brenna. Appena ne ha occasione zittisce la moglie. È maleducato con quelli del catering. E la cosa peggiore è come snobba Brenna e qualsiasi cosa dica.

Il lato positivo è che la cena è ottima. Amo mangiare, e questo menu mi ispira tantissimo: capesante fritte, sformato di merluzzo e cavolfiore arrostito. Madonna. E il pesce bianco spadellato che ci servono come antipasto è una libidine. Anche se Brenna preferirebbe che a Mulder andasse di traverso per vederlo stramazzare a terra.

«Da quant'è che tu e Jake state insieme?», le chiede Lena Nilsson.

La mia finta ragazza riesce a rivolgerle un sorriso. «Non tantissimo. Qualche mesetto».

«Abbiamo iniziato a frequentarci i primi di ottobre», aggiungo io.

«E cosa ne pensa suo padre?», fa Mulder con una risata.

Suo padre. Piuttosto che chiederlo direttamente a Brenna, lo chiede *a me*. Mi accorgo che Brenna stritola la forchetta. Dalla faccia sembra che voglia conficcargliela in un occhio.

Invece risponde al mio posto. «Mio padre non lo sa».

Mulder fa una faccia sgomenta. «Come mai?»

«Per ora ce lo teniamo per noi. È da un anno che le nostre squadre di hockey sono in competizione, e tra poco ci affronteremo nel torneo di girone». Brenna prende il bicchiere di cristallo per l'acqua. «Abbiamo deciso che per il momento è meglio non agitare le acque».

Mi guardo intorno con un sorrisino. «Quindi non che serva dirvelo ma, nell'improbabile caso in cui doveste incrociare il coach Chad Jensen, evitate di raccontargli che mi avete visto con la figlia».

Lena fa un grande sorriso. «Che romantico! Un amore proibito!».

Nel sentire la parola che incomincia con la A Brenna si irrigidisce. Ammicco alla moglie del mio futuro compagno di squadra e le dico: «Il migliore che c'è».

«Che meraviglia questi centrotavola, Lindsay!», commenta Karen Mulder, cambiando discorso. «Li hai fatti tu?».

La raffinata e laconica moglie di Mulder annuisce sommessa. Ho la sensazione che non sia una di molte parole. Ho anche la sensazione che a Mulder vada benissimo così.

«Sono splendidi», concorda Brenna, esaminando le tre ciotole di vetro tiffany con all'interno fiori freschi e ramoscelli di velo da sposa.

«Sono fiori», dice Mulder. «Non servono tante smancerie».

Dave, il fratello, scoppia in una risata sguaiata.

«Ed!», fa Lindsay a denti stretti, lasciando trapelare per la prima volta un'emozione negativa verso il marito. Un'emozione in assoluto, a dirla tutta.

«Che c'è?». Mulder si scola l'ultimo sorso di vino bianco. «Sono centrotavola, tesoro. Chi se ne frega. Non capisco perché dare importanza a cazzate simili».

Brenna appoggia la forchetta. Vedo le sue narici allargarsi e le labbra schiudersi, e infilo una mano sotto il tavolo per stringerle una coscia.

Chiude la bocca. Si gira verso di me ma non riesco a decifrarne l'espressione. La coscia che stringo nel mentre è calda e soda. Non riesco a resistere. La accarezzo lievemente.

Brenna si morde il labbro inferiore.

Nascondo un sorriso. Le do un'altra carezza sulla coscia. Quanto vorrei accarezzarla anche altrove. Sta benissimo con quel maglioncino attillato e mi fremono le dita al pensiero di toccarle le tette.

Cazzo. Spero con tutto il cuore che la serata finisca con una scopata. È per questo che le ho chiesto un vero appuntamento: Brenna mi attizza da morire e non vorrei altro che dormirci insieme. Le ultime volte che ci siamo visti il mio corpo ha avuto delle reazioni animalesche.

Non mi preme nemmeno farci sesso, porca miseria. La settimana scorsa sono stato con una del Boston College. Ci siamo conosciuti a una festa, ci siamo piaciuti subito, poi mi ha offerto un passaggio a casa e me lo ha succhiato in auto. Dopodiché siamo finiti sui sedili posteriori e, a giudicare dall'aria sognante che aveva quando ho alzato la testa dalle sue gambe, mi pare che fosse abbastanza soddisfatta.

E pensavo di esserlo stato anch'io. Ma da quando Brenna si è presentata al Dime con la sua canottierina sexy e si è strusciata tutta sul mio compagno di squadra sono arrapatissimo. E vogliamo parlare del vestitino provocante che aveva al concerto metal di Danny? Madonna, quanto la voglio.

Per il resto della cena parliamo praticamente solo di hockey. Brenna non scherzava: Ed Mulder è fissato con gli Oilers e sa tutto della squadra. Arrivati al dolce, non fa che parlare e riparlare degli ultimi acquisti, subissando Nils di domande sulle scelte fatte e chiedendogli pareri sui prossimi esordienti.

Mi dispiace, ma ormai presto più attenzione a lui che a Brenna. Il suo sguardo accusatorio mi trapassa una guancia quando io, Mulder e Nils analizziamo nel dettaglio i giocatori che tra poco entreranno nella squadra. Ma fingo di non notare quant'è dispiaciuta, perché, cavolo, qui c'è in ballo pure la mia di carriera! Sto cenando con un mio futuro compagno di squadra. Ovvio che do a lui la precedenza.

La rabbia vulcanica di Brenna mi sta quasi soffocando, mentre le informazioni sugli Oilers che snocciola Nils mi gasano e interessano da morire. Sarò uno stronzo, ma la mia attenzione è sempre più focalizzata sulle cose positive che mi aspettano, invece che su quelle negative tra Brenna e Mulder.

Le ragazze con cui uscivo alle superiori non facevano che darmi dell'egoista fissato con l'hockey, ma qual è il problema? È da una vita che sudo per diventare un professionista. Non ho mai illuso nessuna né fatto promesse. Chiarisco sin dall'inizio che il mio interesse principale è l'hockey.

Quindi quando Mulder propone di ritirarci nella sua tana per berci un digestivo, mi trovo davanti a un bivio. Si vede che a Brenna questa divisione per sessi non va a genio, e non la biasimo. Siamo nel XXI secolo.

Ma Theo Nilsson mi fa cenno di seguirli, in autunno giocheremo insieme e alla fin fine sono uno stronzo egoista.

Quindi lo seguo.

«Sei incazzata», faccio.

«A cosa ti riferisci, Jake? Perché mai dovrei essere *incazzata*?».

Questa tipa ha un sarcasmo pungente, amici miei.

Ma me lo merito. Stasera ho passato un'ora nella caverna per soli maschi di Mulder. Sono le dieci e stiamo aspettando la macchina in giardino. Brenna si rifiuta addirittura di guardarmi in faccia.

«Ah, ho capito!», continua, trasudando disprezzo. «Ti riferisci al fatto che sono stata relegata in salotto con le altre signore, dove ci siamo rigirate tra le dita i fili di perle e siamo svenute un casino di volte solo per poterci rianimare con i sali?»

«Che assurdità. Pensi che una volta le donne passassero il tempo così?»

«Tanto valeva!». È paonazza di rabbia. «Ti rendi conto di che schiaffo morale è stato vederti tagliare la corda per andare a parlare di sport *con l'uomo con il quale ho fatto un colloquio per un lavoro nello sport*?».

Provo una fitta di rimorso. «Lo so». Espiro. «Lo sapevo che era una stronzata».

«Ma l'hai fatto comunque». Ha lo sguardo infuocato. «Perché sei uno stronzo».

«Oh, frena, avrò fatto una stronzata, ma non significa che sono uno stronzo!», protesto io. «E senti, ammetterai che stasera sei venuta unicamente per il tuo tornaconto. Volevi parlare con Mulder dello stage e dimostrare che sei all'altezza del lavoro. Be', io volevo dimostrare di essere all'altezza del mio».

«Tu però non sei venuto per il tuo tornaconto. Non sapevi neanche che ci sarebbe stato Theo Nilsson».

«Chiamasi spirito di adattamento. C'era Nils e ho deciso di approfittarne. Avresti fatto lo stesso».

«Avresti dovuto reggermi il gioco, Connelly. Invece non hai fatto altro che metterti in mostra. È stata solo una perdita di tempo», brontola. «Avrei dovuto chiedere a qualcun altro di accompagnarmi. Avrei dovuto portarci McCarthy».

«Innanzitutto, se non avessi fatto il mio nome non saresti mai stata invitata», puntualizzo. «Quindi non avresti potuto chiederlo a *nessuno*. In secondo luogo, sono abbastanza sicuro che il treno di McCarthy sia partito. A quanto ne so si è fatto una tipa dopo la semifinale e da allora continua a frequentarla».

Brenna mi fulmina con lo sguardo.

«Che c'è?», dico facendo spallucce. «Ambasciator non porta pena».

«Credi che mi interessi se McCarthy esce con un'altra?». Mi guarda incredula. «L'ho dimenticato appena ha scelto di lasciar decidere *a te* cosa poteva fare col suo pisello. Quello che mi interessa è che stasera non mi hai appoggiata per niente».

«Solo verso la fine», ribatto. «Prima ti ho retto il gioco eccome. Lo sai che è così».

Non dice nulla. Dopodiché arriva la nostra macchina e Brenna le va incontro come una furia. Inizialmente avevo scritto all'autista che doveva lasciarla alla stazione, ma ora mi chino in avanti e gli do un colpetto sulla spalla. «Salve, in realtà prima dobbiamo andare da un'altra parte. Potrebbe lasciarci da O'Malley, in Boylston Street?».

Brenna ruota la testa. «No, mi porti alla stazione».

Lo sguardo dell'uomo fa avanti e indietro tra di noi.

«Dai», mormoro. «Lo sai che hai bisogno di bere qualcosa». Credo che stasera non abbia toccato un goccio d'alcol. Le altre signore sorseggiavano rosé. «Qualcosa di serio», la tento.

«D'accordo, da O'Malley», bofonchia al conducente.

Pochi minuti dopo ci troviamo uno di fronte all'altra a un tavolo minuscolo. Il pub scoppia di clienti del venerdì sera, ma per fortuna siamo arrivati quando se ne stava andando un'altra coppia. Nell'attesa che vengano a prendere l'ordinazione nessuno dei due spiccica parola. C'è talmente tanto casino che la cameriera rossa e riccia è costretta a urlare per salutarci.

Brenna esamina il menu, poi solleva la testa. «Cosa vi siete bevuti nello studio di Mulder?», mi chiede, secca.

«Un cognac», confesso.

«Remy Martin?»

«Hennessy, liscio».

«Prendiamo due di quello, grazie», dice alla cameriera.

«Torno subito», cinguetta la rossa.

Appena se ne va fisso Brenna con autentico rimorso. «Mi spiace se sono andato senza di te nella caverna dei maschi. Mi sento parecchio in colpa».

«Tranquillo», fa lei.

Non ha un tono sarcastico, quindi immagino sia sincera. Solo che non so riguardo a cosa sia sincera. «Accetti le scuse o ne prendi atto e basta?», le domando.

«La risposta che preferisci, Jakey».

Grazie a Dio. La Jensen che ho imparato ad apprezzare è tornata in forma smagliante, con tanto di sorrisetto a incresparle le labbra. Mi era mancato stasera.

«Mulder si è comportato da stronzo», dico franco. «Vuoi davvero lavorare per un tizio del genere?»

«Ti assicuro che in qualsiasi altra emittente ci sono uno o due stronzi. E poi non lavorerei a stretto contatto con lui. Dovrei relazionarmi con uno dei produttori più in basso nella scala gerarchica e probabilmente non avrei molto a che fare con Ed Mulder. Spero». Prende un'espressione al tempo stesso amareggiata e sognante. «Lunedì mi hanno portata a fare un giro degli studi e ho visto il set dell'*Angolo dell'Hockey*. È stato fighissimo».

«La trasmissione di Kip e Trevor? Li adoro! Ti immagini che figata sarebbe andare ospiti da loro?»

«Oh, è possibile che tu ci vada un giorno, signor Star dell'hockey».

«E tu? Preferiresti stare davanti alla telecamera o dietro le quinte?», ammicco. «Io direi davanti. Immagina quante erezioni provocheresti nella popolazione maschile».

«Eh sì, mi elettrizza proprio l'idea che i tifosi di hockey si masturbino pensando a me! Il sogno di ogni ragazza!».

Sono contento di vedere che inizia a sciogliersi. Finalmente ha rilassato le spalle. Per tutta la sera è stata tesa come una corda. Quando la cameriera ritorna con i due cognac, alzo un bicchiere per fare un brindisi.

«Cin!», esclamo.

Dopo un attimo di titubanza Brenna avvicina il bicchiere al mio. «Cin!», mi fa eco.

Beviamo, squadrandoci da dietro i bicchieri.

«Sono curioso», dico.

Beve un altro sorso. «Riguardo a cosa?»

«È per tuo padre che tieni così tanto a questo stage? Ti ha spinto a candidarti? O magari vuoi fare colpo su di lui?».

Brenna alza gli occhi al cielo. «No, no e no. Ovviamente il motivo per cui ho iniziato a seguire l'hockey è mio padre, ma non è per lui che me ne sono innamorata. Il motivo è lo sport e basta».

«Come è stato crescere con lui? Sembra un tipo autoritario».
«Lo è».
Non aggiunge altro, cosa che mi mette sul chi va là.
Quando nota la mia faccia, dice: «Rilassati, ho avuto un'infanzia normalissima. Mio padre non mi picchiava né altro del genere. È solo che non andiamo più d'accordo come una volta. E sì, a volte è un grandissimo stronzo. O mangi questa minestra o salti dalla finestra, hai presente? Immagino sia perché fa l'allenatore».
Penso al mio e alla faccia che fa ogni volta che qualcuno nomina Chad Jensen. «Il coach Pedersen odia tuo padre».
«La cosa è reciproca. Per via dei loro trascorsi».
«I trascorsi», le faccio eco, scuotendo la testa all'idea. «Che cazzata, i trascorsi. Non capisco perché la gente non riesca a guardare avanti. Perché non dimentica il passato? È finito... a cosa serve rimuginarci sopra?»
«Questo è vero». Il suo sguardo è attraversato da un luccichio pensoso. «Io cerco di non pensarci mai».
«Non hai appena detto che non hai avuto un passato problematico?»
«No, ho detto che ho avuto un'infanzia normale. Mica che non ho mai avuto problemi».
Perché tutto ciò *non* desta curiosità. «Fammi indovinare. Non hai intenzione di parlarmene».
«Indovinato».
Sorseggiamo il cognac. Osservo la sua bocca, il modo in cui il labbro inferiore indugia sul bordo del bicchiere prima che lo metta giù. Brenna tira fuori la lingua per leccare una goccia rimasta sul labbro. Le sue labbra mi fanno impazzire.
«A cosa stai pensando?», mi chiede.
«Preferiresti non saperlo».
«Spara».
«Sto pensando alle tue labbra».
Le labbra in questione si incurvano lentamente. «A cosa, di preciso?»
«Mi chiedevo di cosa sappiano».

«Probabilmente di cognac».

Appoggio il bicchiere sul tavolo e mi alzo dal divanetto.

«Dove stai...». Quando mi siedo accanto a lei, si blocca. «Non sono in vena, Connelly».

«In vena di cosa?». Siamo talmente vicini che le nostre cosce si sfiorano. Stendo un braccio sullo schienale del divanetto, appoggio l'altro sul tavolo e mi giro verso di lei. «Dai, non sei curiosa di sapere come sarebbe?»

«Come sarebbe cosa?»

«Se faremmo faville».

«Le faville sono sopravvalutate».

«Non sono d'accordo». Mi lecco il labbro inferiore, il suo sguardo che segue il movimento della lingua.

Sospira. «Sei molto sexy».

«Lo so». Sorrido raggiante.

«Anche molto presuntuoso».

«So anche questo».

Scosta i capelli da una spalla. Non so se stia cercando apposta di attirare la mia attenzione sul suo collo, ma è quello che succede. Affonderei la faccia in quella lunga e snella colonna per inspirarne il profumo.

«Sei molto sexy», ripeto il suo commento, la voce stridula.

«Lo so», fa lei con un risolino.

«E presuntuosa».

«Anche questo».

«Allora siamo fatti della stessa pasta».

«Può darsi. Ed è il motivo per cui tra noi non potrebbe mai funzionare».

Inclino la testa. «Funzionare... In che senso, funzionare?»

«Come coppia».

Rispondo sorridendo, seducente. «E chi ha detto che vorrei mettermi con te? Vorrei solo vedere se c'è chimica».

Brenna si china, il fiato caldo che mi solletica la mascella. Mi appoggia una mano sul ginocchio e lo accarezza con il pollice per poi salire lentissimamente con la mano verso il cavallo dei pantaloni. È impossibile che non si accorga di quant'è gonfio. Non lo afferra e non dà nemmeno una strizzatina. Ma con un'unghia gratta sul rilievo duro e gemo forte.

«Certo che c'è», risponde, la sua bocca perfetta a pochi centimetri da me. «Lo sappiamo entrambi che tra noi c'è chimica. Non ci sono mai stati dubbi in merito». Inarca un sopracciglio. «Quindi perché non la pianti con la cazzata che dobbiamo scoprirlo e non mi dici semplicemente che cosa vuoi?»

«D'accordo», rispondo, perché non mi tiro mai indietro davanti a una sfida. «Voglio baciarti».

Capitolo sedici
Brenna

Baciare Jake non può portare a nulla di buono. Ma ora sono vulnerabile. Ed Mulder ha messo a dura prova la mia autostima per tutta la serata, l'ennesima dimostrazione del fatto che qualsiasi interazione con quell'uomo è un'autentica perdita di tempo. Grazie a lui ho i nervi scoperti e lo stomaco pieno di cognac.

E Jake è bello da morire. Il suo viso scolpito potrebbe fermare il traffico. Il suo muscoloso corpo atletico potrebbe far carambolare dieci auto. Insomma, stai in auto e adocchi Jake Connelly? Sei in serio pericolo.

Osservo le sue labbra. Sono sottili, ma il labbro inferiore è leggermente più carnoso. È innegabile che quando al concerto della settimana scorsa hanno sfiorato le mie avrei voluto altro. Avrei voluto un bacio vero. E lo voglio ancora. Vorrei sentire che sapore ha Jake. Sentirlo gemere se gli infilassi la lingua in bocca.

Al solo pensiero mi accelera il battito. «Un bacio», gli concedo.

«Uno solo non ti basterà».

Il luccichio arrogante che ha negli occhi mi eccita da morire. Mi piacciono i ragazzi così. Diretti, decisi, che si fanno avanti. Maschi alfa, ma non al punto da darti ordini e diventare prepotenti.

Jake possiede una sicurezza naturale, sa chi è e che cosa vuole. Immagino sia per questo che ci ho messo pochissimo a perdonarlo per come si è comportato alla cena. Non ho solo un debole (va bene, più che un *debole*) per gli stronzetti arroganti, apprezzo anche gli uomini che lottano per ciò che vogliono.

È questo a fare la differenza tra Jake e uno come Mike Hollis. Non che Hollis sia insicuro, ma non è il tipo che mi si sederebbe accanto per dirmi che vuole baciarmi. Aspetterebbe che fossi io a baciarlo.

Ma *perché* sto pensando a Hollis in questo momento?

Scorro le dita sulla coscia di Jake e le porto verso il petto. I muscoli sono talmente definiti che ne sento i contorni allettanti anche attraverso la camicia blu scuro. Li accarezzo, un breve gesto stuzzicante che gli accende un fuoco nello sguardo. Quando le dita arrivano al colletto, deglutisce, il pomo d'Adamo che tremola.

«Tutto bene?», gli chiedo con un sorrisetto.

«Bene, sto bene». Si schiarisce la voce.

La mia mano arriva a destinazione: il suo viso bello da impazzire. Gli passo il pollice sul labbro inferiore. Il suo sguardo diventa incandescente. In un batter d'occhio delle dita lunghe mi si insinuano tra i capelli e una mano mi afferra per la nuca.

Jake avvicina la testa, porta le labbra alle mie e ci baciamo come non facevo da una vita. Inizia come un fuocherello, un dolce incontro di labbra e un delicato sfioramento di lingue. Come se stesse gettando le basi per qualcosa di animalesco. Jake piano piano sta attizzando un fuoco, ogni bacio infiamma come legna da ardere, finché finalmente non lancia un verso di piacere, mi bacia con passione e l'incendio divampa. Ha la bocca calda e vogliosa, ma non prova a inghiottirmi in un sol boccone né mi lecca tutta la faccia. È un bacio controllato, voglioso ma deciso, passionale e con la giusta quantità di lingua.

Mi scappa un mugolio di piacere. È più forte di me. Lui ridacchia, attaccato alle mie labbra e poi si allontana. «Come baci bene», fa con voce graffiante.

«Niente male neanche tu». Dopodiché ci divoriamo a vicenda le labbra, limonando sul divanetto e non mi scompongo neanche quando sento dei fischi penetrare la musica. Che le persone intorno ci guardino pure. Che qualcuno gli dia i popcorn, non mi importa.

La ragazza nella toilette della settimana scorsa, quella che non vedeva l'ora di ribaciare Jake, aveva ragione da vendere. Connelly bacia da Dio. È una sensazione paradisiaca. E ora la sua grande mano calda mi stringe la coscia. Vorrei sedermi sopra di lui e strapazzarlo tutto, ma siamo in un bar e vestiti da capo a piedi. Se non faccio una stupidaggine è solo perché siamo in pubblico.

Mi stacco, il respiro affannato. Gli occhi stupendi di Jake mi fissano. Profondi e verde scuro, come una giungla dopo un acquazzone. Capisco come mai tante ragazze perdono la testa per lui.

Mi affretto a buttare giù un bel sorso di cognac e ho un sussulto quando Jake mi prende il bicchiere. I polpastrelli callosi mi sfiorano il dorso della mano. Fremo.

«Era il mio!», lo rimprovero mentre si finisce il mio drink.

«Ordineremo un altro giro».

«Non credo sia una buona idea». Do un colpetto di tosse, perché mi si è arrocchita la voce. Due. «È meglio che vada».

Jake annuisce. «Va bene. Aspetta che pago».

Indico i due bicchieri vuoti. «Comunque questo vale come appuntamento».

Gli scappa una lieve risata sensuale. «Sogna. Col cavolo che è un appuntamento. Sto ancora recitando la parte del tuo fidanzato».

«Ma davvero? Quindi questo era un bacio finto?»

«Non è un vero appuntamento», insiste. «Ma forse è il caso di organizzarne uno. Quando sei libera?»

«Mai».

«Che ne dici di domani?».

Vederci per due sere di fila? È fuori? Non lo faccio nemmeno con i tipi con cui sto insieme davvero. «Wow! Muori proprio dalla voglia di rivedermi, eh?»

«Sì», ammette, e il cuore mi tradisce fermandosi un secondo. «Allora, domani?».

Crollo come un castello di carte. «Okay. Ma a Boston non ci torno. Questa settimana ci sono stata così tante volte da bastarmi per una vita».

«Sceglierò un posto vicino a Hastings», mi tranquillizza. «Prenderò l'auto di Brooks... Devo passare a prenderti?»

«Assolutamente no». Col cavolo che gli permetto di presentarsi a casa di mio padre per portarmi fuori. «A meno che tu non sia in vena di farti ammazzare».

Ridacchia, perché ha capito l'antifona. «Speravo mi dicessi di no. Ma essendo un galantuomo dovevo chiedertelo. Però ti pago la corsa in taxi».

«Non mi serve la tua carità», lo sfotto.

«Ti piace proprio fare la difficile, eh?»

«Tanto». Frugo nella borsa alla ricerca del portafoglio.

«Vuoi limonare ancora un po' prima di andare?», dice con un puerile tono speranzoso.

«No».

Mi lancia un'occhiata da diavoletto. «Che ne dici di un pompino?»

«Ah, apprezzo l'offerta ma non ho il pisello».

Quanto mi fa sangue quando ride. Ha una risata roca e profonda, e vorrei registrarla per poterla ascoltare ogni volta che voglio. Ed è una cosa assurda e inquietante. Inizia a piacermi stare con questo tipo e la cosa mi preoccupa. Parecchio.

«Sei tornata tardi ieri sera». L'indomani mattina, appena metto piede in cucina, vengo accolta dal disappunto di mio padre. «Ti sei divertita, immagino».

Ficco la testa nel frigo e lancio un'occhiata scocciata al panetto di margarina, perché non posso fare lo stesso con lui. «Sono tornata verso mezzanotte, papà. Di venerdì sera. E per essere a casa per quell'ora ho dovuto prendere il treno un'ora prima. Quindi ho finito di "divertirmi"...». Mi volto per fargli vedere le virgolette che faccio con le mani. «...Alle undici. Di venerdì sera».

«Sei troppo grande per fare l'indisponente con me».

«E lo sono pure per essere rimproverata su queste cose. Ne abbiamo già parlato. Avevi detto che non mi avresti fatto prediche».

«No, ne hai parlato tu. Io non ho detto un accidenti». Non si fa problemi a lanciarmi un'occhiata scocciata. Mi passa accanto con addosso pantaloni scozzesi, calzettoni di lana e un pullover con il logo della squadra di hockey della Briar.

Si ferma davanti alla macchinetta del caffè, quella bella che zia Sheryl gli ha regalato lo scorso Natale. Mi stupisce che la usi. A papà non interessano gli aggeggi superaccessoriati, a meno che non si tratti del non plus ultra in fatto di attrezzatura da hockey. Del resto se ne infischia.

«Vuoi un caffè?»

«No, grazie». Salto su uno degli sgabelli al bancone. Le gambe non sono pareggiate, quindi traballa un po' prima di trovare l'equilibrio. Mi apro un vasetto di yogurt e me lo sbafo, mentre papà rimane accanto al lavello nell'attesa che esca il caffè.

«Non serviva che prendessi il treno», fa scorbutico. «Potevi prendere la jeep».

«Davvero? Ho di nuovo il permesso di usare la tua preziosa jeep? Pensavo avessi il divieto dopo l'incidente della cassetta delle lettere».

«Infatti. Ma cosa sono passati? Due anni? Si spera che da allora tu ti sia data una calmata e abbia imparato a guidare come Dio comanda».

«Si spera». Ingoio un'altra cucchiaiata di yogurt. «Non mi dispiace prendere il treno. Così ho tempo per studiare e leggere le cronache delle partite. Questo fine settimana c'è l'incontro di beneficenza, giusto?».

Papà annuisce ma non sembra entusiasta. Quest'anno la commissione che presiede l'hockey universitario ha stabilito che tutte le squadre parteciperanno a una serata di beneficenza prima della finale di girone, invece di giocare direttamente l'ultima partita dopo la semifinale. L'evento sarà patrocinato da varie associazioni nazionali per la lotta contro il cancro e i ricavati della vendita dei biglietti e delle consumazioni andranno agli enti di beneficenza. Naturalmente è una causa nobile, ma papà e i suoi giocatori scalpitano per la finale.

«Che mi dici della finale? Siete pronti?».

Annuisce di nuovo. In qualche modo riesce a trasmettere parecchia sicurezza con un solo cenno del capo. «Lo saremo».

«Sarà dura battere Harvard».

«Sì, sarà dura». Che gran conversatore, mio padre.

Ripulisco per bene tutto il vasetto di yogurt. «Vanno bene quest'anno», commento. «Molto, molto bene».

E non solo a giocare a hockey. Per esempio Jake Connelly è bravissimo anche in molti altri campi. Tipo a baciare. E ad attizzarmi. E...

E devo interrompere questi pensieri, all'istante. Perché ora sono tutta eccitata e non posso eccitarmi mentre sto così vicina a mio padre.

«Potresti anche dire una o due cose carine su Harvard, sai», gli dico. «Il fatto che odi l'allenatore non significa che i giocatori facciano schifo».

«Alcuni sono bravi», riconosce. «E altri sono bravi ma scorretti».

«Tipo Brooks Weston».

Annuisce di nuovo. «Quel ragazzo è un violento e Pedersen lo fomenta». Dice Pedersen con tono avvelenato.

«Che genere di giocatore era?», gli chiedo, incuriosita. «Pedersen, intendo».

La faccia di mio padre si irrigidisce, la tensione che gli scuote la mole imponente. «In che senso?»

«Cioè, quando andavi a Yale ci giocavi insieme. Siete stati compagni di squadra per almeno un paio di stagioni, no?»

«Sì». Prende un tono sul chi va là.

«Allora, che genere di giocatore era?», ripeto. «Un bravo attaccante? Picchiava duro? Era falloso?»

«Fallosissimo. Non ho mai approvato il suo stile di gioco».

«E ora non approvi come allena».

«Esatto». Beve un lungo sorso di caffè e mi osserva da dietro la tazza. «Tu invece sì?».

Ci penso su. «Sì e no. Cioè, un conto è essere aggressivi, un altro essere scorretti. Un sacco di allenatori incoraggiano i giocatori a un gioco aggressivo», sottolineo.

«Non significa che sia giusto. Incita alla violenza».

Non riesco a fare a meno di ridere. «L'hockey è uno degli sport più violenti che esistano! I giocatori pattinano sul ghiaccio con lame taglienti ai piedi e armati di mazze. Vengono scaraventati sulle balaustre, colpiti di continuo e si beccano dischi in faccia...».

«Esatto. È già uno sport violento di suo», concorda papà. «Quindi perché renderlo ancora più violento? Bisogna giocare con onore e correttezza». Serra la mascella. «Daryl Pedersen non sa che cosa siano».

È un'argomentazione valida. E immagino di non avere gli strumenti per stabilire quanto sia scorretto Pedersen. Questa stagione ho visto appena un paio di partite di Harvard, quindi non saprei valutare quanto sono fallosi i suoi giocatori.

In compenso so quanto bacia bene Jake. Conta qualcosa?

«Che programmi hai per oggi?», mi chiede papà, cambiando argomento.

«Devo finire un articolo per il corso di scrittura giornalistica, ma probabilmente lo faccio dopo. Ora devo andare da Summer».

«Di sabato mattina?»

«Sì, mi ha chiesto di aiutarla a fare un ripulisti del suo guardaroba».

«Non capisco proprio le donne», fa lui.

«Siamo piuttosto strane, te lo concedo».

«Ho sentito dire un po' di cose su quella Summer», aggiunge, il cipiglio distintivo a cambiargli espressione.

Mi acciglio anch'io. «È una cara amica».

«Suo fratello ha detto che è matta».

«Be', sì, questo è innegabile. È strana, melodrammatica ed esilarante. Ma non dovresti credere a tutto quello che dice Dean».

«Ha detto che ha dato fuoco all'università».

Sorrido. «Considerando che la Brown sta ancora in piedi, possiamo dire che Dean abbia esagerato». Scendo dallo sgabello. «Vado a vestirmi. Ci vediamo dopo».

Un'ora dopo sono distesa sul letto di Summer a smanettare con il cellulare. Inutile dire che mi sono stufata subito di guardarla provare ogni singolo vestito che ha nell'armadio.

«Bee!», si lagna. «Guardami!».

Appoggio il cellulare e mi metto seduta. «No!», dichiaro. «È una follia. Ti sei appena provata quattro maglioni di cashmere della stessa tonalità di bianco. Identici. E sembravano tutti appena usciti dal negozio!».

Parte con una lezione sulle differenze tra Prada, Gucci e Chanel, finché non alzo una mano per stopparla, perché giuro su Dio che se dice un'altra parola su Chanel do fuori di matto. È fissata con quella casa di moda e se non le metti dei paletti, sarebbe capace di parlarne per ore.

«Ho capito, sono maglioni firmati. Ma lo scopo delle pulizie di primavera è liberarsi delle cose... e non stai buttando via niente». Indico la minuscola pila di vestiti da dare via in fondo al letto. È costituita da due magliette, un paio di jeans e un cardigan.

«Faccio fatica a separarmi dalle cose», sbuffa, scostando di scatto i capelli biondi dietro le spalle.

«A Greenwich non hai una cabina armadio? E un'altra pure a Manhattan?»

«Sì, e allora?»

«Allora a nessuno servono così tanti armadi, Summer! Io vado avanti con qualche outfit che alterno».

«Ti vesti solo di nero», replica. «Ovvio che è facile creare abbinamenti quando ci si veste solo di nero. Non te ne frega niente della moda... Ti metti una maglia nera, pantaloni neri, stivali neri e rossetto rosso e sei a posto. Be', io non sono una che si veste solo di nero. Mi fa sembrare una sadomasochista. A me serve colore, Brenna! Ho una vita colorata. Sono una persona colorata...».

«Sei una matta», ribatto.

«Non sono matta».

«Sì che lo sei», conferma il suo ragazzo quando sguscia nella stanza. La abbraccia da dietro piegando la testa per stamparle un bacetto sulla guancia, i tatuaggi sulle braccia che si increspano.

«Vi odio», borbotto. «Siete schifosamente felici. Andate a fare i felici da un'altra parte».

«Scusa, Bee, ma non abbiamo intenzione di nascondere al mondo il nostro amore», risponde Summer, e inizia a sbaciucchiare Fitz sul collo facendo dei versetti sdolcinati che mi fanno venire voglia di vomitare.

Insomma, non proprio, ma fingo di avere i conati, perché Summer fa apposta la pagliaccia.

«Che state facendo?», chiede Fitz guardandomi. «Non mi ero neanche accorto che eri arrivata».

«Stavi dormendo», dice Summer. «Stiamo facendo un repulisti dell'armadio. Regalo un sacco di roba».

Lui guarda l'armadio pieno e poi la pila minuscola sul letto. «Ottimo. Avete appena iniziato?».

Sbuffo. «Macché! In un'ora ha deciso di dare via una maglietta!».

«Non solo una maglietta!», protesta Summer.

Le nostre urla attirano Hollis dal corridoio. Entra nella camera di Summer e si butta sul letto, vicino alla pediera. Indossa una canottiera e i pantaloni della tuta, e non si accorge nemmeno di avere ribaltato con i piedi nudi l'esigua pila di vestiti da donare.

«Bello. Ti provi vestiti per noi? Quando arriva il momento lingerie? Fitz, di' alla tua ragazza che mi deve una sfilata di intimo per rimediare agli scompensi psicologici che mi ha procurato».

«Di che cacchio parli?», gli chiedo.

Siccome sto dalla parte opposta del letto, deve allungare il collo per guardarmi negli occhi. «Summer mi ha detto che cosa mi avete fatto voi stronze».

Lo guardo, persa.

«La tipa che mi perseguita?», prosegue. «So che l'avete incoraggiata».

«Mica ti perseguita», sostiene Summer.

«Scherzi?», fa Hollis sconcertato. «Da quando siamo usciti a cena mi chiama *ogni santo giorno*».

«Siete usciti giovedì», gli ricorda Summer. «Cioè esattamente due giorni fa. Il che significa che ti ha chiamato due volte. Non montarti la testa».

«Due volte? Magari, cazzo! Quella chiama *come minimo* tre volte al giorno!».

«Sì, e tu rispondi *sempre*», ribatte lei. «E ci parli per un'ora, se non di più».

«*Io* parlo?». Si mette le mani nei capelli. «È *lei* che parla! Quella tipa non sta zitta un secondo!».

«Presumo che parliate di Rupi», mi limito a dire, sforzandomi di non ridere.

«Ovvio che parliamo di lei!», urla Hollis. «È fuori di testa, te ne rendi conto, sì? Sicure che non sia scappata da un manicomio di Bali?»

«Bali?», ripeto.

«Ha detto che sua madre è di lì. Che è una star del cinema di Bali».

«Una star di *Bollywood*!», fa Summer ridacchiando. «Significa che è indiana, mica di Bali».

«Ah». Hollis ci riflette e poi scuote la testa. «No, non migliora la situazione. È matta comunque».

«Com'è andata la cena?», gli chiedo.

Si gira per fulminarmi.

Sbatto le ciglia. «Non bene?».

Fa una faccia confusa. «Ha parlato per tutto il tempo e non mi ha neanche permesso di darle il bacio della buonanotte».

«Aspetta, stai dicendo che *volevi* darle il bacio della buonanotte?», interviene Fitz, appoggiato alla scrivania di Summer che nel frattempo è tornata a rovistare tra le grucce nell'armadio.

«È proprio quello che sto dicendo, *Colin*», risponde lui con superbia. «Il fatto che sia matta non esclude che io voglia farmela».

«Che finezza!», gli dico. «In fondo hai proprio un animo romantico». Muove su e giù le sopracciglia. «Ehi, l'offerta di Hollis è sempre valida. Approfittane pure quando vuoi, Jensen».

«Grazie ma passo. Quindi niente bacio, eh?»

«No!». Sembra indignato. «Non bacia al primo appuntamento. Vuole farmi aspettare. Fino al *terzo*!».

Fitz è piegato in due dal ridere. «Frena, frena», dice con l'affanno. «Vuoi uscirci ancora?»

«Altre due volte?», rincaro la dose.

«Mi sa che non ho alternative», sbuffa lui. «A quanto pare martedì la porto al cinema».

Fitz annuisce. «Ottimo. Il martedì costa la metà. Dovreste andare a vedere l'ultimo film della Marvel».

«Non mi interessa vedere l'ultimo film della Marvel, coglione. Non mi interessa uscire con quella. È troppo giovane, troppo fastidiosa e...». Ha un sussulto e si infila una mano in tasca. Tira fuori il cellulare, guarda lo schermo e sbianca. «Oddio, è lei!».

«Hai memorizzato il suo numero?», domando.

«L'ha fatto *lei*. Mi ha preso il cellulare nel bel mezzo della cena e l'ha memorizzato da sola. L'ha salvato sotto "Rupi" e ha messo una faccina con gli occhi a cuoricino. Con gli occhi a cuoricino, Dio santo!».

Mi rigiro su un fianco, ridendo a crepapelle.

Alla scrivania, Fitz scuote la testa divertito. «Lo sai che puoi cambiarlo, no?».

Hollis è troppo impegnato a rispondere alla chiamata. Riesce a malapena a dire «Pronto», che dal cellulare parte un fiume di parole esaltate.

Io e Fitz ci sorridiamo. Non so che cosa stia dicendo Rupi, ma spara mille parole al secondo e la faccia che sta facendo Hollis è impagabile. Non assistevo a una scena così divertente da anni.

«Ma a me non piacciono le commedie romantiche», frigna.

Il chiacchiericcio metallico va avanti.

«No, non mi va. Non mi va di andare al cinema. Se proprio vuoi uscire, andiamo a scopare da qualche parte».

Segue uno strillo.

Mi spancio dalle risate.

«Va bene, porca miseria! Andiamo a vedere il tuo stupido

film, ma ti conviene baciarmi, Rupi. E non tirarmi fuori cazzate sul fatto che non baci al secondo appuntamento, perché se fossi un'altra avremmo già trombato».

Per Mike Hollis il resto del mondo non esiste più. Scende dal letto ed esce dalla stanza. «Non sono un maniaco sessuale! Non scopo da quando ti conosco!», giunge la sua voce alterata dal corridoio.

Lancio un'occhiata a Fitz. «È vero?»

«Credo di sì. Ma diciamoci la verità... non è che prima fosse il re del sesso. Parla tanto, ma in realtà è molto più selettivo di quanto pensi. Secondo me si fa metà delle tipe che dichiara».

«Ah ma è ovvio», giunge dall'armadio la risposta di Summer. «Il ragazzo non rimorchia granché».

«Gioca a hockey», puntualizzo. «I giocatori di hockey non hanno bisogno di rimorchiare fuori dal palazzetto. Ci sono sempre tifose contente di vederli».

«Che ve ne pare di questo?». Summer riappare con addosso un vestitino bianco senza spalline e con l'orlo a frange.

«Carino», dice il suo ragazzo.

«Bee?»

«Decisamente troppo castigato. Io non me lo metterei mai».

«Ovvio che tu non te lo metteresti... non è nero. Dimmi se sta bene o no *a me*».

«Tu stai bene con tutto. È fastidiosissimo e insopportabile. Potresti buttare metà della roba che hai nell'armadio e con quello che resta sembreresti comunque una top model».

Si illumina. «Hai ragione. È bellissimo. Lo tengo».

Mi scambio un'altra occhiata divertita con Fitz. Non riesco ancora a capacitarmi che questi due stiano insieme. Eppure in qualche modo la studentessa di moda e il giocatore nerd funzionano.

«Che fate stasera?», gli chiedo. «Immagino che questa settimana mio padre vi starà col fiato sul collo, quindi potrebbe essere l'ultima occasione che avete per rilassarvi, no?»

«Eh sì», risponde Fitz. «Non so, probabilmente...». Scrolla le spalle, timido.

Traduzione: passeranno la serata a letto.

«Tu che fai?», mi chiede.

«Non credo di uscire», mento.

«Ah sì? Niente replica con il ragazzo di Tinder?», si unisce alla conversazione Summer. Butta due felpe sbiadite sulla pila di vestiti da dare via.

«Che ragazzo di Tinder?», domanda Fitz.

«Ieri sera Brenna ha avuto un appuntamento. E non mi ha raccontato niente».

«Non c'è niente da raccontare. Non è scoccata la scintilla e non ho intenzione di rivederlo». È incredibile quanto mi venga naturale mentire.

Summer mi rivolge un sorriso dispiaciuto. «Ti inviteremmo a uscire con noi, ma saremo troppo occupati a fare sesso».

«Amore!», sospira Fitz.

«Che c'è?».

Lui si limita a scrollare la testa.

«Tranquilli», rispondo con un sorriso. «Ho un sacco di compiti da fare».

«Entusiasmante!», mi sfotte Summer.

Sapesse quanto.

Capitolo diciassette
Brenna

Jake mi manda un messaggio con l'indirizzo del posto in cui dobbiamo vederci mentre sono a cena con mio padre. Ho fatto delle verdure saltate in padella e non abbiamo praticamente spiccicato parola. In questo periodo non abbiamo granché da dirci.

Quando papà si accorge che mi si illumina il cellulare, gli si formano dei solchi profondi sulla fronte. «Niente cellulare a tavola».

«Non ho neanche guardato», protesto io. «Non posso impedire che mi arrivino messaggi».

«Certo che puoi. Esiste il tasto "spegni"».

Lancio un'occhiata piccata al cellulare che ha vicino alla mano destra. Da quando ci siamo seduti gli sono arrivate quattro email. «Puoi spegnerlo anche tu».

Ci fissiamo. Papà brontola qualcosa, prende una forchettata di spaghetti e se li ficca in bocca.

Apro il messaggio di Jake solo quando vado in camera mia. Appena leggo dove dobbiamo vederci rimango allibita.

Io: *Al bowling????*

Jake: Che cos'hai contro il bowling?

Io: Niente, ma sono una schiappa. Se speri in una specie di gara, con me non ci sarà.

Jake: Non serve. Divertiamoci e basta. Ti va bene?

Io: Certo, figurati.

Jake: Ci vediamo alle otto?

Io: Perfetto.

Significa che ho un'ora e mezza per prepararmi, ma ho già deciso che non mi dannerò per mettermi carina per lui. L'unico motivo per cui ci esco stasera è che mi ha accompagnata alla cena.

Dopo aver fatto la doccia ed essermi vestita apro Google Maps e digito l'indirizzo della sala da bowling. Sta a venticinque minuti di auto da qui, quindi è più vicina a Hastings che a Cambridge.

Dopo un po' scendo da basso e rimango sulla soglia del soggiorno. Papà sta sul divano a rivedere velocemente la partita tra Harvard e Princeton dello scorso fine settimana. Jake attraversa lo schermo in un lampo e mi chiedo se mio padre apprezzerebbe l'ironia che tra poco lo incontrerò di persona.

«Ehi», dico per attirare la sua attenzione. «Posso prendere la jeep, allora? Mi vedo con un'amica».

«Quante amiche misteriose», mormora lui, gli occhi sempre incollati allo schermo. «Hanno dei nomi?»

«Ce li hanno, sì». Ma non glieli dico.

«Le chiavi sono in corridoio. Cerca di tornare a un'ora decente», sbuffa.

Vorrei rispondergli con una frecciatina, ma dato che mi impresta l'auto evito. «Non aspettarmi sveglio», gli dico invece.

Quando entro nel parcheggio semivuoto davanti al Bowl-Me-Up, Jake è già lì.

Parcheggio la jeep accanto alla Mercedes fiammante a cui sta appoggiato Jake. Oltre alle nostre macchine, nel parcheggio ci sono una berlina, un pick-up e cinque o sei motociclette vicino all'ingresso. Praticamente un parcheggio deserto. «Che gioiellino», commento scendendo dalla jeep. «Te la sei presa con l'anticipo del contratto?»

«No, di quello non ho ancora speso un centesimo», confessa. «È l'auto di Brooks».

«A che gli serve un'auto in città?»

«È un milionario e i milionari hanno la macchina. Suvvia, patata!».

Non riesco a fare a meno di ridere. «Non fa una piega». Alzo lo sguardo verso la maxi insegna sopra le nostre teste. Vicino al nome c'è un'enorme palla da bowling rosa shocking che lampeggia. «Ci vieni spesso?», gli chiedo sarcastica.

«In bassa stagione ogni weekend. Ci sono affezionato».

Mi spiazza. «Sul serio?»

«Ma figurati. L'ho scelto perché è a metà strada da dove abitiamo». Fa una risata nasale. «Sei proprio boccalona».

«Purtroppo sì», rispondo con un sospiro. «Avrei dovuto saperlo che sei un uomo senza cuore». Chiudo la jeep e infilo le chiavi in borsa.

Quando ci incamminiamo verso l'entrata noto che Jake rallenta per aspettarmi. «Il cuore ce l'ho di sicuro», protesta. «Senti qui».

Dopodiché mi prende una mano e me la piazza sotto il suo cappotto aperto. Cavolo, oh cavolo, che pettorali! Ha il battito irregolare.

«Hai il battito accelerato, Connelly. Paura che ti stracci a bowling?»

«Neanche per sogno. Hai già detto che sei una pippa».

Cavolo. Ha ragione. Mi rimprovero per avergli anticipato che sono negata.

Entriamo, la sala è deserta. Ci sono dieci piste ma solo due sono occupate. Al bancone centrale c'è un signore brizzolato con la coda di cavallo e la pelle segnata da troppi anni passati al sole. Ci accoglie con un sorriso che gli raggrinza gli angoli della bocca.

«'Sera, ragazzi! Scarpe?». Ha la voce così roca che sembra si fumi due pacchetti di sigarette al giorno.

Prendiamo le scarpette da bowling e il vecchio ci dice che possiamo scegliere la pista che ci pare. Scegliamo quella più distante dagli altri clienti: una coppia più grande e dei motociclisti dall'aria truce che da quando siamo entrati non hanno fatto altro che sfottersi e fischiarsi a vicenda. Uno di questi, un ciccione con la barba cespugliosa, ha appena fatto strike e alza le braccia in aria per esultare.

«Beccati questa, stronzo!», grida.

L'uomo al bancone fa una smorfia. «Lasciate perdere quelli là. Sono innocui, ma c'è gente che dovrebbe lavarsi la bocca col sapone».

«Nessun problema», gli rispondo. «Mio padre allena una squadra di hockey. Ho sentito di peggio».

Ci dirigiamo verso la pista e ci sediamo per cambiarci le scarpe. Con tutte le stringhe dei miei stivali ci metto un po', quindi Jake finisce prima. «Vado a prendere da bere», propone. «Cosa preferisci? Birra? Un analcolico?»

«Va bene una birra, grazie». Un paio di birrette posso bermele. Me le farò durare tutta la sera.

«Ottimo», fa, e poi se ne va con calma.

Lo osservo allontanarsi e ammiro il suo sedere sodo. Dio mio. Non ci credo che sono uscita con Jake Connelly. Com'è strana la vita.

Sospiro e mi infilo le scarpette sformate, dopodiché vado a inserire i nostri nomi nel tabellone. Per il primo giocatore digito "Brenna".

Per il secondo "Piccolo Jakey".

Confermo e quando Jake torna con due bottiglie di Bud Light sto ancora gongolando.

«Bud Light?», dico poco convinta.

«Non avevano altro», risponde mesto. «Non è esattamente un locale chic».

«Ce la faremo andare bene», lo rassicuro. «Grazie». Prendo la bottiglietta che mi porge e bevo un sorso veloce. Bleah. Mi fa schifo questa marca.

«Aspetta che inserisco i nomi nel…». Nel notare lo schermo in alto si blocca. Sospira. «Sul serio? Cos'hai, cinque anni?»

«No, ma a quanto pare tu sì, piccolo Jakey».

«Te lo faccio vedere io chi è piccolo», brontola.

«Che cosa hai intenzione di fare, tirare fuori il pisello davanti ai Sons of Anarchy e a quel vecchietto gentile?».

Finge di meditarci. «Hai ragione. Me lo tengo per dopo». Solleva la birra. «Salute».

«Salute».

Per la seconda sera di seguito facciamo un brindisi. Non va affatto bene, e non solo perché Jake gioca per Harvard. Io di solito non esco con nessuno. Dopo Eric non ho avuto storie serie e non mi interessa neanche averne. E, a sostegno della mia tesi, anche nel caso in cui volessi avere un ragazzo, Jake sarebbe l'ultimo candidato possibile. Tra qualche mese si trasferirà a Edmonton. Che razza di storia potremmo avere?

Lancio un'occhiata alla sala semideserta, facendo attenzione ai suoni e alle luci. I birilli che sbattono gli uni sugli altri, gli schiamazzi dei motociclisti, le luci forti, il parquet lucido delle piste.

Che cosa ci faccio qui?

«Brenna».

Nel sentire la bocca di Jake pronunciare il mio nome vengo scossa da un brivido caldo. Al che sono sempre più convinta che non dovrei stare qui. Odio l'effetto che mi fa.

«Pensi troppo», dice senza tanti giri di parole.

Mi lecco le labbra improvvisamente secche. «E tu che ne sai?»

«Quando rifletti su qualcosa fai sempre quella faccia». Scrolla le spalle. «Ti stai chiedendo perché sei qui».

«Tu no?»

«No. Te l'ho detto, tra noi c'è chimica e voglio capire dove ci porterebbe».

Esalo un sospiro. «Non ci porterà da nessuna parte, Connelly, quindi toglitelo dalla testa. L'unico motivo per cui sono qui è che mi hai costretta a uscire con te».

«Continua ad autoconvincerti, piccola».

Sento un fremito quando mi chiama Piccola? Sì.

È una sensazione piacevole? Per niente.

Sconsolata, bevo un sorso di birra e appoggio la bottiglia sul tavolino. «Okay, diamoci sotto».

Capitolo diciotto
Jake

Brenna è davvero negata a bowling, ma guardarla giocare è uno spasso. Si avvicina alla linea di tiro con quelle scarpette orrende, facendo ondeggiare il culo fenomenale fasciato nei jeans neri attillati. Sono un fan del lato B, e non riesco a staccare gli occhi dal suo.

Benché sia una schiappa, a ogni tiro dà il centodieci percento. Aggrottata per la concentrazione, porta indietro il braccio, rotea il polso e tira la palla rosa acceso. La molla troppo tardi e non sa accompagnarla, ma dopo sei tiri per la prima volta la palla va dritta.

Quando vira verso i birilli, Brenna esulta tutta contenta. Ma all'ultimo secondo la palla sbanda e ne butta giù solo quattro anziché fare strike.

«C'è mancato poco così!», piagnucola.

Dopodiché si gira e non mi è mai sembrata tanto bella come adesso. Ha le guance arrossate, le brillano gli occhi e si allontana dalla pista lucida abbozzando un balletto.

«Sto migliorando!», esclama.

«Peggio non potevi andare», concordo. Al che mi alzo e faccio strike.

«Ti odio!», dichiara quando il mio punteggio compare sullo schermo.

La sto stracciando di brutto, ma pare che non le interessi. A dire il vero non sto facendo molto caso al punteggio. Di solito sono super competitivo, ma stasera sono solo contento di stare con Brenna. Era da una vita che non uscivo seriamente con una ragazza. La cena di ieri sera non conta, visto che nessuno dei due si è divertito granché. E non conta neanche il cognac al bar, visto che abbiamo passato più tempo a baciarci che a parlare.

Questa sera ho l'occasione di vedere Brenna come non l'ho mai vista prima. Il bowling non è l'attività più romantica dell'universo, ma permette di capire molto di una persona. È competitiva? Meschina? Sa perdere o, peggio, se vince cerca di umiliarti? Portare una ragazza al bowling consente anche di capire se è pretenziosa. Conosco ragazze che nel vedere il pavimento appiccicoso di una pista o una birra scadente storcerebbero il naso. Brenna invece no.

Quando vinco la prima partita, propone di farne un'altra.

«Ah!», mi beo. «Allora ti piace il bowling!».

«Sì», sospira melodrammatica. «Mi piace un sacco».

La squadro per capire se mi sta prendendo per il culo, ma non ha un'aria canzonatoria.

«Dico sul serio. È divertentissimo». Scuote la testa, meravigliata. «Mi sa che mi piace davvero».

Nel vedere la sua faccia sconvolta mi sganascio dal ridere. Quando mi riprendo mi avvicino a lei, di colpo serio. «Mi sa che dovremmo rifarlo...». Poi aspetto.

Lei non dice nulla. Si avvicina invece al touchscreen e dice: «Okay, stavolta inizia il piccolo Jakey».

Quando però il mio nome spunta sullo schermo recita soltanto «Jake».

Scaccio la soddisfazione. Mi sa che inizio a piacerle.

Di sicuro lei sta iniziando a piacere a me.

«Allora, possiamo parlare di hockey?», le chiedo mentre vado a riprendere la palla verde fosforescente che è diventata la mia preferita. L'ho chiamata Strikemaker.

«Di cosa?», mi domanda, diffidente.

«Be', tra poco ci scontreremo. Sarà una partita importante».

«Eh sì», concorda.

«E ciò solleva una domanda: per chi tiferai, seduta sugli spalti? Per la squadra della tua università o per quella del tuo nuovo ragazzo?».

Mi giro per sfoderarle un sorriso insolente.

Al che tocca a lei sganasciarsi dalle risate. «Mica sei il mio ragazzo».

«A Mulder hai detto altro…».

«Mulder è un deficiente e non mi sento in colpa ad avergli mentito. Ora girati e tira, Jakey. Ho voglia di guardarti il culo».

Per poco il sorriso non mi apre la faccia in due e ringrazio il cielo che Brenna non possa vederlo. La accontento e offro uno spettacolino: fletto le braccia e mi chino in avanti sporgendo il sedere.

Sento un verso strozzato alle mie spalle. Quando mi volto Brenna ha uno sguardo infuocato.

«Ti piace proprio stuzzicare», mi accusa.

«Sto solo giocando a bowling», rispondo con aria da angioletto.

«Eh sì, lo vedo». Scende dalla sedia. «Madonna, non senti caldo?».

Al che si toglie la maglia nera a maniche lunghe e rimane con una canottierina che le aderisce perfettamente alle tette. Dallo scollo si intravedono le coppe del reggiseno di pizzo e mi si azzera la salivazione. Torno al tavolo per prendermi la birra. Siamo tutti e due alla seconda, ma non ce ne sarà una terza. Ho detto al ragazzo del bar di non darcene altre.

Tracanno la birra gelata mentre Brenna va a recuperare la palla, la camminata più seducente che mai. Scosta i lunghi capelli lucidi dietro una spalla, fa una giravolta e si lecca le labbra.

Che Dio mi aiuti.

Al primo colpo butta giù sette birilli.

«Il tiro migliore che hai fatto!». Le offro qualche parola di incoraggiamento, in piedi sul bordo della pista. «Butta giù gli altri, patata. Ce la puoi fare!».

«Dici?», chiede dubbiosa. «Finora non ci sono riuscita».

«Quindi? Non significa che non può succedere».

Non succede. La seconda palla finisce nel canale.

«Hai gufato», si lamenta quando mi urta passandomi accanto.

Prima che riesca a scappare la accalappio per la vita stretta. Vorrei tirarla a me e darle una bella slinguazzata, ma mi limito a un bacetto casto sulla guancia.

«Mi hai appena baciata sulla guancia?», mi chiede divertita.

«Sì. C'è qualche problema?». Appoggio le mani in fondo alla sua schiena, reprimendo il desiderio di farle scivolare più in basso. «Comunque questi jeans ti fanno un culo pazzesco».

«Lo so. Mica per niente li metto».

Ridacchio. Le mie mani scendono di un paio di centimetri e penso: "Chissene". Do le spalle agli altri clienti, nessuno può vedere cosa faccio. Quindi le palpo il sedere.

«Cavolo, Connelly, siamo in un luogo pubblico!», fa lei con un verso roco.

«E allora?»

«Allora non puoi metterti a palparmi il sedere».

«Perché no?».

Per un po' non dice nulla. Dopo svariati secondi scrolla le spalle. «Non mi viene in mente nessun motivo valido, sai?»

«Esatto».

Strizzo un'altra volta le chiappe sode, le do una sculacciata e poi tiro. Stavolta non faccio strike. Un birillo si intestardisce a rimanere in piedi, ma lo butto giù al secondo lancio. La sto stracciando di nuovo, e di nuovo lei se ne frega. Ma sta decisamente migliorando, ha fatto quasi il doppio dei punti rispetto alla prima partita. Quando sullo schermo compare il risultato finale, ci sediamo sulla panca e ci rilassiamo un po'.

Le appoggio una mano sulla coscia, accarezzandola sovrappensiero. Brenna non la sposta, però mi lancia uno sguardo contemplativo. «Sei molto fisico».

«È un problema?»

«No, solo che non me lo aspettavo. Non pensavo che fossi così affettuoso».

«Be', lo sono», dico con una scrollata. «Con le ragazze che mi piacciono».

«E ti capita spesso? Pensavo avessimo stabilito che non sei tipo da storie serie, solo da una botta e via».

«Non significa che le ragazze che mi faccio non mi piacciano». Traccio dei cerchietti sul suo ginocchio. «Mi pare che neanche tu abbia storie serie. O se ne hai avute non si sa in giro».

«Ti sei informato su di me, Jakey?»

«Sì», mi lascio scappare. «E a quanto mi è stato detto da quando ti sei trasferita alla Briar non ti sei messa con nessuno».

«Infatti», conferma lei.

«Dove andavi prima?»

«In un'università pubblica nel New Hampshire».

«E lì uscivi con qualcuno?»

«Non proprio. Il mio curriculum universitario si riduce praticamente a una serie di scopate insignificanti, almeno fino a quando non ho conosciuto McCarthy».

Mi ingelosisco. Non mi piace che consideri McCarthy significativo. «Quindi non è stata una cosa da una botta e via?», chiedo cauto.

«Una botta e via di solito implica che capiti una volta sola. Josh era più…». Ci rimugina su.

«Uno scopamico?», completo la frase.

«Senza scopare».

Aspettate, cosa?

Appoggio la birra sul tavolo. Brenna ha ufficialmente tutta la mia attenzione. «Non l'avete fatto?». Dallo stupore corrugo la fronte. Davo per scontato che fossero andati a letto insieme.

«No».

«Però ci siete andati vicino».

«Sì».

«Ma niente sesso».

«Quale parte non capisci?», dice con aria divertita.

«Mah… mi fa un po' strano». Mi blocco. «Anzi, non un po'. Mi fa stranissimo».

«Perché ti pare così strano?». Chiede un po' sulla difensiva.

La indico. «Insomma, guardati! Sei stupenda. E dici che McCarthy non ha mai provato a…?»

«Non ho detto che non ci ha provato. Ma…». Si zittisce.

«Ma cosa? Sei vergine?»

«No, è solo che sono molto selettiva riguardo i ragazzi che faccio entrare dentro di me».

Cavolo, quanto mi attizza l'idea. Non può dire cose tipo

"dentro di me", perché ora mi immagino di penetrarla e sono arrapato da morire.

«Facevamo altro», continua. «Si può sempre fare altro».

«Ah sì?», chiedo con voce graffiante.

«Cos'è, nessuno ti ha mai detto che si può avere un orgasmo senza fare sesso?»

«Nah, non lo sapevo». Sbatto le palpebre con aria da angioletto. «Mi fai vedere come?».

Mi tira un pugno per gioco sulla spalla. «Ti piacerebbe».

«Altroché se mi piacerebbe. Non vorrei spaventarti, ma dai un'occhiata al mio pacco».

Malgrado l'aria divertita, lo fa davvero. Il suo sguardo si accende all'istante. «Oddio. Pensare a McCarthy te lo fa venire duro?»

«Come il marmo». La attiro sulle mie ginocchia, strappandole un gridolino di stupore.

Ma si riprende subito e comincia a strusciarmi addosso il suo bel culetto per mettersi comoda.

«Di' al tuo pisello in tiro di smetterla di infilzarmi il sedere».

«Ehi, ce l'ho in tiro per colpa tua». Le abbasso un po' la testa per sussurrarle all'orecchio. «Sei proprio una monellaccia, a parlare di come puoi far venire un uomo senza farlo entrare dentro di te».

Dio, che buon profumo che ha. Inspiro la dolce fragranza del suo shampoo con una nota piccante. È ironico, perché Brenna è esattamente il contrario: piccante e con una nota dolce. E a me piace il piccante. Mi piace un sacco.

«E tu?», le domando.

«Io cosa?»

«Che cos'hai guadagnato dall'intesa con McCarthy?».

Inarca un sopracciglio. «Vuoi davvero sapere che cosa mi ha fatto il tuo compagno di squadra?»

«No. Sì. Boh. Magari a grandi linee», decido alla fine.

«Nah, te lo lascio immaginare».

E la mia fantasia si sbizzarrisce, solo che non immagino Brenna a letto con Josh McCarthy. Me la immagino a letto con me.

«Tra poco quel coso ti buca i pantaloni», mi prende in giro. Quando scende dalle mie gambe provo un dispiacere enorme.

«Che facciamo? Ti va un'altra partita prima di andare?». Controlla il cellulare. «Sono le dieci. Fino a che ora è aperto questo posto?»

«Fino alle undici, credo».

«Facciamo l'ultima?»

«Ma sì, dai».

Non è semplicissimo giocare a bowling con un'erezione, ma ce la faccio. Vinco per la terza volta, restituiamo le scarpe e paghiamo il conto.

Una volta fuori, Brenna supera la jeep e si dirige verso la Mercedes. «Apri», mi ordina.

Mi vengono le palpitazioni. Apro l'auto.

Invece di aprire una portiera davanti, Brenna monta dietro. «Sali», dice maliziosa.

Non sono tipo da far aspettare una signora. Entro dentro e appiccico le labbra alle sue prima che lei riesca a dire un'altra parola. Sa di birra e menta, e il suo corpo è caldo e morbido. Mi sale in braccio, la lingua vogliosa che mi esplora la bocca. Faccio scorrere le mani lungo la sua schiena per poi stringerla per la vita. Vorrei *entrare* dentro di lei. Da morire. Ma a quanto pare Brenna non si concede tanto facilmente.

«Stasera non mi permetterai di scoparti, vero?»

«No», sussurra giocosa. «Devi guadagnartelo».

«E cosa devo fare per guadagnarmelo?», gemo, attaccato alle sue labbra.

Brenna si limita a sorridermi e mi ribacia, infilando le mani sotto la maglia per accarezzarmi il petto nudo. Cacchio quanto mi piace sentire le sue mani su di me. E ho bisogno di sentire le mie su di *lei*. Le tolgo la maglia e sollevo la canottiera fino al collo. Il reggiseno è sottilissimo. Non le serve imbottito. Ha un seno pieno, sodo. Perfetto, cazzo. Le pizzico i capezzoli attraverso il pizzo e mi godo il mugolio di piacere con cui mi ricompensa.

«Non ce la facevo più», dico abbassandole il reggiseno per

scoprire i seni. Splendidi. Prendo un capezzolino in bocca, lo succhio forte, e vado praticamente in estasi. La sua pelle ha un sapore buonissimo e leccarle il capezzolo è una sensazione paradisiaca. Le lecco la gemma gonfia, super eccitato.

Brenna geme di nuovo. All'inizio mi pare di piacere, poi avverto una nota sconsolata.

«Qualcosa non va?», le chiedo subito.

«Non riesco a credere che sto permettendo a un giocatore di Harvard di toccarmi le tette».

Mi rilasso. Ridendo piano, do una leccata all'altro capezzolo. «Ehi, non è la prima volta che ti fai un giocatore di Harvard».

«Tu sei il *capitano*», risponde lei mesta. «È una pessima idea. La prossima settimana le nostre squadre si scontreranno, cavolo. Se i miei amici mi vedessero ora, darebbero fuori di matto».

«Non parliamo di hockey. E chi se ne frega di cosa penserebbero i tuoi amici». Le succhio il capezzolo.

«A me frega. Mi interessa cosa pensano i miei amici».

«Allora dovresti smettere».

La mia bocca conquista le sue labbra con un bacio rovente che mi fa impazzire. Giro Brenna e mi metto sopra di lei, strusciando il bacino contro il suo. Il sedile non offre molto spazio di manovra ma non ne serve tanto. Senza staccarmi dalle sue labbra, le sbottono i jeans e li abbasso insieme alle mutandine, quel tanto da poter raggiungere il paradiso caldo che ha in mezzo alle gambe.

Quando sfrego il pollice sul clitoride gonfio mugola: «Che bello».

«Sì?», dico con voce impastata.

«Oh, sì».

Continuo a sfregare, solleticare, esplorare. Faccio scendere le dita verso l'apertura e la trovo bagnatissima. Cacchio. Desidero penetrarla più che respirare. Al pensiero di non farlo stasera mi viene quasi da piangere. Affondo le dita nella soave umidità e poi traccio lentamente dei cerchi sul clitoride.

Brenna inizia a dondolare i fianchi. Mi sollevo su un gomito e la osservo impazzire sempre di più, mentre gioco con la sua patata. «Adoro vederti così», le sussurro. «A pancia insù, con le gambe aperte». La ribacio e lei mi succhia con passione la lingua, strappandomi un lieve verso di piacere.

«È una pessima idea», mi sussurra.

«Allora dimmi di smettere».

«No».

«No cosa?».

Brenna spinge la vagina contro la mia mano. «Non smettere».

Ridacchio, la bocca premuta sulla sua spalla e poi mi abbasso per succhiarle e leccarle ancora i capezzoli.

Le scappa un gemito affannato. «Non smettere *mai*».

Sorrido. Ricordo benissimo che non molto tempo fa mi ha detto che non sarebbe mai e poi mai venuta a letto con me. E ora eccoci qui, a spassarcela sul sedile posteriore dell'auto, la sua vagina da scoprire. Infilo le dita e…

«Oddio, cazzo». Mi manca il fiato. Sollevo la testa dal seno. «È strettissima». Chissà se è perché scopa poco o se sono solo supposizioni mie. Il fatto che non sia andata a letto con McCarthy non significa che ultimamente non l'abbia fatto con qualcun altro. Ha detto che è selettiva, mica casta.

Mi ritrovo a pregare un'entità superiore affinché io ci riesca. Magari non stasera, ma domani, la settimana prossima, fra un anno. Prenderò quello che arriva. Per dire quanto la voglio.

Aggiungo un altro dito ed è ancora più stretta. Ci stanno a malapena due dita. *Due*, Dio mio! Con il pollice mi occupo del clitoride e nel frattempo inserisco e sfilo lentamente le dita. Brenna socchiude gli occhi, il respiro affannoso. Mentre le faccio un ditalino, struscio il blocco di marmo che ho nei pantaloni sulla sua coscia.

«Baciami». Mi tira su la testa, le dita che mi scorrono tra i capelli mentre le nostre lingue si incontrano.

Un bacio intenso, focoso. Brenna mi cavalca praticamente le dita, facendo i gemiti più sensuali che io abbia mai sentito. Mi stacco per respirare un attimo. «Vieni per me».

Mormora qualcosa di incomprensibile.

Ridacchio. Continuo a toccarla. Ho le dita grondanti. Le spingo ancora più dentro, le ritiro fuori e le piego a coppetta vicino all'apertura, sfregando forte.

«*Dio mio*», le scappa.

Il suo orgasmo ondeggia intorno alle mie dita e le scuote il corpicino in una serie di fremiti. Brenna emette un sospiro, le labbra attaccate alle mie. Lo soffoco con un bacio, e allento la pressione sul clitoride, rallento il ritmo delle dita e lascio scemare il culmine del suo piacere.

Alla fine le tremolano le palpebre e mi sorride.

«Tutto bene?», le mormoro.

«Benissimo», mormora lei. Sospira un'altra volta e si accoccola a me, sfregandomi una guancia sul collo.

«Cacchio, ti piacciono le coccole post coito».

«No che non mi piacciono». Un flebile diniego sul mio petto.

«Altroché se ti piacciono».

Mi mordicchia il collo. «Non dirlo a nessuno».

«Perché? Paura di rovinarti la reputazione?»

«Sì, sono una cattiva ragazza, Jakey. Non faccio cose come coccolarsi».

«Perché no? È bellissimo coccolarsi». Passo le dita tra i suoi capelli setosi. In basso sto ancora fremendo e nessuno dei due può ignorarlo.

Brenna drizza la testa, un luccichio da diavoletta negli occhi. «Tu e il tuo pisello in tiro».

Infila una mano tra i nostri corpi e me la piazza sul pacco. Non posso fare a meno che spingerci contro il bacino.

«Cosa dobbiamo fare con questo?». Aspetta.

«Qualsiasi cosa», bofonchio. «Puoi farmi tutto quello che vuoi».

«Qualsiasi cosa, eh?»

«Qualsiasi». La mia voce sembra strozzata. «Ma per favore, fa' *qualcosa*».

Un dito stuzzicante fa su e giù sulla cerniera e poi inizia a giochicchiare con la linguetta metallica. Mi manca quasi il fiato.

Il cuore mi batte all'impazzata. Mi sembra di avere appena giocato cinque minuti di partita. In inferiorità numerica.

Mentre il cuore mi martella nelle orecchie, il mio corpo chiede di sfogarsi. Vorrei che Brenna Jensen me lo succhiasse, accarezzasse, baciasse. Non importa *cosa* fa. Mi basta sentire la sua mano, la sua bocca o la sua lingua su di me.

Cerco di pazientare, ma i muscoli restano rigidi, carichi di desiderio nell'attesa di una sua mossa.

Nell'instante preciso in cui sta per slacciarmi i pantaloni, squilla un cellulare.

Brenna impreca sottovoce. «Meglio che controlli chi è».

«No», mugugno.

Si mette seduta. «Quante volte capita che qualcuno chiami invece di scrivere un messaggio al giorno d'oggi?».

Mi tocca arrendermi. «Non molte».

«Esatto. Di solito se uno telefona è importante». Recupera la borsa dal tappetino e ci fruga dentro. Appena prende il telefono in mano, cambia espressione. Qualsiasi traccia di desidero svanisce.

«Tutto a posto?», le chiedo.

Fissa lo schermo un altro secondo e poi spegne il cellulare. «Non è niente». E quando si rinfila mutande e pantaloni, capisco che stasera il piccolo Jakey non verrà coccolato.

«È più tardi di quanto pensassi», dice imbarazzata. «Meglio che vada a casa».

«Va bene».

Ha un attimo di titubanza. «Ti spiace?»

«No, figurati». Si aspettava che la rimproverassi? Che la accusassi di lasciarmi con le palle sul punto di esplodere? Vorrebbe dire che mi deve qualcosa, e non è così. Non posso pretendere nulla da lei, come da nessun'altra ragazza. Vorrei che me lo succhiasse perché ne ha *voglia*. Ma evidentemente ora non è più in vena. La persona misteriosa che ha chiamato ha rovinato l'atmosfera.

«Sono stata veramente bene», mi confessa, mentre la accompagno alla portiera della jeep.

«Anch'io». La guardo negli occhi. «Dovremmo rifarlo?»
«Non lo so».
«Sì che lo sai». La prendo per il mento, continuando a fissarla negli occhi. Ripeto la domanda: «Dovremmo rifarlo?».
Dopo qualche secondo fa di sì con la testa.

Capitolo diciannove
Brenna

È mercoledì e quelli della HockeyNet non si sono ancora fatti sentire. Naturalmente Ed Mulder non mi ha detto quando avrebbero deciso chi prendere per lo stage, quindi immagino potrebbero volerci settimane, però aspetto con ansia novità.

So di non averlo colpito, ma una parte di me si aggrappa comunque alla speranza di avere qualche possibilità. D'accordo, forse è vero che sperare è da illusi. Quindi mi sa che mi sto illudendo.

Quando rientro a casa dopo una lunga giornata in università, papà è ancora al palazzetto. Stamattina la squadra della Briar aveva sollevamento pesi e nel pomeriggio allenamento sui pattini, perciò immagino che tornerà non prima delle sette.

Preparo la cena. Niente di che, giusto due spaghetti e un'insalata. Mangio davanti alla TV, guardando le sintesi della HockeyNet. E mi viene un nervoso pazzesco, perché l'autore del servizio sulla partita dei Bruins di ieri sera non ha inserito alcuni dei momenti più belli. Io sarei in grado di fare un pezzo migliore. Spero di averne modo.

Riecco che mi illudo.

Il cellulare sul tavolino inizia a vibrare: è un messaggio.

Jake: Posso chiamarti?

Oh mamma. L'eccitazione che mi ha provocato è preoccupante. Abbiamo chiacchierato al telefono anche ieri sera, principalmente della suddetta partita dei Bruins, perché la stavamo guardando entrambi.

Non posso negare che al bowling mi sono divertita più di

quanto mi aspettassi. E anche l'orgasmo è stato alquanto inaspettato. Non avevo programmato di spassarmela con Jake. Pensavo di avere più forza di volontà, ma è impossibile resistergli. Sono passati giorni e continuo a pensarci. Alle sue dita dentro di me, alle labbra calde incollate alle mie... Connelly è bravissimo. E avrei voluto tanto farlo stare bene anch'io, finché non ho ricevuto la telefonata di Eric.

Ogni volta che penso di essere stata chiara, di aver posto dei limiti invalicabili, lui insiste ancora di più. E mi sento male a fare la stronza, a dirgli di lasciarmi in pace, perché sono ostaggio dei nostri trascorsi.

"I trascorsi sono una cazzata".

Mi riecheggiano in testa le parole di Jake, i pensieri che ha espresso al pub. È vero che i trascorsi sono una cazzata. E fidatevi, mi piacerebbe molto lasciarmeli alle spalle. Ma purtroppo è più facile a dirsi che a farsi.

Se non altro stavolta Eric non ha avanzato pretese... Dopo la telefonata mi ha scritto per scusarsi di avermi chiesto dei soldi. Ma non importa. Ha rovinato l'atmosfera, come pioggia che spegne una candela.

D'altro canto, ero lì lì dal prendere in bocca il pisello di Jake, quindi forse Eric mi ha fatto un favore. Mi ha salvata dal fare un pompino al NEMICO.

Ma a essere sincera, era da un po' che fantasticavo di trovarmi in una situazione del genere con lui.

Finisco di cenare, prendo il cellulare e lo chiamo. «Ormai sei talmente cotto di me che sei fuori controllo, Jakey», dico appena risponde.

La sua risata profonda mi solletica l'orecchio. «Abbassa la cresta, bella patata».

«Mi hai appena chiamata "bella patata"... Sei tu che me la fai rizzare».

«Vero». Altra risatina. «Che stai facendo?»

«Ho appena finito di mangiare e ora mi guardo le sintesi della HockeyNet».

«Ancora niente da Mulder?»

«No».

«E dall'agente Scully?».

Sghignazzo. «Mi fai morire. Oggi sei andato a lezione?».

Non riesco ancora a credere che studi psicologia. L'ho scoperto ieri sera durante la nostra lunghissima telefonata. Ero convinta che si stesse specializzando in comunicazione o telecomunicazione, come la maggior parte degli sportivi.

«No, il mercoledì non ho corsi. Di solito ne approfitto per mettermi in pari con lo studio, pulire casa, cose così. Che grandi piani hai per stasera?»

«Non so. Forse vado a bermi una cosa con Summer, una serata tra ragazze. E tu?»

«Anch'io. Mi vedo coi ragazzi al Dime». Si blocca. «Ti inviterei, ma diresti di no… vero?»

«Direi! Non posso farmi vedere in giro con i giocatori di Harvard. Già è grave che lo scorso weekend uno mi abbia fatto raggiungere l'orgasmo».

«Secondo me esageri un po' con questa rivalità», risponde lui ironico. «Quelli della Briar ci odiano così tanto?»

«Ah, vi odiano con tutto il cuore. Specie Brooks. Detestano il suo stile di gioco».

«Lo detestano perché è efficace».

«Scherzi? Quindi mi stai dicendo che ti sta bene che insulti gli avversari? Che commetta e provochi falli? Che sia così aggressivo?»

«Fa parte del gioco», replica. «Anch'io faccio robe simili. Meno di Brooks, sicuro, ma insulto e provoco gli avversari come tutti. E non illuderti, piccola: lo fanno anche i tuoi amici. Ho sentito le schifezze che sputano in campo. Quell'Hollis tira in ballo sempre mia madre».

«Ed è bravo a insultare? Perché ad abbordare fa pena».

«E tu che ne sai?». Quasi lo sento incupirsi.

«Ci prova con me dal primo giorno che ci siamo conosciuti». Sorvolo sul limone che ci siamo sparati da ubriachi, perché non ha significato niente. «Comunque c'è una bella differenza tra fare azione di disturbo ed essere scorretti», puntualizzo.

«Brooks non supera mai il limite».

«Eccome se lo fa. Segna il limite dove gli pare e poi decide se superarlo o no».

«E credi che sia l'unico? Ognuno si pone dei limiti, no? E decide quali non superare».

«Ci sta». Ho una domanda sulla punta della lingua. «E per te qual è un limite insuperabile? Che cos'è che Jake Connelly si rifiuta categoricamente di fare?».

Risponde subito. «Andare a letto con la madre di un amico. Non lo farei mai». Si ferma. «Cioè, non lo rifarei».

Scoppio a ridere. «Sei andato a letto con la madre di un tuo amico? Quando? Come?»

«Era una situazione all'*American Pie*», risponde, vergognoso. «Ero all'ultimo anno delle superiori e uno dei miei compagni di squadra aveva dato una festona a casa sua. Ero sbronzo, ho barcollato fino al piano di sopra in cerca del bagno e per sbaglio sono finito nella camera di sua madre».

Vengo sopraffatta da un attacco di risa incontenibile. «Era in déshabillé? E fumava una sigaretta lunghissima, alla Audrey Hepburn?»

«No, in realtà aveva una tuta rosa confetto e mi pare che sul sedere ci fosse scritto SODO».

«Oddio, ti sei fatto la mamma di *Mean Girls*!».

«Non so cosa sia».

Ho le lacrime agli occhi tanto sto ridendo. «Non ci credo che ti sei fatto sedurre da una *cougar*».

«Che male c'è? Era una bomba e il sesso è stato una bomba. Bei momenti».

I miei sfottò non lo scompongono minimamente ed è una delle cose che purtroppo iniziano a piacermi di Jake. Ha una sicurezza incrollabile e la ammiro davvero. È imperturbabile. È talmente sicuro di sé, della sua virilità, delle sue capacità. Jake Connelly non sa cosa sia l'insicurezza.

«Aspetta, ma se è stato così bello perché non lo rifaresti?», gli domando.

«Perché ho perso uno dei miei migliori amici», risponde triste. E capisco che non è tanto imperturbabile. «E tu? Qual è stata la tua scopata più imbarazzante?»

«Mmm. Non saprei». Ci penso su, ma anche se il mio cervello riuscisse a concepire un assurdo scenario all'*American Pie*, non ho il tempo di confessarlo perché sento sbattere la portiera di una macchina davanti a casa. «Uffa. È tornato mio padre», dico a Jake.

«Stento ancora a credere che tu sia tornata a vivere da lui. Ci sono novità sul tuo appartamento?»

«I padroni di casa hanno asciugato tutto, ma deve venire l'impresa di pulizie. Spero che non ci voglia ancora molto». Sento le chiavi girare nella toppa. «Ti devo lasciare. A dopo».

"A dopo?", mi sfotte una vocina.

Oh mamma, non va bene. Conoscere Jake non dovrebbe rientrare nei miei piani.

«Aspetta», dice brusco. «Quand'è che ci rivediamo per un altro finto appuntamento?».

Mi scappa un sorriso. «*Finto* appuntamento?»

«Sì. Quando dobbiamo gettare di nuovo fumo negli occhi a Mulder?»

«Mmm, con molta probabilità mai. Non è che ci abbia invitati di nuovo». Arriccio il naso. «Perché vorresti rivederlo?»

«I patti non erano questi? Un appuntamento vero per ogni finto appuntamento, no? E io ne voglio un altro vero».

Mi si ferma il cuore. «Vuoi solo portarmi a letto».

«Sì. Da morire».

Se non altro è sincero. «Be', temo che il treno dei finti appuntamenti sia partito».

La sua voce si intensifica. È tenera e profonda. «E quello degli appuntamenti veri?».

Affondo i denti nel labbro inferiore. Dopodiché inspiro. «Mi sa che forse quello è ancora in stazione».

«Bene. Vediamo di organizzare qualcosa nel weekend, magari dopo la partita di beneficenza».

I passi di papà si avvicinano al salotto. «Vediamo. Ora devo lasciarti».

Riattacco nell'istante in cui mio padre entra nella stanza.
«Ciao», mi saluta. Il suo sguardo distratto schizza verso il televisore.

«Ciao. La cena è nel microonde. Devi solo scaldarla».

«Perfetto, grazie. Muoio di fame». Gira i tacchi e marcia verso la cucina.

«Come è andato l'allenamento?», gli urlo.

«Davenport ha fatto l'indisponente», mi risponde dall'altra stanza, il fastidio inequivocabile. «Non capisco che cosa gli prende».

«Magari c'entra una ragazza. Ho sentito dire che si fa tifose come fossero frittelle».

Papà sbuca sulla soglia, passandosi una mano sulla testa rasata. «Donne», bofonchia. «Ci sono sempre di mezzo loro».

«Veramente intendevo dire che è Hunter a comportarsi male e a usare le ragazze per risolvere i suoi problemi. Ma va bene, incolpateci di tutto, noi donne malvagie». Alzo gli occhi al cielo. «Spero che non dicessi robe simili alla mamma».

«No», fa lui secco. «Tua madre non era malvagia. Aveva problemi. Ma ce li abbiamo tutti». Mi lancia un'occhiata piccata, ma poi il microonde bippa e va a prendersi la cena.

Sono contenta che se ne sia andato. Sono arcistufa di sentire le sue critiche. Non mi permetterà mai di dimenticare gli errori che ho commesso.

Mi chiedo come facciano le persone a gestire la consapevolezza che i genitori si vergognano di loro. Sono anni che mi porto addosso il peso della vergogna di mio padre e non ho ancora trovato un modo per liberarmene.

I piani miei e di Summer per passare una serata tra ragazze vengono stravolti. Entriamo da Malone e troviamo al bancone Hollis, Nate e Hunter. Quando ci vedono, Nate ci invita ad andare a sederci a un tavolo ed è impossibile dire di no alle sue fossette. Quindi ci strizziamo intorno a un tavolo vicino al biliardo, dove Hollis annuncia che dobbiamo ordinare degli shot.

«Ne abbiamo bisogno, dopo l'allenamento di oggi», dice cupo.

Saluto con la mano Jesse Wilkes e la sua ragazza Katie, che giocano a biliardo a uno dei tavoli sul fondo. Kate mi saluta con entusiasmo.

«È stato disumano», concorda Nate.

Torno a rivolgere lo sguardo al tavolo. «Sì, mio padre mi ha detto che c'è stata qualche tensione». Fisso Hunter con l'aria di chi sa cos'è successo.

«Oh, il coach sparla di me?», dice per scherzo.

«Sono abbastanza sicura che ti abbia già detto in faccia quello che ha detto a me. Conosco mio padre, e non le manda a dire».

«Oh, oggi gli ha fatto un bel cazziatone», conferma Nate, un luccichio negli occhi.

«Cos'hai combinato per meritartelo?», chiedo a Hunter.

Lui scrolla le spalle. «Sono arrivato con dieci minuti di ritardo».

«Secondo me si è incazzato più che altro per la tipa che hai portato nello spogliatoio», afferma Hollis.

«Hai portato una tipa nello spogliatoio? Non dirmi che vi ha beccati a scopare!». Resto a bocca aperta.

Hunter scuote la testa irritato. «Ma va, era una cosa innocente. Ieri sera ho dormito da lei e siccome mi ha dato un passaggio voleva fare un giretto. Per questo sono arrivato tardi».

«Chi era?», gli chiede Hollis. «La tipa della festa di Jesse? O la cugina di Pierre in visita da Montreal?»

«Wow, senti un po' che macchina del sesso!», esclamo io. «Hunter ha un corteo di ragazze davanti a casa».

Lui mi fa un gran sorriso. «A chi non piace un bel corteo?»

«A me piacciono tantissimo», concorda Hollis. «Quando da piccolo vivevamo a San Francisco, il corteo del Gay Pride era...». Gli si illumina il cellulare e lui si blocca. Lo porta di scatto all'orecchio. «Non puoi chiamarmi ogni cinque minuti, Rupi. Non si fa».

La sua voce squillante fuoriesce dal cellulare. Mi copro la faccia col braccio e scoppio a ridere. Accanto a me, Summer fa lo stesso.

«Che vuoi fare, mettermi un GPS sul cellulare? Sono con i

miei amici, okay?». Si blocca. «Ci sono anche Brenna e Summer». Si riblocca. «Se sei così preoccupata vieni pure. Ti ho già *invitata*».

Davvero? Ora la invita a raggiungerlo in giro?

«Allora procurati un documento falso!», ringhia. «La sai una cosa? Non mi interessa se sei arrabbiata. Sì, l'ho detto! Non mi interessa! Sei sempre arrabbiata per un motivo o per l'altro, e mi stai facendo uscire di testa!».

Eppure, stranamente, nel suo tono non noto neanche un briciolo di fastidio. Sembra quasi che il ciclone che io e Summer gli abbiamo inavvertitamente – okay, volutamente – lanciato contro gli piaccia.

«Okay...». Ogni tot secondi si ferma ad ascoltare. «Okay... Okay... Okay... No, non lo faccio. No, non ho intenzione di scusarmi. Se ti va puoi venire qui. Io da te non ci vengo. Ci si vede».

E butta giù.

Lo guardo sconvolta. «Le hai sbattuto il telefono in faccia?».

Hollis mi ignora. Ingobbisce le spalle muscolose e inizia a scrivere come un forsennato al cellulare.

«Scrivi a lei?», tira a indovinare sarcastico Nate.

«Mi scuso per il "ci si vede"», bofonchia lui, ma il cellulare squilla di nuovo e risponde. «Te l'ho detto, adesso non posso parlare. Mi dispiace per il "ci si vede", ma dico sul serio. *Ci si vede!*».

Butta giù e riprende subito a scrivere, immagino per scusarsi del secondo «Ci si vede».

Nate si guarda intorno. «Ormai è diventato il mio passatempo preferito. O lo è solo per me?».

Summer si sta ancora contorcendo dalle risate. «È uno spettacolo. Wow». Scosta i capelli biondi dietro la spalla e poi si alza dal tavolo. «Vado a scegliere un'altra canzone. E già che sono in piedi ordino pure da bere. Che bevi?», mi domanda. «Tequila? Fireball?»

«Vodka», decido.

Nate finge di vomitare. «Le ragazze e la vodka».

«Oh, mi spiace, il suo palato fine gradisce qualcosa di dolce e fruttato?», chiedo con eleganza.

Hunter scoppia a ridere.

«Un giro di vodka per tutti», dico a Summer.

Quando si allontana, non mi sfugge come Hunter le guardi il sedere. Nessuna indossa i jeans skinny come Summer.

«Ti piace ancora, eh?», gli chiedo dandogli un colpetto sul braccio.

«Macché». Sembra sincero.

«Ah no?», lo guardo scettica. «E allora perché la tratti di merda?»

«Non la tratto di merda. Mi faccio i fatti miei. Punto».

«Facendoti una tipa diversa ogni sera?»

«E con ciò?». Appoggia sul tavolo il braccio muscoloso e intreccia le lunghe dita. Mi piacciono le sue mani. Ultimamente si starà anche comportando da stronzo ma ha belle mani. «Sono al college. Posso andare a letto con chi voglio».

«Certo. Ma sai che si può andare a letto con qualcuna senza trattare di merda gli amici?»

«Io non tratto di merda nessuno», ripete. «Ma non ho nessuna intenzione di fingere che Fitz non mi abbia fatto fare la figura del completo idiota. Gli avevo chiesto se c'era qualcosa tra loro e ha negato categoricamente. Poi ha lasciato che le chiedessi di uscire, pur sapendo che provava qualcosa per lui. E *durante* l'appuntamento Summer mi ha piantato in asso nel bel mezzo della cena per andare a casa a fare sesso con lui». Ridacchia piano. «E lo stronzo sarei io?»

«Ti ci ha portato lui», dice Nate.

Sì, devo ammettere che Hunter non ha torto. Ma Summer è una mia amica e sono sicura che non lo ha ferito di proposito.

Hunter mi appoggia una mano sulla spalla. «Spostati, devo uscire».

«Non andartene per colpa mia».

Lui mi guarda esasperato. «Devo andare a pisciare».

Quando sparisce in mezzo alla gente, Nate si precipita al suo posto e mi appoggia un braccio sulle spalle. «Allora, che pensi della finale? Qualche consiglio su come bloccare Connelly?».

Tentenno. Per quale motivo dovrei avere consigli su come bloccare Jake? Lo scruto. Che sappia che siamo usciti insieme nel weekend? Ci ha visti qualcuno?

«Perché lo chiedi a me?», mormoro.

«Perché te ne intendi di hockey?», suggerisce. «Perché al momento vivi con il coach e di sicuro ti costringe a guardare ore e ore di partite registrate?».

Ah. Quanto sono paranoica. «In effetti», ammetto.

«Quindi dammi qualche dritta per battere Harvard».

«Be', non so se te l'hanno mai detto ma... Jake Connelly è una scheggia».

Nate sbuffa e mi tira una ciocca di capelli. «Cavolo, non lo sapevo! Mi avevano detto che lo chiamano Fulmine, ma pensavo che gli piacessero i temporali!».

Risuona una risata. «Ho sentito dire che gli piace da morire inseguire i temporali». Mi faccio seria. «In tutta onestà, Connelly è praticamente inarrestabile. È il miglior giocatore non professionista del Paese».

«Grazie tante», brontola Nate.

«Guardami negli occhi e dimmi che ti consideri davvero più bravo di lui».

Dopo un secondo mi guarda in cagnesco. «Okay. È il miglior giocatore non professionista del Paese».

«L'unica cosa che potete fare è provare a rallentarlo. Per quanto riguarda Brooks Weston, invece, evitate di cadere nella sua trappola».

«Più facile a dirsi che a farsi». Hollis si unisce alla conversazione. «Quando si è carichi di adrenalina e quello stronzo ti provoca a muso duro, l'unica cosa che ti viene da fare è tirargli un pugno».

«Vero», concorda Nate. «È un bastardo».

«Chi è un bastardo?», chiede Summer, di ritorno al tavolo.

«Brooks Weston», le rispondo. «Insomma, il tuo migliore amico».

«Non è il mio migliore amico. Uscivamo insieme alle superiori, tutto qui».

«Quest'anno ci hai fatto festa un paio di volte», fa Hollis con tono accusatorio.

«Quindi?»

«Visto, gente?». Hollis le punta addosso l'indice. «Ecco la faccia della slealtà».

«Con chi parla?», sussurro a Nate. «Saremmo noi la "gente"?»

«Presumo di sì».

«Ossignore!», esclama Summer quando Hollis riprende a scrivere al cellulare. «Questa ragazza ti tiene proprio per le palle. Lo sai che non sei obbligato a rispondere sempre, vero?»

«Ma va?». I suoi occhi azzurri si accendono di un luccichio di sfida. «Vuoi che il ciclone ci irrompa in casa e mi urli addosso per tutta la notte?»

«Che me ne frega, mica urlerebbe a me!».

«Oh, *ma vaaaaa*?», ripete, stavolta trascinando l'ultima sillaba. Sventola per aria il cellulare. «Mi basta scriverle che hai detto qualcosa di brutto su di lei, e vedi come inizia a tempestare *te* di messaggi».

Summer sbianca. «Non azzardarti».

«Immaginavo».

Il cameriere ci porta gli shot, ma aspettiamo che torni Hunter. Si stravacca accanto a me e prende un bicchierino. Li alziamo tutti insieme, persino Hollis, nonostante continui a lanciare occhiate al cellulare. Per le palle proprio.

«Un brindisi alla sconfitta di Harvard!», fa Nate.

La vodka mi brucia in gola e scende fino allo stomaco. Wow. Non ricordavo che fosse così forte. Non so perché, ma è l'alcolico che mi stordisce di più.

«Puah, che schifo!», si lagna Hollis. «Odio la vodka. E odio questa *canzone*. L'hai scelta tu?», chiede a Summer, quando nel bar parte *Shake It Off* di Taylor Swift.

«Cos'ha che non va T-Swift?», protesta lei. «A noi piace un sacco».

«No che non ci piace», le ricorda. «Ci piace *Titanic*. Ci piacciono le Kardashian. Ci piace Solange Knowles. T-Swift non ci piace manco per il cazzo...».

Viene interrotto dall'arrivo di Jesse e Katie. Jesse indossa la giacca della squadra, Katie invece un cappotto primaverile. Immagino siano venuti a salutarci prima di andare via, invece Jesse si rivolge a Nate con tono indignato. «Vieni fuori! Subito!».

Mi allerto all'istante. Di solito i più giovani non danno ordini al loro capitano.

«Tutto a posto?», domanda Summer, preoccupata.

«No, venite a vedere». Senza aggiungere altro, Wilkes si gira e con passo pesante si avvia verso la porta.

Lancio un'occhiata a Katie. «Che succede?».

Lei si limita a sospirare e dice: «Mai prendersela con la macchina di un ragazzo».

Oh-oh.

Quando usciamo, Jesse ci distacca già di dieci metri, la giacca nera e argento si agita al venticello serale. Avrei potuto riconoscere la sua auto anche senza usarlo come punto di riferimento. È quella che sembra un soffice marshmallow.

«Oh mamma», bofonchia Summer.

Prima la macchina di Jesse era una Honda Pilot nera. Ora è completamente bianca, di schiuma da barba. O è panna montata? Quando arriviamo all'auto ci affondo il mignolo e me lo porto al naso. È dolce. Infilo il dito in bocca e confermo che si tratta di panna montata.

«Sono state quelle teste di minchia di Harvard!», dichiara Jesse, livido di rabbia. «Non possiamo fargliela passare liscia. Vado da loro!».

«Neanche per sogno!», gli ordina Nate.

Lo sguardo del ragazzo si accende. «Perché no? Non possono rovinarmi le mie cose!».

«È uno scherzo stupido, Wilkes. Se vai a Cambridge e pianti un casino, o peggio, se rispondi con un altro scherzo del cavolo ti abbassi al loro livello. Facciamo i superiori. Noi siamo uomini maturi».

Jesse è rosso come un peperone. Al momento non sembra un uomo maturo. È un diciannovenne a cui hanno rovinato l'auto. Lo capisco. Fa incazzare. Ma Nate ha ragione. Meglio non reagire.

«Come fai a sapere che sono stati quelli di Harvard?», non riesco a fare a meno di chiedergli.

Mi piazza in mano un biglietto. «Era sotto il tergicristallo».

Apro il foglio, Summer sbircia da dietro. Reprimo un sospiro, perché il messaggio non potrebbe essere più chiaro di così.

Stracciarvi in finale sarà la ciliegina sulla torta!

Capitolo venti
Brenna

T*ac tac tac.*

Ignoro la pioggia che batte sulla finestra della mia stanza. Non ricordo da quanto va avanti, ma ha iniziato poco dopo che sono tornata a casa dal pub. Da allora mi sono concentrata sui compiti, ma il rumore incomincia a infastidirmi. La cosa positiva è che la pioggia laverà la panna montata sull'auto di Jesse Wilkes così magari la smetterà di frignare.

Tac tac.

Mi vibra il cellulare.

Jake: Per favore, dimmi che non sto tirando sassi sulla finestra della camera da letto di Chad Jensen.

Mi siedo di scatto. Di che cavolo parla?

Lo chiamo subito. «Non sarai mica sotto la mia finestra?», gli domando.

«Ah, allora *sentivi*!», brontola. «Mi ignoravi e basta».

«No, sentivo un *tac tac* sulla finestra ma pensavo che fosse la pioggia».

«Da quando in qua la pioggia fa *tac tac*? La pioggia fa più *tic tic*».

«Prenditi il tuo *tic tic* e ficcatelo su per il culo, Jake».

La sua risata roca mi solletica l'orecchio. «Hai intenzione di farmi entrare o no?»

«Non puoi suonare il campanello come una persona normale?»

«Va bene, vuoi che suoni il campanello?», dice per scherzo. «Sicuro, lo faccio…».

«Oh, finiscila. Mio padre è in soggiorno a guardare la TV».

«Lo so benissimo. L'ho visto dalla finestra. Di qui i sassi».

Mi scervello per capire come farlo entrare. Non c'è modo di arrivare alle scale senza passare dal soggiorno. E anche se ci fosse, la casa è così vecchia che scricchiola tutta, e il quarto e il quinto gradino fanno un rumore degno di una casa infestata dai fantasmi. È il nostro antifurto.

«Uhm... Credo che l'unico modo per entrare sia arrampicarti sulla grondaia».

«Scherzi? Non vorrai mica che faccia tipo Romeo e Giulietta? Non posso entrare dalla porta sul retro?», ride tra sé. «Così dicono tutte».

«Il tuo livello di maturità mi sconvolge. E no, non puoi. La porta sul retro dà sul soggiorno. Papà ti vedrebbe».

«Mi è venuta un'idea geniale!», esclama. «Puoi uscire tu!».

«Così mi chiederebbe dove sto andando. E poi sta piovendo. Non mi va di venire là fuori».

«A me non va di *stare* qui fuori sotto la pioggia!». Sento un sospiro affranto nel telefono. «Quanto sei difficile, cazzo. Un secondo».

Riattacca. Per un attimo mi chiedo se abbia intenzione di rinunciare e tornarsene a casa. Spero di no, perché non voglio stare con uno che si arrende tanto facilmente.

Quando sento un cigolio metallico mi spunta un sorriso. È seguito da un rumore rugginoso sempre più forte, finché non sento picchiare sul vetro, e tra le gocce di pioggia intravedo una mano. Via via che mi avvicino, dalla mano si alza di scatto un dito, come una scatola con il pupazzo a molla. Jake mi sta mandando a quel paese.

Cercando di non ridere apro subito la finestra. La zanzariera è rotta da anni, quindi ho una visuale perfetta sulla faccia sexy e bagnata di Jake. Ha una guancia sporca di terra.

«Non posso credere che mi hai costretto a fare una cosa del genere», mi accusa.

«Non ti ho costretto a fare un bel niente. Sei tu che sei piombato qui senza avvisare. Morivi proprio dalla voglia di vedermi, eh?». D'un tratto mi sento in colpa. Non perché ha scalato la grondaia, ma per i guizzi di gioia che provo nel vederlo.

Ho appena trascorso la serata con alcuni giocatori della Briar, li ho sentiti incolpare quelli di Harvard per la stupida bambinata all'auto di Jesse Wilkes. Intanto io me ne stavo lì a custodire segreti. Sapendo che mi sento con Jake, che sono uscita con lui, che l'ho baciato…

Mi sembra di tradire i miei amici, però vabbè non siamo mica alle medie. Non ho intenzione di smettere di uscire con un ragazzo perché i miei amici potrebbero prenderla male.

«Entra», gli ordino. «Se passasse un'auto e ti vedessero a penzoloni dalla finestra chiamerebbero la polizia».

Jake scavalca il davanzale, gli scarponcini che atterrano piano sul parquet di abete. «Aspetta che me li tolgo, così non sporco tutto di fango». Se li sfila e li mette sotto la finestra. Poi si leva la giacca e scuote la testa bagnata come un cane che si è fatto una nuotata.

Mi schizza tutta la faccia. «Grazie», faccio sarcastica.

«Di niente».

Dopodiché mi appoggia le mani sulla vita. No, rettifico: mi infila le mani gelide e bagnate sotto la canottiera.

«Sei caldissima». Sospira felice, poi sfrega i capelli bagnati sulla mia guancia.

«E tu sei insopportabile», replico, cercando di divincolarmi da lui. «Al momento ti detesto con tutto il cuore».

«Non è vero». Mi molla ed esamina velocemente la mia cameretta anonima. «Me l'aspettavo diversa».

«Quando mio padre ha comprato la casa vivevo già per i fatti miei. Nessuno dei due si è preoccupato di darci un tocco personale. Allora, hai intenzione di dirmi perché sei piombato qui? Anzi, aspetta. Per prima cosa voglio capire cosa avete combinato al Malone. È stata proprio una bambinata». Gli ho scritto un messaggio appena sono tornata a casa, ma non mi ha dato spiegazioni. Non ha risposto proprio, ora che ci penso.

«Ehi!», fa sulla difensiva. «Non confondermi con quei deficienti dei miei compagni di squadra! Dopo che mi hai scritto ho indagato. A quanto pare i Banditi della panna montata sono due del secondo anno: Heath e Jonah. Stasera erano a Hastings, ubriachi marci. Sostengono che era solo uno scherzo».

«Uno scherzo stupido. Io avrei escogitato qualcosa di molto più diabolico». Gli lancio un'occhiata severa. «Dovresti tenere a bada i tuoi amici. Jesse Wilkes voleva venire a Cambridge per vendicarsi. Se io e Nate non lo avessimo convinto a lasciare perdere, quella stupidaggine avrebbe scatenato una guerra all'ultimo scherzo».

Sembra dispiaciuto. «Grazie. L'ultima cosa che mi serviva era uno squadrone incazzato della Briar che irrompeva al Dime. Tranquilla, domani ci faccio due chiacchiere». Va verso il letto e ci si butta sopra, mettendosi comodo.

Osservo il corpo snello steso sul materasso. Ha un paio di pantaloni militari e una felpa nera. Quest'ultima gli resta addosso per poco: se la leva e la butta a terra per poi tornare a sdraiarsi. Rimane con una maglietta talmente lisa che pare sia stata lavata mille volte. È bucata e il logo è praticamente sparito. La scritta GLOUCESTER LIONS si vede a malapena.

«Era la tua squadra alle superiori?», chiedo, cercando di non badare alla stoffa sottile che aderisce ai pettorali più magnifici che io abbia mai visto. E io sono sempre attorniata da tipi palestrati, quindi la dice lunga.

Connelly ha un corpo meraviglioso. Punto.

Mi lancia un sorriso sbilenco e sento un brivido lungo la schiena. «Sì, eravamo dei leoni». Prende il mio portatile spento e lo appoggia sul comodino, poi dà una pacca sul lato del letto vuoto. «Vieni qui».

«No».

«Perché?»

«Perché se vengo lì iniziamo a coccolarci e potrebbe sentirci mio padre». Mi sento subito una sfigata a dire una cosa del genere. Mi pare di essere tornata quindicenne, quando Eric sgattaiolava di nascosto in camera mia.

Ma è successo tante volte, mi ricordo. E non siamo mai stati beccati, neanche una volta.

Memore di quegli incontri clandestini, mi convinco a raggiungere Jake sul letto. Mi siedo accanto a lui a gambe incrociate. Mi prende la mano, col pollice mi disegna piano piano dei cerchi sul palmo.

«Perché sei venuto?», mi scappa. «Non sarai venuto fin qui per parlare dell'incidente con la panna montata, no?». All'improvviso mi viene in mente una cosa. «Come facevi a sapere dove abito?»

«Sono venuto perché avevo voglia di vederti», si limita a dire. «E sul come facevo a sapere dove abiti... mi appello al quinto emendamento».

«Oddio. Ti prego, dimmi che non mi hai hackerato il profilo utente dell'università, il cellulare o che so io».

«Nulla di tanto criminale».

«Allora come facevi?».

Fa spallucce, timido.

«Connelly».

«Va bene. Al primo anno abbiamo giocato contro la Briar e ci hanno stracciato. Dopo la partita tuo padre ha trattato di merda Pedersen e, insomma, siccome vogliamo bene al coach volevamo vendicarlo, così...».

«Così cosa?», domando.

«Così di notte siamo venuti a Hastings e abbiamo ricoperto casa vostra di carta igienica», mugugna.

Rimango basita. «Siete stati *voi*? Me lo ricordo! Papà era fuori di sé!».

«Siamo stati noi. In mia difesa, avevo diciotto anni ed ero un po' un cazzone».

«Non sei cambiato molto», dico con dolcezza.

Intreccia le dita alle mie e le stringe. Forte.

«Ahia!», mi lamento.

«Non ti ho fatto male».

«Sì invece».

«No invece». Si blocca. «Ti ho fatto male?»

«No», ammetto.

«Frignona». Si porta la mia mano alle labbra e me la bacia sul dorso.

Lo guardo, cercando di decifrarlo. Mi mostra sempre nuovi lati di sé. È snervante. «Non riesco a credere che sei così tenero».

«Tenero nel senso di sfigato o di dolce?»

«La seconda. Devo dire che non pensavo fossi tanto coccolone». Increspo le labbra. «Non so se mi piace».

«Ne abbiamo già parlato, piccola. Ti piace un sacco».

«Smettila di dirmi che cosa mi piace. Non mi piace».

«Altroché se ti piace».

Faccio un verso di esasperazione. Ma non posso negare che il suo umorismo sciocco mi diverta. Passo un dito sul logo dei Gloucester Lions. «Alle superiori facevi altri sport?»

«No, solo hockey. Tu?»

«Io giocavo a pallavolo, ma non l'ho mai presa sul serio. E poi non ero abbastanza brava per vincere una borsa di studio ed entrare nella squadra. Non mi hanno neanche presa all'università che volevo».

«Sul serio?», fa lui con aria sconvolta.

«I miei voti non erano il massimo». Arrossisco. «Sono andata all'università pubblica per due anni finché non ho potuto passare alla Briar».

«Allora eri davvero una cattiva ragazza», riflette.

«Sì», ammetto.

«Mi piacciono le cattive ragazze». Mi cattura una ciocca di capelli e se la attorciglia sul dito. «Sei di queste parti?».

Scuoto la testa. «Sono cresciuta a Westlynn, una cittadina nel New Hampshire. E ho continuato ad andare a scuola lì anche quando mio padre ha cominciato a lavorare alla Briar. C'erano i miei amici. Le mie cugine».

"Il mio ragazzo". Su questo sorvolo. Non è mai una buona idea tirare fuori Eric. So per esperienza che rovina l'atmosfera.

«Alle superiori non ero molto responsabile», confesso. «E papà me lo ricorda sempre. È uno dei motivi per i quali sono andata via di casa appena ho potuto». Lo sguardo di Jake viene attraversato da mille domande, quindi cambio argomento prima che mi chieda qualcosa. «Gloucester è una cittadina di pescatori, giusto?»

«Esatto».

«I tuoi hanno la barca?»

«Mio nonno». Gioca sovrappensiero con i miei capelli. Sembra che debba muoversi sempre, che si tratti di giocare con le punte dei miei capelli o accarezzarmi il ginocchio con il dorso della mano. «Mio padre ha un'impresa edile, il nonno invece ha sempre lavorato in barca. D'estate gli do una mano».

«Davvero? E che fate?»

«Peschiamo molluschi».

«Dai, Jake! Che schifo!».

«Dico sul serio!». Fa un sorriso smagliante. «D'estate pesco molluschi. Io e il nonno siamo un duo. In realtà la pesca di molluschi rende bene. In un'estate guadagno abbastanza per pagare le spese di un anno intero».

Le labbra mi tremano da morire mentre cerco di non ridere. «Peschi molluschi».

«Esatto». Si passa la lingua sul labbro inferiore in modo lascivo. «Ti eccita, eh?»

«Non so che effetto mi faccia, ma sono abbastanza sicura che la sensazione che provo al momento non sia eccitazione».

«Mmm-mmm. Come no».

«Vai d'accordo con tuo nonno?»

«Ah, è un tipo tosto. Gli voglio un mondo di bene».

«E tuo padre?»

«Tipo tosto pure lui. Andiamo quasi sempre d'accordo». Infila un'altra volta una mano sotto la mia maglietta. «Comunque, che ne dici di non parlare più dei nostri genitori?».

Non ha più le dita fredde. Si sono scaldate e asciugate, e mentre mi sfiorano la pelle nuda provo una sensazione paradisiaca.

«Ti va di limonare?», chiede alzando un sopracciglio.

«Può darsi». Il battito mi accelera e chino la testa per baciarlo. Appena le nostre labbra si sfiorano sento una vampata di calore.

Per me il bacio è il gesto più intimo che ci sia. Più intimo del sesso orale e della penetrazione. Certo, è solo uno sfioramento di labbra, una danza di lingue. Ma nella sostanza un bacio è un'esperienza emotiva. O almeno lo è per me. Chiunque può farmi raggiungere l'orgasmo, ma non tutti possono toccarmi l'anima. Un bacio può farmi innamorare. Lo so perché mi è capitato. Ed è per questo che a volte ho paura di baciare un ragazzo.

«Adoro baciarti, cazzo», mi sussurra Jake, e mi chiedo se mi abbia letto nel pensiero.

Mi spinge un po' all'indietro, le labbra calde sulle mie. Divarico le gambe e lui sistema il suo corpo poderoso tra le mie cosce, baciandomi e ribaciandomi.

L'eccitazione aumenta. Mi freme il clitoride. Stacco le labbra e fisso Jake negli occhi carichi di desiderio. «La scorsa volta non sono riuscita a giocare», gli faccio. «Ti sei divertito solo tu».

«Sei l'unica che è venuta. Sono abbastanza sicuro che significhi che ti sei divertita tu», risponde con un sorrisetto compiaciuto.

«Ma non ho potuto torturarti». Mi sollevo su un gomito e gli do una spinta sul petto, obbligandolo a stendersi a pancia insù. Una volta alla mia mercé gli sollevo l'orlo della maglietta per scoprire gli addominali marmorei.

Mentre lo osservo per bene mi viene il batticuore. Ha i muscoli perfettamente definiti e in fondo alla pancia ha quella V super virile. Porto le labbra al centro del suo petto e il suo corpo muscoloso si scuote tutto. Sa di sapone agli agrumi, con un pizzico salato. Meraviglioso. Lo lecco fino al petto, sollevando man mano la maglietta per scoprirlo sempre di più. Arrivo a un capezzolo e lo mordicchio.

Jake emette un gemito di piacere.

«Buono», gli sussurro prima di passare la lingua sul cerchietto scuro.

«Scusa, mi ero scordato».

Stuzzico l'altro capezzolo, poi lo bacio lungo la colonna possente del collo, dove si è arrotolata la maglietta, ma non gliela tolgo perché sono perfettamente consapevole che mio padre sta guardando la TV al piano di sotto. Sfrego il viso sul suo collo, le dita che accarezzano la barbetta che gli punteggia la mascella.

Jake fa un verso rauco di apprezzamento. Gli sfioro le labbra con le mie, ma è un contatto fugace. Sono impegnata a guardare il suo splendido viso.

Sbatacchia le palpebre e apre gli occhi. Uno sconfinato verde scuro. «Non mi baci più», mormora. «Perché non mi baci più?»

«Perché voglio fare altro. Ma devi ricordarti di fare il bravo. Mi fai questo piacere?».

Tira fuori la lingua per inumidire il labbro superiore e poi se la passa su quello inferiore. «Ci provo».

Gli tiro giù la cerniera.

Lo sguardo infuocato, solleva il bacino per permettermi di abbassargli i pantaloni e i boxer. Ha le cosce dure come il marmo e poco villose, con giusto qualche peletto. La quantità perfetta.

Quando il pene si drizza mi viene l'acquolina in bocca. Oh, quant'è *bello*.

Lo prendo tra le mani. È grosso e duro, e un calore vellutato mi bagna in mezzo alle gambe. Serro le cosce, contorcendomi per controllarlo. Era da un bel po' che non *desideravo* sentire un uomo dentro di me. Lo accarezzo piano per stuzzicarlo, ed entrambi soffochiamo una parolaccia. L'unica cosa che vorrei è strapparmi i vestiti di dosso, chinarmi sul suo pene duro e mettermi sopra di lui finché non veniamo entrambi.

Ma quello può aspettare. Mi lecco le labbra e mi abbasso per avvolgere la bocca su di lui.

Capitolo ventuno
Jake

Porca troia.

Questo pompino è…

Brenna è…

La sua bocca è…

Sì, il mio cervello è andato in tilt da un bel po'.

Ho le dita intrecciate ai capelli scuri di Brenna mentre la sua lingua scivola sulla mia asta. Mi stringe il pene alla base, passando la lingua sulla punta per assaggiarmi, stuzzicarmi. Evito di gemere, ma non riesco a trattenere un sospiro rauco.

Alza i suoi occhioni castani e mi guarda.

«Faccio il bravo», dico. «Giuro».

Mi sorride e riprende l'opera. Mi succhia la punta e osservo stregato le sue labbra inglobarmi. Si china e all'improvviso il pene per poco non le sbatte sulla gola. Faccio appena in tempo a godermi questa sensazione incredibile quando Brenna rallenta, solleva la testa, la mano che lavora all'unisono con la sua bocca birichina.

Non ci credo che Brenna Jensen mi sta facendo un pompino.

La vita riserva sempre sorprese. Qualche mese fa questa ragazza mi provocava a una festa in casa, giurando che non sarebbe mai finita a letto con uno di Harvard. E ora eccoci qui. Sul suo letto, le sue labbra sul mio pene e le mie dita tra i suoi capelli.

Le sue labbra sono…

Le sue succhiate sono…

Cavolo, vado di nuovo in tilt.

Una saetta di piacere mi corre lungo la schiena. Adoro osservare il suo collo delicato quando me lo ingoia. Il lato B perfetto alzato in aria. Mi fremono le mani per prenderlo e palparlo.

La afferro per i capelli per alzarle la testa. «Girati, così ti lecco anch'io».

Un desiderio allo stato puro le accende lo sguardo. «Ottima idea», mi sussurra.

Si sposta sfilandosi i pantaloni di flanella e si mette a cavalcioni sulla mia faccia. Appena tiro fuori la lingua per un assaggio fa un gemito strozzato. Forte.

«Buona», la rimprovero prima di dare una lunga leccata languida al clitoride.

Di tutta risposta infila metà del pene in bocca e stavolta tocca a me. «Dio mio», gemo attaccato alla sua figa. «Non ce la faremo mai».

La sua risatina mi solletica l'asta scatenando una vibrazione che mi attraversa il corpo. Involontariamente sollevo il bacino, spingendomi ancora più dentro di lei.

Brenna lancia un gridolino di stupore e mi ritraggo subito. «Scusa», mormoro. «Non l'ho fatto apposta».

«Tranquillo, è solo che non me l'aspettavo».

Rivolgo di nuovo l'attenzione al suo splendido corpo e alzo le braccia per palparle il sedere. Che meraviglia, cazzo. Il suo sapore dolce sulla lingua, le sue labbra sul pene. È bellissimo. Lecco piano il clitoride, sperando di stuzzicarla, di protrarre il piacere che prova, ma poco dopo mugola impaziente e mi si struscia sulla faccia.

Piccola vogliosa. La sua impazienza mi fa sghignazzare, finché non inizia a fare su e giù con la lingua e smetto di ridere. Un piacere cocente mi pervade. I testicoli fremono per avvisarmi, allontano di scatto la bocca dalla vagina e mugugno: «Non voglio venire prima di te».

«Allora fammi venire», mi sfida.

Sfida accolta. Avvolgo le labbra sul clitoride e succhio.

Si dimena. «Oh, sì, ti prego, rifallo».

Mentre lo coccolo con la lingua, aggiungo l'indice e lo spingo dentro di lei. È talmente bagnata e stretta che per poco non le scoppio in bocca. Mi ci vuole tutta la forza di volontà di questo mondo per trattenermi.

«Dai, piccola», sussurro. «Non farmi venire da solo».

Lei geme piano e dondola i fianchi.

«Brava».

Le sue labbra si stringono sulla punta del pene. Lei mormora qualcosa, credo per annunciare che sta per venire, perché all'improvviso sento i suoi muscoli interni contrarsi sul mio dito, il clitoride pulsare sulla mia lingua.

Esplodo senza preavviso, ma ho la bocca occupata e spero che Brenna non se la prenda se non le ho chiesto il permesso. L'orgasmo arriva in superficie e le riempie la bocca. Un piacere così intenso che per poco non svengo.

Sento del liquido sull'addome. Brenna si siede e mi dice: «Scusa, Jakey, ma io non ingoio. Aspetta che prendo un fazzoletto».

Mi sbellico. Solo lei è capace di fare quello che ha appena fatto e poi farmi morire dal ridere.

Prende dei fazzoletti dalla scatola sul comodino e mi pulisce. «È stato divertente», mi informa.

Sono pienamente d'accordo. «Dammi una decina di minuti e possiamo rifarlo…».

«Brenna?».

Raggeliamo entrambi.

«Con chi parli?», chiede una voce brusca. «Chi c'è là dentro?»

«Nessuno!», urla lei, intimandomi con uno sguardo di stare zitto.

Certo, come se mi azzardassi a dire qualcosa. Dall'altro lato della porta c'è Chad Jensen. Se mi trovasse qui probabilmente mi scuoierebbe vivo.

«Ho sentito una voce maschile, Brenna. Non dirmi che è la TV perché non hai la TV in camera».

«Sto guardando una cosa al computer», mente lei.

«Cazzate. Lo capisco quando menti. Che ne dici di presentarmi il tuo amichetto?».

Scorgo un'ondata di panico sul suo viso. «No, papà, che ne dici di no?».

Cala un silenzio carico di tensione. «Possiamo parlare un attimo?».

Brenna ha la bocca serrata. Sembra che digrigni i denti mentre cerca di sbloccarla. «Un attimo», dice rivolta alla porta. Dopodiché si infila in fretta i pantaloni e mi indica di fare altrettanto. «Torno subito», mi dice col labiale.

Forse venire qui non è stata una grande idea. Appena Brenna esce dalla stanza tiro su boxer e pantaloni, chiudo la cerniera e prego che la mia fine non sia vicina.

Brenna parlotta sottovoce, il padre no. Il coach Jensen è un personaggio autoritario e spaventoso. Eppure mi ritrovo ad avvicinarmi quatto quatto alla porta.

«...Già parlato». Brenna sembra infastidita.

«Non puoi chiuderti in camera con un estraneo. Se vuoi invitare qualcuno dovresti presentarlo a tuo padre».

«Ma figurati. Non ho intenzione di presentarti tutte le persone che conosco. È solo un amico».

«Allora non hai motivo di nasconderlo, dico bene?»

«Per favore, papà, piantala, okay?»

«Non ho intenzione di rivivere esperienze passate». Il coach Jensen si sta palesemente alterando. Non è arrabbiato, è proprio *alterato*. E la cosa mi inquieta. «Non ce la faccio ad affrontare di nuovo segreti e scappatelle. Lo sai che cosa è successo l'ultima volta che non siamo stati sinceri l'uno con l'altra».

«Non c'è nulla su cui essere sinceri ora», risponde lei, frustrata. «È soltanto un ragazzo».

Trasalisco. Un ragazzo?

Cioè, ha ragione. Non è che ci frequentiamo da anni. Non ho un anello di fidanzamento in tasca. E capisco perché non può dire a suo padre che se la fa con il giocatore che la prossima settimana distruggerà la sua squadra. Ma non sono solo *un ragazzo*.

Vero?

Per il coach Jensen non è comunque un rospo facile da mandare giù. «Quindi è una roba occasionale alla Craigslist?», sbraita.

«Che schifo, papà! Intanto nessuno della mia età usa Craigslist! È un covo di pedofili e pervertiti».

Soffoco una risata sguaiata.

«E, in secondo luogo, quello che faccio nella mia vita privata non sono affari tuoi».

«Altroché, se vivi sotto il mio tetto».

Siccome gli animi si stanno scaldando, mi allontano piano piano dalla porta.

«Per favore, papà. Non… Vai a letto», fa Brenna, stanca. «Tanto il mio amico se ne stava andando. Devo finire di scrivere un articolo per domani».

«Va bene». Dal tono non sembra affatto soddisfatto. «Stavolta di' al tuo amico di uscire dalla porta d'ingresso. Non voglio che mi rompa la grondaia o il graticcio, o qualsiasi altra cosa abbia usato per arrivare fin quassù».

Beccato.

Dei passi pesanti percorrono il corridoio, mentre uno scalpiccio leggero si avvicina alla porta. Quando Brenna riappare non è più rossa in viso. Dal suo sguardo è sparito qualsiasi desiderio. Qualsiasi emozione, a dire il vero. «Devi andare».

«Immaginavo». Mi sto già mettendo la giacca.

«Mi dispiace. Mio padre è… la situazione è… complicata». Rifugge il mio sguardo e da come si stritola le mani capisco che è nervosa.

O forse si vergogna. Non pensavo che Brenna Jensen fosse capace di vergognarsi. O arrendersi. Di solito è molto tenace, ma per la prima volta da quando la conosco sembra che abbia perso qualsiasi combattività.

«È sempre stato così severo?», le chiedo.

«Sì, ma non è solo questione di carattere. Gli ho dato motivo di pensare sempre il peggio quando ci sono di mezzo io».

Il commento criptico mi incuriosisce. Vorrei approfondire la questione, ma dal suo atteggiamento capisco che non è il caso.

«Jake», inizia. «Non so se o quando potremmo rivederci».

Mi acciglio. «Perché?»

«Perché…». Finalmente solleva lo sguardo da terra e mi guarda in faccia. «È troppo complicato. Non so quando il mio appartamento sarà pronto e finché starò qui non posso farti entrare e uscire di nascosto. E ti garantisco che mio padre non approverà mai che io esca con te».

«Perché gioco per Harvard? Gli passerà».

«Il problema non è neanche questo. Non approverà nessun ragazzo dopo quello che...». Si blocca, scuote la testa e ricomincia. «Lascia stare. Mi hai dato una mano con Mulder e io ho rispettato il patto».

«Patto?», le faccio eco, incupito.

«Volevi un appuntamento vero. L'hai avuto. Siamo stati insieme un paio di volte e ogni volta abbiamo avuto un orgasmo. Quindi diciamo che abbiamo avuto una bella storiella e voltiamo pagina. A cosa servirebbe portarla avanti, poi? Non durerebbe comunque».

Vorrei ribattere qualcosa, ma al tempo stesso so che ha ragione. Quest'estate lascerò la città. E ora come ora devo concentrarmi sulla partita contro la Briar. E poi, se va bene, per il primo giro delle nazionali. E se vincessimo anche *quelle*? Ci aspetterebbe il Frozen Four.

Brenna è una distrazione. E non mi sfugge l'ironia del caso. Qualche settimana fa ho fatto un predicozzo a McCarthy sullo stesso argomento. Anzi, ho fatto un predicozzo a *tutti* i ragazzi sui loro vizi e gli ho ordinato di scordarseli fino alla fine della stagione.

E ora eccomi qui a impelagarmi con la figlia di Chad Jensen. Quando qualche ora fa mi ha scritto per la cazzata della panna montata, invece di restare al Dime con i miei amici o di cercare di rintracciare Heath e Jonah per fargli un cazziatone, l'unica cosa che ho pensato è che non la baciavo *da giorni*. E cosa ho fatto? Ho chiesto l'auto a Brooks e sono venuto fino a Hastings come uno sfigato con il mal d'amore.

Forse ha ragione lei. Forse dobbiamo prendere le distanze.

Ma non voglio, cacchio. Quindi dico ciò che provo. «Io voglio continuare a vederti».

«È fantastico, Jake. Ma come ti ho detto, per me la cosa si chiude qui».

La frustrazione mi monta al petto. «Secondo me non lo pensi davvero».

«Che ne dici di smetterla di dirmi cosa penso o non penso?». Con un sospiro si avvicina al davanzale della finestra e prende i miei scarponcini. «È ora che tu vada».

«Sicura che tuo padre non sbucherà dall'ombra?», chiedo cauto.

«No. A volte sarà anche uno stronzo ma non farebbe mai una scenata davanti a un estraneo».

Un estraneo. Riprovo un pizzico di dispiacere e mi irrita. Sono Jake Connelly, porca miseria. Io non rimango male per niente e mi interessa una cosa sola: l'hockey. Non dovrebbe importarmi che opinione ha di me Brenna.

Usciamo di soppiatto dalla camera. Dallo spiraglio sotto la porta in fondo al corridoio filtra una luce. Presumo sia la camera del coach Jensen. Per fortuna la porta non si apre. Mentre scendo le scale sbatto un piede scalzo su un gradino, che scricchiola così forte da strappare un lamento a tutta la casa. "Ti capisco, casetta. Neanch'io sono molto felice al momento".

Nell'atrio mi infilo le Timberland e le allaccio. «Davvero vuoi che non ci vediamo più?». Ho la voce leggermente roca, e non perché parlo sottovoce.

«Io...». Brenna si passa una mano sui capelli spettinati. «Adesso non ce la faccio a gestire questa cosa. Per favore, vattene».

Perciò me ne vado.

Capitolo ventidue
Jake

Sabato mattina Hazel mi accompagna in treno a Gloucester per andare a trovare i miei. Durante il viaggio parla praticamente solo lei. Siccome è da un po' che non ci vediamo mi sforzo di ascoltarla, ma ho la mente altrove. Ancora a Hastings, a casa di Brenna, a ripercorrere la serata.

Non capisco la strana tensione che c'è tra lei e suo padre. Ha ammesso che in passato è stata una cattiva ragazza, ma non posso fare a meno di chiedermi… che cos'ha combinato per spingerlo a non fidarsi più di lei? Ha ammazzato il cane di famiglia?

Sono tre giorni che mi ignora e ho l'ego ufficialmente sotto i piedi. Quattro messaggi senza risposta? Non mi era mai capitato prima. Intanto manca una settimana alla finale di girone e ho la testa in subbuglio. Le partite di stasera e domani per la Boston Cancer Society non mi preoccupano, perché non ci sono vincitori e sconfitti: sono per una buona causa. Ma devo decisamente riprendermi entro la settimana prossima.

«Ah, e lo sai chi si sposa?», dice Hazel.

«Mmm?»

«Mi stai ascoltando?», mi domanda.

Mi passo una mano sulla faccia. Stanotte non ho dormito un cazzo. «Sì», rispondo distrattamente. «Hai detto che ti sposi… Aspetta, cosa? Ti sposi?»

«Non io! Mica mi sposo, cretino». Alza gli occhi al cielo e si sistema una ciocca dei capelli biondo cenere dietro l'orecchio.

Li ha sciolti, mi accorgo di colpo. Di solito li tiene legati in una treccia o una coda di cavallo. «Hai sciolto i capelli!», esclamo.

Arrossisce un pochino. «Sì, sono sciolti da quaranta minuti».

«Scusami».

«Che cos'hai? Perché oggi hai la testa tra le nuvole?»

«Sto pensando alla partita del fine settimana». Dalla sua espressione scettica capisco che non se la beve, quindi la blocco subito. «Insomma, chi è che si sposa?»

«Tina Carlen. A scuola era un anno dopo di noi».

«La sorella di Petey?»

«Esatto».

«Aspetta, ma quanti anni ha?»

«Venti».

«E già si sposa? Ti hanno invitata al matrimonio?»

«Sì. Probabilmente anche tu, ma non controlli mai la mail».

Rimango a bocca aperta. «Hanno mandato gli inviti al matrimonio *via mail*?»

«Millennials. Assurdo, no?».

Sghignazzo.

Dieci minuti dopo il treno arriva in stazione e ci incamminiamo verso la casa dei miei. «Mamma sarà felicissima di vederti», dico a Hazel via via che ci avviciniamo all'ingresso.

«Le hai detto che venivo?»

«No. Ho pensato che le avrebbe fatto piacere una sorpresa».

Non mi sbagliavo. Appena la mamma adocchia Hazel all'ingresso è al settimo cielo. «Hazel!», esclama gettando le braccia al collo alla mia amica d'infanzia. «Non sapevo che saresti venuta! Che splendida sorpresa!».

Hazel ricambia l'abbraccio. «Che bello vederla, signora C».

«Appendi il cappotto e vieni a vedere cosa ho fatto in soggiorno! Abbiamo cambiato tutto l'arredamento». La prende per mano e la accompagna nella stanza. Un secondo dopo sono in soggiorno, dove Hazel finge di apprezzare le modifiche. So che è una commedia, perché è sempre stata un maschiaccio e la carta da parati a fiori e le tende con le balze di mia madre sono troppo leziose per i suoi gusti.

«Jake». Mio padre sbuca dalla cucina, i capelli neri spettinati come sempre. «Mi dispiace che lo scorso weekend non c'ero. Sono contento di vederti».

«Anch'io». Ci scambiamo il saluto più virile del mondo: un misto tra un abbraccio veloce, una pacca sulla spalla e una stretta di mano.

Lo seguo in cucina. «Caffè?», mi chiede.

«Sì, grazie».

Me ne versa una tazza, dopodiché si avvicina al frigo e inizia a tirare fuori cose. «Stamattina sono di corvée per la colazione. Che ne dici di omelette?»

«Ottimo. Ti serve una mano?»

«Puoi tagliarmi queste». Indica una serie di verdure sul bancone.

Trovo un tagliere, prendo un coltello e inizio ad affettare. Dall'altro lato dell'isola papà rompe le uova in una ciotola di ceramica.

«Ieri sera mi sono visto una trasmissione della HockeyNet», dice mentre sbatte le uova. «La classifica degli esordienti più promettenti della prossima stagione. Tu stavi al secondo posto».

«Chi c'era al primo?», chiedo. Perché, cavolo, non per vantarmi, ma l'ultimo giocatore uscito dal college che si è avvicinato alle mie statistiche era Garrett Graham e a Boston sta facendo faville.

«Wayne Dodd», risponde papà.

Mi rilasso. Ci sta. Dodd è il portiere di una delle dieci università migliori del Paese. È bravissimo, ma il ruolo del portiere richiede abilità completamente diverse. Sarò anche al secondo posto, ma tecnicamente sono il primo degli attaccanti. Posso farmelo andare bene.

«Dodd ha una parata pazzesca», dico. «Ho visto una loro partita in televisione e faceva paura».

Papà socchiude gli occhi. «Pensi che potresti affrontarlo al Frozen Four?»

«Molto probabile. Una volta stabilite le finali di girone, scopriremo chi va avanti». E quello dovrebbe essere il mio obiettivo principale: portare la mia squadra alle nazionali. C'è una pressione assurda. Nel giro di un weekend si passerà da sedici a quattro squadre. Da quattro si arriverà a due, e poi a una. E noi dobbiamo essere quella.

«Hai iniziato a cercare casa a Edmonton? A guardare annunci su internet?», cambia argomento papà.

«Non ho avuto molto tempo», confesso. «Mi sto concentrando sulla partita contro la Briar».

«Giusto, fai bene». Mi prende di mano il tagliere e con il coltello butta i funghi e i peperoni verdi tagliati a dadini nell'omelette che cuoce in padella. «Insomma... hai portato a casa Hazel...».

«Ti dà fastidio?», ridacchio, perché Hazel è venuta da noi centinaia se non migliaia di volte.

«No, certo che no». Lancia uno sguardo dietro le spalle larghe e fa un sorrisino. «Era il mio modo sciolto e maschio per chiederti se finalmente vi siete messi insieme».

Sull'argomento i miei sono incorreggibili. «Non stiamo insieme».

«Perché? A parte il fatto che tua madre sarebbe felicissima, tu e Hazel stareste bene insieme. Ti terrebbe coi piedi per terra quando ti trasferirai a Edmonton».

Mi siedo al bancone. «Siamo solo amici, papà».

«Lo so, ma magari...».

«Che profumino!», esclama Hazel, e ringrazio Dio dell'interruzione.

Mia madre mi arriva alle spalle, mi arruffa i capelli e mi dà un bacio in testa. «Non mi hai ancora abbracciato», mi rimprovera.

«Perché non vedevi l'ora di mostrare il soggiorno a Hazel».

Hazel si siede sullo sgabello accanto a me e l'atmosfera nella cucina si alleggerisce notevolmente. Ma sotto sotto sto ancora rimuginando sul fatto che non sento Brenna da tre giorni.

Alla fine, quando stiamo tornando a Cambridge, Hazel mi chiede spiegazioni. «Okay, che cacchio ti prende, Connelly? È tutta la mattina che sei assente e scorbutico. Se n'è accorta pure tua madre».

«Non ho niente», mento.

Mi scruta. «Sei nervoso per la partita del weekend?»

«Per niente. Vi stracceremo».

«Sono molto indecisa per chi tifare», fa lei con una linguaccia.

«Non è vero. Ovviamente tiferai per il tuo migliore amico».

Appoggia la testa sulla mia spalla mentre il treno corre a tutta velocità. «Dimmi quello che ti pare, ma sei strano. E le ultime volte che ci siamo sentiti mi sei sembrato distaccato», confessa. «Ce l'hai con me o altro?»

«Ma figurati. Ho tante cose per la testa. Tutto qui».

Un lungo silenzio incerto. «Problemi con una ragazza?»

«Nah».

Drizza la testa e di colpo mi trovo a puntarmi due occhi alquanto sospettosi. «C'entra davvero una ragazza, eh? Esci con qualcuna?»

«No».

«Stai mentendo?»

«Sì».

Hazel scoppia in una risatina fiacca. Non riesco a interpretare la sua espressione, ma mi pare che trasmetta un pizzico di disappunto.

«Che c'è, non ho il permesso di uscire con una ragazza?», dico disinvolto.

«Non è questo. È che… tu non hai storie serie, ricordi?»

«Sì, e questo è uno dei tanti motivi». Il mio tono si incupisce. «Venire ignorati è una merda».

«Ti sta ignorando?», esclama. «Tu, il grande Jake Connelly, *piantato in asso* così?»

«Più o meno. Non proprio, perché non è che sia sparita da un momento all'altro. Mi ha detto in faccia che chiudeva. Ma è stata una rottura poco convincente».

«Rottura?», ripete Hazel stupita. «Da quant'è che uscivate insieme?»

«Non molto, a dire il vero. Qualche settimana».

Inizia a giochicchiare con l'anello sul pollice. Hazel usa un sacco di gioiellini, soprattutto anelli e braccialetti, e l'anello d'argento con cui sta giochicchiando è un mio regalo di Natale.

La fedina riflette la luce che arriva dall'alto mentre la rigira sul pollice.

«E ti sei già affezionato dopo così poco tempo?», mi dice alla fine.

«Be', la puntavo da parecchio. Ma abbiamo iniziato a uscire da poco».

«Siete usciti insieme? Cioè, per un appuntamento vero?»

«Sì».

Rigira l'anello. «Ed è andato bene?»

«Benissimo», confesso. «Non so, stava andando alla grande e poi ha chiuso».

«Allora è una stronza».

«Nah, non lo è. È una tipa figa, a dire il vero. Credo che ti piacerebbe».

«Come si chiama?»

«Bre...». Mi zittisco di colpo.

«Breh?». Sulla fronte di Hazel si forma un solco. «Che razza di nome è?».

Tentenno un attimo ma poi decido di dirle la verità. Non facendo parte del mondo dell'hockey, dubito che riuscirebbe a fare due più due.

«Si chiama Brenna», confesso.

«Bel nome». Drizza la testa. «Ed è carina?»

«Bellissima».

«Immagino lo sia per forza, no? Insomma, è impossibile che una racchia rapisca il cuore dello sfuggente Jake Connelly».

Faccio spallucce. «Non mi ha rapito il cuore e io non sono sfuggente».

«Dai, alle superiori volevano tutte mettersi con te e nessuna è riuscita ad accalappiarti. Sei decisamente sfuggente. Come un'anguilla». Riprende a giochicchiare con l'anello. «Parlami un po' di questa Brenna».

«Nah, evitiamo».

«Perché no? Non possiamo parlare d'amore?»

«Non l'abbiamo mai fatto».

«Quindi?»

«Va bene. Comincia tu», la provoco.

«Nessun problema. Parliamo della mia storia d'amore». Fa un sorrisetto furbo. «Non ce l'ho. Tocca a te».

Non riesco a trattenere una risata. Mi ha fregato. «Mah, che vuoi che ti dica? Si chiama Brenna. È meravigliosa. Abbiamo rotto. O ci siamo presi una pausa. Non c'è altro da dire».

«Va a Harvard?»

«No».

«Va all'università?»

«Sì».

«Hai intenzione di *dirmi* quale?», chiede con un sospiro plateale.

Ci penso su. «Prometti di non dirlo a nessuno?»

«Certo». I solchi sulla sua fronte aumentano.

«Va alla Briar».

Nel suo sguardo c'è un guizzo indecifrabile. La sua mascella si irrigidisce un attimo e poi si rilassa. Rigira l'anello. «Okay. Viene alla Briar. E?»

«E suo padre è l'allenatore della squadra di hockey».

Sebbene non le interessi minimamente l'hockey, persino Hazel capisce quant'è stupido. «Scherzi?».

Faccio di no con la testa. «È Brenna Jensen. La figlia di Chad Jensen». Sospiro profondamente. «Ormai è diventata il mio chiodo fisso».

«In che senso?»

«Nel senso che non riesco a non pensarci. E lo so che è una pessima idea frequentarla, soprattutto considerando che il prossimo weekend giochiamo contro la squadra della vostra università. Ma...». Mi agito sul sedile. «Mi piace».

«Ti piace», ripete la mia amica.

«Sì».

«E sei così irritabile e sovrappensiero perché ti sta ignorando».

«Sì».

Si zittisce.

«Che c'è?», domando. Capisco sempre quando è pensierosa. «A cosa stai pensando?»

«È solo che… Non ti ha mai sfiorato il pensiero che l'abbia fatto apposta?»

«Fatto apposta cosa?»

«Non ci arrivi proprio?». Mi fissa come se fossi la persona più tonta sulla faccia della terra. «Lo sapevano tutti che probabilmente alle finali di girone si sarebbero sfidate Harvard e la Briar, e qualche settimana prima della partita cruciale la figlia dell'allenatore della Briar si interessa improvvisamente a te e, parole tue, diventa il tuo "chiodo fisso". E ora sei distratto, e scommetto che agli allenamenti non dai come al tuo solito il centodieci percento perché pensi solo a lei. Capisci cosa intendo, Jake?».

Lo capisco ed è ironico, perché la prima sera che ci siamo incontrati al diner, ho accusato Brenna di fare esattamente quello che sta insinuando Hazel. Lei ha negato, e le ho creduto e continuo a crederle. Non vedo più Brenna Jensen con cinismo.

«Non farebbe mai una cosa simile», mi limito a dire. «Sì, tiene alla sua squadra e appoggia il padre, ma non sta cercando di sabotarmi».

«E come fai a esserne certo?»

«Lo sono e basta».

«Metteresti la mano sul fuoco?», mi provoca.

«Non serve che lo faccia», rispondo secco. «Però sì, sono sicuro che non sta tramando niente di losco».

«Se lo dici tu».

Ma dall'espressione per la serie "Dio mio, quanto sei fesso" che ha stampata in faccia capisco che non è affatto convinta.

Capitolo ventitré
Jake

«Ho il sedere a bolla?».

Controllo i messaggi, ma da Brenna ancora nulla. Sono passati cinque giorni. Cinque giorni di silenzio stampa. È inammissibile, cazzo.

«Ohi! Mi stai ascoltando?».

Alzo la testa e lancio un'occhiata a Brooks. Siamo nella saletta TV del palazzetto, in attesa che arrivino i nostri compagni per la riunione. Stamattina abbiamo in programma di guardare una partita registrata. Sarà divertente osservare gli amici di Brenna pattinare su un maxi schermo.

Cazzo. Ha ragione Hazel: ci penso sempre, e non va bene.

«Hai intenzione di rispondermi?», mi chiede Brooks.

«No, perché non capisco la domanda». Metto via il cellulare e mi appoggio allo schienale della poltroncina, incrociando le mani dietro la nuca.

«Non ci vuole una laurea, Connelly. Ho il sedere a bolla o no?».

Lo fisso. «Che cavolo è un sedere a bolla?»

«Esattamente quello che dice il nome». Si passa una mano tra i capelli biondi, frustrato.

«Okay. Tipo un culone?»

«No, non un culone. Porca miseria. Sono tipo due palle perfettamente sferiche, e di solito super sode. Insomma, tipo due bolle, ma sul sedere. Un sedere a bolla». Sembra esasperato. «Quale parte non capisci?».

Sono veramente sconcertato. «Perché me lo chiedi?».

Si butta su una poltroncina. «Perché ieri sera stavo scopando con Kayla…».

«Ah, lo so», faccio sarcastico. «Ho sentito tutto».

«...E stavamo in piedi contro il muro, lei avvinghiata a me con le gambe, hai presente? La tenevo per il sedere e la spingevo verso il basso...».

«Preferirei non conoscere i dettagli».

«È per spiegarti», insiste lui.

I nostri compagni di squadra iniziano a entrare uno dopo l'altro nella stanza. Coby, McCarthy, Dmitry. Heath e il suo compare della panna montata Jonah. Alcuni dell'ultimo anno.

Brooks non si scompone. «Insomma lo stavamo facendo in piedi e lei mi affondava le dita nelle spalle. E siccome lo sportello dell'armadio era aperto, vedeva lo specchio. Hai presente quello a figura intera che sta sull'anta?». Il suo tono si vena di indignazione. «E all'improvviso si mette a ridacchiare e io faccio tipo "perché cavolo ridi?", e lei mi dice che si è appena accorta che ho il sedere a bolla!».

«Che succede adesso?», chiede affranto Adam del primo anno. Il poveretto non si è ancora ambientato. Pensavo che dopo quasi un'intera stagione si fosse abituato alle nostre follie.

Brooks ruota sulla poltroncina girevole. La saletta video è sistemata bene: abbiamo poltroncine girevoli, un maxi schermo che occupa quasi una parete intera. Più una marea di figate tecnologiche che al coach piace usare quando blocca certe inquadrature o si sofferma su alcune giocate.

«Che cos'è un sedere a bolla?», domanda Heath.

«Un culo che assomiglia a due palle», lo informa Coby.

«Visto? *Lui* sa di che parlo!», fa Brooks, con un cenno di approvazione. «Io ce l'ho così?», chiede a tutti.

«Mi spiace deluderti», rispondo io. «Non ho passato molto tempo a guardarti il culo. Non ho neanche passato molto tempo a guardare il culo ad altri e non sapendo com'è fatto un sedere a bolla, non so che dirti. Quindi, per l'amor del cielo, possiamo parlare d'altro?».

A quanto pare no, perché Brooks sta già marciando verso uno dei portatili sulla scrivania del coach. Clicca sul trackpad un paio di volte e sul grande schermo alle sue spalle appare la pagina di un motore di ricerca. «Okay, allora...». Digita SEDERE A BOLLA per cercare delle immagini.

Due secondi dopo compaiono file e file di fotine, tutte che mostrano donne con un lato B super sexy.

«Ah, no, scusate. Non voglio vedere *ragazze*». Corregge la ricerca in SEDERE A BOLLA UOMO.

La prima immagine che spunta è quella di un signore vestito da capo a piedi dentro una bolla vera e propria.

«Che cavolo fa quel tipo in una bolla?», sghignazza Coby.

«Magari ha la malattia della bolla», risponde qualcuno. «Quando bisogna isolarsi dal resto del mondo».

«La bolla non è la malattia», dice Dmitry con un sogghigno. «È la cura».

«Perché è così difficile trovare foto di sederi maschili?», brontola Brooks. «Okay, ragazzi, preparatevi».

«Weston!», lo avverto. «Qualsiasi cosa tu stia per fare, per favore, evita!».

Purtroppo è impossibile fermarlo quando parte per la tangente, specie se si tratta del suo aspetto fisico. Brooks è super vanitoso.

Quando sullo schermo appare un sito porno, torno alla carica con un altro avvertimento. «Ti conviene cambiare sito prima che arrivi il coach».

Brooks dà un'occhiata all'orologio sopra la porta. «Mancano ancora dieci minuti, non arriva mai in anticipo. Il coach è uno che spacca il minuto».

È vero, ma non significa che io sia in vena di guardare un porno all'università.

Brooks clicca sulla barra di ricerca, digita SEDERE A BOLLA e sullo schermo non c'è più un sito porno. Ora c'è un porno *gay*. Fantastico.

«Eccolo!», esclama Brooks trionfante. «Kayla ha detto che è così!». Clicca su una fotina catalogata come «sedere a bolla si fa sbattere».

«Non mi va di vedere 'sta roba», si lamenta Coby.

Brooks blocca il video prima che inizi la scena di sesso. In effetti è inquadrato un tipo solo, un biondone nordico che decide di spogliarsi in una palestra di jujitsu, perché è quello che fa la gente nella vita vera.

Brooks zooma sul tizio. E va bene, non ho intenzione di mentire: le chiappe sembrano davvero due palle. Il resto del corpo è snello e definito, quindi quelle palle alte balzano davvero all'occhio.

«È la prima cosa che ho notato appena ho guardato», ammette Coby. «Lo sguardo mi è caduto subito sul culo».

«Anche a me», faccio io. «Assurdo, no?»

«Ce l'ho così?», domanda Brooks. «Perché se è così *mi incazzo*. Guardatelo! È completamente sproporzionato rispetto al resto del corpo!».

«Te l'abbiamo detto: non facciamo caso al tuo sedere», gli rispondo stizzito. «Non possiamo fare paragoni».

«Va bene, guarda qui».

Si volta e si abbassa i pantaloni.

In quel preciso istante entra il coach Pedersen.

Si blocca all'istante. Il suo sguardo passa dall'uomo nudo sullo schermo alle chiappe all'aria di Weston. Poi lancia un'occhiataccia a noialtri. «Che problemi avete, deficienti che non siete altro?»

«Non è come sembra», prova a rassicurarlo Brooks.

«Davvero? Perché a me sembra che vuoi confrontare il tuo culo con quello lassù, e la risposta è sì, sono identici. Ora tirati su i pantaloni, spegni quella robaccia e vatti a sedere, Weston!».

L'aria mortificata, il mio compagno di squadra si tira su i pantaloni. «Ho il sedere a bolla, ragazzi. È come se tutta la mia vita fosse stata una menzogna».

«Puoi sempre farti una plastica», sghignazza il portiere Johansson.

«Basta così!», sbotta il coach. «Non abbiamo tempo da perdere con queste scemenze. Tra cinque giorni dobbiamo affrontare Jensen e i suoi. La partita verrà trasmessa su tutti i canali televisivi del New England e gira voce pure dalla HockeyNet. Quindi ditemi: volete mettervi in ridico o volete vincere?»

«Vogliamo vincere», bofonchiamo tutti.

«Volete spararvi una sega guardando il culo di Weston o volete vincere?»

«Vogliamo vincere!», urliamo stavolta.

«Bene. Allora muti e state attenti, cazzo!».

Dopo la riunione Pedersen mi blocca prima che riesca a uscire assieme agli altri. «Fermati un attimo, Connelly».

Mi infilo le mani in tasca e gli vado incontro. «Che c'è, coach?»

«Siediti». A giudicare dalla sua espressione severa non ha in serbo un discorsetto d'incoraggiamento pre-partita. Una volta seduto, si piazza davanti a me, le braccia conserte sul petto muscoloso. «Che cosa ti prende, Jake?»

«In che senso?»

«Nel senso di che cosa ti prende. Durante l'allenamento di stamattina non ci stavi con la testa. Eri due secondi più lento del solito. Certo, sempre meglio del giocatore medio, ma per te è lento».

«Ero distratto», ammetto.

«E nel pomeriggio? Di solito quando arrivi in anticipo ti trovo già a condurre la riunione, a proiettare filmati. Invece entro e trovo Weston che sculetta davanti a tutti, mentre guardate un porno gay».

«Non stavamo guardando un porno gay», gli garantisco. «Stavamo solo...». Mi zittisco.

Ha ragione. Sono sempre concentratissimo sulle partite. È l'unico impegno a cui mi dedico da quando ho l'età per pattinare. Conduco le riunioni di squadra. Arrivo in anticipo, mi offro di aiutare chi ha bisogno. Sacrifico ore di sonno e studio per fare in modo che la squadra abbia le armi puntate, cariche e funzionanti.

Negli ultimi cinque giorni invece non ci sto con la testa. E magari in una vita cinque giorni non saranno chissà quanto tempo, ma lo sono quando ne hai solo altri cinque per prepararti alla partita probabilmente più importante della stagione. Non la seconda in ordine di importanza, perché sarebbe dare per scontato che arriveremo al Frozen Four, e non lo è. Per avanzare dobbiamo prima battere la Briar; di conseguenza sarà *la* partita decisiva, e l'unica cosa che dovrebbe interessarmi al momento.

«Ha ragione», gli dico. «Non ero concentrato come avrei dovuto».

«Che succede? Problemi con lo studio? Dobbiamo affiancarti un tutor?»

«No, lo studio va bene. Mi mancano un paio di tesine da scrivere, ma ce la farò. La consegna è a maggio».

«Allora che c'è? Problemi a casa?»

«No». Mi raddrizzo sulla poltroncina. Mi sento stranamente sulle spine. «Mi sento un deficiente a dirlo, ma è per colpa di una ragazza».

L'allenatore bofonchia infastidito. «Vuoi un consiglio?»

«Volentieri».

«Scordatela».

Mi scappa una risata. Be'. Non è di grande aiuto. «È una soluzione possibile», rispondo cauto, perché al coach non piace essere contraddetto.

«Fidati, ragazzo mio, è l'*unica* soluzione. Le donne rompono solo le palle. Pure quelle brave», continua, scuotendo la testa. «È come se seguissero un corso di laurea in manipolazione per imparare a giocare con i nostri sentimenti. Ci trasformano in schiavetti o dementi».

Rimango spiazzato dalla sua reazione accesa. Ha un tono molto amareggiato e mi chiedo chi gli abbia spezzato il cuore. Da quel che so, non è mai stato sposato e non ha figli, e se ha una compagna non ne ha mai parlato. Alcuni ragazzi hanno ipotizzato che sia gay, ma io non credo. Alla festa della squadra dell'anno scorso in un hotel di Boston l'ho visto andare via con una bella rossa con un vestito attillatissimo. Non significa che non sia gay, ma vai a saperlo.

Però non sembra minimamente interessato ad avere una relazione.

«Alla fine della fiera, le donne vogliono qualcosa da te. Vogliono *sempre* qualcosa. Prendono, prendono e prendono, e non danno mai nulla in cambio. La gente se ne sbatte degli altri, quindi tanto vale tutelarsi da soli, no?».

Di solito è quello che faccio. Lo faccio da una vita. Non capisco perché ultimamente non ci riesca. Da quando Brenna ha deciso di non vedermi più ho un nodo allo stomaco.

«Lo sai qual è il lato di te che preferisco, Jake?»

«Quale?», chiedo guardingo.

«Sei egoista».

Mi stizzisco. Per lui sarà un complimento, e la cosa non mi è neanche nuova: lo *so* che sono egoista. Eppure per qualche motivo sentirmi dare dell'egoista dal mio allenatore mi infastidisce.

«Non permetti a nulla di intralciare i tuoi obiettivi», continua. «Prima vengono le tue necessità, ed è giusto così. È per questo che sei destinato a diventare una superstar». Scuote di nuovo la testa. «La ragazza che ti fa stare così male, scordatela. Concentrati sulla vittoria, concentrati sul bel lavoro che ti aspetta ad agosto. Un passo falso sui pattini può mettere fine a una carriera. La mancanza di concentrazione può avere conseguenze pericolose, non si rischiano solo infortuni. Una brutta partita ha brutte ripercussioni, e stai sicuro che i tuoi nuovi capi si guardano ogni singola partita e poi si studiano i filmati».

Ha ragione.

«Quindi pensa alla partita. Scordati la ragazza. Ne arriveranno altre. Ti assicuro che quando starai a Edmonton troverai un mucchio di pollastrelle pronte a scaldarti». Si china e mi piazza una mano sulla spalla. «Chiaro?».

Annuisco lentamente. «Chiaro. Stia tranquillo, metterò la testa a posto».

«È proprio quello che volevo sentirti dire».

Già, peccato però che la prima cosa che faccio quando esco dal palazzetto è riscrivere a Brenna.

Il discorso del coach ha fatto centro, ma non come sperava lui. Non voglio essere quel tipo di uomo ferito da una donna che inizia a disprezzare tutto il genere femminile. Non voglio vivere pieno di rabbia e rancore.

Non posso obbligare Brenna a uscire con me, ma almeno posso farle sapere che la penso ancora.

Io: Ciao bella patata. Sono sempre io. Continua pure a ignorarmi, ma sappi che se cambiassi idea io ci sono.

Capitolo ventiquattro
Brenna

È martedì mattina e una bionda secca secca mi guarda male.

Avrei dovuto incontrarmi al Coffee Hut con la mia amica Audrey cinque minuti fa, ma è in ritardo. Magari la bionda al bancone è incazzata perché sto occupando un tavolo per due anche se sono da sola. Che si freghi. Pure lei è da sola. Perché dovrebbe prenderselo? Siamo in America: chi prima arriva, meglio alloggia, bella mia.

Mando comunque un SOS a Audrey perché il bar è strapieno e se continuo a sorseggiare la mia tazza di caffè, tra poco la barista verrà a dirmi che le serve il tavolo.

Io: Dove sei? C'è gente che cerca di fregarci il tavolo.
Audrey: Sto ancora aspettando di parlare col prof.

Sul serio? È ancora lì? La sede di giornalismo sta a dieci minuti a piedi dal bar. Il secondo messaggio conferma i miei timori.

Audrey: Ci metto minimo altri 15 min. Ti scoccia aspettare o è meglio vederci nel pome?
Io: Nel pome non riesco :(Ho lezione all'1, finisco verso le 5. Magari per cena?
Audrey: Non posso :(

Uffa. Anche se frequentiamo la stessa facoltà, non ci vediamo da secoli. Non parliamo granché durante le lezioni, perché il più delle volte ci assegnano un pezzo da scrivere lì per lì. Questo mese ho visto pochissimo anche Elisa. Mi sa che è un brutto periodo. Tra esami, tesine finali e il culmine della stagione di hockey, senza accorgercene arriverà maggio e la fine dei corsi.

Io: Okay, aspetto. Mi manca la tua faccia.
Audrey: Oh, ti voglio bene anch'io. A tra poco.

«Brenna Jensen?». Alzo la testa e vedo la ragazza che mi guardava male dal bancone. Ora sta a mezzo metro da me e la sua espressione non si è rasserenata per niente. Fa pendant con il cielo coperto oltre la finestra.

«E tu saresti?», chiedo diffidente.

«Mi chiamo Hazel. Hazel Simonson».

La osservo con aria assente. «Okay. Ci conosciamo?».

Sulla fronte le si forma un solco. Chissà che significa. «Jake non ti ha mai parlato di me?».

Stritolo la tazza. «Conosci Jake?»

«Sì, molto bene, in effetti».

Cerco di mantenere un'aria impassibile. Giuro su Dio che se sta per dirmi che è la sua ragazza ...

No. La prenderei per una stronzata. Non credo che Jake sia un bugiardo. Ha detto di non essere tipo da storie serie e non credo che abbia un'amichetta nascosta da qualche parte.

«Posso sedermi?», mi chiede Hazel con piglio deciso.

«In realtà sto aspettando una persona...».

Si siede lo stesso. «Ti faccio compagnia finché non arriva». Sbatte le mani sul tavolo. «Dobbiamo parlare di un paio di cose».

Mi appoggio allo schienale della sedia, mantenendo una postura rilassata. La sua è provocatoria e io all'aggressività rispondo sempre con indifferenza. È una tattica che in genere dà noia all'aggressore. «Senti, Hazel, senza offesa, ma non so chi sei. Sostieni di conoscere Jake, ma con me non ti ha mai nominata».

I suoi occhi castani si accendono fugacemente.

«Quindi, scusa, ma non mi fido di una sconosciuta che si autoinvita al mio tavolo e mi guarda in cagnesco». Accavallo le gambe, appoggiando con naturalezza una mano sul ginocchio destro.

«Lo conosco», dice concisa. «Siamo cresciuti insieme a Gloucester. Siamo andati a scuola insieme. Conosco i suoi genitori... Lily e Rory?», mi provoca.

Non posso ribattere. Jake non mi ha mai detto come si chiamano i suoi.

«Sabato abbiamo fatto colazione tutti insieme. A casa loro». Nella sua espressione si insinua un pizzico di sbruffonaggine. «Ci sono andata in treno con Jake».

Una sensazione sgradevole mi chiude lo stomaco.

«Lo conosco meglio di chiunque altro», conclude. Ora non c'è solo *una vena* di sbruffonaggine, è sbruffona da paura.

«Ma davvero?», faccio io.

«Sì. So che Jake ha la testa sulle spalle e so anche che è molto più intelligente di quanto sembri. Di solito non si fa prendere per il culo così».

La commedia da leonessa incomincia a infastidirmi. «Qualcuno lo sta prendendo per il culo?»

«Non fare la finta tonta». Intreccia le dita e stringe le mani. «So benissimo chi sei. Dopo che Jake mi ha detto che siete usciti insieme ho spiato i tuoi profili».

Scaccio lo stupore prima che mi si legga in faccia. Jake le ha detto che siamo usciti insieme?

Hazel fa un sorrisetto: «Come ho detto, io e Jake siamo amici da una vita. Non abbiamo segreti».

La sensazione sgradevole allo stomaco aumenta. Inizia a sollevarsi un vortice caldo di... mi sa che è gelosia. Ma c'è anche una buona dose di rabbia, perché chi cavolo è questa tipa?

La fisso negli occhi carichi di altezzosità. «È meraviglioso che siate così legati. Ma in tal caso dovresti sapere che non ci vediamo più».

Dirlo ad alta voce mi scatena un'ondata di rimpianto. Non lo nego, Jake mi manca. Non è passata neanche una settimana da quando gli ho detto di andarsene da casa mia, ma sembra un secolo. Ce l'ho sempre in testa, anche perché mi scrive ogni giorno. Quando ieri mi ha mandato un messaggio per dirmi che mi aspetta semmai cambiassi idea... Per poco non sono crollata e l'ho chiamato.

Ma all'ultimo secondo sono tornata in me. Mi sono ricordata perché è meglio aver chiuso. Non voglio mettermi con nessuno, specie con un ragazzo che tra qualche mese si trasferirà in un altro Stato. E va bene, magari in fondo mi vergogno anche di quello che è successo in camera mia. Non riuscivo quasi a guardarlo in faccia dopo che ha assistito al predicozzo di mio padre in corridoio, neanche fossi una bambina disobbediente.

È stato super umiliante.

«Sì, lo so», dice Hazel, interrompendo i miei pensieri. «Mi ha detto che hai chiuso tu. E di' quello che ti pare di Jake, ma non è un cinico...».

«Che c'entra il cinismo?», esclamo.

«Tutto. Perché io sì che lo sono e ho capito che cos'hai in mente».

«Okay». Questa conversazione sta iniziando a stufarmi.

«La figlia di Jensen che se la fa col capitano della squadra di hockey di Harvard durante le eliminatorie. Lo seduce, lui ci casca e poi lo molla poco prima della partita più importante della stagione. E ora Jake è talmente depresso che fatica a concentrarsi sull'hockey – l'unica cosa che abbia mai avuto a cuore, tra parentesi – perché sei sparita».

Un'altra emozione si unisce al cocktail che mi ribolle dentro. «È depresso?»

«Sì. Complimenti. Hai raggiunto il tuo obiettivo».

«Non è affatto quello che volevo».

«Certo, ci credo proprio». Tira indietro la sedia ma non si alza. «Stagli lontana. Io e Jake ci proteggiamo a vicenda, sin da quando eravamo bambini, e non permetterò che una sciacquetta fanatica di hockey gli saboti la stagione o lo distragga dai suoi obiettivi».

«Non me lo *permetterai*, eh? Mi spiace dirtelo, ma per citare la figlia quattrenne di mia cugina Leigh: "Non comandi tu"». Ridacchio. «E non sono affatto una sciacquetta».

«Come no», biascica lei.

«Ah, e per la cronaca, non sto sabotando un accidenti di niente ed è l'ultima parola che pronuncerò sull'argomento. Non ho intenzione di giustificarmi né di discutere con te del mio rapporto con Jake. Non sono affari tuoi».

Si alza rigidamente. «Fa' niente. Tanto hai già chiuso. Continua così e non avremo problemi».

Faccio un gelido sorriso a trentadue denti. «Hai finito?»

«Per ora. Goditi il resto della giornata». Marcia fino alla porta e osservo la (presunta) migliore amica di Jake in tutto l'universo mondo uscire baldanzosa dal Coffee Hut.

Da un lato apprezzo chi mostra le unghie per difendere una persona a cui tiene. Ma non mi piace che mi si accusi di sabotare la stagione di Jake o di esserci stata per chissà quale losco complotto.

Non avevo pianificato di andarci a letto. Ci sono uscita solo a causa di Ed Mulder e della sua stupida fissa per Edmonton. Se poi ci sono stati dei contatti fisici è perché capita quando tra due persone c'è chimica. È difficile da trovare, e ancora più difficile da reprimere.

Ah. Mi piacerebbe vedere *Hazel* resistere a Jake. Se ha soffermato su di lei quei seducenti occhi verdi e…

Mi viene in mente una cosa. E se quest'incontro non fosse soltanto l'avvertimento di un'amica che difende un amico? E se Hazel prova qualcosa per lui?

Pensandoci meglio, non mi sorprenderebbe affatto.

Mi squilla il cellulare e quasi mi aspetto che sia Jake, il cuore che inizia a battere a mille. Quando vedo sullo schermo il numero della HockeyNet, accelera ancora di più. "Era ora".

Inspiro per provare a tranquillizzarmi. «Pronto?»

«Potrei parlare con Brenna Jensen?», chiede sbrigativa una voce femminile.

«Sono io».

«Salve Brenna. Sono Rochelle, chiamo dall'ufficio di Ed Mulder. Il signor Mulder sperava che potessi passare domani per discutere del tirocinio».

«Ah, uhm». Passo velocemente in rassegna gli impegni di domani. Ho di nuovo lezione all'una. Avrei i minuti contati ma potrei farcela. «Sì, ma solo di mattina presto. All'una ho un seminario».

«Purtroppo al mattino il signor Mulder è impegnato». La

sento battere alla tastiera all'altro capo della linea. «Nel tardo pomeriggio? Ti andrebbe bene alle cinque e mezzo?»

«Potrebbe andare», rispondo all'istante, perché non mi va di fare la difficile.

«Perfetto. A domani».

Riaggancia.

Sento uno sfarfallio di euforia. Una vocina in fondo alla mente mi esorta a non volare troppo con la fantasia. Non significa che io abbia ottenuto lo stage.

Ma... come faccio a *non* sperarci? Mulder non mi farebbe andare fino a Boston per dirmi che lo darà a qualcun altro.

Nessuno è così stronzo, no?

«Abbiamo deciso di prendere un'altra persona».

Ah. A quanto pare invece Ed Mulder *è* proprio così stronzo.

Appollaiata sulla poltrona per gli ospiti, ingoio l'astio e sfodero un tono pacato. «Per tutti e tre i posti?». C'erano in palio tre stage.

«Sì, arriveranno dei ragazzi preparati. Non fraintendermi, come voti eravate allo stesso livello, ma due fanno sport e tutti e tre porteranno all'azienda competenze uniche».

Peni.

Porteranno dei peni.

Non ho dubbi al riguardo, ma mi sforzo di continuare a essere cortese. «Capisco. Va bene. Be', grazie comunque di avermi presa in considerazione». "Grazie di avermi fatta venire a vuoto fin qui, cazzo".

Avrebbe potuto benissimo mandarmi un'email come un normale bastardo, ma noooo, Mulder doveva dimostrare che è il re dei bastardi.

Faccio per alzarmi, ma scoppia a ridere e alza una mano. «Aspetta. C'è un altro motivo per cui ti ho chiesto di venire».

Il mio sedere ricade sulla poltrona. Involontariamente, un filino di speranza mi solletica alla gola. Magari vuole offrirmi un altro incarico. Magari uno stipendiato, oppure...

«Volevo invitare te e Jake alla partita dei Bruins di domenica». Mi fa un sorriso raggiante, quasi si aspettasse che io batta le mani per la gioia. «L'emittente ha dei posti riservati allo stadio. Ah, ci saranno anche mio fratello e mia cognata. Lindsay e Karen sono state molto contente di conoscerti l'altra sera. Voi signore potete chiacchierare, mentre noi maschi guardiamo la partita».

In Massachusetts è reato uccidere qualcuno?

"È reato in tutti i cinquanta Stati", mi ricordo.

Magari potrei trovare un bravo legale che lo spaccerebbe per legittima difesa. Il padre di Summer fa l'avvocato. Sono certa che riuscirebbe a risparmiarmi il braccio della morte.

Ribollo talmente di rabbia che sto per esplodere. Questo stronzo mi ha fatta guidare fino a Boston per non darmi il tirocinio e per invitarmi a parlare di arredamento e lavoro a maglia con sua moglie e la cognata, mentre lui e il mio finto ragazzo guardano una partita della mia squadra di hockey preferita.

Probabilmente è un bene che non possiedo una pistola.

«La ringrazio dell'invito. Devo chiedere a Jake», rispondo a denti stretti, sperando che non mi si legga in faccia quanto sono arrabbiata. «Le farò sapere».

«Perfetto. Spero che riusciate a venire. Mia moglie continua a ripetere che siete una splendida coppia». Mi fa l'occhiolino. «Tranquilla, è il nostro piccolo segreto».

Affetto un sorriso. «La ringrazio».

«Ti accompagno alla porta».

«Non si disturbi!». La mia maschera di allegria rischia seriamente di crollare. «Conosco la strada. Buona giornata, signor Mulder».

«Ed».

«Ed».

Il sorriso finto mi sparisce non appena metto piede fuori dall'ufficio. Prendo il cappotto dall'appendiabiti accanto alla porta, i movimenti legnosi. «Piacere di averti conosciuta», dico a Rochelle.

«Anche per me. In bocca al lupo», risponde con compassione.

Esco in corridoio ma non me ne vado subito. Voglio fare un salto allo studio, ammirarlo per l'ultima volta. Quando arrivo sul set, stanno girando un notiziario. Entro di soppiatto, tenendomi a una certa distanza, e osservo due analisti ricapitolare la partita degli Ottawa Senators e il gol della vittoria segnato da Brody Lacroix. Uno dei due dice: «Geoff ha parlato con Brody dopo la partita. Sentiamo che cosa ha detto il nuovo acquisto».

Con la coda dell'occhio scorgo del trambusto in cabina di regia. Il regista fa un cenno a qualcuno e di colpo sullo schermo in mezzo ai due presentatori appare il video dell'intervista. Ed ecco la faccia da schiaffi di Geoff Magnolia. È il giornalista che si occupa quasi sempre delle interviste post-partita negli spogliatoi e i giocatori lo considerano "uno di loro".

Il più delle volte invece di fare domande sulla partita, fa battutacce. Questa volta però cerca di fare il giornalista serio e chiacchiera con la star dei Senators Brody Lacroix. Parlano dell'ottimo terzo tempo che ha giocato e in generale della grande stagione che ha avuto finora. Per ben tre volte Magnolia dice che i suoi genitori dovrebbero essere molto orgogliosi e tutte le volte Lacroix fa un sorrisino imbarazzato, prima di bofonchiare una risposta banale e distogliere lo sguardo.

Scuoto la testa. «Coglione», mormoro, in contemporanea a una donna che biascica: «Idiota».

Mi giro e mi ritrovo a pochi metri da Georgia Barnes, il mio mito. Mi squadra con aria incuriosita.

«E adesso qualche minuto di pubblicità», dice al pubblico uno dei presentatori. «Dopo l'interruzione riprendiamo con Herbie Handler che da Nashville ci darà i suoi pronostici per la partita di stasera tra Predators e Flyers».

«E stop!», urla un cameraman.

Come se qualcuno avesse schiacciato un pulsante, il set si anima. Un viavai di corpi, un vociare che risuona nello studio. «Qualcuno sistemi quelle luci!», si lamenta uno dei presentatori. «Mi accecano, cacchio!».

Un umile assistente si fionda ad aggiustarle. Georgia Barnes mi lancia un'altra occhiata e poi esce dallo studio.

Ho un secondo di esitazione. Dopodiché le corro dietro e la chiamo per nome impacciata.

Si ferma nel corridoio illuminato a giorno, si volta e mi guarda. Indossa una gonna nera gessata, una camicia di seta bianca e ballerine nere. Malgrado l'abbigliamento formale so che ha un'indole vulcanica.

«Scusi se la disturbo», le dico. «Volevo dirle che sono una sua grande ammiratrice. Penso sia una delle giornaliste più intelligenti e acute del Paese».

Mi risponde con un sorriso affettuoso. «Grazie. Mi fa molto piacere». Il suo sguardo sagace mi squadra da capo a piedi. «Lavori qui?».

Scuoto la testa. «In realtà mi hanno appena comunicato che non ho ottenuto lo stage per il quale avevo fatto domanda».

«Capisco». Annuisce dispiaciuta. «A quanto ho sentito si erano candidati in tanti». Nella sua voce si insinua una nota sarcastica. «Comunque è meglio che ti prepari... È un settore molto competitivo. Soprattutto per le donne».

«Così pare».

Mi squadra di nuovo. «Perché hai dato del coglione a Geoff Magnolia?».

Mi sento avvampare le guance e prego di non arrossire. «Per le domande che ha fatto. Qualcuno dovrebbe dirgli di informarsi un po' prima delle interviste. Ha chiesto tre volte a Lacroix dei suoi genitori».

«E allora?», mi fa Georgia. Lo dice come se fosse una domanda buttata lì, ma avverto che vuole mettermi alla prova.

«E allora il mese scorso gli è morta la madre di cancro. Sembrava sul punto di scoppiare a piangere. Magnolia avrebbe dovuto saperlo».

«Sì, è vero. Ma come abbiamo appurato Magnolia è un coglione». Abbassa la voce con fare cospiratorio. «Ti rivelo un segreto... Come ti chiami?»

«Brenna».

«Ti rivelo un segreto, Brenna. I tipi come Magnolia sono la norma, non l'eccezione. Se mai un giorno ti capitasse di lavorare qui, preparati ad avere quotidianamente a che fare con imbecilli. O peggio, sbruffoni sessisti che passeranno ogni minuto della giornata a dirti che non dovresti lavorare qui perché hai la vagina».

Le sorrido con scarso entusiasmo. «Credo di averlo provato sulla mia pelle poco fa».

La sua espressione si addolcisce. «Mi dispiace. L'unica cosa che posso consigliarti è di non permettere a un rifiuto, a una porta chiusa, di scoraggiarti. Continua a mandare il curriculum ad altri canali, altre emittenti via cavo, qualsiasi posto assuma». Mi fa l'occhiolino. «Non tutti escludono le donne e le cose stanno cambiando. Magari lentamente, ma ti assicuro che stanno cambiando».

Quando mi tocca il braccio prima di andarsene mi sento un po' in soggezione. Confido sul fatto che abbia ragione, che le cose *stiano* cambiando davvero. Ma vorrei tanto che ci mettessero meno. Ci sono voluti decenni prima che le reporter donne potessero intervistare gli atleti negli spogliatoi. Una giornalista di «Sport Illustrated» è dovuta ricorrere per vie legali prima che un tribunale stabilisse finalmente che escludere le giornaliste dalle interviste negli spogliatoi è anticostituzionale.

Ma cambiare le leggi non cambia comunque le mentalità. L'ESPN ha fatto grandi passi avanti per assumere più rubriciste e analiste. Ma mi fa incazzare che le donne nello sport continuino ad affrontare ostacoli e atteggiamenti sessisti quando cercano solo di fare il loro lavoro, esattamente come i loro colleghi uomini.

«Ciao Brenna!». Mischa, il direttore dello stage che ho conosciuto la settimana scorsa, mi sbatte addosso davanti all'ascensore. «Sei tornata».

«Sono tornata», gli rispondo sardonica.

«Buone notizie, presumo?»

«Purtroppo no. Il signor Mulder mi ha chiesto di venire per dirmi in faccia che non mi dà lo stage».

«Oh, mi dispiace. Che peccato». Scuote la testa, palesemente deluso. «Mi sarebbe piaciuto averti qui».

«Sì, be', sono certa che i nuovi stagisti saranno bravissimi».

«Può darsi. Ma ho la sensazione che Mulder sbagli a lasciarti andare».

«Diglielo pure». Quando si apre la porta dell'ascensore gli tocco un braccio. «È stato un piacere conoscerti, Mischa».

«Anche per me, Brenna».

Mi ritrovo da sola nell'ascensore, il sorriso svanito. Ho le lacrime agli occhi, ma mi impongo di non piangere. Non posso piangere. Era solo un tirocinio. Di sicuro quest'estate troverò un canale locale o una stazione radiofonica in cui fare gavetta e in autunno potrò ricandidarmi alla HockeyNet, o magari troverò addirittura un posto migliore. Non è la fine del mondo.

Porca misera, però. Tenevo tantissimo a questo stage.

Tiro fuori il cellulare dalla borsa, le dita che mi tremano. Dovrei prenotare un'auto che mi porti in stazione. Invece penso al messaggio che Jake mi ha mandato ieri, quello in cui mi dice di chiamarlo.

Mi mordo il labbro.

Probabilmente è una pessima idea.

Ma lo chiamo comunque.

«Wow, hai ripreso a parlarmi», fa Jake quando ci incontriamo venti minuti dopo. «A cosa devo l'onore?».

Sono talmente giù di morale che non ribatto con una battuta sarcastica. «Non mi hanno preso per lo stage», rispondo apatica. «Mulder ha preferito tre tipi col pene».

«Invece di tipi senza il pene?». Sorride, ma non attacca. «Mi dispiace, patata. Che peccato». Allunga un braccio come se volesse toccarmi, ma poi ci ripensa e lo fa ricadere lungo il fianco.

Stiamo sui gradini all'ingresso del palazzetto di Harvard, e mi pare un'eresia. Per fortuna non ci sono i suoi compagni di squadra. Quando l'ho chiamato mi ha confessato di essere rimasto a guardare da solo una partita registrata nonostante l'allenamento fosse finito da un'ora. Questa sì che è devozione. E benché lo ammiri per questo, significa però che ho dovuto incontrarlo qui invece che a casa sua. Cosa che avrei di gran lunga preferito.

Per aggiungere il danno alla beffa, il cielo ha deciso di accordarsi al mio stato d'animo e ha scelto quest'istante preciso per riversarci addosso un acquazzone. È da stamattina che fa freddo ed è nuvoloso, ma all'improvviso il cielo si è rabbuiato e ha iniziato a piovere a dirotto, infradiciandoci in pochi secondi.

«Entra», mi esorta Jake prendendomi per mano.

Entriamo di corsa nel palazzetto. Alla vista dei gagliardetti dei campionati e delle magliette rosse incorniciate rabbrividisco. «E se ci vedesse qualcuno?», sibilo scostandomi i capelli grondanti dalla fronte.

«Che ci vedano. Chi se ne frega. Stiamo solo parlando, no?»

«Mi sento più esposta a stare insieme alla luce del giorno», bofonchio.

Lui fa una faccia esasperata. «Va bene. Andiamo nella saletta TV. È appartata e ci sto soltanto io».

Lo seguo in fondo al corridoio, ammirando le sue ampie falcate. Non è passata neanche una settimana dall'ultima volta che ci siamo visti, ed è come se mi fossi dimenticata di quant'è alto, quant'è bello. Non mi ha salutata con un bacio o un abbraccio. E neanche io l'ho salutato con un bacio o un abbraccio. Ora mi dispiace un po'.

Arrivati nella saletta piena di congegni tecnologici da fare la concorrenza a quelli che abbiamo alla Briar, mi tolgo la giacca di pelle e la appoggio sullo schienale di una sedia vicina. Dopodiché mi butto su una poltroncina e metto il broncio. «Ci tenevo tantissimo a quello stage».

«Lo so». Jake si accomoda sulla poltroncina accanto, distendendo le gambe lunghissime. «Forse non tutto il male viene per nuocere. Anche se non sarebbe stato il tuo capo, avresti comunque dovuto interagire con Mulder. E quel tipo è pessimo».

«Vero». All'improvviso noto l'immagine sul maxi schermo. È il corpo snello di Hunter Davenport acquattato per un ingaggio. «Si spia, eh?», faccio.

«Non è spiare, è prepararsi come si deve. E non venirmi a dire che i tuoi non stanno facendo esattamente la stessa cosa».

«Be', non sono venuta a rivelare i segreti della Briar, quindi non chiedermi niente».

Mi lancia un'occhiata, il viso scolpito di colpo serio. «Allora perché sei venuta?»

«In che senso?»

«Insomma, tua cugina vive qui. E immagino che tu abbia anche qualche amico a Boston».

«Quindi?»

«Quindi come mai sono la prima persona che hai chiamato quando hai ricevuto la brutta notizia?».

Il mio sguardo guizza verso il suo. «Che ne sai che sei la prima persona che ho chiamato? Magari nessun altro mi ha risposto».

«Hai chiamato qualcun altro?», mi chiede gentile.

«No», ammetto, cosa che mi spinge a riflettere sul perché ho chiamato *lui*. Siamo usciti insieme un paio di volte, ci siamo fatti qualche telefonata, ci siamo coccolati una o due volte. Non c'era motivo di precipitarmi da lui a farmi consolare. Ho una buona rete di supporto: Summer, Audrey, Elisa, per citare alcune amiche. Perché non ho contattato loro?

«Perché hai chiamato me?», insiste.

Espiro esausta. «Non lo so».

«Sì che lo sai». Ridacchia sotto i baffi. «Ti piaccio».

«No che non mi piaci».

«Invece sì. È per questo che la scorsa settimana mi hai cacciato da casa tua».

«Ti ho cacciato perché mio padre stava davanti alla porta di camera mia mentre facevamo un sessantanove».

Jake fa un verso gutturale. «Non serviva che lo tirassi fuori».

«Cosa, mio padre?»

«No, quello che abbiamo fatto». Il suo sguardo si accende di una scintilla seduttiva. «Adesso ce l'ho in tiro».

«Mi sa che ce l'hai sempre in tiro», bofonchio.

«Vieni qui a verificare la tua teoria». Si tocca il pacco alzando e abbassando le sopracciglia per allettarmi.

Non riesco a trattenere una risata. «Quale teoria? Hai già ammesso che ce l'hai in tiro».

Accavalla i piedi e si fissa le Converse per qualche secondo. «Okay, quindi mi stai dicendo che mi hai cacciato perché se no ci beccava tuo padre».

«Esatto».

Non è proprio così. L'ho cacciato perché non volevo fargli vedere ancora di più quanto sono vulnerabile. Nel giro di una o due ore gli ho permesso di vedere quanto lo desideravo, quanto mi eccitava. Gli ho permesso di origliare una conversazione umiliante con mio padre, in cui venivo ripresa come una bambina e accusata di essere un disastro.

Non voglio che nessuno, figuriamoci un ragazzo, mi veda come mi vede mio padre.

Mi sento addosso lo sguardo di Jake. «Che c'è?», mormoro.

«Non ti credo». Ha un tono più rude. «Cos'hai paura che possa succedere se continuiamo a vederci?»

«Non ho paura di niente. Semplicemente credo che non abbia senso, dato che non durerebbe comunque».

«Frequenti un ragazzo solo se pensi che possa durare?»

«No».

Sembra assorto. «Vieni qui».

In un batter d'occhio mi solleva dalla poltroncina. Mi accoccolo sulle sue gambe ed è impossibile non notare o ignorare il rigonfiamento dei suoi jeans. Sospiro rassegnata e mi sistemo a cavalcioni su di lui. La sua erezione subitanea mi preme proprio sul punto giusto ed è una sensazione così bella che non posso fare a meno di strusciarmici sopra.

Jake fa un mugolio rauco. Con una mano grande mi accarezza in fondo alla schiena, mentre solleva l'altra per intrecciare le dita ai capelli.

Stupidamente, chino la testa. Passo la lingua sul contorno delle sue labbra, che si schiudono per permettermi di entrare. Quando le nostre lingue si sfiorano ho un gemito. Sa di chewing gum alla menta e ha le labbra morbide e calde. Lo afferro per il collo, perdendomi nel suo calore.

«I tuoi baci mi eccitando da impazzire», bisbiglia.

«Eri già eccitato».

«Perché pensavo ai tuoi baci».

Mi scappa una risata un po' affannata. «Sei...». La mia voce viene inghiottita da un tuono. Le luci sul soffitto tremolano un secondo.

Le sopracciglia scure di Jake si sollevano. «Cazzo, che colpo!».

Gli accarezzo i capelli morbidi sulla nuca. «Oh, Jakey, hai paura?»

«Sono terrorizzato», sussurra.

Le nostre labbra si incontrano proprio quando le luci tremolano di nuovo. Stavolta va via la luce. Veniamo avvolti dal buio, ma invece di scattare in piedi per il panico ci baciamo con ancora più passione. Jake mi infila le mani sotto la maglia leggera. La solleva per scoprirmi il reggiseno, ma non me lo toglie, si limita ad abbassarlo per scoprire il seno. Un calore bagnato mi avvolge un capezzolo. Jake se lo infila in bocca e fremo senza controllo.

Mi strizza i seni e continua a bagnarmi il capezzolo, leccandolo e succhiandolo finché non si inturgidisce. Faccio un verso di piacere, più forte di quando dovrei, considerando dove ci troviamo.

Per tutta risposta, Jake cattura l'altro capezzolo e lo stuzzica in modo assurdo. Dopodiché mi solleva di colpo, sfregando il bacino sul mio. Dio, che uomo. Lo voglio da morire.

La stanza è ancora al buio, ma proprio quando inizio ad abituarmici, le lampadine al neon si accendono di colpo.

Jake solleva la testa, lo sguardo infuocato nel vedere i miei seni. «Sono stupendi, cazzo».

Con un gemito me li afferra e poi ci affonda la faccia.

E in quell'istante entra il coach Pedersen.

Capitolo venticinque
Jake

«Porca troia, Connelly!».

Nel sentire quest'esclamazione incredula, mi raddrizzo di scatto e tiro subito giù la maglia a Brenna per coprirle le tette. Lei scende dalle mie gambe e si siede sulla poltroncina accanto. Ma è troppo tardi. Pedersen non è mica scemo. Ci ha visti e ha capito benissimo che cosa stavamo facendo.

«Salve, coach». Mi schiarisco la voce. «Stavamo…». Decido di non mentire. Neanch'io sono scemo. «Ci scusi», mi limito a dire. «Non è il luogo adatto».

«No, cazzo!», sbotta lui. «Mi sarei aspettato una cosa del genere da Weston o Chilton, non da te, Connelly. Di solito non ti infratti sul luogo di lavoro».

Non saluta neanche Brenna. Si dirige a passo pesante in fondo alla stanza per prendere uno dei portatili. Con la coda dell'occhio vedo Brenna lisciarsi il maglione. Si dimena discretamente e capisco che sta cercando di sistemare le coppe del reggiseno.

«Ero in riunione con gli assistenti e l'avevo dimenticato», fa il coach a denti stretti. «E io che nel tempo libero ti pensavo a studiare filmati, da bravo giocatore coscienzioso. Ma i ragazzi sono fatti così, eh?». Ogni parola è piccata.

Brenna segue con sguardo prudente ogni suo movimento, mentre il coach prende il computer sottobraccio e si incammina verso la porta. «Fa' uscire la tua ospite, Connelly. Non è il luogo adatto per portare le fidanzate».

«Non sono la sua fidanzata», scappa a Brenna. Capisco che le è venuto spontaneo, perché chiude un attimo gli occhi, quasi si stesse rimproverando da sola per aver aperto bocca.

Finalmente Pedersen la degna di uno sguardo. Uno sguardo prolungato e attento. La squadra, la fronte corrugata a tal punto che le sopracciglia quasi si sfiorano. «Sei la figlia di Chad Jensen».

Merda.

Brenna sbatte le palpebre. Per una volta non ha la risposta pronta.

Vorrei mentire e dire al coach che si sbaglia, ma è evidente che l'ha riconosciuta. Appoggia il computer su un tavolo accanto alla porta e si avvicina piano piano. Il suo sguardo gelido osserva il maglione stropicciato di Brenna, i capelli spettinati.

«Ci siamo conosciuti un paio di anni fa a un ricevimento», le dice. «La cena degli ex alunni di Yale. Andavi ancora alle superiori. Eri venuta con Chad».

«Ah». Brenna deglutisce vistosamente. «Sì, me lo ricordo».

«Brianna, sbaglio?»

«Brenna».

«Giusto». Le sue spalle nerborute si sollevano in una scrollata. «Ti avrei riconosciuta ovunque, anche se non ti avessi già vista. Sei la copia sputata di tua madre».

Brenna nasconde malissimo il suo sconcerto. O magari non ci ha neanche provato. Guarda il coach con occhi sgranati. «Conosceva mia madre?»

«Siamo andati al college insieme». Ha un tono inespressivo e dal viso non traspare alcuna emozione. Non che sia insolito. Pedersen ha un repertorio di emozioni limitato. Di solito opta per rabbia e disappunto.

Continua a fissarla. «Sei identica a lei». Dopodiché scuote la testa e dice a me: «Non mi hai detto che stavi con la figlia di Jensen».

Brenna risponde al posto mio. «Infatti. Stavamo solo… non è stato niente. Quindi, per favore, non dica nulla a mio padre, okay?».

Pedersen inarca un sopracciglio e mi guarda come per chiedermi che cosa ne penso.

Faccio spallucce. «Ha ragione. Non ricapiterà».

«L'unico motivo per cui mi trovo qui è che diluvia e Jake non voleva che aspettassi l'Uber sotto la pioggia. A proposito», dice Brenna con falso brio. Tira fuori il cellulare. «È arrivata l'auto. Ho appena ricevuto la notifica».

Lo schermo del cellulare è rivolto verso di me, quindi, a differenza del coach, vedo benissimo che non è arrivata nessuna notifica.

«Meglio che vada», si affretta a dire Brenna. «Grazie per non avermi fatto aspettare sotto il temporale, Connelly. Piacere di averla rivista, signor Pedersen».

«Piacere mio».

«Ti accompagno fuori», propongo.

Pedersen mi lancia un'occhiata. «È meglio che vai anche tu. C'è già stato un black-out. Non mi va che tu sia qui se salta di nuovo la corrente». Al che esce con passo pesante.

Tiro il fiato che non mi ero accorto di trattenere. «Cazzo», faccio.

«Cazzo», ripete Brenna. «Secondo te andrà a dirlo a mio padre?»

«Ne dubito. Non sono esattamente amici del cuore».

«Proprio per questo. Se andasse a spifferarglielo per dispetto?»

«Non sarebbe da lui. Il coach preferisce sfogare l'aggressività in campo».

Arriviamo nell'atrio per scoprire che là fuori è il finimondo. Il cielo è quasi nero. Le folate di vento scuotono i rami degli alberi con violenza e uno è già caduto sul tettuccio di un'auto. Per fortuna non è la Mercedes che ho richiesto in prestito a Weston. Potrei pure iniziare a considerarla mia, visto quanto poco la usa.

Il mio sguardo si sposta dalle finestre a Brenna, che si sta chiudendo la giacca. «Credo sia meglio che vieni da me», propongo serio.

«Ovvio».

«Non scherzo, patata. C'è un temporale allucinante, di sicuro ci sarà casino per strada. Col maltempo gli automobilisti vanno fuori di testa», dico ancora più deciso. «Aspetta da me che spiova. Per piacere».

Finalmente cede. «D'accordo».

Alle nove non ha ancora smesso di piovere. A casa è saltata la corrente sei volte, quindi abbiamo acceso delle candele e cenato con degli avanzi di pizza freddi. Brooks tira fuori dei giochi da tavolo e ci accomodiamo tutti e tre in soggiorno per fare una partita. È tutta la sera che lui e Brenna battibeccano, prendendosi per il culo neanche fossero amiconi da anni.

Appena ho messo piede in casa con Brenna, a Weston è cascata la mascella a terra. A lui non interessa che università frequenti, chi sia suo padre o per quale squadra tifi. Per lui una gnocca è una gnocca, e parte subito in quarta. Almeno fino a quando non riusciamo a stare un attimo da soli. Appena Brenna scompare nel bagno di servizio, Brooks apre la tavola di Scarabeo e mi fa: «McCarthy lo sa?»

«Sa cosa?»

«Di te e dello schianto che sta in bagno».

«No», ammetto a denti stretti.

«E non ti pare il caso di dirglielo?»

«Forse dovrei, eh?».

Sghignazza. «Ehm, sì. Ordini al poveretto di mollarla e poi ti ci metti tu? È una carognata, zio».

«Non stiamo insieme e non stavano insieme neanche loro», puntualizzo.

«Però lei gli piaceva».

«Adesso sta con questa Katherine». McCarthy continua a uscire con una ragazza che ha conosciuto dopo la semifinale. Ne desumo che probabilmente non teneva a Brenna quanto teneva a scopare.

«È questione di codice dei maschi», afferma Brooks. «So che la carta del capitano è imbattibile, ma per correttezza dovresti dirglielo».

«Per correttezza? Da quand'è che hai una coscienza?», gli chiedo divertito.

«Ce l'ho da sempre». Salta giù dal divano. «Vado a prendermi una birra. Ne vuoi una?»

«Nah».

«Jensen!», urla. «Birra?».

Brenna sbuca dal corridoio. «Sì, grazie». Mi raggiunge sul divano a elle e allunga una mano per prendere le sue tessere. «Okay, diamoci dentro».

Qualche minuto dopo incomincia la partita. Brooks prende un paio di cuscinoni che ci ha comprato sua madre e si stravacca a terra. Rigira le tessere di legno sul piattino. «Oh, incomincio io. Ho la parola più figa del mondo».

Brenna fa un gran sorriso. «Vediamo un po', parolaio».

Crea la parola *bang*.

«E *questa* sarebbe la parola più figa del mondo?», lo sfotte lei. «Bang?»

«Sì, perché fare gang bang è il mio hobby preferito».

«Uh uh. Be', in termini di punteggio con questa parola ti accaparri…». Controlla quanto vale ogni lettera. «Più il premio della prima parola che vale doppio… Venti punti».

Brooks esulta subito. «Ottimo come primo colpo!».

«Se pensi che venti punti siano un ottimo risultato, dovresti vedere come gioca mio padre».

«Il coach Jensen è patito di Scarabeo?», fa lui ridendo.

«Oh, lo adora. È il genere di giocatore che crea parole di due o tre lettere che valgono il triplo, e alla fine mi accorgo che mi sta battendo di duecento punti».

«Ma così non è divertente», replica Brooks. «Io gioco per le parole, mica per il punteggio. Tocca a te, Connelly».

Partendo in verticale dalla B, creo la parola *bolla*.

«Come il sedere», spiego con aria angelica.

Il mio coinquilino mi fa il dito. «Vaccagare!».

Brenna mi sorride. «Mi sfugge qualcosa?»

«Ha il sedere a bolla», le spiego.

«Ho il sedere a bolla», fa lui imbronciato.

«Ah. Figo?». Brenna abbassa lo sguardo divertito sulle sue tessere. Le gira e rigira per cercare di formare una parola.

«Vuoi vederlo?», propone Brooks.
«No, grazie...».
«Dai, te lo faccio vedere. Ma devi darmi un parere sincero».
Brenna mi guarda. «Fa sul serio?»
«Temo di sì. La sua ragazza gli ha fatto notare che ha il sedere a bolla e ora gli è venuto il complesso».
«Non è la mia ragazza!», obietta Weston.
«Scopamica?», riformulo.
«Così va meglio». Scatta in piedi. «Okay, Jensen. Da' un'occhiata a questo».
Quel deficiente del mio coinquilino si cala i pantaloni della tuta fino alle caviglie e mostra le chiappe alla mia... ragazza? Scopamica? A dire il vero non saprei come definirla.
Al lume delle candele vedo le labbra di Brenna tremolare, come se si stesse dannando per non ridere.
«Allora?», domanda Weston. «Pareri?».
Lo sguardo di Brenna si sofferma sul suo lato B. «Hai un bel culo, Weston», riconosce. «Fossi in te non mi preoccuperei».
Si tira su i pantaloni. «Davvero?»
«Davvero. È un gran bel culo».
Il viso di Weston si spalanca in un sorriso. «Ridillo».
«No».
Il sorriso si sposta verso di me. «La tua ragazza apprezza il mio culo. Le piaccio».
«No», risponde briosa Brenna. «Non so da cosa tu abbia desunto che "mi piaci", ma ti assicuro che non è così». Usa una delle L per formare la parola *lavagna.*
«Questa è bella», dico.
«Grazie, Jakey».
Brooks si riaccascia sulla montagna di cuscini. «Jakey? Ora dobbiamo chiamarti così?». Sembra deliziato. «Mi piace. D'ora in poi lo userò sempre».
«Sicuro, Brooksy».
«Ci ho ripensato. Non mi piace».
«Mi pareva».
Man mano che la partita va avanti la competizione aumenta,

specie per Brooks. È un testa a testa ed è impossibile prevedere chi vincerà. Ma per quanto mi stia divertendo, non sono concentrato al cento percento su Scarabeo. Continuo a guardare di nascosto Brenna. Difficile non farlo. È stupenda. E adoro la sua risata. Ogni volta che ride è una melodia che mi dà il batticuore.

Quando Brooks va al cesso, mi avvicino a lei e le infilo una mano sotto il maglioncino.

Vengo ricompensato da un'altra risata. «Stiamo nel pieno di una partita a Scarabeo e tu decidi di ficcarmi una mano sotto la maglia?»

«Esatto. Posso tenerla qui finché non torna Brooks?». Con un sorrisetto malefico le palpo una tetta.

«Sei proprio strano».

«Nah».

Fa un verso di scherno. «Non puoi rispondere "Nah" a qualsiasi cosa ti dicano».

«Perché no?»

«Perché… be'… mi sa che non lo so». Si zittisce di colpo, un'orecchia tesa verso la finestra. «Ehi, ha smesso di tuonare».

«Ma non è ancora tornata la corrente», le faccio notare.

«Sul serio? Pensavo che il lume di candela servisse a creare l'atmosfera giusta per una cosa a tre».

«Facciamo una cosa a tre?!», esclama Brooks quando ritorna. Sembra un bambino contento come una Pasqua. «Davvero, Connelly? Con Kayla non ti andava, mentre con lei e… Ossignore, di che mi lamento? Sta' zitto, Brooks», si riprende da solo.

«Kayla?», gli fa eco Brenna.

«La sua ragazza».

«Non è la mia ragazza!».

«Stavi per fare una cosa a tre con loro?», mi chiede Brenna, gli occhi socchiusi.

«Neanche per sogno». Lancio un'occhiata al mio coinquilino. «E fammi il piacere di dirlo a Kayla, perché non mi va che mi tenda un altro agguato nuda in cucina».

«Oh, no! Una ragazza nuda in cucina! Dobbiamo mettere l'antifurto! Che qualcuno ci dia un cane da guardia!», fa Brooks, alzando platealmente gli occhi al cielo. «Comunque… La facciamo o no 'sta cosa a tre?».

Lo deludo senza troppo tatto. «Non la facciamo né ora né mai. Mi basta già questa tua nuova mania di mostrare il culo».

Lo sguardo di Brenna vaga di nuovo verso la finestra. «Tra poco è meglio che vada».

«Aspetta che torni la corrente», dico. Non mi piace l'idea che si metta per strada. Nel vialetto è saltata la luce a diversi lampioni e ho intravisto più di un tamponamento.

«Che ora si è fatta?», chiede. «Se devo andare, meglio adesso che dopo».

Mi chino per controllare sul suo cellulare. «Sono quasi le dieci. Forse è meglio se…». All'improvviso lo schermo si illumina per una telefonata, e dato che ce l'ho davanti, non posso fare a meno di notare il nome di chi sta chiamando.

«Ti sta chiamando Eric», le dico, il tono più scocciato di quanto volessi.

Con la coda dell'occhio vedo che Brooks mi sorride. Sì, sa benissimo cosa provo.

«Ti conviene rispondere», la incito.

Brenna fa una faccia sospettosamente affranta. Agguanta il cellulare e schiaccia il tasto "ignora".

«Chi è Eric?», chiede Brooks cercando invano di sembrare disinteressato. Sono contento che l'abbia chiesto prima di me, però, e dall'occhiolino che mi fa capisco che l'ha fatto apposta. Con un cenno lo ringrazio del favore.

«Nessuno», risponde lei, tesa.

Be', la risposta non mi dice nulla. Che Brenna esca con un altro? Che abbia un codazzo di ragazzi con cui scopa, una panchina piena di McCarthy?

Non mi piace la gelosia cocente che avverto allo stomaco. Sono uno competitivo, ma non ho mai dovuto competere per l'affetto di una donna. Nessuna ha mai preferito un altro rispetto a me. Sembrerò presuntuoso ma non importa. Non mi sta bene che Brenna esca con altri.

E questo porta a un'altra prima volta: non ho mai tirato fuori io il discorso dell'esclusività. Come si fa?

Quando le vibra il cellulare per un messaggio vocale mi infastidisco ancora di più. «Non lo ascolti?»

«No, so già cosa vuole».

La sgradevole gelosia cocente aumenta. «Ah sì?»

«Sì. A chi tocca?»

«A me», si fa avanti Brooks. Ma mentre sistema le tessere sul piattino il telefono di Brenna squilla una seconda volta.

E poi, dopo che lo ignora, una terza.

«Rispondi», bofonchio.

Con un respiro profondo, prende il cellulare. «Ciao Eric. Ti ho detto che non ho tempo per…». Si interrompe di colpo. Quando riapre bocca, parla con dolcezza e sembra preoccupata. «Che vuol dire che non sai dove ti trovi?».

Io e Brooks ci scambiamo uno sguardo incuriosito.

«Rallenta, rallenta. Non capisco niente. Dove sei?». Un lungo silenzio. «Okay. Sta' fermo lì», dice alla fine, e giuro che le si è incrinata un po' la voce. Sbatte veloce le palpebre, come per scacciare le lacrime. «Arrivo subito».

Capitolo ventisei
Jake

«Grazie mille di avermi accompagnata».

La voce di Brenna si sente a malapena e mi sta seduta accanto. Finalmente ha smesso di diluviare. Pioviggina, ma parecchi lampioni in strada sono ancora spenti. Sto al volante della Mercedes, perché Brooks ha bevuto troppo. Però ha insistito a venire con noi e sta seduto dietro.

«Sul serio», insiste Brenna. «Non serviva che mi accompagnaste. Bastava imprestarmi l'auto».

Le lancio un'occhiataccia. «Certo, e ti lasciavamo guidare sotto il temporale...».

«Ormai è passato», obietta.

«...Sotto il temporale», ripeto, «per andare a recuperare il tuo ex?».

Almeno, mi pare di aver capito questo, quando nel panico Brenna ci ha supplicato di prestarle la macchina.

A quanto pare alle superiori stava con questo Eric che ora è nei guai.

«Che problemi ha, fra l'altro?», domando.

«Non lo so».

Le lancio un'occhiata tagliente.

Sembra che digrigni i molari. Da sbriciolarli. «Droga», bofonchia alla fine.

«Che tipo di droga?». Non le faccio apposta un terzo grado, ma devo capire in che situazione stiamo per ficcarci.

Invece di rispondere Brenna guarda il cellulare per controllare la cartina. Zooma con due dita. «Okay. Ha detto che vede un cartello stradale... Forest qualcosa», dice assente. «*Gli pare* Forest Lane».

«Così restringiamo il campo», rispondo sarcastico. «In questa zona ci saranno decine di Forest Lane, Street o Avenue».

Esamina la cartina. «Quattro», mi corregge. «Una sta a una decina minuti da qui, le altre più a nord. Sarà quella vicino a Nashua. È la più vicina a Westlynn».

Sospiro. «Quindi dobbiamo andare in New Hampshire?»

«Ti scoccia?».

Non rispondo. Metto la freccia e mi sposto sulla corsia di destra per uscire dall'autostrada. «Chi è questo ragazzo?», bofonchio. «Sembra uno sbandato».

«Parecchio sbandato», concorda Brooks da dietro.

«Ve l'ho detto, stavamo insieme alle superiori».

«Quindi devi mollare tutto per andare a salvarlo?».

Acido? Chi è acido?

«Io ed Eric ne abbiamo passate tante. E sì, poi ha preso una brutta strada ma...».

«Brutta strada tipo?». Prima che Brenna riesca a rispondere inchiodo e metto le quattro frecce. L'automobilista dietro di noi strombazza, gli altri ci superano.

«Che fai?», mi chiede Brenna.

«Non mi muovo di qui finché non ci dici altro. Non perché stiamo facendo il giro dell'oca, ma dobbiamo sapere che cosa ci aspetta. Questo weekend giochiamo la partita più importante della stagione, se ci stai portando in un posto di tossici...».

«Non sta in un posto di tossici». Si passa le mani sul viso, palesemente scossa. «Okay, aspetta che lo richiamo».

Qualche secondo dopo Eric lo Sbandato è di nuovo in linea.

«Ehi, sono io», dice gentile Brenna. «Stiamo arrivando». Si blocca. «Sono con due amici, sta' tranquillo. Siamo in auto e stiamo venendo da te, ma devi darmi più informazioni su dove ti trovi. Hai detto Forest Lane... che altro vedi intorno?». Ascolta per qualche secondo. «Che case sono? Okay. Villette a schiera. Come sei arrivato fin lì? Te lo ricordi?». Silenzio. «D'accordo, stavi con un amico. Capito, guidava lui. E ti ha mollato lì. Che avete fatto?». Altra pausa, stavolta carica di tensione. «Okay, avete fumato».

Dallo specchietto retrovisore incrocio lo sguardo inquieto di Brooks. Prego Dio che si tratti di marijuana. L'ideale sarebbero sigarette, ma dubito che questa follia sia dovuta a un pacchetto di Marlboro.

«La cartina mi dà un paio di vie con la parola Forest. Stai vicino al mare? Siete andati verso Marblehead? No? Sicuro?». Di colpo si rasserena. «Ah, okay, so dove sta. No, mi ricordo di Ricky. Non ricordo una Forest Lane ma ricordo bene il quartiere. Okay. Ti chiamo quando siamo vicini. Ciao».

Butta giù e dice: «Nashua. Sta vicino alla zona dove abitavamo, proprio come pensavo».

Allora ci aspettano quaranta minuti di macchina. Anche di più, se troviamo altri incroci al buio.

«Mi faccio una dormita», fa Brooks. «Svegliatemi quando arriviamo».

Per dieci minuti buoni guido in silenzio, finché non ce la faccio più. «Non vuoi proprio dirmi nulla su questo tipo?», brontolo. «Vuoi che vada dal tuo ex senza sapere in che stato è, cazzo?»

«Non so dirti in che stato è, Jake», fa lei stanca. «Non lo vedo da un sacco. Mi ha chiamato poco tempo fa per chiedermi soldi, ma io gli ho detto di no».

«Eppure stiamo andando a soccorrerlo».

«Sì», ribatte lei. «Non hai sentito che voce aveva, ok? Sembrava fuori di sé. Che cosa faresti se una persona a cui volevi bene ti chiamasse nel panico, dicendo che non sa dove si trova, che ha freddo, è bagnata e stesa in un canale di scolo? La lasceresti lì? Io non ce la faccio».

«Perché? Perché stavate insieme alle superiori? Chi è questo tipo? Eric… Eric cosa?». La mia frustrazione non fa che aumentare. «Che ruolo ha nella *tua* vita?»

«Si chiama Eric Royce».

Mi acciglio, un vago ricordo che mi balena per la testa. Il nome mi dice qualcosa. Come mai lo conosco?

«Era il giocatore migliore della scuola», continua Brenna. «Lo aveva selezionato il Chicago».

Ecco. «Oh cazzo!», faccio. «Che fine ha fatto?».

Alza il cellulare piccata. «Sta in un canale di scolo strafatto di metanfetamina, Jake. Ecco che *fine* ha fatto».

«Metanfetamina?». Brooks si rizza, scordandosi del pisolino. «Stiamo andando da un tipo che si fa di metanfetamina?»

«Non lo so», risponde lei rattristata. «A quel che sapevo era la sua droga preferita, ma per quanto ne so, potrebbe essere strafatto di analgesici o sbronzo marcio. *Non so davvero*». Si passa entrambe le mani tra i capelli. «Potete lasciarmi da qualche parte, me la vedo da sola. Non serve che veniate. Fermatevi due isolati prima, continuerò a piedi e prenderò un Uber per tornare a casa».

La fisso sconcertato. «Non ti abbandono in una zona di spaccio, cazzo».

«Non è una zona di spaccio. È un paesino attaccato a quello in cui sono cresciuta, e sono cresciuta in una cittadina tranquilla, okay? E sì, ogni posto ha il tossico di turno e in questo caso si tratta di Ricky Harmon, ma sto solo ipotizzando che c'entri la metanfetamina. Non ne ho la certezza e se ti metti a sclerare, non è che per miracolo avremo delle risposte».

Cala un silenzio teso. Dallo specchietto retrovisore vedo la faccia di Brooks intenerirsi. Allunga una mano e le stringe la spalla. «Tutto a posto, Jensen. Ci siamo noi, okay?».

Brenna si morde il labbro e lo guarda con riconoscenza.

Cambio corsia per superare un tir che va a metà della velocità consentita nonostante non piova più. «Insomma, stavi con Eric Royce», dico scontroso.

Brenna annuisce bruscamente.

Ricordo che alle superiori ho giocato contro di lui un paio di volte. Era molto bravo. «Non è mai arrivato alla lega nazionale», rifletto.

«No», fa lei, la voce venata di tristezza. «Dopo il diploma è andato allo sbando».

«Come mai?»

«In pillole: aveva qualche problema emotivo e gli piaceva divertirsi. E non sapeva moderarsi». Ha un attimo di esitazione.

«E poi l'ho mollato poco dopo che era stato selezionato. Non l'ha presa per niente bene».

«Cacchio», fa con una vocina Brooks. «L'hai mollato ed è finito nel tunnel della droga e della disperazione? Brutta storia».

Brenna si morde un'altra volta il labbro.

«Brooks», lo redarguisco. Cerco di rassicurarla: «Sono sicuro che non c'è finito per colpa tua».

«Invece sì. Almeno in parte. La rottura l'ha distrutto. Già era incline a bere e drogarsi, ma quando ci siamo lasciati ha iniziato a esagerare. Beveva ogni sera, marinava la scuola per andare a fumare cannoni con Ricky Harmon e altri sbandati che si erano diplomati l'anno prima. Poi un weekend è andato a un rave e si è talmente devastato da dimenticarsi di andare a una partita decisiva. Siccome aveva già saltato gli allenamenti, quando non si è presentato l'allenatore l'ha cacciato dalla squadra».

A proposito di allenatori. «Tuo padre lo sapeva che stavate insieme?»

«Sì, è stato un gran casino». Si prende la testa tra le mani ed emette un verso stanco. «Ci siamo messi insieme quando avevo quindici anni. All'inizio a papà andava bene, anche perché non è che avesse alternative. Sapeva che non poteva impedirmi di vederlo. Ero molto testarda».

«Eri?», scherzo io.

Ignora la frecciata. «Comunque, quella partita saltata è stata l'inizio della fine. Il Chicago ha scoperto che lo avevano cacciato dalla squadra. E non aveva ancora firmato il contratto. Erano ancora in fase di trattative».

Annuisco. Un sacco di gente non capisce che se un club ti seleziona non significa che entri subito nella squadra. Significa solo che ha il diritto di prelazione per un anno, durante il quale bisogna definire il contratto.

«Hanno deciso di non prenderlo», continua lei rattristata. «Quando poi si è sparsa voce che era un festaiolo nessun'altra squadra ha voluto acquistarlo. Quindi Eric ha iniziato a sballarsi ancora di più e a uscire con gente nuova, ed eccoci qui».

Eccoci qui. A guidare verso un altro Stato alle dieci e mezzo di sera alla ricerca dell'ex ragazzo di Brenna che forse è fatto di metanfetamina.

Fantastico.

Con la coda dell'occhio noto che si tortura le mani. Odio vedere una ragazza tanto cazzuta così scossa. Per quanto la situazione mi metta a disagio, appoggio un braccio tra i due sedili per stringerle la mano.

Lei mi lancia un'occhiata riconoscente. «Grazie dell'aiuto».

«Nessun problema», mormoro, e prego che *non* ci saranno davvero problemi.

Visto il brutto tempo e l'ora tarda per fortuna non c'è traffico e arriviamo a Nashua prima del previsto. Quando esco dall'autostrada Brenna richiama Eric.

«Ehi, sono io. Stando al GPS stiamo a due minuti da Forest Lane. Tra poco arriviamo, ma devi darmi un punto di riferimento o altro per trovarti».

«Questa è Forest Lane», le dico mentre svolto. Per fortuna nella zona non è saltata la luce e i lampioni funzionano.

«Vedo le villette a schiera», dice al cellulare. «Stai seduto sul ciglio della strada? Su un marciapiede?». Impreca. «Tra i cespugli? Dio santo, Eric!».

Di colpo mi dispiace da morire per lei. Il disgusto che cerca di trattenere la sfigura e non posso neanche immaginare quanto sia brutto provare repulsione per una persona alla quale una volta si voleva bene.

«Un giardino con cosa?», chiede. «Un coso enorme che gira… Un coso di metallo che gira… Eric, non capisco cosa…».

«Eccolo!», fa Weston attaccato al finestrino. «A destra. Credo che intenda il piccolo mulino in quel giardino laggiù».

Accosto sul ciglio. Brenna apre la portiera prima ancora che la macchina si fermi. «Aspetta!», le urlo, ma è già fuori.

Merda.

Smonto dall'auto. Brenna si precipita verso una siepe tra due giardinetti. Quando la raggiungo si butta in ginocchio.

Lancio un'occhiata oltre di lei e scorgo una sagoma china che la abbraccia per le ginocchia. La maglietta infradiciata gli sta incollata al petto. I capelli gli arrivano alle spalle, le ciocche scure bagnate o unte gli incorniciano il viso scavato. Quando il ragazzo alza lo sguardo verso di noi ha le pupille talmente dilatate che non si vedono neanche le iridi. Solo due cerchi neri che brillano negli occhi.

Appena riconosce Brenna inizia a biascicare: «Sei arrivata. Oh, grazie a Dio sei arrivata. Lo sapevo che venivi, lo sapevo, perché stavamo insieme e mi sei sempre stata accanto e stavi bene con me, no? Stavi bene con me?»

«Sì», dice lei con tono completamente anaffettivo. «Benissimo. Su, alzati, Eric». Cerca di aiutarlo ad alzarsi ma lui non si muove.

Avanzo di un passo.

Eric sgrana gli occhi spaventato. «Chi è?», domanda. «Hai chiamato la pula, Bren? Pensavo...».

«Non ho chiamato la pula», lo tranquillizza. «È un amico, okay? Mi ha dato un passaggio perché non avevo l'auto e ha accettato ti riportarti a casa. Adesso aspetta che ti aiutiamo ad alzarti».

Sembra che Eric voglia assecondarla, ma poi punta verso qualcosa alle mie spalle. Brooks non potrebbe avere un tempismo peggiore.

«Chi è quello?», urla nel panico Eric. Gli occhi con le pupille enormi schizzano forsennatamente da me a Brooks. «Sono venuti a portarmi via, vero? Non ci torno in quella cazzo di clinica, Brenna! Non mi serve!».

«Ti riportiamo a casa e basta», fa lei con calma, ma dalla frustrazione pura che le adombra il viso si capisce che è tutt'altro che calma.

«Giuri?»

«Giuro». Si china per scostargli dalla fronte una ciocca bagnata. Le tremano le mani. Non provo più alcuna gelosia per questo tipo. Soltanto pena. «Ti riportiamo a casa, okay? Ma devi permettere ai miei amici di aiutarti ad alzarti, perché da sola non ce la faccio».

Senza una parola allungo una mano verso l'ex di Brenna.

Dopo un attimo di esitazione la prende.

Lo sollevo. Una volta in piedi scopro che è alto all'incirca quanto me, uno e ottantotto, forse un po' di più. Sospetto che una volta era molto più grosso. Ora è magrissimo. Non magro come un chiodo, ma di sicuro non ha il fisico da giocatore di hockey di una volta.

Brooks lo squadra sgomento. Mi lancia un'occhiata e noto la stessa pena che provo io. Il mio compagno di squadra si toglie la giacca a vento e si avvicina per appoggiargliela sulle spalle.

«Tieni, scaldati», bofonchia, e in tre accompagniamo il ragazzo tremante verso l'auto.

«Westlynn sta a dieci minuti di macchina», mi dice Brenna quando arriviamo alla Mercedes.

Stavolta Brooks si mette accanto a me, mentre Brenna si siede dietro con Eric, che passa tutto il viaggio a ringraziarci senza sosta per essere andati a prenderlo. A quanto ho capito era andato a trovare un amico tre giorni fa.

Tre giorni fa.

Quando lo dice mi vengono in mente i programmi e i documentari sui tossicodipendenti. La metanfetamina è una droga particolarmente subdola, perché a quanto pare lo sballo dura pochissimo. Perciò chi la assume aumenta di continuo la dose e strippa a ripetizione per evitare che l'effetto passi. Ed è quello che ha fatto Eric Royce: ha strippato per settantadue ore di fila. E ora è in down. Ha salutato il suo amico per tornarsene a casa, ha perso completamente il senso dell'orientamento ed è finito tra i cespugli di chissà chi.

E una volta era il miglior giocatore della sua scuola.

Non riesco a capacitarmene. Una persona sta a tre metri dal cielo e un attimo dopo tocca il fondo. È spaventoso quanto poco ci voglia a cadere in un baratro.

«Lo sapevo che venivi», farfuglia Eric. «Adesso che ci sei magari puoi darmi un cinquantone e...».

Sgrano gli occhi.

«La situazione è svoltata», mi sussurra Brooks.

«Neanche per sogno». Il tono deciso di Brenna tronca qualsiasi discussione. «Non ti do neanche un centesimo. Mi sono fatta quasi un'ora di strada per venire qui... Anzi, non solo io. Ho trascinato i miei amici sotto la pioggia per venire a cercarti, per *aiutarti*, e ora vieni a chiedermi soldi? Per comprarti altra droga, che è proprio il motivo per cui ti trovi in questa situazione? Cosa ti dice il cervello?».

Eric inizia a piagnucolare. «Dopo tutto quello che abbiamo passato...».

«Proprio per questo!», tuona Brenna con tale veemenza che io e Brooks abbiamo un soprassalto. «Dopo tutto quello che abbiamo passato non ti devo niente. Non ti devo un bel niente, Eric».

«Ma io ti amo ancora», bisbiglia.

«Ooh mamma», fa sottovoce Weston.

Trattengo un sospiro. Questo ragazzo è la persona più patetica che abbia mai conosciuto e mi sforzo di ricordarmi che ha evidenti problemi di droga. Ma a quanto dice è lui che si rifiuta di disintossicarsi. Che si rifiuta di salvarsi.

Sia come sia, quando arriviamo a casa sua sono parecchio sollevato. «Aspettate, vado a parlare con la madre prima di portarlo dentro», dice Brenna. «Devo avvisare Louisa».

Scende e corre verso la casa a due piani. È cinta da un porticato bianco, ha grandi bovindi e un'accogliente porta rossa. Si stenta a credere che ci viva un tossico.

Aspetto che Brenna arrivi al portico, dopodiché mi giro e sussurro a Eric: «Senti, non so cosa ci sia stato tra te e Brenna, ma questa è l'ultima volta che la chiami».

Mi fissa con aria confusa. «Ma devo chiamarla. È una mia amica e...».

«Non è una tua amica». Serro a tal punto la mascella che fatico a parlare. «L'hai messa in pericolo, l'hai fatta viaggiare sotto la pioggia per venire a soccorrerti e poi la ringrazi chiedendole soldi per la droga. *Non* sei suo amico».

Mi sa che un pizzico di senso di colpa è riuscito a fare breccia nello sballo, perché iniziano a tremargli le labbra. «È una mia amica», ripete, ma con meno convinzione.

Brenna ritorna accompagnata da una signora mora con addosso una vestaglia di flanella e stivali da pioggia. Sembra che l'abbiano buttata giù dal letto.

Spalanca la portiera sul retro. «Vieni, amore. Entriamo in casa».

Eric riesce a scendere dal sedile da solo. Quando si alza barcollando, la madre lo prende sottobraccio. «Su, amore, entriamo». Lancia uno sguardo verso il sedile del guidatore. «Grazie mille per avermelo riportato a casa».

Mentre si allontana reggendolo, una Brenna costernata sbircia attraverso il finestrino abbassato di Brooks. «La tua giacca», gli ricorda.

«Può tenerla. Ne comprerò un'altra». Dalla risposta si capisce quanto voglia uscire il prima possibile da questa situazione.

Non lo biasimo.

Appena Brenna allaccia la cintura dietro, mi volto e le chiedo: «Hastings?».

Scuote piano piano la testa, e rimango di stucco nel notare le ciglia lunghe bagnate di lacrime. «Posso dormire da voi?».

Capitolo ventisette
Brenna

«Mi vergogno come una ladra». Mi butto al centro del letto di Jake, con addosso soltanto una sua maglietta e un paio di calzettoni. Mi brucia ancora l'umiliazione di aver dovuto setacciare le strade del New Hampshire alla ricerca del mio ex tossico... e di essermi trascinata dietro altre due persone.

Jake chiude la porta. «Non devi. Ognuno ha i suoi casini».

«Davvero? Quindi anche tu hai una ex che si fa di metanfetamina nascosta da qualche parte che potrebbe aver bisogno di aiuto da un momento all'altro? Ottimo! Abbiamo un sacco di cose in comune!».

Le sue labbra si increspano. «Okay, forse non ho casini emozionanti come i tuoi». Si passa una mano tra i capelli bagnati, dopo la doccia.

Ce la siamo fatta tutti e due – separatamente – appena siamo arrivati a casa sua. Dopo esserci presi la fredda pioggia di aprile ed essere tornati a casa con i vestiti bagnati, dovevamo proprio scaldarci. Sono ancora sconcertata che Jake e Brooks mi abbiano dato una mano. Si sono davvero fatti in quattro.

Non riesco a togliermi dalla testa il viso di Eric. Le pupille dilatate, la mitragliata di parole confuse. È tremendo sapere che si è fumato metanfetamina per tre giorni di seguito, si è perso in un tranquillo quartiere residenziale ed è svenuto in mezzo a una siepe. Impaurito. Da solo. Grazie a Dio sua madre continua a pagargli le ricariche del cellulare, così almeno ha un mezzo di comunicazione per chiedere aiuto.

Solo che avrei preferito che non chiamasse *me*.

«Non riesco a credere che è lo stesso Eric Royce che stava per entrare nei Chicago», dice Jake, un lampo di pena nello sguardo.

«Lo so».

Mi raggiunge sul letto. «Stai bene?»

«Sì, non è la prima volta che ho dovuto tirarlo fuori dai guai». Poi rettifico: «Mai a questo livello, però. Di solito vuole soldi. L'anno scorso ho commesso l'errore di dargliene un po' e ora pensa di potermene chiedere di continuo».

«Siete stati tanto insieme?»

«Un annetto e mezzo».

«E l'hai mollato tu».

Annuisco.

«Perché?»

«Perché non ce la facevo più». Scaccio il magone. «Era troppo, non stavamo più bene. E poi mio padre aveva iniziato a odiarlo».

«Non odia tutti?»

«Più o meno». Accenno un debole sorriso. «Ma in particolare Eric».

«Non so se posso biasimarlo».

«Neanch'io. Ma non conosci tutta la storia. Ci è successa una cosa e per Eric è stata una batosta. Era immaturo e non sapeva gestire bene le emozioni. Ha commesso tanti errori». Scrollo le spalle. «E mio padre non ammette errori».

Mi si incrina la voce e spero che Jake non se ne accorga. È questo il problema: per mio padre non esiste il perdono. Non mi ha mai perdonato la storia con Eric e tutti i problemi che ha causato. E dubito che lo farà mai.

Mi sento di nuovo avvampare le guance. «Visto? Te l'avevo detto che era meglio non affezionarti a me. Sono troppo incasinata».

«Non è vero», fa lui. «Anzi, sembra che hai messo la testa a posto, che ce l'hai sulle spalle. Specie in confronto al tuo ex».

«Be', uno dei due doveva fare l'adulto della situazione». L'amarezza mi sale in gola. La scaccio. «Alla fine ho portato avanti la storia da sola. Eric è crollato e non mi è stato accanto nel momento del bisogno, ma pretendeva che io gli stessi sempre vicino. Era estenuante».

«Immagino».

Mi stropiccio gli occhi stanchi. La storia con Eric mi ha insegnato molte lezioni, e la più importante è che si può contare soltanto su sé stessi. Non aveva gli strumenti per gestire le mie emozioni e non so se sia un problema solo suo o degli uomini in generale. Quello che so per certo è che non sarò più così avventata con i miei sentimenti.

«Se ti richiama, preferirei che non rispondessi», mi dice Jake brusco.

«Ma dai. Quindi se si trovasse in un fosso e gli servisse aiuto dovrei lasciarlo morire?»

«Forse».

Lo guardo sconvolta.

«Non voglio sembrarti insensibile, ma alcune persone devono toccare il fondo per cambiare. Non puoi salvarle sempre», continua mesto. «Devono rialzarsi e salvarsi da sole».

«Mi sa di sì», sospiro. «Ma sta' tranquillo, non ricapiterà. Non ho più intenzione di correre in suo aiuto».

«Bene». Jake striscia verso la testiera del letto e solleva un angolo del piumone. «Vieni qui. Domani sarà una lunga giornata. Facciamoci una dormita».

«La nostra prima notte insieme, Jakey. Che emozione!». Al mio sarcasmo manca il solito mordente. Ha ragione Jake. Sono esausta. E vorrei solo cancellare il ricordo di Eric Royce. Anch'io ero a pezzi quando la nostra storia è andata a rotoli. Sono quasi morta per colpa sua. Quando è troppo, è troppo. È un fantasma del passato ed è ora che lo dimentichi.

Mi infilo sotto le coperte e mi accoccolo accanto a Jake. Sta a pancia insù e appoggio la testa sul petto nudo. Dopo la doccia profuma di pulito e ha la pelle caldissima. Sento il suo cuore. Un battito regolare, rasserenante.

Non ci credo che stasera ha fatto tutto questo per me. Avrei potuto andare a cercare Eric da sola, ma non me l'ha permesso. Mi è stato vicino, e al pensiero mi viene un po' il magone, perché non ricordo l'ultima volta in cui qualcuno mi è stato veramente accanto.

«Posso chiederti una cosa?», mi bisbiglia al buio.

«Certo».

«Posso baciarti o sei troppo stanca?»

«Cavolo no, baciami, per favore».

Si gira su un fianco e appoggia la guancia su un braccio steso. Si avvicina un pochino, finché le nostre labbra non si sfiorano. Dopodiché ci baciamo e vengo pervasa da un'emozione travolgente.

Non so se sia per il calo d'adrenalina, o se ho bisogno di affetto dopo gli avvenimenti della serata, ma l'intimità emotiva che abbiamo raggiunto stasera si sta unendo alla fortissima attrazione fisica che provo ogni volta che stiamo insieme. Non so per quanto tempo ce ne stiamo distesi così a baciarci, ma ben presto non mi basta più. Ho l'affanno e lo desidero. Lo ributto a pancia insù e gli salgo sopra, strusciandomi su di lui per alleviare il desiderio.

Jake mi prende per il sedere e geme attaccato alla mia bocca, e di colpo la sua erezione sbuca dai boxer.

«Oh, ciao!», la saluto.

«Scusa, giuro che non l'ho fatto apposta», fa Jake con un gran sorriso.

Apposta o no, è una visione gradita. Accarezzo il membro caldo e duro, fremendo al ricordo di com'è stato tenerlo in bocca, a quanto ho goduto quando l'ho portato al culmine del piacere. Vorrei riviverlo.

No. Vorrei qualcosa di più.

«Voglio sentirti dentro di me», gli dico.

«Sì?», fa lui con voce arrocchita.

«Sì». Inspiro lentamente. Ora che mi sono decisa, il cuore mi batte a mille, un martellio nelle orecchie. Non sono una che si concede facilmente. «Ce li hai i preservativi?»

«Nel primo cassetto».

Lo accarezzo piano piano e allungo una mano verso il comodino. Prendo la scatola di preservativi nel cassetto, tiro fuori una striscia e ne strappo uno. Prima che riesca ad aprirlo, Jake si mette seduto e mi toglie la maglietta, le mani grandi che mi prendono i seni. A quel punto finisco io a pancia insù, schiacciata dal suo corpo muscoloso, completamente alla sua mercé.

«Entra». Lo bacio impaziente, il bacino che si alza da solo alla ricerca di sollievo.

«Aspetta che ti preparo». Le sue labbra scendono lungo la mia pancia, lasciandosi dietro una scia di fremiti.

I polpastrelli callosi grattano sulla pelle, mentre mi accarezza lievemente l'interno delle cosce per poi divaricarmi le gambe. Quando le labbra mi toccano il clitoride, il mio corpo viene scosso da una danza di piacere.

Mi sfrega con un dito l'apertura. «Cazzo», mugola. «Sei *prontissima*».

È vero. Baciarlo mi eccita da morire. «Visto? Torna su».

«No». Sento la sua bocca schiudersi in un sorriso, attaccata alla mia carne. Tira fuori la lingua per un altro assaggio e rimane lì a torturarmi per diversi minuti, finché non giro mollemente la testa di lato e con le mani afferro le lenzuola.

Il fremito del mio clitoride è inequivocabile: sto per venire. Cerco di resistere, perché voglio a tutti i costi godere dopo che Jake mi è entrato dentro. È da tantissimo che non faccio sesso. E se non riuscissi più a venire stasera?

«Jake», lo supplico. «Ti prego». Afferro il preservativo e glielo lancio.

Ridacchiando, Jake si tira su e si inginocchia tra le mie gambe. L'abat-jour emette una luce fioca ma non mi serve altro per ammirare il suo petto. Passo le dita sui muscoli, godendomi il modo in cui fremono quando li tocco.

Mi solleva il sedere e sposta il suo bacino, un luccichio di desiderio nello sguardo. Mi ritrovo a trattenere il fiato mentre aspetto che mi entri dentro. E quando finalmente lo fa, provo la sensazione più bella e soave del mondo. Mi allarga, riempiendomi tutta.

Quando il membro affonda completamente, Jake reprime una parolaccia di supplizio.

«Tutto bene?», gli chiedo subito.

Gonfia il petto, inspirando profondamente. «Perché sei così stretta? Sicura che non sei vergine?».

Ridacchio. «Te l'ho detto, non lo faccio spesso».

«Perché?», mi chiede e scuote la testa come per rimproverarsi. «Uh, okay, ne parliamo dopo. Fra tre secondi esplodo».

«Non azzardarti! Non abbiamo neanche iniziato».

Ha l'affanno. «Farò il possibile». Ha il viso tirato, però. Si muove pianissimo. Geme di nuovo. Dopodiché si china lentamente su di me per mettersi nella posizione del missionario.

Mi bacia, una lenta seduzione stuzzicante per le mie labbra. Nel frattempo muove i fianchi con una tale lentezza straziante che nel giro di poco mi contorco. «Ma lo fai apposta?», dico impaziente.

«No», mugugna lui. «Te l'ho detto, sono lì lì. Se vado più veloce non riuscirò a trattenermi».

«Che fine ha fatto la tua resistenza?», lo sfotto.

«Sta dentro la tua patatina stretta, piccola».

Mi scappa una risata. «Quindi mi stai dicendo che dovrei farmi penetrare più spesso per evitare che ti piaccia così tanto?»

«Solo se ti fai penetrare da me. O da un vibratore. Qualsiasi altra cosa è fuori legge».

«Che legge?»

«La mia», mormora. Affonda ed entrambi soffochiamo un urlo.

Ha un velo di sudore sul petto. Non accelera minimamente e mi sta facendo impazzire. Mi avvinghio alle sue spalle larghe per accarezzargli la schiena. Lui incolla le labbra al mio collo mentre muove lentamente i fianchi. È quasi insopportabile. Vorrei che accelerasse il ritmo, ma vorrei anche che non finisse mai. Infilo una mano tra di noi e mi accarezzo piano piano il clitoride.

E a quel punto lui si ferma del tutto.

«Mi prendi in giro?», strillo. «Hai intenzione di restare fermo così?»

«Un attimo solo. Finché non manca poco anche a te». Mi osserva in viso mentre mi accarezzo. «Quanto sei bella, cavolo».

Deglutisco. I suoi occhi verdi avvampano e mi trapassano. Ci fissiamo negli occhi con intensità e non riesco a distogliere lo sguardo. Mi accarezzo più forte. Anche Jake si accorge che ho l'affanno.

«Ci siamo», mi incoraggia. «Sì, cazzo, ci siamo».

Gemo facendo ondeggiare i fianchi.

Jake mi appoggia una mano aperta sulla pancia per bloccarmi. «Non ancora».

Quindi continuo ad accarezzarmi mentre lui sta fermo dentro di me. Mi riempie tutta. Continuiamo a guardarci negli occhi. Jake mi fa talmente sesso che non riesco a distogliere lo sguardo. Si lecca le labbra, e a quel punto vado in estasi.

«Sto venendo», dico affannata, e all'improvviso Jake mi dà quello che gli chiedo da quando siamo a letto: affondi veloci, e porca miseria, l'orgasmo è un'esplosione di piacere.

Il resto del mondo svanisce. Ci siamo soltanto io e Jake. Anima e corpo. Mi entra dentro fortissimo. E quando viene mi morde sul collo, un gemito rauco e beato che mi vibra sulla pelle. E basta quest'istante meraviglioso per dare un senso alla serata.

Capitolo ventotto
Brenna

«Dov'eri finita?».

Quando mio padre mi arriva alle spalle ho un soprassalto, neanche fossi un cavallo spaventato. Sto al bancone della cucina in attesa del caffè e non l'ho sentito entrare.

Mi giro e lo trovo a guardarmi con cipiglio. Ricambio. «Ti ho mandato un messaggio ieri sera per dirti che restavo a Boston da un amico».

«E quanto ti ho chiesto chi era non hai risposto».

«Perché era inutile dirtelo. Sapevi che ero al sicuro».

«È una battuta? Il fatto che stessi da un amico non significa che fossi al sicuro. Che amico era? Non sarà il ragazzo che è venuto qui la scorsa settimana?».

Sospiro. «Hai promesso di non riaprire il discorso».

«E tu hai promesso di non fare stupidaggini».

«E che stupidaggini faccio? Sì, a volte bevo qualcosa con gli amici o vado a ballare. A volte esco per divertirmi… con i *tuoi* giocatori, tra parentesi».

«E dovrebbe tranquillizzarmi?». Ha lo sguardo infuocato di rabbia. «L'ultima volta che sei uscita con un giocatore di hockey per poco hai rischiato la vita».

Vengo assalita dai sensi di colpa. Se papà scoprisse che ieri sera ho dato una mano a Eric, scoppierebbe il finimondo. Gli do le spalle, apro un pensile e mi prendo una tazza. «È passato tanto tempo, papà. Cinque anni, per la precisione».

«Eppure continui a uscire di nascosto e a passare la notte fuori».

«Papà». Mi giro di scatto. «Guardami». Alzo e abbasso le mani lungo il corpo. «Sono tutta intera. Viva. Non ho neanche i postumi da sbornia, ieri sera non ho toccato alcol. Sono rimasta a Boston perché diluviava e c'erano stati dei black-out. Non mi sentivo sicura a tornare a casa». Sbatto la tazza al centro del bancone. «Mi sono comportata da persona responsabile e mi becco un cazziatone. Ti rendi conto che è assurdo?»

«Ah sì? Quindi ti sei comportata da persona *responsabile* andando a Westlynn durante il succitato diluvio e i black-out per portare via Eric Royce da un luogo di spaccio?».

Raggelo. Come cavolo fa a saperlo?

Mentre il senso di colpa mi sale in gola, inspiro lentamente e mi ricordo che non ho fatto nulla per cui sentirmi in colpa. Non sono obbligata a raccontare a mio padre ogni dettaglio della mia vita.

Aspetta che gli dica qualcosa. Vedendo che non lo faccio, impreca. «Ieri sera mi ha chiamato Louisa Royce. Non aveva il tuo numero di cellulare e voleva ringraziarti ancora per aver riportato il figlio a casa sano e salvo. E vieni a dirmi che non fai stupidaggini. Perché lo frequenti ancora, Brenna? Quel ragazzo è soltanto una fonte di guai».

«Non lo frequento. Era nei guai e sono andata ad aiutarlo».

«Perché? Non si merita il tuo aiuto. Non si merita un bel niente». L'odio puro che ha nella voce fa spavento. Mio padre non sarà un tenerone, non ti ricoprirà di baci e carezze, ma non ha nemmeno il cuore di pietra.

«Dai, papà. Eric non è una cattiva persona. Sta solo attraversando un brutto periodo».

«E non spetta a te salvarlo». Si passa le mani sulla testa rasata. Ha lo sguardo un po' stralunato. «Hai idea di quanto fossi preoccupato quando ho chiuso la telefonata con sua madre? Non sapendo se stavi bene?»

«Sapevi che stavo bene. Ti avevo detto che stavo da un amico».

«Che amico?», mi richiede.

«Non importa. Sai che non era Eric, perché Louisa non avrebbe chiamato per parlare con me se avessi passato la notte da loro. Quindi rilassati, per cortesia».

«Vuoi che mi rilasso», bofonchia. «Il prossimo fine settimana abbiamo una partita cruciale e invece di prepararmi mi devo preoccupare del fatto che mia figlia possa correre pericoli!».

«Non corro nessun pericolo!». Mi si strozza la voce per la frustrazione. Vorrei pestare i piedi come una bambina. Non lo capisco. Papà ha due modalità: o mi ignora e si disinteressa completamente della mia vita, o mi sgrida per cose che non sono neanche successe.

Mi verso il caffè, le mani che mi tremano. «Te lo dico per l'ultima volta», faccio, la voce trema quanto le mani. «*Non* sono tornata con Eric e mai lo farò. Ogni tanto mi chiama ancora, di solito per chiedermi soldi».

Mi giro per guardarlo in faccia. Ha un'espressione più dura della pietra.

«Gliene ho dati una volta», ammetto. «Ma poi ho capito che ci avrebbe fatto l'abitudine e non gliene ho dati più. Ormai chiama raramente, magari un paio di volte all'anno. Ieri sera mi ha telefonato in lacrime, impaurito perché non sapeva dove si trovava... Scusami se sono stata così stupida da voler evitare che una persona a cui ho voluto bene morisse per strada, cazzo».

«Brenna», inizia a dire papà con tono aspro.

«Cosa?»

«Solo...». Emette un sospiro. «La prossima volta che dormi fuori dimmi da chi stai. Non farmi preoccupare di nuovo così».

Dopodiché esce dalla cucina.

Jake: Tutto ok?

Io: Così così. Papà ha ripreso a ignorarmi, quindi immagino gli sia passata. Ora vado da Summer per una serata tra ragazze.

Jake: Sì, cazzo. Fammi un video.

Io: Che pensi succeda in una serata tra ragazze?

Jake: Robe senza vestiti, ovvio. Lotte coi cuscini. Prove di bacio. Anzi, aspetta, cancella. Andiamo all'università. Vi insegnate come leccarla.

Io: Esattamente. Sei proprio un pervertito.

Jake: Sì. Ti chiamo dopo.

Io: Non serve.

Jake: Lo so che non serve. Mi va.

Mi mordo il labbro per evitare di sorridere al cellulare. Ma non riesco a frenare la vaga sensazione di contentezza che provo. La serata di ieri è iniziata in modo orrendo ed è finita in modo… tutt'altro che orrendo.

Non ci credo ancora che ho sono stata a letto con Jake. In senso proprio e figurato. Dopo che l'abbiamo fatto mi sono addormentata tra le sue braccia. Che casino. Credo che mi piaccia davvero e non so con chi potrei parlarne. Summer lo direbbe a Fitz in un nanosecondo, mentre Audrey ed Elisa non sono capaci di tenere un segreto.

Quando sono nei pressi della casa di Summer la mia padrona di casa Wendy mi scrive per aggiornarmi sullo stato dell'appartamento.

Wendy: Non è ancora pronto. Magari tra una settimana, forse meno. Abbiamo trovato muffa in ripostiglio e stiamo cercando di eliminarla. Intanto mandarmi l'elenco delle cose che hai perso nell'allagamento. Tra qualche giorno scriviamo all'assicurazione per il risarcimento.

Io: Dopo te lo mando. E per favore di' ai tizi della muffa di sbrigarsi! Non ce la faccio più a vivere con mio padre.

Wendy: LOL. Al pensiero di tornare a vivere dai miei mi sento morire.

Io: Esatto, sbrigatevi!

Wendy: Faremo del nostro meglio :)

Metto via il cellulare ed entro in casa senza bussare. Dalle risatine squillanti che provengono dal soggiorno capisco che le altre sono già arrivate. Trovo Summer sul divano con Audrey. Daphne, un'amica di Summer, è accoccolata sulla poltrona. A completare il gruppetto c'è una faccia che non vedo da quella mattina al diner. Rupi Miller. Ovvero la stalker-barra-fidanzata di Hollis.

«Brenna!», esclama tutta contenta. Sta seduta su un cuscinone a terra, vestita più o meno come quella volta al diner: ha un vestitino azzurro svasato con il colletto di pizzo, calze nere e due fermacapelli glitterati sui capelli corvini. Carina e bon ton, e la sfumatura di azzurro del vestito le esalta l'incarnato.

«Vieni a sederti qui con me», mi esorta. «Stai benissimo!

Quanto sta bene, ragazze? Hai una pelle incredibile... così luminosa! Che cosa usi? Io mi faccio una maschera in casa, la ricetta è di mia madre. È per questo che ho un bel colorito roseo. È...».

«Vado a prendermi qualcosa da bere», la interrompo.

Esco dalla stanza. Rupi continua a parlare. Non so neanche con chi. Magari da sola?

Summer mi segue in cucina. «Santa pazienza, Bee, quanto *parla* quella! E io che pensavo di essere logorroica».

«Lo sei e lo è anche lei. Due logorroiche possono convivere nello stesso universo, tesoro. Non siamo mica in *Highlander*».

«Che è *Highlander*? Mai visto. È quel film sulla donna che torna indietro nel tempo?»

«No, quello è *Outlander*. Che peraltro dobbiamo assolutamente vedere, perché il protagonista è uno gnocco pazzesco».

«Aaah! D'accordo. Vediamolo alla fine del semestre».

«Andata».

Mentre mi verso un bicchiere d'acqua, Summer mi guarda scettica. «È una serata tra ragazze», mi ricorda. «Si beve margarita».

«Prima devo idratarmi. Oggi ho bevuto pochissimo. Sono rimasta chiusa in camera a lavorare alla tesina di fine anno per teorie della comunicazione».

Quando torniamo in soggiorno Rubi sta ancora sproloquiando sulla sua maschera facciale casalinga. «Solo farina di ceci e yogurt, ma *giuro* che è il miglior esfoliante *del mondo*. La pelle risplende».

Audrey e Daphne pendono dalle sue labbra. «Ora mi hai davvero incuriosita», fa la seconda. «Sono sempre alla ricerca di un buon esfoliante. Ultimamente ho una pelle schifosa».

«Potremmo farcela adesso», propone Audrey. «Hai yogurt e farina di ceci?».

Summer fa una faccia persa. «Boh».

«Andiamo a vedere». Rupi si fionda in cucina con le altre due al seguito.

Le osservo. «Sono appena diventate amiche del cuore?»

«Mi sa di sì».

«Ma quindi sta con Hollis?», chiedo mentre rubo il posto a Daphne. Mi accomodo sulla poltrona e piego le gambe di lato.

«Non lo so. Hanno il rapporto più assurdo del mondo», mi risponde sottovoce. «O lei gli urla addosso o lui urla addosso a lei. Se no limonano».

Mi mordo il labbro per non scoppiare a ridere. «Se ci pensi è proprio il genere di relazione in cui vedrei bene Hollis».

«Anch'io. Ma è stranissimo».

«Proprio come lui».

Summer sogghigna. «Detto da quella che ci ha limonato».

«E con ciò? Non hai mai limonato con uno strambo?»

«Hai limonato con Mike?». Rupi appare sulla soglia, la bocca spalancata.

Oh-oh.

Per un attimo prendo in considerazione l'idea di mentirle, ma poi mi rendo conto che sarebbe assurdo. A chi importa se ho baciato Hollis? E poi mica l'ha tradita con me. «Sì», confermo. «Ma non devi...».

«Ah!», mi interrompe lei, gli occhi castani che si illuminano. «Lo sapevo! Mike mi dice tutto!».

Davvero?

«Sta' tranquilla, non ce l'ho con te», mi rassicura.

«Anche se fosse, non mi importerebbe».

«Ah, quanto sei simpatica!». Ridacchia e poi chiede a Summer qualcosa sullo yogurt prima di sfrecciare in cucina.

«Non era una battuta», dico a Summer. «Se si fosse arrabbiata, non me ne sarebbe fregato un cazzo».

«Lo so», fa lei con una risata sguaiata.

Mi vibra il cellulare, e commetto l'errore di controllare.

Jake: Come va con le ragazze? Avete già avuto un orgasmo?
Io: Non ancora. Che delusione.
Jake: Non quanto lo è per me.

La detective Di Laurentis si mette subito a indagare. «A chi scrivi?»

«Nessuno».

«Non mentire. Hai appena scritto a *qualcuno*». I suoi occhi verdi si illuminano. «Continui a frequentare in segreto quel tipo di Harvard?».

Per poco non mi scappa un "Come fai a saperlo?!", quando capisco che si riferisce a McCarthy, non a Jake.

«Non ci siamo mai frequentati», le rispondo con una scrollata. «Siamo solo andati a letto un paio di volte». Quando la vedo aprire la bocca mi affretto ad aggiungere: «Rispondevo a Nate, okay? Rilassati».

«Uffa. Salutamelo». Sembra che sia rimasta male di non aver scoperto chissà quale scoop.

Se solo sapesse.

Tornano le altre. Rupi regge una ciotola di plastica piena di un intruglio marroncino. Ci insegna in quattro e quattr'otto come si usa. «Sei truccata?», mi chiede.

«No».

Daphne mi guarda storto. «Ci prendi in giro? Davvero non sei truccata? Non hai neanche il correttore?»

«No».

«E come fai ad avere la pelle così bella?»

«Genetica?», azzardo.

«Ti odio», replica.

Sotto lo sguardo vigile di Rupi incominciamo a impiastricciarci la faccia con quello strano intruglio di yogurt. «Per quanto dobbiamo tenerlo?», chiede Summer.

«Finché non si asciuga. Ma al massimo dieci minuti». Rupi si butta sul suo trono di cuscini accanto a me.

Dall'alto della poltrona le faccio un sorrisino. «Allora, come vanno le cose tra te e Hollis? State insieme?»

«Certo». Mi fissa come se venissi da un altro pianeta. «Ci siamo messi insieme dopo il primo appuntamento».

«E lui lo sa?», chiede divertita Summer.

«Certo».

Non riesco proprio a capire se questa ragazza deliri o…

In effetti non ci sono alternative. Secondo me delira, punto.

«È passato un secolo. Ormai siamo quasi una vecchia coppia sposata». Mi sorride raggiante. «Per questo non mi importa se vi siete baciati. Tanto per te non era una cosa seria».

«Magari lo era...», la punzecchio giusto per.

«No». Ha una sicurezza strabiliante. «Mike non è il tuo tipo».

«E tu che ne sai?»

«Perché è un cagnolino».

«Chi è un cagnolino?», chiede una voce maschile, e il cagnolino si materializza nella stanza. Quando nota cosa abbiamo in faccia lancia un urlo. «Perché cazzo vi siete spalmate la colla in faccia?»

«Perché tra tutte le cose a cui potevi pensare ti è venuta in mente la *colla*?», chiede Summer, allibita. «Perché cavolo dovrebbe essere colla?»

«Boh». Osserva la nostra disposizione, neanche potesse scegliere dove sedersi.

Rupi dà una pacca sul cuscino accanto a lei.

Soffoco una risata.

Hollis si butta a terra. Proprio un cagnolino. Indossa dei pantaloncini da basket e una T-shirt blu che gli mette in risalto gli occhi azzurri.

Gli fascia i muscoli impressionanti, una visione che mi sconcerta sempre un pochino. Mike Hollis è un bambino fastidioso nel corpo di un gran figo.

Cinge con un braccio le spalle strette di Rupi. «Ohi», le fa.

Nascondo un sorriso. Questa ragazza gli piace proprio, giuro.

«Visto che sei un cagnolino?», lo informa lei. «Sciocchino e adorabile».

«Non sono sciocchino e adorabile», protesta lui.

«Sì che lo sei».

«No. Non puoi paragonarmi a un cagnolino. Devi scegliere qualcosa di figo. Tipo uno stallone».

«Per essere uno stallone devi essere superdotato», scherzo io.

Audrey reprime una risata.

Rupi mi lancia un'occhiata scandalizzata. «Brenna! Non si fanno commenti sminuenti sul pene di un ragazzo. Ferisce l'ego. Il fatto che Mike non abbia un pene da stallone non significa che…».

«Perché parlate del mio pisello?», ci interrompe lui. «Manco l'avete visto, fra l'altro».

«Io l'ho toccato», dice compiaciuta Rupi e poi gli dà una pacca sul ginocchio. «Stavo dicendo alle ragazze che tra qualche giorno sarà il nostro anniversario».

«Abbiamo un anniversario?», fa Hollis, lo sconcerto dipinto in faccia.

«Sì, il mesiversario».

«Non è ancora passato un mese».

«Be', quasi…».

«Due settimane!».

«Venti giorni! Sono quasi *tre* settimane». Rupi lo scruta in faccia. «Quand'è il nostro anniversario, Mike?»

«Eh?».

Mi appoggio allo schienale della poltrona per godermi lo spettacolo.

«Quand'è che siamo usciti per la prima volta?», insiste lei.

«Come faccio a saperlo?»

«Eri presente!». Rupi scatta in piedi e si piazza le mani sui fianchi. «Non ti sei segnato la data? Che cosa ti dice il cervello?»

«Che cosa *mi* dice il cervello? Che cosa dice a *te*! Chi si segna la data di un appuntamento?»

«È stato il nostro *primo* appuntamento. Mi stai dicendo che non è stato memorabile?».

Si alza anche Hollis. Con il suo metro e ottantacinque sovrasta il metro e cinquanta di Rupi. Eppure qualsiasi persona presente capisce subito chi dei due porta i pantaloni.

«Ti sei presentata qui e mi hai trascinato fuori a cena», le ricorda. «Non sapevo manco chi cazzo eri».

«Preferirei che non dicessi parolacce davanti a me».

«Be', l'erba voglio cresce solo nel giardino del vicino».

«Ah ah!». A Summer scappa una fragorosa risata.

Daphne sembra quanto mai affascinata. «Che cavolo significa?»

«Non è un proverbio», informo Mike.

«Sì che lo è», brontola lui. «Lo dice sempre mio padre».

Summer fa un sorriso. «Oh mamma, Mike, tuo padre è strampalato quanto te».

Le lancio un'occhiata. «Da chi credi che abbia preso?».

Rupi non apprezza la digressione. Si avvicina a lui furibonda, e i due si trovano faccia a faccia. Quella di lei è tutta impiastricciata di porcheria allo yogurt, quella di lui paonazza per la frustrazione.

«Non riesco a credere che non ti importi del nostro anniversario!», fa Rupi girando i tacchi. «Devo rifletterci!», dichiara senza voltarsi. Un attimo dopo sentiamo i sui passi pesanti su per le scale.

Hollis si volta verso di me e Summer. «Perché mi avete fatto questo?», chiede afflitto.

«Ci sta simpatica», dichiara Summer.

«Ovvio, ovvio che vi sta simpatica, cazzo». Se ne va come una furia anche lui.

Per un po' nessuna dice niente.

«Secondo voi adesso possiamo sciacquarci la faccia?», chiede Daphne, tutta sorridente.

«Forse sì», risponde Audrey.

Andiamo in bagno, dove a turno ci togliamo la maschera. Dopo che mi tampono il viso con l'asciugamano noto che ho la pelle davvero liscissima.

«Rupi ha detto che bisogna mettere subito la crema idratante», mi informa Daphne.

«Aspettate che la prendo». Appena scompare Summer ci rimiriamo allo specchio.

«Oh mamma, è vero che ho il colorito roseo», fa in visibilio Daphne.

«Ho la pelle bellissima», si esalta Audrey. «Dovremmo fare dei barattoli di 'sta roba e venderla».

«Potremmo chiamarla "Colla facciale"», suggerisco.

Daphne ridacchia.

Summer torna con la crema idratante e riprendiamo il trattamento di bellezza. Rupi e Hollis stanno di sopra, ma li sentiamo urlarsi addosso. Quanto vorrei che scendessero e lo facessero davanti a noi. Sarebbe uno *spettacolo*.

Invece assistiamo allo spettacolo di Hunter che rincasa. È più figo del solito. Forse perché ha i capelli spettinati e un luccichio malizioso negli occhi.

Ha un incedere talmente spavaldo che non posso fare a meno di chiedergli: «Fatto zozzerie?»

«Un galantuomo non parla di queste cose». Mi fa l'occhiolino e poi si dirige verso la cucina.

«Per favore, potresti prendere la brocca gialla? Grazie!», gli urla Summer. «Ci serve il bis!».

«Certo, bionda».

«Oh». Guardo Summer. «Le cose tra voi vanno meglio».

«Sì», mi conferma. «Credo sia perché scopa un sacco. Le endorfine lo rendono più dolce e premuroso».

Hunter riappare e appoggia la brocca di plastica piena di margarita sul tavolino.

«Allora, chi è stata la fortunata stasera?», lo sfotto.

«Nessuna di tua conoscenza. Una in un bar di Boston».

«Che signore», fa Audrey.

Lui la guarda perplesso. «Mica abbiamo scopato nel bar».

«E questa ragazza del bar ha un nome?», chiede Summer mentre rabbocca a tutte il bicchiere.

«Violet». Scrolla le spalle. «Non per fare il bastardo, ma non sforzarti di ricordartelo. Mi ha cacciato di casa due minuti dopo che abbiamo fatto sesso».

Mi scappa da ridere. «Che donna crudele».

«Nah. Mi ha semplificato la vita», ammette. «Non volevo rivederla».

«Che signore», ripete Audrey.

Ora ridacchia lui. «Giusto. Io sono una brutta persona perché volevo una botta e via, mentre lei non è una brutta persona anche se voleva la stessa cosa. Non fa una piega».

Prendo il margarita e cambio argomento. «Siete pronti per la partita del weekend?», gli chiedo.

«Pronti come non mai. Però sarà dura batterli». La convinzione con cui lo dice lascia ben sperare. Almeno è concentrato sull'incontro, e non sulle tipe che si fa. «Se troviamo un modo per contenere Connelly e impedirgli di demolirci abbiamo buone probabilità di vincere».

Ah. Se trovano un modo per non farsi demolire da Jake, piacerebbe anche a me conoscerlo. Io una soluzione non l'ho ancora trovata.

Capitolo ventinove
Jake

Ogni giocatore si prepara a modo suo per una partita. Alcuni sono fissati con dei riti scaramantici, tipo Dmitry, che una volta si è tagliato con un pezzo di carta e poi ha sbaragliato la squadra avversaria, e ora prima di ogni partita si fa sempre un taglietto con un foglio. Oppure Chilton, che ha bisogno di sentirsi dire da sua madre: «In bocca al lupo, Coby!». Queste parole esatte, perché alle superiori la sua squadra è passata alle nazionali.

A me, invece, servono il mio braccialetto portafortuna e un po' di silenzio. Devo starmene seduto in pace per prepararmi psicologicamente, perché l'hockey è uno sport tanto psicologico quanto fisico. Richiede concentrazione assoluta, prontezza nel reagire a qualsiasi situazione, a qualsiasi ostacolo. E sul ghiaccio non c'è spazio per le incertezze. Bisogna fidarsi della propria mente, dell'istinto, del proprio corpo per creare le occasioni giuste e raggiungere il risultato sperato.

Da quando è iniziata la stagione non ho mai fatto il discorso pre-partita. I ragazzi non se lo aspettano. Sanno che quando sto seduto chino sulla panca, senza guardarli, senza fiatare, vuol dire che mi sto preparando psicologicamente.

Appena il coach entra nello spogliatoio scattiamo tutti sull'attenti. Passa in rassegna i corpi con la divisa che affollano la stanza. «Uomini!», ci saluta.

Sbattiamo la mazza a terra per il saluto dell'hockey. Dobbiamo andare a riscaldarci con una pattinata, ma prima il coach ha due paroline da dirci.

«Questa partita è la più importante che giocherete in questa stagione. Se battiamo la Briar, arriveremo alle nazionali. Se battiamo la Briar, saremo a un passo dal titolo di campioni nazionali». Va avanti un altro minuto per gasarci, dicendo che dobbiamo vincere, urlando che il titolo è nostro, che dobbiamo portarlo a casa. «Che cosa facciamo?», grida.

«Ce lo portiamo a casa!».

«Non vi sento!».

«*Ce lo portiamo a casa!*».

Il coach fa un cenno d'approvazione, poi mi lancia una palla. «Di' due parole, Connelly».

Alzo la testa di scatto, stupito. «Come?»

«Sei il capitano, Jake. Di' qualcosa alla tua squadra. Potrebbe essere l'ultima partita della stagione. La tua ultima partita con Harvard, cacchio».

Cazzo, non mi piace che mi scombussoli il rito. Ma non posso obiettare. A differenza della maggioranza degli sportivi al mondo, il coach non crede nella fortuna o nei riti scaramantici. Crede nella bravura e nel duro lavoro. Ammiro questa filosofia, ma… rispetto anche i riti, dannazione.

Mi schiarisco la voce. «Gli avversari di stasera sono forti», esordisco. «Molto forti».

«Splendido discorso!», esclama Brooks con un applauso sentito. «Standing ovation!».

Coby scoppia a ridere.

«Piantala, Sedere a bolla! Non ho ancora finito». Mi schiarisco la voce. «I nostri avversari sono forti ma noi siamo più forti».

I compagni di squadra aspettano che io prosegua.

«Basta, ho finito», faccio con una scrollata.

Vengo circondato dalle risate, finché il coach non batte le mani per chiedere silenzio. «D'accordo, andiamo!».

Sto per chiudere l'armadietto quando si illumina il cellulare che ho lasciato sul ripiano. Allungo il collo per vedere un attimo chi è, e sulle labbra mi affiora un sorriso compiaciuto. È un messaggio di Brenna che mi augura buona fortuna. Ce n'è anche uno di Hazel che mi augura altrettanto, ma da *lei* me lo aspettavo. Da Brenna è una cosa inaudita.

«Mi sta chiamando mio padre», mento, perché Pedersen se n'è accorto. «Vorrà farci un in bocca al lupo. Ci metto un secondo, okay?».

Mi lancia un'occhiata sospettosa e poi bofonchia: «Un secondo».

Mentre lui e i compagni si avviano pesantemente verso il corridoio, chiamo Brenna. Ma non ricevo l'accoglienza che mi aspettavo.

«Come mai mi chiami?», fa scandalizzata. «Dovresti essere in campo a riscaldarti».

Sghignazzo. «Pensavo ti facesse piacere sapere che non sono ancora sceso in campo».

«Aspetta, tutto bene? Giochi, vero?». La preoccupazione riecheggia nel telefono.

«Gioco, sì. Ma ho visto il tuo messaggio e volevo accertarmi che non fossi in pericolo di vita».

«Perché avrei dovuto?»

«Perché mi hai fatto l'in bocca al lupo. Pensavo che avessi una pistola puntata alla tempia».

«Oh, non fare l'indisponente!».

«Quindi l'in bocca al lupo era serio?»

«Sì».

«Sentito?»

«No».

«E chi è che fa l'indisponente?». Tentenno. «Senti... Comunque vada stasera, voglio frequentarti ancora». Trattengo il respiro e aspetto, perché non ho veramente idea di cosa potrebbe rispondermi.

So cosa vorrei che mi rispondesse. Vorrei che mi dicesse che da quando abbiamo dormito insieme non riesce a non pensarmi, perché da quella notte *io* non riesco a non pensarla. Il sesso con lei è stato pazzesco. Stupendo, cavolo. Ed era la prima volta. Se va così bene quando non si sa neanche che cosa eccita l'altro, quando non si sa esattamente come dare piacere all'altro, significa che può soltanto andare meglio. Mi fa impazzire.

«Vorrei continuare a vederti», insisto, quando lei non risponde. «A te va di continuare a vederci?».

Altra esitazione. Dopodiché sospira. «Sì. Piacerebbe anche a me. Ora esci, così possiamo stracciarvi».

Mi spunta un sorriso. «Ti piacerebbe, piccola».

Chiudo l'armadietto e mi volto. Nel vedere il coach sulla porta mi prende un colpo.

Cazzo.

«Piccola, eh?», mi sfotte. «Chiami tuo padre "piccola"?».

Faccio un sospiro fiacco. «Mi spiace averle mentito».

«Connelly». Quando lo raggiungo mi stringe una spalla. Sento la sua morsa d'acciaio attraverso l'imbottitura. «Quella ragazza... che tu faccia o no sul serio con lei... ricordati che è la figlia di Jensen. Devi prendere in considerazione la possibilità che ti stia prendendo in giro».

È la stessa cosa che ha detto Hazel. Ma secondo me sono entrambi paranoici. Brenna non fa giochetti. «Lo prenderò in considerazione». Affetto un sorriso. «Stia tranquillo, non avrà ripercussioni sulla mia prestazione in campo. Abbiamo la vittoria assicurata».

Non abbiamo la vittoria assicurata.

La partita è un disastro sin dal lancio d'inizio. Si gioca tutto su velocità e aggressività. Non ci sono due squadre che gareggiano per la vittoria, ma per ammazzarsi, cazzo. I colpi sono violentissimi e sospetto che gli arbitri chiudano spesso un occhio perché è una partita importante. È l'hockey come andrebbe giocato. Con abbandono assoluto.

I tifosi sono in delirio. Non ho mai sentito il palazzetto così *vivo*. Urla, fischi e buuu si fondono in una sinfonia che alimenta l'adrenalina che mi scorre nelle vene.

Ma nonostante tutto, la Briar ci sta battendo. Sono velocissimi, specie Davenport. E Nate Rhodes? Non so che cosa mangi a colazione, ma porca miseria! Segna il primo gol della partita, un proiettile che Johansson non ha la minima chance di parare. Impressiona addirittura me, ma mi basta un'occhiata al coach furioso e capisco che non posso fargliela passare liscia.

«Gli permettete di trattarvi così?», ci ringhia. «Gli permettete di trattarvi così *a casa nostra*?»

«Nossignore!».

Spinto da una botta di adrenalina scavalco la balaustra con Brooks e Coby. Siamo la linea potente della squadra, e non a caso ci chiamiamo così. Sui pattini Brooks è l'incredibile Hulk. Carica come una bestia. Coby tira gomitate tremende, soprattutto contro la balaustra. Vinco l'ingaggio, ma invece di passare il disco faccio una finta a Fitzgerald e avanzo. Aspetto che gli altri superino la linea blu e, arrivato quasi a centrocampo, passo il disco Coby.

Fa il giro della porta, si ferma un secondo e poi riparte. Tira in porta ma niente. Per poco Davenport non si impossessa del disco rimbalzato, ma gli do uno spintone e lo prendo io. Tiro ma niente. Il disco schizza verso Brooks, che tira e manca la rete. Dagli spalti esplode un urlo assordante.

Porca troia. Tre tiri, cazzo! Parata, parata, parata. Da quando in qua Corsen è così bravo? Ringhio frustrato, quando il coach ci richiama e usciamo dalla pista.

Col fiatone, mi siedo sulla panchina accanto a Brooks. «Che cavolo succede?»

«Non lo so», bofonchia lui. «Di solito Corsen non è così veloce coi guantoni».

«Dobbiamo continuare a martellarlo, sfiancarlo».

Brooks annuisce cupo.

Il coach riappare alle nostre spalle e piazza una mano sulla spalla a Weston. «Regalaci qualche colpo potente», gli ordina.

Mi irrigidisco, perché ogni volta che Pedersen incita Brooks a provocare gli avversari è alquanto probabile che si scaldino gli animi. Rientriamo in campo e il mio coinquilino parte subito in quarta. Nell'ingaggio inizia a punzecchiare Davenport, acquattato a destra di Nate Rhodes. A sinistra c'è Mike Hollis.

Sono troppo concentrato sul disco per capire cosa dice Brooks, ma qualsiasi cosa sia Davenport lancia un urlo bestiale. «Vaffanculo!», gli grida.

«Piantatela!», urla l'arbitro.

Anche stavolta vinco l'ingaggio. Lancio il disco a Brooks, che si fa largo verso la metà campo della Briar. Me lo ripassa ma non riesco a tirare in porta. I difensori proteggono Corsen e la rete neanche fossero la Guardia reale del *Trono di Spade*. Mi serve un varco. Mi serve…

L'arbitro fischia. Non ho visto cos'è successo, ma quando mi giro trovo Hollis che urla qualcosa a Weston.

C'è stato un fallo e Hollis finisce in panchina. Io e Brooks ci scambiamo un'occhiata. Ha fatto il suo dovere. Ora tocca a me.

Restiamo fuori nei due minuti di punizione, ma tanto non ci serve molto tempo. La Briar ha un giocatore in meno, e metti caso che riescano ad avvicinarsi alla porta subito dopo l'ingaggio, che succede appena il disco torna a noi? Che Dio li salvi, perché sono spacciati! Faccio una finta a Davenport e sferro un colpo che nemmeno Corsen e le sue manine d'oro riescono a parare. Il tabellone si illumina e vengo attraversato da un'ondata di sollievo.

È un testa a testa.

«Ben fatto», mi dice il coach quando torno alla balaustra.

Mi tolgo il paradenti, un aggeggio non obbligatorio, ma ai denti ci tengo, grazie. Osservo i compagni che mi sfrecciano accanto, il fiato corto, i polmoni che inspirano ed espirano. Che sfiancata. Ho giocato per oltre tre minuti, roba mai sentita.

«Ripigliati!», sento urlare Heath a Jonah.

Lancio uno sguardo alla panchina, accigliato. «Abbiamo qualche problema?», chiedo ai più giovani.

«Nah, tutto a posto», fa Heath.

Non mi convince. Jonah ha lo sguardo rabbioso incollato all'azione che si svolge davanti ai nostri occhi, ma non riesco a inquadrare cosa provochi la sua rabbia. Magari un giocatore l'ha colpito in modo scorretto ed è incazzato con quello che l'ha fatta franca.

La linea di Dmitry riesce a tenere a bada gli avversari. Quando McCarthy si butta accanto a me sulla panchina gli do una pacca sulla spalla. «Bel pressing», gli dico.

«Grazie». Arrossisce per il complimento, e di sicuro si sforza di non sorridere. Non sono uno che fa tanti complimenti, quindi i miei compagni di squadra sanno che se ne faccio uno sono serio.

La sua evidente contentezza mi provoca un nodo in gola. Mi sento in colpa. Non riesco a togliermi dalla testa quello che mi ha detto Brooks l'altra sera sull'essere "corretto" con McCarthy. Avevo già deciso di dirgli che esco con Brenna, ma preferisco aspettare che finisca la partita. Non vorrei rischiare che la notizia lo deconcentrasse.

Il coach chiama un altro cambio. Tocca a me e Brooks, mentre Coby viene sostituito da Jonah, la migliore ala destra nell'approfittare dei rimpalli. C'è quasi subito un fuorigioco. Al suono del fischietto mi metto in posizione.

L'ingaggio va malissimo da *subito*. Iniziano a volare insulti, ma stavolta non partono da Weston. È Jonah.

«Davenport!», sbraita.

Il giocatore della Briar lo guarda di sfuggita ma poi si concentra sull'arbitro.

«Parlo con te, stronzo! Smettila di fingere di non sentirmi!».

«Non fingo un bel niente», ribatte Davenport. «Semplicemente me ne sbatto di quello che dici».

Il disco parte. Lo prendo io, ma Jonah è ancora distratto dal battibecco e manca il tiro che gli passo. Lo intercetta Davenport, che parte come una scheggia. Lo inseguiamo e Johansson ci salva da un errore che avrebbe potuto costarci caro. Para il colpo e passa il disco a Brooks.

«Inammissibile!», sibilo a Jonah quando gli passo accanto. Jonah Hemley non è tipo da commettere sbagli del genere. «Concentrati sulla partita!».

Sembra che non mi senta. O che non gli interessi. Quando nel turno successivo lui e Davenport si ritrovano uno contro l'altro addosso alla balaustra, Jonah ricomincia. «Giovedì sera», ringhia. «Dov'eri?»

«Fot-ti-ti». Davenport gli dà una gomitata e vince la lotta per il disco.

Lo colpisco con la mazza e gli soffio il disco, ma anche stavolta Jonah è troppo preso da quel cavolo che ha. Non avanza come dovrebbe e finiamo di nuovo in fuorigioco. L'arbitro fischia.

Non capisco cosa succede, ma non mi piace, cazzo.

L'ingaggio successivo è a sinistra della nostra porta. Mentre ci schieriamo, Jonah riprende l'interrogatorio. «Giovedì sera, stronzo!», urla. «Stavi in birreria».

«E quindi?», fa Davenport, scocciato.

«Allora non neghi!».

«Perché dovrei? Stavo lì. Piantala, cacchio!».

«La rossa con cui te ne sei andato… Te la ricordi?», chiede Jonah.

Mi cascano le palle e prego che non caschi pure il disco – *adesso* – perché ho capito dove vuole andare a parare Jonah, e deve piantarla. *Subito.*

«Chi? Violet? Che te ne frega di dove inzuppo il biscotto?»

«*È la mia ragazza!*».

Jonah gli si avventa contro, buttando a terra l'arbitro che finisce gambe all'aria, in mezzo a un groviglio di gambe e braccia.

Cazzo. Cazzo cazzo cazzo!

«Hemley!», tuono, ma Jonah non mi ascolta.

Placca Hunter Davenport e inizia a menare pugni in aria. Quando si toglie i guantoni, mi sale una rabbia cocente, perché un gesto simile può portare all'espulsione. Cerco di separarlo da Davenport, ma è troppo forte. Gli urla che è andato a letto con Vi, mentre tutt'intorno gli arbitri fischiano.

«Non mi aveva detto di avere il ragazzo! Togliti di dosso, cazzo!». Davenport sembra davvero confuso, non reagisce neanche.

«Non ti credo!». Jonah sferra un pugno. Gli arbitri continuano a fischiare.

Davenport sanguina da un angolo della bocca. Ha ancora i guantoni su e non ha tirato neanche un pugno. Se qualcuno verrà sbattuto fuori, sarà il mio compagno, non lui.

Riprovo a calmare Jonah. Arriva Nate Rhodes, il capitano della Briar, che prova a darmi una mano. Insieme riusciamo a tirare su Jonah. È ancora incazzato nero. «Si è scopato la mia ragazza!», urla.

Altro fischio. Scoppia il caos. Davenport riesce ad alzarsi, ma il mio compagno di squadra si divincola dalla mia presa e gli si avventa di nuovo contro, sbattendolo contro la balaustra. Ricadono sul ghiaccio.

Solo che stavolta si sente un urlo di dolore.

Ritiro su Jonah, ma non è stato lui a gridare.

Il casco di Davenport scivola a terra. Molla i guantoni e si stringe un polso premendolo al petto. Tira una sfilza di bestemmie, in preda a un dolore inequivocabile. «Mi hai rotto il polso!», ringhia. «Che cazzo di problemi hai?»

«Ti sta bene, cazzo!», ribatte Jonah, e all'improvviso qualcosa si muove velocissimo e Nate Rhodes si avventa su Jonah e gli tira un pugno in faccia.

Gli altri giocatori si riversano in campo e il caos degenera nel pandemonio. Gli arbitri continuano a fischiare e fischiare per cercare di riportare l'ordine. Ma quel treno è già partito da tempo.

Capitolo trenta
Brenna

Non appena fischiano la fine del primo tempo salto giù dal sedile. Anche Summer, ma le metto una mano sulla spalla. «Non ti faranno entrare».

«Come fai a saperlo?», mi domanda.

«Conosco mio padre. Probabilmente non farà entrare neanche *me*. Ma se qualcuno può farcela quella sono io. Prometto che ti scrivo appena so qualcosa».

«Okay». Summer sembra sotto choc, e non è l'unica. Abbiamo tutti una faccia sconvolta.

Nessuno ha capito che cavolo è successo in campo, se non che la partita si è trasformata in una rissa. Hunter è uscito prima della fine del primo tempo tenendosi il braccio. E anche Nate e un giocatore di Harvard di cui non ho afferrato il nome e il numero di maglia.

Fino a questo momento abbiamo giocato senza due dei nostri giocatori migliori, ma in qualche modo siamo riusciti a tenere a bada gli avversari. Mancano ancora due tempi e non so che cosa succeda.

Né gli arbitri né i telecronisti in cabina hanno spiegato per quale motivo tre giocatori sono usciti dal campo. Nell'hockey universitario non sono ammesse risse. Si rischia l'espulsione. Non è stato Hunter a scatenarla, e non ha neanche reagito. E non capisco perché si sia intromesso Nate. Di solito ha la testa sulle spalle.

Corro a cercare risposte. Se ne sta andando anche altra gente, quindi mi faccio largo a gomitate per raggiungere gli spogliatoi. Papà mi dà sempre un pass, per sicurezza. Non è detto che mi dia libero accesso agli spogliatoi, ma significa che posso entrare nelle aree chiuse al pubblico. Sfodero il pass all'uomo della sicurezza e svolto in un altro corridoio.

Davanti allo spogliatoio della squadra in trasferta c'è un altro signore della sicurezza. «Salve», lo saluto, sollevando il cartellino. «Sono la figlia dell'allenatore Jensen e la team manager». La seconda parte è una bugia, ma spero che funzioni.

Andata. L'uomo si fa subito da parte.

Apro la porta giusto in tempo per sentire la voce di mio padre. Ha un tono omicida. «Che *diavolo* hai fatto, Rhodes?».

La risposta biascicata di Nate non la sento.

Piano piano mi avvicino al punto in cui sono riuniti i giocatori. Non mi vede nessuno. Come potrebbero? Sono nascosta da una marea di marcantoni.

«Be', Davenport è fuori. Gli faranno una lastra, ma il medico sportivo ha detto che non serve una TAC per capire che si è rotto il polso».

Mi viene una fitta allo stomaco. Papà non sembra per niente contento, e non lo biasimo. Hunter si è infortunato.

«E Rhodes, visto che ti sei intromesso nella rissa, sei stato espulso».

Porca miseria. Pure Nate è fuori dai giochi? Lui e Hunter sono i nostri giocatori migliori!

«Tra gli avversari è stato espulso Jonah Hemley. Che non è una grave perdita». Sogghigna. «Aveva sostituito Coby Chilton perché c'era il sospetto che si fosse stirato un tendine del ginocchio. Peccato che non se l'è stirato e ora quella cacchio di linea potente tornerà in azione».

Madonna. Che tragedia. Mi prende il panico perché... ORA potremmo perdere per davvero.

Mio padre non esterna il mio timore, ma di sicuro la pensa come me. E si rivolge ai giocatori furibondo: «Che diavolo avete combinato?».

C'è un lungo silenzio terrorizzato. L'unico che ha il coraggio di dire qualcosa è Fitz. «A quanto ho capito Hunter si è fatto la ragazza di Hemley. Senza saperlo», aggiunge.

«È uno scherzo, cazzo? Se dovevate proprio farvi una delle

loro ragazze, non potevate scegliere *quella di Connelly?*», sbraita mio padre. «Almeno così non dovevamo preoccuparci di lui».

Nonostante il dispiacere per la mia squadra, mi tocca trattenere una risata, perché dubito che mio padre incoraggerebbe qualcuno a fare sesso con la ragazza di Connelly se sapesse che sono *io*.

Non che sia esattamente la sua ragazza, ma ci stiamo frequentando e... No, adesso non posso pensarci. Siamo in stato di emergenza.

«Cristo, Rhodes! Che cosa ti è saltato in testa?». Papà è palesemente inferocito con il capitano.

Neanche io sono entusiasta. Che fine ha fatto il dare il buon esempio? Nate ha insistito tanto per fare i superiori dopo l'episodio della panna montata, intimando a Wilkes di non vendicarsi. E ora perde la testa così in campo? Si vendica contro Hemley per l'aggressione a Hunter? Non è proprio da lui.

Dal tono di Nate capisco che ce l'ha con sé stesso, quanto mio padre. «Sono sbroccato», dice vergognoso. «Quello stronzo ha rotto il polso a Hunter, coach! E ha avuto addirittura il coraggio di dirgli che *gli sta bene*! È la roba più schifosa che io abbia mai sentito e... sono sbroccato». Ripete. «Mi scusi».

«Accetto le scuse, ragazzo. Ma non basteranno per farti rientrare in campo».

Cioè: siamo fottuti.

Indietreggio piano piano ed esco dallo spogliatoio. «Là dentro tira una brutta aria», dice dispiaciuto l'uomo della sicurezza.

«Eh sì».

Torno di corsa sugli spalti, dove faccio un riassunto a Summer e agli altri. «Pare che Hunter sia fuori. E pure Nate».

Summer è atterrita.

E anche Rupi, che come al solito è vestita come la pubblicità ambulante di Zara. O una bambolina bon ton. Chissà quanti vestitini con il colletto ha. Migliaia, probabilmente.

«Che disastro!», esclama Summer.

«Eh sì», rispondo mogia. E non ci sbagliamo.

Quando inizia il secondo tempo si vede praticamente subito quant'è cambiato il gioco della Briar. Sembra di guardare un velocista olimpionico che sfreccia per i primi cento metri e poi scopre che l'ultimo tratto di pista è disseminato di chiodi. Senza Nate, il capitano della squadra, e Hunter, il nostro attaccante migliore, fatichiamo ad arrivare alla porta avversaria. Fitz e Hollis non sono capaci di trascinare la squadra. I giocatori più giovani non sono ancora abbastanza maturi e i più bravi, Matt Anderson e Jesse Wilkes, non sono fisicamente in grado di tenere testa a Connelly.

Seguo con lo sguardo Jake, quando nei primi minuti del secondo tempo segna. Un gol bellissimo, un capolavoro. Ora Harvard vince 2-1. E a un paio di minuti dalla fine del secondo tempo Weston spinge Fitz a commettere fallo, lui che finisce raramente in panchina.

Summer si tiene la testa tra le mani fresche di manicure. «Oddiosanto, che tragedia!». Alla fine alza lo sguardo per cercare il suo fidanzato. «Sembra che gli stia per esplodere la testa».

Com'era prevedibile, in panchina Fitz ribolle di rabbia. Paonazzo, serra la mascella così tanto che gli tremano i muscoli.

Harvard approfitta del fallo provocato da quello stronzo di Weston. E, malgrado ci abbia giocato a Scarabeo e mi abbia aiutata con Eric, ora è comunque un nemico. Ora come ora lo detesto. Magari tra un paio di giorni potremo rifarci una partita a Scarabeo, ma al momento vorrei eliminarlo dalla faccia della terra.

Purtroppo la Briar è in inferiorità numerica e Weston finisce per segnare. Quando Fitz rientra in campo possiamo riprendere a respirare regolarmente.

Durante il turno successivo Weston prova a fare la stessa cosa con Hollis, ma lui non ci casca. Che Dio benedica il suo cuore da cagnolino. Anzi, gli arbitri notano il colpo basso di Weston che si becca due minuti di punizione. La Briar segna e scattiamo tutti in piedi a sgolarci.

Siamo 3-2.

Finisce il secondo tempo. «Ce la potete fare», sussurro ai ragazzi mentre spariscono nel corridoio che porta allo spogliatoio. Speriamo che mio padre gli faccia un discorsetto degno di *Miracle* e che pareggiamo nei primi minuti del terzo tempo, segniamo un altro gol e vinciamo questa maledetta partita.

«Abbiamo ancora una chance, no?». Gli occhi di Summer brillano speranzosi.

«Certo che ce l'abbiamo. Ce la faremo», dico decisa.

Quando riprende la partita ci rialziamo. Per quasi sei minuti non segna nessuno finché, nel bel mezzo di una gara di spintoni nella metà campo di Harvard, Jesse Wilkes tira e il disco passa in mezzo alle gambe di Johansson. Un colpo di fortuna, ma non importa. Appena il tabellone segna 3-3 i tifosi della Briar vanno in visibilio.

Stento a credere che i giocatori corrano ancora come all'inizio della partita. Dopo i due precedenti tempi estenuanti saranno sfiniti. Ma entrambe le squadre non si fermano come se la posta in gioco fosse l'intera stagione. E in effetti è così.

Osservo stregata Jake che fa quello che gli riesce meglio. È una scheggia e non posso fare a meno di immaginarlo il prossimo anno a Edmonton. Se metterà in luce anche solo metà delle qualità che sta sfoderando in questa partita avrà una stagione della Madonna.

«È bravissimo», mugugna Summer, quando Jake smarca tre dei nostri e si dirige verso la porta.

Tira. Per fortuna non segna, e mi vergogno a dirlo, ma mi dispiace un po' che Corsen abbia parato.

Oddio. Per chi tifo? Voglio che vinca la Briar. Davvero. E *detesto* quello che ha fatto il giocatore di Harvard a Hunter e Nate.

Ma voglio pure che Jake abbia successo. È fenomenale.

Siamo ancora pari e il tempo scorre. Mi preoccupa la possibilità di andare ai supplementari. Non so se abbiamo abbastanza energie per contenere gli avversari. Specie Corsen. È un bravo portiere, ma non il migliore.

Johansson, invece, lo metterei di sicuro tra i primi tre portieri universitari. Para ogni tiro come un professionista. Non è stato ingaggiato da nessuna squadra della lega nazionale, ma spero che dopo il college gli arrivi qualche offerta. È troppo bravo per non farcela.

«Dai, ragazzi!», urla Summer. «Mettetecela tutta!», il suo grido di incoraggiamento viene coperto dalle urla dei tifosi che ci circondano.

Dopo la partita le orecchie mi fischieranno da morire, ma ne vale la pena. Non c'è niente di meglio che assistere dal vivo a una partita di hockey. L'euforia nell'aria è contagiosa. Crea dipendenza. Vorrei poterlo fare di mestiere, non da giocatrice ma da collaboratrice. Voglio esultare per gli atleti, parlargli mentre sono ancora su di giri per quello che li anima sul ghiaccio. L'adrenalina, la bravura, l'orgoglio. Voglio entrare in questo mondo, in qualsiasi veste possibile.

Mancano tre minuti alla fine e il punteggio è ancora 3-3.

La linea di Jake rientra in campo. Brooks torna a fare i suoi giochetti, solo che non ci casca più nessuno. A giudicare da come tiene rigide le spalle credo che sia incazzato nero. Bene. Ben gli sta. Harvard non vincerà grazie ai suoi giochetti fallosi. Se deve vincere, sarà perché se lo merita. Purtroppo se la deve vedere con dei temibili avversari.

Mancano esattamente due minuti e quarantasei secondi alla fine quando Jake parte in quarta. Ho il cuore diviso: rallenta quando Jake prende il disco, ma si rianima quando si avvicina alla nostra porta. Rotea un braccio per tirare ed è un altro capolavoro. Che proiettile. Quando i cronisti urlano «GOOOOOOL!», in qualche modo il mio cuore collassa e al contempo schizza alle stelle. Mi stupisce che non mi venga da vomitare, tant'è una sensazione frastornante.

Ora conduce Harvard e abbiamo solo due minuti e mezzo per pareggiare. I tifosi della Briar urlano. L'orologio continua a ticchettare.

Due minuti alla fine.

Un minuto e mezzo.

La Briar annaspa. Fitz tira in porta, ma Johansson para il colpo e un lamento generale scuote metà degli spalti. Il portiere trattiene il disco e l'arbitro fischia.

Porto le mani alla bocca a mo' di megafono. «Dai, ragazzi!», urlo mentre loro si schierano per un ingaggio. Hanno un minuto e quindici secondi per combinare qualcosa.

Ma il coach Pedersen non è scemo. All'ultimo minuto schiera in campo i giocatori migliori, neanche fossero in inferiorità numerica. Il non plus ultra: Will Bray e Dmitry Petrov in difesa; Connelly, Weston e Chilton all'attacco. Sono super compatti. Non perdono il dischetto un secondo. Harvard parte all'attacco e Corsen sembra un ninja: para tiro dopo tiro, dopo tiro. E anche se è di aiuto, *non* è quello che ci serve. Non dovremmo parare una mitragliata, dovremmo mitragliare noi.

Dieci secondi alla fine. Sento la delusione montare all'altezza dello stomaco. Sbircio verso la panchina della Briar alla ricerca di mio padre. Il viso non lascia trapelare alcuna emozione, ma dalla mascella si vede che è tesissimo. Sa come andrà a finire.

Riiiing!

Il terzo tempo è finito.

La Briar ha perso.

Harvard ha vinto.

«Non ci credo». Summer si infila una ciocca di capelli dorati dietro l'orecchio, mentre ce ne stiamo in un angolo dell'atrio. «Quanto mi dispiace per Fitzy».

«Pure a me. E anche per gli altri».

«Be', certo. Anche per loro». Mi appoggia la testa sulla spalla, lo sguardo affranto fisso all'imbocco del corridoio. Stiamo aspettando che esca la squadra, e non siamo le uniche. Nell'atrio cavernoso ciondolano tifose e tifosi pronti a sostenere e a consolare vincitori e sconfitti. Se non altro stasera i giocatori della Briar non dovranno sforzarsi troppo per rimorchiare.

Dato che era una partita in trasferta, mio padre e i ragazzi devono tornare al campus in pullman. I primi a uscire alla spicciolata sono alcuni giocatori di Harvard, e le tifose e le fidanzate sciamano come api. Compaiono Jake e Brooks, entrambi innegabilmente bellissimi in completo scuro. Adoro chi esce dagli spogliatoi in abbigliamento da post-partita. Le giacche gli fasciano le spalle larghe e nel notare che Jake ha ancora i capelli bagnati per la doccia sento un lieve tuffo al cuore. Cosa che mi porta a immaginarmelo nudo sotto la doccia. Che spettacolo.

Appena Weston adocchia Summer si illumina. «Di Laurentis!», ci viene incontro e spalanca le braccia per stringerla.

Lei lo guarda in cagnesco. «Non ti azzardare. Niente abbracci stasera».

«Dai, devi imparare a perdere». Spalanca le braccia ancora di più.

Dopo un secondo lei gli dà un abbraccio veloce.

Dietro le spalle di Weston e la testa di Summer, Jake mi fa l'occhiolino.

Abbozzo un sorriso. «Bella partita, Connelly».

Vedo che cerca di trattenere un sorriso. «Grazie, Jensen».

Summer si stacca da Weston. «Allora», gli fa, «a quanto pare nel secondo e nel terzo tempo la tua tattica di provocare falli non ha funzionato benissimo».

«Sì, dopo la cavolata di Jonah gli arbitri si sono incattiviti».

«La cavolata di Jonah?», gli fa eco lei, colpendolo al centro del petto. «Non è stata una "cavolata"! Ha rotto il polso a Hunter!».

«È stato un incidente!», protesta Brooks.

Mentre loro discutono, un viso familiare attira la mia attenzione. È la ragazza del Coffe Hut: l'amica di Jake. Hazel, giusto? Avanza in mezzo alla calca, scrutando le facce finché all'improvviso incrocia il mio sguardo. Al che si accorge che Jake sta a mezzo metro da me e fa una smorfia preoccupata.

Prevedendo un avvicinamento mi irrigidisco, ma per qualche motivo rimane lì dove sta. Interessante. Non si è presentata come la migliore amica e confidente di Jake?

Inarco un sopracciglio nella sua direzione. Lei si aggrotta ancora di più.

Quando distolgo lo sguardo, con la coda dell'occhio scorgo un'altra sagoma familiare. Mi giro e vedo mio padre che sbuca dal corridoio. Purtroppo il suo arrivo è perfettamente sincronizzato a quello di Daryl Pedersen.

Oh-oh.

I due allenatori scambiano due parole e si mettono al passo. Come di consueto, papà ha la faccia di marmo. Pedersen gli dice qualcosa e lui annuisce. Non ci vuole molto a intuire che cosa si dicono: i soliti «Bella partita», «Grazie», qualche falso cameratismo. Ma quando si avvicinano sento distintamente Pedersen dirgli: «Bel tentativo».

Non so bene a cosa si riferisca e immagino che pure mio padre sia rimasto di sasso, perché invece di andarsene si blocca. «A cosa ti riferisci?»

«Lo sai benissimo. Il tuo giochetto però non ha funzionato», sghignazza Pedersen. Quando si accorge che sono vicina a Jake, sgrana gli occhi e sulle labbra gli affiora un sorrisetto.

Un malessere mi vortica nello stomaco.

Siccome mio padre è molto suscettibile quando c'è di mezzo l'allenatore di Harvard, punta i piedi, la posa aggressiva. «Quale giochetto?», chiede gelido.

«Dico soltanto che il tuo piano per distrarre i miei giocatori non ha funzionato».

Con la coda dell'occhio vedo che Jake si incupisce.

«Da te non me lo sarei mai aspettato», fa Pedersen con una scrollata. «Non dal Chad che conosco io, poco ma sicuro».

Jake si avvicina a me di un passo, come per proteggermi. Mio padre però non se ne accorge. È troppo occupato a guardare in cagnesco Pedersen. Lo scambio tra i due ha attirato alcuni curiosi, tra cui diversi giocatori della Briar.

«Non capisco di che parli», fa irritato mio padre.

«Non ne dubito». Pedersen scoppia a ridere di nuovo. «È bello sapere che non ti fai scrupoli a usare tua figlia».

Oh mio Dio.

Cala il silenzio, come l'interruzione in un telegiornale in diretta. Ho la tachicardia, e mi sa tanto che ho un calo di pressione perché mi gira la testa.

Papà mi guarda un secondo e poi rivolge un'occhiata glaciale alla sua nemesi. «Come al solito, Daryl, spari puttanate».

L'altro inarca un sopracciglio. «A dire il vero è stata una grande soddisfazione scoprire che avevo ragione. Ho sempre sospettato che non fossi l'uomo tutto d'un pezzo e ligio alle regole che dici di essere. Un modello di onestà e integrità, eh?». Alza gli occhi al cielo. «Ho sempre pensato che fosse una farsa. E per quanto mi piaccia sapere fino a che punto sei disposto ad abbassarti, Chad, per la miseria, usare tua figlia per adescare Connelly? Capisco che mi odi, ma suvvia! È proprio una mossa di basso livello!».

Pedersen se ne va, lasciando mio padre e gli altri curiosi a metabolizzare la portata dell'accusa. Passano diversi secondi di silenzio.

La prima ad affrontare il discorso è Summer. «Bee?», dice incerta. «È vero?».

E di colpo io e Jake ci ritroviamo addosso gli occhi di tutti.

Capitolo trentuno
Brenna

Ventiquattr'ore dopo lo spettacolo di merda delle finali di girone sto ancora affrontando le sue conseguenze. La rabbia per quello che ha fatto Daryl Pedersen non mi è passata neanche un po'. Non serviva che quel coglione dispettoso facesse una piazzata, soprattutto in pubblico. Dopo la sua scenata, i giocatori di Harvard lo hanno seguito, mio padre ha accompagnato i suoi alla corriera e io sono tornata a casa con Summer, visibilmente dispiaciuta che non le avessi detto niente di me e Jake Connelly.

Ma almeno lei mi parla. Mio padre non mi rivolge la parola da ieri sera. Non riesco a capire se è incazzato o se semplicemente non gliene frega niente. Su quello che pensano Nate e gli altri invece non ho dubbi.

Sono scandalizzati. Ieri sera Hollis mi ha dato della traditrice. Nate, a cui brucia ancora essere stato espulso dalla finale, era fuori di sé all'idea che io *osassi* stare con uno di Harvard, dopo la stronzata di Jonah Hemley durante la partita. E quando sono tornata a casa da Cambridge, Hunter mi ha mandato un messaggio al vetriolo: "Polso rotto in due punti. Ringrazia il tuo ragazzo da parte mia".

Si comportano da bambini. Lo so benissimo. Ma questi bambini sono comunque i miei amici e ieri hanno subito una sconfitta brutale. Una sconfitta che magari non ci sarebbe stata, se Hunter e Nate non avessero dovuto abbandonare la partita per colpa del compagno di squadra di Jake.

Non importa che Jake non c'entri nulla. È il capitano di Harvard, è IL NEMICO, e io sono la stronza che «ha scelto lui invece di noi»... Parole di Hollis, non mie.

«Non posso crederci che non ti fidi di me».

La voce avvilita di Summer risuona dal cellulare. Sono stesa a letto a fissare il soffitto e provo a ignorare i brontolii della mia pancia. Speravo che la telefonata di Summer non mi facesse pensare alla fame, ma purtroppo non è così. Prima o poi dovrò scendere al piano di sotto per prendermi qualcosa da mangiare. Cosa che implica affrontare mio padre, che se ne sta rintanato in salotto da tutta la sera.

«Mi fido di te», le assicuro.

«Davvero?», fa lei dubbiosa.

«Certo. Ma come ti ho detto ieri sera in auto, non volevo rischiare. Racconti tutto al tuo ragazzo, e non è un problema, almeno il più delle volte. Ma tra noi e Harvard c'era già parecchia tensione, specie dopo lo stupido scherzo all'auto di Jesse. Non volevo rischiare che lo dicessi a Fitz, almeno prima della finale. Ma ormai è andata e ha vinto Harvard. Non c'è più motivo di nasconderlo».

«In effetti ha senso», concorda lei, anche se a malincuore. Dopo qualche secondo sposta il discorso su Hunter. «Non ci credo che quel coglione ha rotto il polso a Hunter».

«Neanch'io».

«E soltanto perché ultimamente Hunter si è fatto qualsiasi tipa che respiri. Se non fosse andato a letto con quella ragazza avremmo potuto vincere noi».

«Non sapeva che era fidanzata», puntualizzo.

«Lo so, ma comunque. Perché gli uomini sono così scemi?»

«Sinceramente non lo so».

Fa un'altra pausa. «Allora, tu e Jake Connelly state insieme?»

«No». Non riesco a trattenere un sorriso, perché è da ieri sera che mi aspettavo questo terzo grado. Credo che Summer fosse rimasta troppo male che non le avessi detto niente per interrogarmi come si deve su Jake. Ora che le è un po' passata, la detective Di Laurentis riprende a indagare.

«Ci sei andata a letto?»

«Sì».

«Come è stato?»

«Bello».
«Bello e basta?»
«Molto bello», rettifico.
«Molto bello e basta...».
«Non ho intenzione di continuare, fastidiosetta», la interrompo.
«Scusa». Riprende l'interrogatorio. «Quindi ci sei andata a letto. E lo frequenti di nascosto da anni...».
«Macché da anni!», esclamo.
«Ma dalla mia sfilata sì», insiste.
«Sì, più o meno».
«Ti piace? Aspetta. Perché te lo chiedo? È ovvio che ti piace». Ha un tono sempre più euforico ogni secondo che passa. «Comunque io sono contentissima. Insomma, Jake è meraviglioso... Potrei guardarlo per ore».
Cerco di non ridere. «Mi fa piacere che ho la tua approvazione».
Summer si fa seria. «Davvero. Lo approvo».
«Sei l'unica».
«Agli altri passerà».
Chiacchieriamo ancora qualche minuto. Quando chiudiamo la telefonata riprende a brontolarmi la pancia e decido che è ora di farmi coraggio e scendere in cucina. Non posso evitare mio padre in eterno. E poi sto morendo di fame.
Di sicuro mi sente scendere le scale, visto quanto scricchiolano, ma quando arrivo di sotto non si gira. La TV è sintonizzata sulla HockeyNet. Siccome ieri hanno trasmesso la partita non mostrano solo le sintesi, ma Kip Haskins e Trevor Trent ne stanno addirittura parlando nella loro trasmissione.
O meglio, discutono.
«Scoppiano risse anche nel campionato dei professionisti», lamenta Kip. «Non capisco perché la federazione di hockey universitario sia tanto severa».
«Perché sono ragazzi», puntualizza Trevor.
«Scherzi? Alcuni sono più vecchi di certi giocatori della lega nazionale!», insorge Kip. «Il Toronto ha in squadra un ragazzino di diciott'anni. Il Minnesota ha preso due diciannovenni. Quei ragazzi sono stati catapultati in un ambiente violentissimo

e sanno *gestirlo*. Vieni a dirmi che degli universitari di ventuno e ventidue anni sono troppo *delicati* per tirare un paio di cazzotti e...».

Papà si accorge di me e mette in pausa.

«Ciao», dico.

Borbotta. Non so se significhi «Ciao» o «Sparisci dalla mia vista».

«Possiamo parlare?».

Altro borbottio.

Reprimo un sospiro ed entro nella stanza per andare a sedermi pure io sul divano. Papà mi guarda con sospetto ma non dice una parola. Evidentemente aspetta che sia io a iniziare, quindi lo faccio.

«Mi dispiace di non averti detto che uscivo con Jake Connelly». Scrollo le spalle imbarazzata. «Se può consolarti, non l'ho detto a nessuno».

Gli tremola la mascella. «A quanto pare Daryl Pedersen lo sapeva».

«Ci ha visti una volta a Harvard».

La rabbia gli incupisce il viso. «Hai frequentato Pedersen?»

«Sì. Cioè, no. Una volta sola, il tempo di una chiacchiera».

Mio padre si zittisce per un minuto interminabile carico di tensione. Non so più interpretare le sue espressioni e non ho idea di cosa gli passi per la testa.

«Stai lontana da quell'uomo», biascica alla fine.

«Papà...».

«Sul serio, Brenna!», urla. Ora la sua espressione è molto chiara: amarezza, gelo e disapprovazione. Sai che novità. «Daryl Pedersen è un bastardo egoista. Era un giocatore scorretto e ora è un allenatore scorretto. Non ha il senso dell'onore, né in campo né fuori. Stagli lontana».

Scuoto la testa, esasperata. «Papà, non mi interessa la tua stupida faida con lui, okay? Non mi in-te-res-sa. Io non c'entro nulla. E se ti preoccupa il fatto che io lo frequenti nel tempo libero, ti assicuro che non succederà. Perché dovrei? Per quanto riguarda Jake...».

«Stai lontana pure da lui!», tuona.

«Dai!». Espiro lentamente. «Jake è un bravo ragazzo. Che male c'è a frequentarlo?»

«Non ho intenzione di rivivere quello che abbiamo già passato». Mi fissa negli occhi. «Non ho intenzione di starmene di nuovo a guardare come è successo con Eric...».

«Jake non è Eric. E la nostra storia è completamente diversa da quella che avevo con Eric. Mi ci sono messa insieme che avevo *quindici* anni. E ne avevo sedici quando...».

«Non ho intenzione di rivivere un'esperienza simile!», tuona. «Capito?»

«Capito. Sei *tu* che non capisci me». Mi passo le dita tra i capelli, l'agitazione che monta. «Jake non somiglia per niente a Eric. È intelligente, disciplinato, non si droga. È la promessa della sua generazione. Si parlerà per decenni della sua carriera. Ed è un bravo ragazzo. Era con me la sera che ho aiutato Eric...».

«Quindi sarebbe lui l'amico da cui hai passato la notte?». Serra le labbra. «E immagino sia la persona che vai a trovare di continuo a Boston. È per questo che non ti hanno preso per lo stage alla HockeyNet? Pensavi così tanto a lui che non ti sei preparata per i colloqui come si deve?». Scoppia in una risata gelida. «E vieni a dirmi che è una situazione diversa da quella con Eric?».

Rimango a bocca aperta. «Mi prendi in giro? Eccome se mi ero preparata per i colloqui! Non mi hanno preso per lo stage perché il responsabile crede che le mie conoscenze sportive facciano *tenerezza*!». La rabbia mi brucia in gola. «E sì, quella sera ho dormito da Jake e non ho intenzione di giustificarmi».

«Benissimo, allora forse è il caso che tu vada a dormire da lui per qualche giorno», replica mio padre.

Passa un secondo. Due. Tre.

«Mi stai buttando fuori di casa?», chiedo sbigottita.

«No», risponde scuotendo la testa. «Anzi, sì. Se ci tieni così tanto a tornare a fare cazzate come alle superiori, a passare la notte fuori e buttare via la tua vita per un giocatore di hockey...».

«Non sto buttando la mia vita! Stai esagerando e sei pure irragionevole».

«Irragionevole? Non sai cosa significa rischiare di perdere tua figlia!», sbotta. «Non lo sai, Brenna. E perdonami se non sono molto ottimista riguardo alla storia con Connelly, ma in passato hai fatto un mucchio di stupidaggini».

Questa frase mi colpisce. Cerco di raccogliere i pensieri, il cuore che batte velocissimo. Provo a esprimere a parole il motivo per cui le sue accuse sono come uno schiaffo.

«Nonostante quello che pensi, in realtà ho la testa sulle spalle», rispondo amareggiata. «Alle superiori avevo pessimi voti ma poi all'università pubblica sono andata molto bene. Al punto che sono riuscita a entrare in una delle migliori del Paese, senza il tuo intervento, senza l'aiuto di nessuno. Che stupidaggini avrei fatto? Ma no, tu ti rifiuti di riconoscere che sono cresciuta e maturata. Meglio continuare a pensare che io sia ancora la ragazzina egoista che ha perso la testa per un ragazzo! Va bene, continua così!». Mi alzo, le gambe rigide. «Raccolgo le mie cose e me ne vado».

Capitolo trentadue
Jake

«Grazie dell'ospitalità». Quando molla la valigia a terra accanto al mio letto, a Brenna brillano gli occhi per la gratitudine.

«Figurati». La abbraccio da dietro e le do un bacio sul collo. «Ho svuotato un cassetto, così puoi metterci le tue cose. Non ho capito quanto resti».

«Mi lasci un *cassetto*?».

Mollo la presa, le braccia che ricadono impacciatamente lungo i fianchi. In realtà non ho mai passato più di una notte con una ragazza, quindi non so bene come ci si debba comportare in queste situazioni. È troppo un cassetto?

Ma il suo stupore viene subito sostituito da apprezzamento. «Oh, Jake, sei il meglio del meglio». Mi fa l'occhiolino.

Il cassetto vince.

La prendo per la vita e mi abbasso per baciarla. Lei ricambia con un bacio a stampo. Dopodiché si inginocchia per aprire il trolley nero. «Allora, a te che disastri ha causato la piazzata di Pedersen? I tuoi amici ce l'hanno con te?»

«Non proprio. Insomma, quando ha scoperto che uscivamo insieme McCarthy non era al settimo cielo. Continua a frequentare quella Katherine, ma mi ha dato comunque dello stronzo». Faccio un sospiro amareggiato. «Sono stato proprio un bastardo a imporgli di rompere con te. E poi a uscire io con te subito dopo. Non lo biasimo se ce l'ha con me».

«Hai fatto bene, invece. Stavo iniziando a piacergli sul serio e sapevo che la cosa non sarebbe andata avanti. Una volta hai detto che è un cagnolino, ricordi? E io non posso stare con un cagnolino».

«Vero. A te serve uno stallone».

Brenna fa un verso di scherno. «Ma cos'è questa fissa che avete voi maschi, che o siete cagnolini o siete stalloni? Sono i termini di paragone con cui misurate la vostra virilità?»

«No, sono i termini di paragone con cui misuriamo il mio pene». Mi tocco il pacco e le faccio la linguaccia.

«Bleah! Sei pessimo!». Con un sorrisino, apre il cassetto che le spetta e inizia a riempirlo di vestiti, sistemandoli in pile ordinate.

«Disfi già la valigia?»

«Sì. Mi hai liberato un cassetto. Perché dovrei lasciare le cose in valigia?»

«Ossignore, sei il tipo di persona che va in vacanza e disfa subito le valigie!».

«Sì, Jake, così poi è più facile trovare le cose», risponde con una moina. «A chi piace rovistare tra montagne di roba ogni volta che deve vestirsi?»

«Credo che non potremo stare insieme», la informo.

«Peccato, perché starò da te per qualche giorno». Al che le sparisce il sorriso e si incupisce. «È incredibile che mio padre mi abbia cacciata di casa».

«Pazzesco».

«Summer mi ha detto che potevo andare da lei, ma anche no. I suoi coinquilini non mi rivolgono la parola. Be', Fitz sì, ma non è uno che fa scenate. Gli altri, invece».

«Non ti pare che stiano esagerando?», chiedo titubante.

«Oh, esagerano eccome. Mio padre almeno lo posso capire, perché esagera sempre. Considerando quante gliene ho fatte passare alle superiori».

Come al solito, quando dice così solletica la mia curiosità, ma mi sforzo di non chiederle nulla. Me ne parlerà quando sarà pronta. Spero.

«Scommetto che i tuoi genitori sono super tranquilli, eh?», fa invidiosa.

«Sì, sono in gamba», confermo. «A parte il fatto che mi assillano perché non ho la ragazza. Se sapessero che ti ho lasciato un cassetto darebbero un festone!».

Brenna scoppia a ridere, chiude il suddetto cassetto e si volta. «Finito. Che ti va di fare?»

«Guardiamo un film?», propongo. «Posso fare i popcorn».

«Oooh, non male come idea. Mi metto qualcosa di comodo e ti raggiungo».

Mentre mi avvio verso la porta le do una sculacciata giocosa. In cucina vivo una sorta di déjà-vu quando trovo Kayla che si riempie un bicchiere d'acqua al lavandino. Stavolta è vestita. E invece di accendersi di desiderio, quando incrocia il mio sguardo si rabbuia.

«Ciao», bofonchio.

«Ciao».

Apro un armadietto e prendo una confezione di popcorn.

«Serata film?». Sembra un po' stizzita.

«Sì. Se vi va tu e Brooks potete raggiungerci. Faccio altri popcorn». È un invito di circostanza… Glielo chiedo solo perché so che dirà di no.

È impossibile che Kayla passi volontariamente del tempo con Brenna. Appena la mia ragazza ha messo piede in casa, ha reagito come una gatta che marca il territorio. Ha tirato fuori le unghie, mancava solo che si mettesse a soffiare. A rendere esilarante l'incontro è stato il totale disinteresse di Brenna nei suoi confronti.

«Insomma… Jake Connelly ha invitato una ragazza a dormire da lui». Ancora più stizzita.

«Esatto».

«Dev'essere una cosa seria».

Non rispondo. Le do le spalle, infilo i popcorn nel microonde e imposto il timer.

«O no?», mi pungola.

Mi astengo di nuovo dal risponderle, perché, guarda un po'… non sono cazzi suoi. Ma in quell'istante le risponde Brenna sulla soglia.

«Oh, è *molto* seria». Si avvicina con tutta calma e persino con un paio di pantaloni scozzesi e una T-shirt mi fa talmente sesso da provocarmi subito una reazione fisica. Almeno finché non noto il logo della squadra di hockey della Briar sul petto.

«È una bestemmia!», esclamo indicandolo.

«No, quella è una bestemmia!», ribatte lei, indicando la mia di maglia.

Abbasso lo sguardo e mi ricordo che ho addosso una maglietta grigia con il logo rosso di Harvard sul petto.

Vicino al bancone, Kayla fa un verso sprezzante.

Cosa che spinge Brenna a girarsi di scatto sfoderandole un sorriso smagliante. «Non siamo carinissimi?», dice su di giri. «Tipo Romeo e Giulietta!».

Per un istante sembra che la bionda possa soffiarle sul serio. Invece le sfodera un sorriso finto. «Uh uh, carinissimi proprio!».

«Oh, grazie Kaylee!».

«Kayla!», replica acida per poi andarsene come una furia.

Brenna scoppia a ridere.

«Che stronza che sei», le faccio.

«Vero. Ma quella tipa ti vuole».

«Chi non mi vuole?»

«Probabilmente hai ragione. Non c'è un posto in cui vada dove non trovo qualcuna a cui piaci. La tipa nella toilette, la ragazza di Sedere a bolla, la tua amica Hazel».

«Hazel?». La guardo sconvolto. «Ma che dici! Neanche la conosci».

«Ah, mi stai dicendo che non ti ha informato dell'imboscata che mi ha teso al campus?».

"Cosa?".

«Come, scusa?», do voce al mio sconcerto. Hazel non mi ha detto nulla. È vero che questa settimana non abbiamo parlato molto, ma se avesse davvero avuto uno scontro Brenna avrei pensato che lo reputasse abbastanza importante da dirmelo.

«Mi ha stanata al Coffee Hut», mi spiega Brenna. «In sostanza mi ha fatto un discorsetto per capire che intenzioni ho con te e ha minacciato di prendermi a calci in culo se ti prendo in giro».

Ridacchio. «Sì, è un po' protettiva nei miei confronti. Siamo cresciuti insieme».

Brenna fa un sorrisetto. «È più che protettiva».

«Nah».

«Ricordi quando parlavamo di quanto sono scemi gli uomini?».

Le lancio un'occhiataccia. «E quando sarebbe successo?»

«Ah, vero. Ne parlavo con Summer. Lascia stare, Jakey». Mi fa l'occhiolino, il ritratto dell'innocenza. «Gli uomini non sono affatto scemi».

Nessuno dei due segue granché il film. Ci accoccoliamo sotto la coperta e passiamo un'ora a stuzzicarci. Brenna non fa che accarezzarmi il pacco. A un certo punto inizia a farmi una sega sopra i pantaloni... per poi mettersi a mangiare popcorn e lasciarmi con le palle sul punto di esplodere.

Io ricambio il favore accarezzandole i capezzoli da sopra la maglietta finché non diventano turgidi e duri come ghiaccioli. Quando prova a premere i seni contro le mie mani, prendo la ciotola di popcorn e comincio a sgranocchiarli.

Più o meno a metà del film Brenna mette in pausa e appoggia il telecomando sul tavolino.

Le lancio un'occhiata, fingendomi indignato. «Mi stava piacendo un sacco!».

«Ah sì? Raccontami un po' di cosa parla, Jake».

Frugo nella mia banca mnemonica e non trovo nulla. «Alieni?», tiro a indovinare.

«Sbagliato». Ridacchia e mi trascina in camera da letto, dove si piazza le mani sui fianchi e mi fa: «Sdraiati!».

Dato che non sono l'uomo scemo che mi reputa, mi sdraio.

E prima che me ne accorga mi ritrovo nudo e alla sua mercé. Mi bacia ovunque, le sue labbra morbide che mi sfiorano il petto, la lingua calda che mi struscia sull'addome mentre compie il suo viaggio stuzzicante verso sud. Mi lecca i muscoli obliqui, il fiato che mi solletica la pelle, dopodiché si alza di scatto e si spoglia. Siamo entrambi nudi, la mia erezione che spunta in mezzo ai nostri corpi come una lancia gigantesca.

«Quanto mi fai sesso, cavolo», fa lei con un versetto di felicità.

«Be', anche tu».

Stavolta tocca a me fare un versetto di felicità, perché la sua bocca scende e all'improvviso inizia a succhiarmelo. Insinuo lentamente le dita tra i suoi capelli, per guidarla su e giù. «Che bello», sussurro.

«Bello e basta?»

«*Molto* bello».

«Molto bello e basta?»

«Porca miseria, piccola».

La sua risata mi scalda la punta del pene. «Scherzavo. Scusami. Prima ho avuto questo botta e risposta con Summer e le ho detto che era fastidiosa».

«Mmm-mmm. E poi hai deciso di riproporlo con me?»

«Esatto».

«E poi gli uomini sarebbero scemi?»

«Mi stai dando della scema mentre ti faccio un pompino? Perché in tal caso confermi quanto detto».

Cacchio. Ha ragione. Gli uomini sono *davvero* scemi.

«Perdonami», la supplico.

Con un sorrisino riprende a torturarmi. Quando passa la lingua sulla base del pene, i testicoli si gonfiano e avvampano di piacere. Li prende con una mano, li stringe e io inarco la schiena. «Oh, cazzo. Quant'è bello».

Aumenta il ritmo, la lingua che lecca in tondo la punta ogni volta che fa scorrere una mano in su, mentre con l'altra continua a stuzzicarmi i testicoli, che iniziano a fremere, il cuore che mi batte a mille. La afferro per la testa per fermarla.

«Ferma», dico con l'affanno. «Non voglio venire così, voglio stare dentro di te».

«Lo voglio anch'io».

Prende un preservativo sul comodino e me lo infila. Pizzico la punta per accertarmi che sia tutto a posto e scuoto il pene per invitarla ad avvicinarsi.

«Accomodati pure», dico con eleganza.

«Oddio, Jake, che scemo che sei».

«Ah sì? Non ti eccita per niente?». Sventolo di nuovo il pene.

«In effetti», cede, ma pur sedendosi a cavalcioni su di me non lo infila dentro.

La mia erezione si posa pesantemente sulla mia pancia. Brenna mi appoggia le mani sul petto e si china, i seni che ondeggiano seduttivi mentre avvicina le labbra perfette alle mie. Il bacio che ci diamo mi strappa un gemito. Lei lo soffoca, poi sfiora con la lingua la mia ed è come se una scossa elettrica mi percorresse dalla punta della lingua alla punta del pene. Cazzooo. Quanto mi eccita questa ragazza.

«Ti piace essere stuzzicato», commenta. «Lo trovo interessante».

«Come mai?»

«Di solito gli uomini non hanno pazienza». Le sue labbra si spostano verso la mia mascella. Sfrega la guancia contro la mia barbetta e poi mi ribacia scendendo lungo il collo. «A quest'ora tanti altri mi avrebbero già capovolta per prendermi da dietro».

«Che ne dici se non parliamo di altri ragazzi? Che ne dici se parliamo di *questo* ragazzo qui?». Le spingo la testa verso le mie labbra, e stavolta sono io a ficcarle la lingua in bocca e *lei* a gemere sulle *mie* labbra. «Comunque sì», sussurro. «Mi piacciono i preliminari. Mi piace prolungare il piacere».

«Ti piace supplicare?», fa con voce gutturale.

«Chi sta supplicando?»

«Non ancora, ma tra poco lo farai». Torna a baciarmi e a succhiarmi il collo quasi fosse una caramella, strusciandosi tutta contro di me. Il mio membro rimane intrappolato in mezzo ai nostri corpi, a soffrire dentro il preservativo, perché ha un bisogno estremo di entrare da qualche parte e...

«*Ti prego*», la supplico, e lei fa una risata malefica, perché è riuscita a farmi supplicare.

Si solleva, prende alla base il pene in erezione e se lo infila dentro. E porca miseria, è come se mi stringesse una mano calda.

Socchiude gli occhi, deliziata. Scosta i capelli lunghi su una spalla e le ricadono sul petto, nascondendole un capezzolo. Insinuo una mano tra le ciocche scure per pizzicarle la gemma inturgidita e poi le sussurro: «Cavalcami».

Si muove, ma solo dondolando lievemente i fianchi.

Continua a stuzzicarmi. E io continuo a adorarlo. Alzo lo

sguardo verso i seni, gemendo quando se li stringe. Cristo, quanto sesso mi fa. Le sfioro i fianchi, accarezzo le cosce, passo il pollice sul clitoride. Non riesco a smettere di toccarla. Per fortuna lei non si lamenta. Ogni volta che un polpastrello le tocca la pelle, geme, fa un mugolio o emette un sospiro di piacere.

«Mi piaci, Jake», mi bisbiglia.

«Mi piaci anche tu».

Accelera il ritmo. Chiudo gli occhi. Brenna non mi piace e basta. Mi sa che mi sto innamorando. Ma non ho intenzione di dirlo ad alta voce, soprattutto mentre facciamo sesso. A quanto ne so, le ragazze non prendono sul serio le dichiarazioni fatte a letto. Pensano che dipendano dallo sperma.

Ma lo sperma non c'entra nulla con la sensazione di completezza che mi pervade. Non ho mai provato nulla di simile, per questo so che è autentico. Non è desiderio... fidatevi, so cos'è il desiderio. Questa è una sensazione completamente nuova.

Mi sto decisamente innamorando di questa ragazza.

Mentre mi cavalca, le si arrossano i seni. «Che belli che sono», sussurro stringendoli.

Lei si abbassa. «Prendili in bocca».

Perciò lo faccio, strofinando il naso sul lato morbido e tondeggiante di un seno per poi catturare il capezzolo tra le labbra. La sua vagina si stringe intorno a me e Brenna comincia a muoversi più veloce.

«Ti manca tanto?».

Lei fa di no con la testa senza dire nulla. Le accelera il fiato. Non mi cavalca più, ormai mi sbatte forte. Devo afferrarla per i fianchi per evitare che cada, tanto trema tutta.

«Brava ragazza, vieni».

Crolla, accasciandosi su di me con il fiatone. E quando raggiunge l'apice del piacere la afferro per la vita e spingo il bacino all'insù, martellando finché non vengo anch'io.

Qualche secondo dopo che abbiamo raggiunto l'orgasmo, Brenna si solleva, prende il preservativo alla base per evitare che fuoriesca qualcosa e si stacca. Dopodiché si stende su un fianco e mi si accoccola addosso. La stringo e ci addormentiamo così.

Capitolo trentatré
Brenna

L'appartamento di Jake mi piace un sacco. È grande, spazioso, sempre caldo e accogliente, non come il mio gelido interrato a Hastings. Lo so che non potrò starci per sempre, ma per ora mi godo la possibilità di stare qui. Di stare *con lui*.

Mi dispiace tantissimo che alcuni miei amici si rifiutino ancora di parlarmi, ma a dire la verità comincio a fregarmene. Jonah Hemley non ha rotto apposta il polso a Hunter. Sono convinta che si è trattato di un vero incidente. E non è stata neanche colpa di Hunter: non sapeva di essere andato a letto con la ragazza di Jonah. È stata Violet, o come cavolo si chiama, a fingersi single mentre tradiva il suo ragazzo. E giustamente Jonah *era* fuori di sé. Certo, ha gestito male la situazione, ma non per cattiveria.

A proposito di incazzature, stasera i miei amici avranno sicuramente le palle girate. La commissione della prima divisione dell'hockey sul ghiaccio maschile ha deliberato: la Briar non rientra tra le sedici squadre che parteciperanno al torneo nazionale. Harvard è passata in automatico perché ha vinto quello del suo girone. E del girone della Briar la commissione ha scelto Princeton e la Cornell.

Proprio ora i presentatori televisivi stanno riparlando della finale. Jake guarda il programma, mentre io sto al cellulare, ma quando Kip Haskins nomina una persona di mia conoscenza, alzo la testa di scatto.

«Parlano di Nate? Alza».

Jake schiaccia un pulsante del telecomando. Il volume aumenta.

«Avrebbe dovuto vincere la Briar», dice Kip all'altro conduttore.

Mi giro verso Jake con un sorriso a trentadue denti. «Sentito, Jakey? Persino loro la pensano come me».

«Oh-oh. Be', però *non avete* vinto, o sbaglio?»

«Zitto, bello, sto cercando di seguire».

Scoppia in una risata fragorosa.

Sullo schermo Kip solleva ottime argomentazioni: «I loro due giocatori migliori sono stati messi fuori gioco. Come si fa a definirla una partita alla pari, in tutta coscienza? È stata come la finale del '83-'84 della Stanley Cup, quando gli Oilers hanno giocato senza Wayne Gretzky e Paul Coffey».

«Oh, ma per piacere!», esclama Jake. «Non vorrà mica paragonare Hunter Davenport e Nate Rhodes a Gretzky e Coffey!».

«Sono molto bravi», puntualizzo io.

Jake è sconcertato. «Al livello di Gretzky?»

«Be', no», ammetto. «Ma nessuno è al suo livello».

«Io sì», risponde gongolante.

Alzo gli occhi al cielo per non fomentare la sua megalomania, ma sotto sotto sospetto che possa avere ragione. A parte Garrett Graham, ultimamente non c'è stato un solo giocatore universitario con le potenzialità di Gretzky. Jake è senz'altro un'eccezione.

«Giocare con i grandi è molto diverso», lo avverto.

«Ma davvero? Perché tu hai giocato con un sacco di squadre della lega nazionale, eh?»

«Certamente. Ho fatto un paio di stagioni a New York... con i Rangers e gli Islanders. Due stagioni con i Maple Leafs...».

«Ma piantala!». Mi tira sulle sue gambe e incomincia a baciarmi sul collo.

«Non ho finito di guardare!», protesto. I presentatori stanno ancora discutendo e la scena è ancora più esilarante perché Trevor Trent sta praticamente dicendo la stessa cosa di Kip Haskins. Ormai concordano sul fatto che la partita tra la Briar e Harvard è stata incontestabilmente impari.

«Visto?», esclamo vittoriosa. «Lo hanno capito pure loro! Non puoi dire che avete vinto!».

«Certo che posso dire che abbiamo vinto». Jake è esasperato. «Perché *abbiamo vinto*! Ci sei? Ci siamo qualificati».

«Sì, ma… Va bene, non ho intenzione di discutere», brontolo. «Basta che tu sappia che se quella sera avessero giocato Hunter e Nate il risultato sarebbe stato molto diverso».

«Questo è vero», concorda.

«Ho sentito dire che dietro la rissa c'era una ragazza», sta dicendo Trevor, e i due presentatori della HockeyNet ridacchiano tra loro, finché Kip non prende un'aria assorta.

«Questo però porta a una bella domanda», riflette. «Se sei così immaturo da venire alle mani per una ragazza durante la partita decisiva della stagione… Non ti meriti l'espulsione?»

«Hunter non è stato espulso!», urlo allo schermo.

Trevor mi dà manforte. «Davenport non è stato espulso. Si è infortunato. A iniziare la rissa è stato Jonah Hemley».

«E che scuse ha Rhodes?», ribatte Kip. «È il capitano della squadra. Perché si è intromesso nella scazzottata?»

«Ha ragione, cacchio!», interviene Jake. «Rhodes si è dato la zappa sui piedi da solo!».

«Sai come sono i giocatori di hockey… teste calde», replica Trevor. «Sono mossi da impetuosità e passione».

Jake esulta. «Sentito, patata? Sono impetuoso e passionale».

«Ora sono *eccitatissima*».

«Ottimo. Inginocchiati e succhiamelo. Visto quanto sono impetuoso e passionale?».

Gli tiro un pugno sul braccio. «Così non mi alletti per niente».

«Okay, allora spalanca le gambe che te la lecco».

«A questa ci penso».

Mi fa un sorrisetto. «Fammi sapere».

Quando il presentatore tira in ballo mio padre l'allegria svanisce. «Jensen ha fatto un'ottima stagione», dice Trevor. «Peccato che non si siano accaparrati un posto, speriamo che il prossimo anno vada diversamente. A mio avviso, al momento è il miglior allenatore della prima divisione».

Mi viene il magone. Chissà se è il caso che scriva a mio padre. Ci sarà rimasto malissimo che la sua squadra abbia concluso così la stagione.

«Dovrei scrivere un messaggio a mio padre», dico ad alta voce. «Per dirgli che mi dispiace».

«Sono certo che lo apprezzerebbe», fa Jake con dolcezza.

Davvero? Non lo so, ma gli mando lo stesso un messaggino per dirgli che hanno fatto una buona stagione e che la prossima andrà ancora meglio. Non risponde subito, ma lui non è tipo da SMS. Spero solo che lo legga e sappia che lo penso.

Con mio grande orrore, mi vengono le lacrime agli occhi.

«Stai...». Jake nota che ho gli occhi lucidi. «Stai piangendo?», mi chiede un po' preoccupato.

«No». Mi passo un dito sotto l'occhio. «Mi ha un po' rattristata mandare quel messaggio. Detesto quando mio padre ce l'ha con me. Cioè, è difficile che mostri cosa prova, ma di solito è disappunto, non rabbia».

«Ti rendi conto di quant'è assurdo quello che dici? Detesti quando si arrabbia, ma non ti dispiace che ti critichi?», mi chiede incredulo Jake.

«*Mi dispiace*, sì. Solo che ci sono abituata». Sospiro. «E lo capisco, mi sa. Te l'ho detto, non sono stata proprio una figlia modello».

«Perché? Perché alle superiori eri una scalmanata? Quale adolescente non lo è?»

«Non ero solo scalmanata. Ho...». Mi viene un nodo in gola, e fatico a parlare. «A dirla tutta credo che mio padre si vergogni di me».

Jake prende un'aria allarmata. «Che hai fatto, piccola? Hai ammazzato un prof?»

«No». Riesco a fare un fiacco sorriso.

«E cosa, allora?».

Tentenno. Non ne ho mai parlato con nessuno, a parte la strizzacervelli dalla quale mi ha mandato mio padre all'ultimo anno delle superiori. Si era consultato con lo psicologo sportivo della Briar, il quale gli aveva detto che magari mi avrebbe fatto bene parlarne di quello che avevo passato con qualcuno diverso da lui. Quindi per un paio di mesi sono andata dalla psicologa, e per quanto mi abbia aiutata ad accettare l'accaduto, non è riuscita a spiegarmi come ricucire il rapporto con mio padre. E negli anni a seguire la situazione non ha fatto che peggiorare.

Studio l'espressione paziente di Jake, il linguaggio del corpo che esprime vicinanza. Che possa fidarmi di lui? È una storia imbarazzante, ma non sarebbe la fine del mondo se si venisse a sapere in giro. Solo che non mi piace l'idea di venire giudicata da una persona a cui tengo.

Ma da quando ci conosciamo Jake non l'ha mai fatto, nemmeno una volta. Non gli importa se faccio la stronza. Non gli importa se lo sfotto... Anzi, gli piace sfottermi a sua volta. Si è aperto abbastanza sulla sua vita, anche se è vero che non ci vuole molto quando non hai scheletri nell'armadio.

«Sicuro di voler conoscere i miei scheletri?», chiedo sarcastica.

«Oh mamma. Hai davvero ucciso qualcuno, eh?»

«No. Ma a sedici anni sono rimasta incinta e ho rischiato di morire».

La confessione mi esce di bocca prima che riesca a fermarmi. E una volta fuori, in sospeso tra noi, fisso imbarazzata gli occhi sgranati di Jake e ascolto i grilli.

Ci vogliono cinque secondi buoni prima che risponda con un flebile fischio tra i denti. «Cazzo. Okay». Annuisce lentamente. «Sei rimasta incinta. Di Eric...?».

Annuisco. «Ho perso la verginità con lui. Ma a differenza di quanto pensa mio padre, non eravamo due irresponsabili. Facevamo sesso regolarmente da più di un anno ed eravamo molto attenti a usare il preservativo. Non prendevo la pillola perché mi vergognavo troppo di chiederlo a mio padre, quindi ero super intransigente sui profilattici».

«L'ho notato», fa Jake. «Adesso ho capito perché».

«Quando non mi sono venute le mie cose, mi sono rifiutata categoricamente di accettare l'ipotesi che fossi incinta. Ho pensato: "Okay, sarà per lo stress". Non è così raro che saltino un mese, e a volte non è colpa di una gravidanza. Ma dopo due mesi ho fatto il test».

Non scorderò mai il tuffo al cuore che ho provato appena ho

visto il segno più sullo stick. Per prima cosa ho chiamato Eric, che è stato tutt'altro che d'aiuto.

«Eric ha detto che non era un dramma e che l'avremo risolto. Ma siccome era nel pieno delle eliminatorie, era molto impegnato. Mi ha promesso di portarmi dal medico, ma solo dopo i playoff».

Jake si acciglia. «Quanto avresti dovuto aspettare?»

«Qualche settimana. Ma dalle ricerche che avevo fatto sapevo che fino a tre mesi non era un intervento rischioso. E prima che tu me lo chieda: sì, volevo abortire. Non volevo un bambino. Avevo solo sedici anni. E neanche Eric lo voleva».

Nel ripensare a quei giorni mi assale la tristezza. Ero terrorizzata. «Non potevo andarci da sola», gli spiego. «Ero troppo spaventata e mi vergognavo a dirlo alle mie cugine e amiche. Figuriamoci a mio padre. Doveva portami Eric, avevamo già organizzato tutto. Dopo i playoff avrebbe avuto più tempo libero, mi avrebbe portata a Boston e l'avremmo fatto lì».

Jake mi accarezza un braccio per consolarmi. «Mi dispiace che tu abbia dovuto vivere un'esperienza simile».

«In... in realtà non ho fatto l'intervento», confesso. «Avevamo preso appuntamento ma non ci siamo mai andati. Una mattina, qualche giorno prima, ho iniziato a perdere sangue. Solo qualche piccola perdita. Ho fatto una ricerca su internet e la maggioranza dei siti diceva che qualche perdita è normale nel primo trimestre. Ho chiamato Eric, ha cercato su internet anche lui ed è arrivato alla conclusione che non era niente di che».

«Dove stava?»

«A Newport con la squadra. Nel pomeriggio avevano la semifinale. Ha detto che mi richiamava dopo la partita, e l'ha fatto. Avevo ancora qualche perdita, ma non abbondanti». Scuoto la testa, turbata. «Poi siccome la squadra di Eric ha stracciato gli avversari, sono usciti a festeggiare. Gli ho chiesto di tornare a casa, ma lui ha risposto che non ce n'era bisogno perché probabilmente non era nulla di grave e mi ha detto di non dire nulla a mio padre».

«Quindi sei rimasta lì a casa a sanguinare?», mi chiede sconvolto.

«Sì e no. Come ti ho detto, all'inizio sanguinavo poco. Eric mi ha detto di stare tranquilla, e anch'io ho pensato che probabilmente mi stavo impanicando per niente. Quindi ho cercato di non pensarci, sperando che passasse. Ho cenato con mio padre, mi sono vista un film in camera. E dopo un paio di ore le piccole perdite sono diventate… abbondanti». Mi si stringe la gola. «Ho richiamato Eric per dirgli che le cose stavano peggiorando e che volevo chiedere a mio padre di portarmi in ospedale. Ma lui me lo ha vietato categoricamente, perché non voleva che lui lo scoprisse e lo ammazzasse».

«Che stronzo egoista».

Nel rivivere quella sera terrificante mi sento male. «Ha deciso di tornare per portarmi in ospedale. Mi ha detto di restare lì, che era partito e sarebbe arrivato il prima possibile. Stava a due ore di macchina».

«E tuo padre stava al piano di sotto?».

Jake fa una faccia talmente incredula che mi tocca scacciare un groppo di vergogna. «Lo so, sono un'idiota, cazzo. Lo so già, okay?». Ho le lacrime agli occhi e mi affretto ad asciugarle.

«No, non lo penso affatto», fa subito Jake prendendomi la mano. «Giuro. Capisco benissimo… eri spaventata. Avevi sedici anni e il ragazzo che avrebbe dovuto sostenerti ha deciso di continuare a divertirsi con gli amici invece di tornare a casa nell'esatto istante in cui gli hai detto che c'era qualcosa che non andava». Jake sembra furioso, e devo dire che è dolce.

Annuisco. «A quel punto non volevo rischiare di aspettare due ore che arrivasse Eric. Sempre che arrivasse».

«Quindi l'hai detto a tuo padre?»

«Non ho fatto in tempo». Mi si incrina la voce. «Era da tutto il giorno che perdevo sangue, ormai erano le nove di sera, mi sentivo debolissima e mi girava la testa. Quando mi sono alzata, ho avuto un capogiro e sono svenuta in bagno, dove mi ha trovata mio padre». Mi viene la nausea. «Stesa in un lago di sangue. Abbiamo dovuto rifare il pavimento, perché le macchie non andavano via».

«Dio mio».

«Mi ha portata all'ospedale mio padre. Io non me lo ricordo. Ricordo solo che in bagno ho iniziato a non vedere più. E poi mi sono svegliata in ospedale, dove mi hanno detto che avevo avuto un aborto spontaneo e che per poco l'emorragia non mi aveva uccisa».

Jake fa una faccia sconvolta. «È normale?»

«No, a quanto pare l'aborto era stato parziale, quindi il tessuto fetale non era stato espulso completamente dall'utero. È per questo che il sanguinamento peggiorava invece di migliorare».

«Cazzo. Mi dispiace tantissimo».

Annuisco in segno di gratitudine. Ma non gli racconto cos'altro è successo in quella stanza di ospedale. Per esempio, che ho avuto un crollo davanti a mio padre e ho iniziato a piangere come un'isterica e a dirgli e ridirgli che mi dispiaceva, mentre lui se ne stava lì, impassibile, senza guardarmi in faccia. E che più singhiozzavo, più la situazione diventava imbarazzante. Ero sempre stata una ragazza forte e tenace, ma all'improvviso piagnucolavo come una bambina davanti a lui.

Da quel giorno non mi ha più guardata come prima. Non solo per la vergogna che ero rimasta incinta... credo si vergogni pure di come sono crollata. Mio padre non prova alcun rispetto per le persone fragili, e quella notte io ero fragilissima.

«Da quel giorno il rapporto con papà non è stato più lo stesso. Mi ha tenuta a casa da scuola per due mesi, tant'ero emotiva e depressa. Non facevo che piangere. Abbiamo detto a tutti che avevo la mononucleosi, l'unico a sapere la verità era Eric».

«Non riesco a credere che tu abbia continuato a starci insieme», fa cupo Jake.

«Oh, non ci stavo più insieme». Faccio una risata triste. «Per un sacco di motivi. Per mio padre era diventato ufficialmente il nemico numero uno. Lo disprezzava, e un giorno per poco non l'ha menato, perché Eric continuava a venire a casa nostra per parlarmi. Papà mi ha vietato di rivederlo, e a me andava benissimo. Non riuscivo a perdonargli come si era comportato la sera in cui ho perso il bambino. Piangevo supplicandolo di tornare a casa, di portarmi all'ospedale, e lui se n'è fregato». La rabbia mi ribolle in gola. «Ho rischiato di *morire*. Ma a lui interessava più sbronzarsi con i suoi amici e fumare erba che assicurarsi che io stessi bene».

Appoggio la testa sulla spalla di Jake e lui si mette a giochicchiare con i miei capelli. «Da allora papà è diventato iperprotettivo… Ma la cosa buffa è che era talmente impegnato con il suo lavoro che non riusciva a impormi le regole che pretendeva seguissi. Quindi, facevo praticamente comunque sempre quello che mi pareva e poi mi beccavo una ramanzina. Ho ripreso la scuola, ho iniziato l'ultimo anno e ho cominciato a comportarmi come una ragazzina che vuole attirare l'attenzione dei genitori. Le classiche cazzate adolescenziali, e più stupidaggini facevo, più lui si interessava a me. Quindi passavo la notte fuori, bevevo, folleggiavo, lo facevo preoccupare apposta».

A posteriori è mortificante. Ma tutti i ragazzini fanno stupidaggini. È colpa della tempesta ormonale.

«Comunque, sono passati cinque anni, ma papà continua a considerarmi una debole, una delusione, anche se ho messo la testa a posto da un bel po'». Scrollo le spalle rattristata. «Ma che ci posso fare?»

«Mi dispiace tanto che tu abbia dovuto passare tutto questo», fa Jake stampandomi un bacio sulla testa. «Non sei debole, Brenna. Il coach Jensen è cieco, se ti vede così. E reputare la propria figlia una delusione perché è rimasta incinta per sbaglio è da stronzi. Non te lo meriti. E di sicuro non ti meriti quello che ti ha fatto quel bastardo di Eric. È assurdo che siate rimasti in contatto, che provi commiserazione per quel tipo».

Sospiro. «Il crollo che mi è venuto dopo che ho perso il bambino non è stato nulla in confronto a quello che ha avuto lui. Quando mi ha persa, è precipitato in un tunnel. È stata colpa mia se ha saltato la partita del campionato».

«No, è stata colpa *sua*», mi corregge. «Non illuderti, piccola… anche se ci fosse andato, alla fine lo avrebbero buttato fuori. Eric Royce non sarebbe entrato comunque nella lega nazionale. È evidente che aveva già problemi di droga. Lo avrebbero beccato a un esame delle urine, lo avrebbero arrestato per possesso di droga o altro. Sicuro».

«Può darsi. Ma all'epoca mi sentivo responsabile. Non volevo starci più insieme, ma sentivo comunque l'onere di badare a lui. È un tale casino che non so neanche come spiegarlo». Alzo la testa dalla spalla di Jake. «Eric non mi è mai stato accanto nel momento del bisogno, perché non riuscivo a dirgli "tanti saluti" e a lasciarlo autodistruggersi?»

«Perché sei una brava persona».

«Probabile», faccio titubante. «E anche tu», gli dico.

«Nah».

Sento in gola un groviglio di emozioni. «Invece sì», insisto. «Pensa a quante cose hai fatto per me. Mi hai aiutata a soccorrere il mio ex irriconoscente. Mi hai dato un tetto sulla testa. Hai ascoltato questa brutta storia fino alla fine senza giudicarmi. Eric era – è – una delle persone più egoiste che io abbia mai conosciuto. Tu invece no. Tu sei un bravo ragazzo, Jake».

Muove un po' il suo corpo imponente, a disagio, ed è adorabile. Avrei pensato che Jake andasse in visibilio nel sentire tessere le sue lodi.

Deglutisco ripetutamente, perché il nodo in gola sta crescendo. Non è da me. Di solito non sono così sentimentale. Nonostante il pizzico di imbarazzo che provo, pronuncio le parole che mi riempiono il cuore.

«Grazie di starmi vicino».

Capitolo trentaquattro
Jake

Il sesso mattutino non è un piacere che mi concedo spesso. Ed è un peccato, cacchio, perché lo adoro. Non c'è niente di meglio di un bell'orgasmo per iniziare la giornata con il piede giusto. Ma siccome non invito mai nessuna a passare la notte da me, e io non dormo mai a casa di nessuna, mi sono sempre perso una delle mie attività preferite. Fino a oggi.

Negli ultimi tre giorni mi sono svegliato con la verga in mezzo alle chiappe sode di Brenna, una mano a stringerle un seno caldo, il naso affondato nei suoi capelli. È la sensazione più bella del mondo. No, rettifico: la sensazione più bella del mondo è quando Brenna mi sale sopra e si siede sul mio pene. Da quando sta da me abbiamo sempre dormito nudi. Tanto ogni volta che siamo a letto finiamo per spogliarci comunque.

«Non baciarmi», mi avvisa come ogni mattina dal giorno in cui è arrivata. Si rifiuta di baciarci al mattino con l'alito pesante, e mi sta bene. Ma non ho la pazienza di scendere dal letto, andare in bagno, lavarmi i denti e *poi* scoparmela. Preferirei incominciare dalla scopata.

Stamattina, però, c'è qualcosa di diverso. Non è una semplice scopata. C'è qualcosa di più intimo.

Forse a causa della confessione che Brenna mi ha fatto ieri sera. Si è aperta con me, mi ha permesso di percorrere, se non altro indirettamente, gli eventi traumatici che ha vissuto. Era molto vulnerabile e per un istante mi sono sentito quasi inadeguato. Come se non fossi all'altezza di ricevere il pezzetto della sua anima che mi stava affidando.

Nei suoi occhi vedo adesso stessa vulnerabilità, cosa che trasforma il sesso…

No, non è più intimo solo perché ci stiamo guardando negli occhi. È che ho il pene avvolto da un calore bagnato.

Sono senza preservativo.

«Piccola», gemo. La fermo prendendola per i fianchi. «Il goldone», le ricordo.

È meravigliata che ce ne siamo dimenticati. E so che lei ci tiene molto, perché di solito è molto attenta. Dopo la confessione che mi ha fatto ho capito perché.

«Prendo la pillola», dice per rassicurarmi, e di colpo si fa stranamente timida. «Faccio gli esami due volte all'anno. Gli ultimi erano negativi...». Aleggia una domanda implicita.

«Anche i miei», rispondo con voce roca.

«Quindi forse potremmo...». Deglutisce visibilmente. «Continuare?».

Il mio battito accelera. «Sicura che vuoi farlo senza?».

Annuisce piano. «Sì. Ma magari potresti tirarlo fuori alla fine, se non ti spiace».

Già il solo fatto che mi permetta di stare così dentro di lei è uno splendido regalo. E mia madre dice sempre che i regali non si rifiutano mai.

«Certo che non mi dispiace». Rotolo e Brenna finisce sotto di me, i capelli scuri sparsi sul cuscino. Dio, quant'è bella.

E non sapendo se e quando gli dèi del sesso senza preservativo mi benediranno un'altra volta, prolungo il più possibile queste sensazioni divine. La scopo lentissimamente. Muovo piano i fianchi, e anche la lingua che infilo tra le sue labbra socchiuse. Ci baciamo e scopiamo, scopiamo e ci baciamo in apparenza per l'eternità.

Diventa quasi insostenibile. Seppellisco la testa nell'incavo del suo collo e la bacio. Lei mi stringe le natiche e alza il bacino per andare incontro ai miei fianchi. Quando finalmente accelero il ritmo gemiamo entrambi, impazienti.

«Cavolo, Connelly, smettila di prendertela comoda e *datti una mossa*».

Reprimo una risata. «Dio mio, quanto sei prepotente», intervengo.

«Muoviti!».

Mi fermo del tutto. «Non sono un sex toy, Jensen. Non scopo a comando».

«Sei proprio dispettoso. Hai intenzione di farci godere o no?».

Adoro che dica "farci" e non "farmi". Brenna non è egoista sotto le lenzuola. Non se ne sta distesa come una stella marina per lasciar fare tutto a me, come alcune ragazze con cui sono stato. Partecipa alla pari, e mi piace da morire.

La guardo fingendomi serio. «Per stavolta chiudo un occhio sulla tua insolenza», la avverto. E poi affondo dentro di lei, finché non veniamo tutti e due.

Dopodiché ci stendiamo a pancia insù, nudi, e non mi serve neanche guardarla per capire che ha cambiato umore. La tensione è palpabile. «Tutto bene?»

«Sì, scusami. Pensavo a mio padre».

«Abbiamo appena finito di fare sesso e tu pensi a tuo padre. Grandioso!».

«Abbiamo appena finito di fare sesso. Punto. Adesso penso a mio padre. Punto. Sono due eventi slegati tra loro», mi rassicura.

«Che cosa ti turba?»

«Vorrei andare a parlargli, ma sono in ansia, perché quando vado da lui con il cuore in mano finisce sempre male. È molto difficile parlargli». Il suo sospiro riscalda l'aria tra noi. «Ma credo sia arrivato il momento di dirgli come mi sento. Magari sarà la volta buona che mi ascolterà, no? Magari finalmente riuscirò a farlo ragionare e a convincerlo che non sono più la persona che ero un tempo».

Scorro le dita sulla sua spalla. «Sono sicuro al cento percento che riuscirai a fargli vedere la luce, patata».

«Sei l'unico, perché io non lo sono affatto. Come ti ho detto, quando si tratta di parlare con Chad Jensen va sempre malissimo».

Increspo un attimo le labbra. «Mi è venuta un'idea». Al che mi alzo e salto giù dal letto.

«Dove vai?», mi domanda Brenna mentre esco dalla stanza.

«Aspetta un attimo», le dico senza voltarmi.

In corridoio apro l'armadio e tiro fuori il borsone da hockey. Lo apro, ignoro la puzza di calzini sporchi e frugo finché non trovo quello che cercavo. Quando ritorno in camera qualcosa mi disturba, ma non riesco a inquadrare bene cosa sia.

«Sto per farti un favorone», dico a Brenna.

«Ah sì?». Si mette seduta, e il mio sguardo va subito ai seni scoperti. Sono tondi e sodi, e ha i capezzoli inturgiditi per il freddo.

Devo farmi forza per pensare ad altro prima che l'eccitazione prenda il sopravvento. «Ti presto il mio portafortuna», le dico alzando il mio braccialetto kitsch rosa e viola.

Lei mi guarda sconcertata. «Sul serio?»

«Sì».

«Come potrebbe aiutarmi il *tuo* portafortuna? La magia e le vibrazioni positive che ha non funzionano solo con te?»

«Non funziona così, piccola».

Sembra che si stia sforzando di non ridere. «Oh-oh. E allora come funziona?»

«È un portafortuna. Porta bene a chiunque lo indossi, mica solo a me. Caspita, non sai niente di portafortuna e riti scaramantici?»

«No!», replica. «Non ne so niente». Malgrado il tono ironico, lo sguardo è dolce. «Ma se credi che potrà aiutarmi gli darò una possibilità».

«Non lo credo, lo *so*».

Mi siedo sul bordo del letto, nudo come un verme. Le prendo la mano e infilo il braccialetto di perline sul polso esile. Le sta un po' più largo che a me e quando solleva il braccio per ammirarlo le scende quasi fino al gomito.

«Ecco!», faccio, annuendo compiaciuto. «Adesso sei pronta!».

«Grazie. Mi sa che vado a parlargli quando tu sei...». Impallidisce di colpo.

Anch'io, il panico che mi assale. Cazzo. *Cazzo!* Lancio un'occhiata alla sveglia, che conferma la mia paura peggiore. Sono le nove e mezzo: l'allenamento è cominciato un'ora fa.

Il coach non me la fa passare liscia per il ritardo. Dopo essermi cambiato nello spogliatoio vuoto, attraverso il corridoio – sui pattini – e praticamente mi scaravento sulla pista. I miei compagni si stanno già allenando, ma appena mi adocchia il coach suona il fischietto. Non li lascia neanche finire di fare quello che stavano facendo. Li pianta in asso e mi viene incontro sui pattini.

I suoi occhi scuri ardono come due carboni rabbiosi. «Connelly, ti conviene avere una buona scusa. Fra tre giorni giochiamo contro il Michigan, dannazione!».

Abbasso lo sguardo a terra, vergognoso. Ha ragione. L'ho combinata grossa. Questo weekend ci sono le regionali a Worcester. Noi siamo i primi qualificati, il Michigan è quarto, ma non significa che sia una vittoria assicurata. Alle nazionali può succedere di tutto.

«Non ha suonato la sveglia», mento, perché non posso mica dire "Stavo facendo sesso con la figlia di Chad Jensen, della quale mi sa tanto che mi sono innamorato". Al coach verrebbe una sincope.

«È quello che ha detto Weston», bofonchia l'allenatore.

Mi sforzo di non lanciare uno sguardo di gratitudine verso Brooks. Ha passato la notte fuori, se no stamattina avrebbe picchiato sulla porta di camera mia per ricordarmi dell'allenamento. E ovviamente sa che Brenna sta da noi, quindi sono parecchio sollevato che non ne abbia fatto parola con il coach. Mi riprometto di non chiamarlo più Sedere a bolla in casa. Almeno per qualche giorno.

«Mi scusi. Non ricapiterà. Domani metto tre sveglie», dico con voce squillante di fermezza. Anche se ho mentito sulla causa del ritardo, ciò non toglie che non voglio che ricapiti.

«Ti conviene». Il coach si volta di scatto e suona un paio di volte il fischietto. «McCarthy! Tocca a te!».

L'allenamento è particolarmente sfiancante perché voglio dare il massimo. Devo farmi perdonare per il ritardo di stamattina, rimediare all'errore imperdonabile che ho commesso.

In tutta la mia carriera sportiva sono arrivato in ritardo all'allenamento soltanto due volte. E, per essere chiari, la mia carriera è iniziata quando avevo cinque anni. Entrambe le volte andavo alle superiori. La prima mi ero preso un'influenza intestinale, ma mi sono comunque trascinato fuori dal letto e ho guidato fino al palazzetto. La seconda volta la costa era stata colpita da una tormenta di neve imprevista e al risveglio mi sono trovato mezzo metro di neve davanti alla porta di casa. Ho passato quasi tutta la mattina a spalarla dal vialetto per tirare fuori la macchina. E quella volta ho fatto solo quaranta minuti di ritardo.

Oggi? Oggi non c'entrano né virus intestinali né tormente di neve. Ho fatto un'ora di ritardo per una *ragazza*.

Non fraintendetemi, non ce l'ho con Brenna. E malgrado io sia deluso da me stesso, non mi pento di quello che è successo stamattina. Il sesso è stato spettacolare, cavolo. Per la prima volta non abbiamo usato il preservativo e al solo ricordo fremo tutto. Il suo calore stretto intorno a me... *cazzooo*. Che bella sensazione.

Quando sto per uscire dalla pista scorgo una sagoma familiare che mi saluta dagli spalti. Negli allenamenti aperti al pubblico, come quello di oggi, i tifosi possono venire a vederci.

Mi giro di scatto e vado all'altro lato della pista. Hazel scende i gradini, la treccia bionda che ondeggia di passo in passo. Indossa una giacca leggera e, come al solito, ha le dita piene di anelli, compreso quello che le ho regalato per Natale. Mi sorride dall'altra parte del plexiglas e raggiungiamo insieme la porticina nella balaustra.

«Ehi! Che ci fai qui?», le chiedo.

«Non ho avuto modo di complimentarmi come si deve per la vittoria del weekend». Fa una faccia mesta. «Eri un po' impegnato, con la scenetta tra il tuo allenatore e la tua ragazza». Pronuncia l'ultima parola – *ragazza* – con tono un po' piccato.

Reprimo un sospiro. «Sì, è stato a dir poco imbarazzante».

«A ogni modo ti devo un pranzo per festeggiare, quindi ho pensato di sorprenderti con un brunch in quel posto che ci piace tanto a Central Square».

«Ottimo». Spero che non si accorga che sono meno entusiasta del solito all'idea di mangiare. È solo che non vedo l'ora di vedere Brenna e scoprire se ha parlato col padre. «Dammi dieci minuti per cambiarmi e ci vediamo fuori».

Poco dopo, io e Hazel stiamo seduti uno di fronte all'altra a un tavolino del ristorante pacchiano che abbiamo scoperto l'anno scorso. Si chiama Uovaaa e, nonostante i piatti abbiano nomi stupidi e le decorazioni sgargianti siano un pugno nell'occhio, il cibo è davvero buonissimo. O buovissimo, come piace dire a Hazel.

«Grazie della sorpresa», le dico prendendo il menu. «Ma per piacere non dirmi che sei arrivata alle otto e mezzo».

Sbianca. «Oddio, no. Il mondo non esiste prima delle nove, ricordi?».

Arriva una cameriera a prendere gli ordini. Io e Hazel siamo amici da così tanto tempo che so cosa prenderà prima ancora che lo dica. Due uova, strapazzate. Toast integrale. Salsiccia, perché è l'unica persona al mondo alla quale non piace la pancetta. E un caffè, con due cucchiaini di zucchero, senza latte o panna. E sicuramente lei sai che cosa ordinerò io: la colazione più abbondante sulla carta, perché sono una fogna.

Chissà cosa piace mangiare a colazione a Brenna. Da quando sta da me mangia uova e frutta, ma mi chiedo cosa prenderebbe in un posto come questo. Sembrerò un grandissimo sfigato, ma non vedo l'ora di scoprirlo. Mi piace conoscerla poco a poco.

Nell'attesa che arrivino i piatti io e Hazel ci aggiorniamo sulle novità, ma restiamo sul generico. Parliamo dei corsi e dell'hockey, del nuovo compagno della madre, del fatto che i miei non si sono fatti vedere alla finale. Mi rode ancora. Sono abituato al fatto che non vengano a vedermi, ma stavolta speravo che mi avrebbero sorpreso, visto che era una partita importante.

A metà della colazione Hazel mette giù la forchetta e mi chiede: «Allora state insieme?»

«Io e Brenna, intendi?».

«A chi altro potrei riferirmi?».

Sghignazzo. «Sì, mi sa di sì. In effetti dal giorno della finale sta da me e Brooks».

«Siete andati a convivere?». La mia amica è sconvolta.

«Non conviviamo», mi affretto a rispondere. «Sta solo da me finché non finiscono i lavori nel suo appartamento. Si era allagato».

Per un attimo non dice nulla. Prende il caffè. Beve un sorso lungo. «È una cosa parecchio seria», commenta alla fine.

Mi sento un po' a disagio. «Non è "parecchio seria". È solo…». Ricorro al mio motto. «È quello che è».

«Sì, ed è una cosa seria, Jake. Non mi pare che tu abbia mai invitato una ragazza a dormire da te, figuriamoci per più notti di seguito». Mi guarda pensierosa. «Ti sei innamorato?».

Armeggio con la forchetta, rigirando alcune patate al forno nel piatto. Piano piano mi sta passando l'appetito. Non mi va di parlare di questo argomento. O meglio, non mi va di parlarne con Hazel. Ormai è da un po' che ho la sensazione che mi giudichi, che non approvi le mie scelte, e non mi era mai capitato prima. Neanche quando ho fatto la cazzata di sbronzarmi a una festa e ho vomitato sui cespugli di casa sua, o nel periodo in cui mi facevo ogni sera una tipa diversa. Non mi ero mai sentito giudicato. Ora invece sì.

«Va bene, non sei obbligato a dirmelo», mi fa quando non rispondo.

«No, è che… sono solo in imbarazzo», dico timido. «Non mi sono mai innamorato prima d'ora».

Sul suo viso affiora qualcosa di simile al dolore, e di colpo mi torna in mente l'insinuazione di Brenna sul fatto che Hazel provi qualcosa per me. Ma è impossibile. Non avrebbe cercato di farmelo capire in *qualche modo* in tutti questi anni? Prima che Brenna mi mettesse la pulce nell'orecchio il pensiero non mi aveva mai attraversato l'anticamera del cervello, perché Hazel non ha mai fatto nulla che lasciasse intendere che le piaccio.

«È un evento», sussurra. «Innamorarsi per la prima volta. Che tu voglia ammetterlo o no è un grande evento».

«Non direi».

«Hai una storia seria. Iniziare una storia seria è un evento capitale».

Dio, quanto vorrei che non avesse usato le parole "evento" e "capitale". «Non è l'affare di stato di cui parli», rispondo impacciato. «Per ora vediamo come va».

La mia amica fa una risata nasale. «Il motto dei puttanieri».

«Io non sono un puttaniere!», ribatto guardandola in cagnesco.

«Appunto, non lo sei. Quindi non vedrai come va e basta. Sei *coinvolto*. Tieni a lei, ed è un evento, perché non hai mai avuto una storia seria». Prende un altro sorso di caffè, osservandomi da dietro la tazza. «Sicuro di essere pronto?», mi chiede con tono brioso.

Prendo la mia tazza, le mani stranamente sudate. «Non riesco a capire se stai cercando di mettermi ansia apposta», rispondo sarcastico.

«Perché dovrebbe venirti l'ansia? Ti ho solo chiesto se sei pronto».

«Pronto per cosa, esattamente?», chiedo, poi rido imbarazzato e mi auguro che Hazel non abbia notato quanto sembro confuso.

È vero. Non ho mai avuto una storia seria. Mi sono fatto tante ragazze. Ho avuto qualche storiella di un paio di mesi o settimane. Ma non ho mai provato sentimenti profondi per nessuna prima di Brenna. Non mi è mai venuta voglia di dire la parola che inizia con la A prima di conoscere lei.

«Jake», fa Hazel con voce pietosa. Mi drizzo subito. «Una storia seria richiede molto impegno, ne sei consapevole?»

«Stai forse insinuando che non sono capace di impegnarmi a fondo in una cosa?». Alzo gli occhi al cielo e mi indico il petto. «Non so se te lo ricordi, tra poco giocherò nella lega nazionale».

«Cosa che solleva un altro problema», dice Hazel. «Dimmi un po', che ripercussioni avrà su questa storia? Brenna è al terzo anno. Gliene manca ancora uno per finire gli studi. Tu invece starai a Edmonton. Come vi organizzerete, di preciso?»

«Un sacco di persone hanno una storia a distanza».

«È vero, sì, ma sono molto più impegnative. Ci vuole il *doppio* dell'impegno. Bisogna sforzarsi il doppio per far sentire all'altra persona che è ancora una priorità, anche se vive in un altro Stato. E così arriviamo al prossimo problema: come farà a essere la tua priorità, se dovrai concentrarti sul nuovo lavoro?».

Una sensazione di inquietudine mi sale lungo la schiena. Hazel tira fuori buone argomentazioni.

«E questo mi porta all'ultima cosa che mi preoccupa», dichiara, quasi stesse presentando una tesi intitolata *I motivi per cui Jake Connelly sarà un fidanzato di merda*. «L'hockey è la tua vita. È l'unica cosa di cui ti sia mai importato. Ti sei fatto il culo per arrivare a questo livello. E io ho ancora le mie riserve su Brenna. Malgrado quello che pensi, secondo me quando ha iniziato a frequentarti aveva secondi fini».

«Ti sbagli», mi limito a dire. Se non altro di questo sono sicuro. Riguardo al resto… mica tanto.

«Okay, può darsi. Ma mi sbaglio sul fatto che hai passato – quanti? – diciassette anni a concentrarti sull'hockey per prepararti a questo momento? Stai per esordire come giocatore professionista. Ti *assicuro* che una relazione a distanza sarebbe una distrazione, una frustrazione, e che passeresti un'infinità di tempo a pensare a lei, a cercare di rassicurarla in tutti i modi del fatto che la ami quando leggerà articoli o vedrà foto su blog che ti ritraggono con la tifosa di turno che ti si è buttata addosso». Scrolla le spalle e inarca un sopracciglio. «Quindi, ripeto, sei pronto?».

Capitolo trentacinque
Brenna

Sono nell'ingresso pronta a uscire, quando rientra Jake. Non mi ero resa conto che fosse già ora che tornasse a casa, quindi nel vederlo così all'improvviso ho un soprassalto. «Cavolo!», esclamo ridendo sollevata. «Mi hai fatto prendere un colpo!».

Il suo sguardo si addolcisce. «Scusa, non volevo».

«Com'è andato l'allenamento? Pedersen si è incazzato come una bestia?». Mi sento ancora tremendamente in colpa per il ritardo di Jake. Ovviamente non è solo colpa mia… ci vogliono due persone per ballare il tango. Ma se mi fossi ricordata che aveva allenamento, avrei fatto di tutto per buttarlo giù dal letto.

«Sì, non era molto contento. Mi ha fatto sudare sette camicie, ma me lo meritavo». Si toglie la giacca e la appende. Poi si passa le mani tra i capelli. «Immagino che tu non sia ancora andata da tuo padre».

«No, stavo uscendo proprio adesso». Gli ho mandato un messaggio per dirgli che sarei andata da lui e la sua risposta è stata: "Sono a casa". Per mio padre potrebbe voler dire "Sono a casa e pronto a parlare" oppure "Sono a casa per sgridarti ancora". È sempre un terno al lotto.

«Devi andare via subito o possiamo parlare due minuti?».

Cerco di non corrucciarmi. Parlare? Perché continua a passarsi la mano tra i capelli? È stranamente agitato. Sento un nodo allo stomaco. «Certo, dimmi».

Si dirige verso il soggiorno, invitandomi a seguirlo. Ho un brutto presentimento, perché mi accorgo che sta ingobbito. Non ha il suo solito piglio sicuro, e la cosa mi preoccupa.

L'inquietudine affiora. «Che cosa succede?», chiedo sottovoce.

«Lo sai che oggi sono arrivato tardi all'allenamento», esordisce.

Non ne abbiamo appena parlato? Scruto la sua espressione turbata. «Sì. Sei arrivato tardi e...?»

«Quindi ho danneggiato la squadra». Passa di nuovo le dita lunghe tra i capelli scuri, che si arruffano sempre di più. «Ci manca una partita per poter accedere al Frozen Four. Due partite per vincerlo». Si morde il labbro. «Non posso permettermi di arrivare in ritardo agli allenamenti, cacchio».

Vengo di nuovo assalita dal senso di colpa. «Lo so. Immagino che la lezione da imparare sia... basta sesso mattutino?».

Non abbozza neanche mezzo sorriso.

Oh-oh.

Mi siedo sul bracciolo del divano. Lui resta in piedi.

«Quando sono iniziati i playoff ho detto a tutti che dovevano fare dei sacrifici. Ho detto a Brooks che non poteva più fare festa. A Potts e Bray che non potevano bere. Agli altri ho imposto un limite di drink». Mi lancia un'occhiata piccata. «Ho obbligato McCarthy a rompere con te».

Lo stomaco continua a contorcersi.

«E hanno tutti eseguito senza fiatare. Hanno dato la priorità alla squadra». Scuote la testa, palesemente rattristato. «E prima lo facevo anch'io. Ma da quando ti ho conosciuto ho perso completamente la testa».

Incomincio a sentirmi male. Non serve essere una chiaroveggente per capire dove vuole andare a parare, e non ci credo, cazzo.

Non mi sono mai sentita tanto vulnerabile come ieri sera con Jake. Gli ho parlato della gravidanza e dell'aborto, del crollo psicologico che ho avuto, di come ha rovinato il rapporto con mio padre. Mi sono aperta e gli ho detto: «Ecco, guarda. Io sono questa».

Per la prima volta da anni mi sono concessa di essere *fragile*.

E questo è il risultato?

Mi viene da piangere. Serro le labbra. Non dico nulla, perché ho paura che potrei scoppiare a piangere e mi rifiuto di mostrarmi debole.

«Ho obbligato tutti a eliminare le distrazioni. Cosa che mi rende un grandissimo ipocrita, visto che non sono stato disposto a eliminare la mia».

«Immagino che la tua sia io». Sono stupita – e piuttosto orgogliosa – del tono fermo che ho.

«Sì», si limita a dire. «Da quando ti ho conosciuta non penso ad altro. Sono cotto, cazzo».

Il mio povero cuore frastornato non sa come reagire. Deve schizzare alle stelle perché Jake – un ragazzo che ammiro e rispetto, e del quale mi sto innamorando – ha ammesso di essersi innamorato di me? O deve sprofondare perché Jake si sta comportando come se fosse una brutta cosa?

«Credo che dovremmo prenderci una pausa».

Sprofonda. Il cuore raggiunge lo stomaco ed entrambi incominciano a dolermi.

«Non posso chiedere agli altri di consacrare concentrazione ed energia alla squadra, se non sono disposto a fare lo stesso. Quindi quando dopo vai da tuo padre, forse...». Si blocca e infila impacciato le mani in tasca. «Forse è meglio se...».

Ecco un'altra dose di dura realtà.

«...Se rimani lì», conclude.

«Vuoi che me ne vada?», dico inespressiva.

«Nei prossimi tre giorni devo prepararmi a battere il Michigan. Non posso pensare ad altro, Brenna. Il fatto che tu stia qui è una distrazione. L'abbiamo già constatato stamattina». Ha un tono straziato. «Devo stare vicino alla mia squadra».

"E a me?", vorrei urlare. "Perché non puoi stare vicino a me?".

Ma è meglio di no. Col cavolo che gli dico quanto sto male. Ieri sera gli ho mostrato chi sono e oggi mi molla.

Lezione imparata.

«Al momento l'hockey dev'essere la mia priorità».

Ed è a questo punto che lo avverto... un pizzico di falsità. Sta mentendo? Ha un'aria talmente infelice e addolorata che è evidente che non fa i salti di gioia all'idea di rompere. Ma non ho intenzione di supplicare nessuno di stare con me. Prenderò le sue parole per buone. Perché sono un'adulta e non faccio giochetti. Se mi dice che è finita, è finita, cazzo.

«Va bene, Jake. Lo capisco».

Esita. «Davvero?»

«L'hockey ha la precedenza», ripeto con una scrollata. «Ed è giusto così. È da una vita che ti prepari per arrivare a questo livello. Non pretendo che butti tutto all'aria per una storia che sarebbe finita comunque».

Le sue labbra si corrugano leggermente. «Lo pensi davvero?»

«Sì», mento. «Te l'ho già detto una volta. Questa storia non durerebbe comunque. Stai per trasferirti a Edmonton. A me manca ancora un anno di college. Sarebbe stupido anche solo provarci». Mi sollevo dal divano. «Sono certa che mio padre non avrà nulla in contrario se torno da lui. Se così non fosse, andrò da Summer. I padroni di casa mi hanno detto che è questione di giorni per l'appartamento. Chissà, magari è già pronto ma non hanno avuto modo di avvisarmi».

Si passa le dita tra i capelli per la milionesima volta. «Brenna...». Non continua, il rimorso inequivocabile.

«Tutto a posto, Jakey. Inutile trascinarla. Ci siamo divertiti, è ora di voltare pagina. Non è una tragedia, no?».

Fingere che non mi importi è una delle cose più difficili che io abbia mai fatto. Ma probabilmente ci sto riuscendo bene, perché Jake annuisce rattristato.

«Vado a prendere le mie cose, così acceleriamo i tempi. Tanto è solo un cassetto...». Mi si incrina la voce. Jake mi ha lasciato un cassetto e ora se lo riprende. È come se qualcuno avesse preso un coltello arrugginito e me lo avesse affondato nel cuore cento volte.

Una volta in camera da letto, svuoto in fretta il cassetto e butto le mie cose nel trolley. Poi vado in bagno a recuperare il resto. Di sicuro dimenticherò qualcosa, ma se Jake dovesse ricontattarmi gli dirò semplicemente di buttare via tutto. Nonostante sia sola, mi sforzo di non mostrare alcuna emozione. Un passo falso e scoppierei a piangere. E non voglio versare neanche una lacrima in questo appartamento.

Trascino la valigia fino in soggiorno. Mi avvicino a Jake e gli stringo il braccio. Nel toccarlo mi sento morire.

Per un attimo lui si irrigidisce, dopodiché alza una mano e mi accarezza la guancia. Mi sfiora le labbra con il pollice, che si sporca leggermente di rossetto.

«Con il rossetto rosso già di prima mattina, eh?», dice, duro.

«È il mio marchio di fabbrica». "È la mia corazza", penso.

Al momento è l'unica cosa che mi impedisce di crollare ai suoi piedi in lacrime.

Capitolo trentasei
Brenna

Jake mi ha mollata.

Durante il viaggio in treno e poi in corriera per tornare a Hastings queste quattro parole mi assillano. Non ho ancora pianto. Pensavo che sarebbe successo, ma immagino di avere sepolto fin troppo bene le mie emozioni al momento di salutare Jake. Ora non provo niente. Niente di niente. Sono anestetizzata. Ho gli occhi asciutti e il cuore pietrificato.

Quando mi avvicino alla porta di casa trascinandomi dietro il trolley, nel vialetto c'è l'auto di papà. Spero che non mi cacci di nuovo.

Il lato positivo è che se mi dicesse che non posso restare da lui, dovrò cercare una sistemazione solo per stanotte. Prima in treno mi ha chiamata Wendy per dirmi che domattina potrò rientrare nell'appartamento. Nel pomeriggio andrà addirittura all'IKEA con Mark a prendere qualche mobile essenziale. Le ho detto che non serviva, ma a quanto pare la richiesta di risarcimento non è ancora stata inoltrata all'assicurazione e insistono per comprarmi almeno il letto.

Trovo papà in cucina che svuota la lavastoviglie. Mi dà le spalle e per un attimo ho un soprassalto. È alto e ben piazzato, con un fisico da giocatore di hockey e di schiena somiglia un po' a Jake, solo con i capelli più corti. La forza che emana mi ricorda che devo essere forte anch'io. Devo esserlo sempre davanti a mio padre.

Inspiro. «Ciao».

Si volta e mi rivolge un saluto frettoloso.

Per un attimo nessuno dice nulla. Ci guardiamo negli occhi. Di colpo mi sento stanchissima. Sono reduce da uno scontro emotivo ed è soltanto l'una. Chissà quante altre discussioni devastanti ha in serbo per me la giornata.

«Possiamo accomodarci in soggiorno?», propongo.

Annuisce.

Quando ci sediamo ai capi opposti del divano, inspiro lentamente e poi espiro piano. «So che apprezzi chi non ci gira attorno, quindi vado dritta al punto». Batto le mani sulle gambe. «Mi dispiace».

Papà fa un sorrisetto. «Dovrai essere più precisa. Ci sono un paio di cose per cui dovresti scusarti».

Non ricambio il sorriso, perché la frecciata mi infastidisce. «A dire il vero, no. Non ho intenzione di scusarmi perché sono uscita con Jake, perché ho amici o perché ogni tanto vado a divertirmi. Non ho intenzione di scusarmi per niente di tutto ciò, perché lo faccio responsabilmente». Espiro veloce. «Ti chiedo scusa perché sono rimasta incinta».

Un lungo sospiro. «Cosa?».

È raro che qualcuno spiazzi mio padre, ma sembra sconvolto. Giochicchio con le perline che ho al polso... Cazzo, il braccialetto di Jake. Ce l'ho ancora io. Dovrò trovare il modo di restituirglielo prima della partita di sabato.

Al momento però mi sta dando una strana carica. Non so se mi stia portando fortuna, ma di sicuro mi sta infondendo coraggio, cosa che di solito con mio padre mi manca.

«Mi dispiace che sono rimasta incinta», ripeto. «E mi dispiace che non te l'ho detto. Per quel che vale, è stato davvero un incidente. Io ed Eric facevamo sempre attenzione, *sempre*». Scuoto la testa, amareggiata. «E poi per sfiga una volta si rompe il preservativo e adesso mio padre mi odia».

Spalanca gli occhi. Apre la bocca per dire qualcosa, ma lo blocco.

«Lo so che ti ho deluso e so anche che ho... Com'è che dicono nei vecchi film? Che ho coperto la famiglia di disonore».

Papà scoppia in una risata fragorosa. «Cristo, Brenna...».

Lo interrompo di nuovo. «Lo so che ti vergogni di me. Fidati, anch'io mi vergogno di essermi comportata così. Avrei dovuto dirti che ero incinta e quel giorno avrei dovuto sicuramente dirti che perdevo sangue. Ma ero terrorizzata all'idea di come avresti potuto reagire e mi sono lasciata convincere da Eric che non fosse nulla di che. Ero una ragazzina stupida, ma non lo sono più. Giuro».

Mi si chiude la gola e probabilmente è meglio così, perché stava per scapparmi un singhiozzo. Sbatto ripetutamente le palpebre nel disperato tentativo di trattenere le lacrime. Se crollassi di sicuro piangerei come una fontana.

«Ti sto chiedendo di darmi un'altra possibilità», gli dico.

«Brenna…».

«Ti prego», lo supplico. «Lo so che ti deludo sempre, ma voglio provare a rimediare. Quindi, ti prego, dimmi cosa devo fare per…». Fare in modo che tu mi voglia bene di nuovo. «… Rimediare. Non ce la faccio più ad andare avanti sapendo che ti vergogni di me. Mi devi dire come posso migliorare il nostro rapporto e come…».

Papà scoppia a piangere.

Rimango di sasso. Ho ancora la bocca aperta ma non dico più niente. Per un attimo mi domando se ho le allucinazioni. Non ho mai visto mio padre piangere prima d'ora, non è mai successo. Ma… sono proprio lacrime.

«Papà?», faccio, incerta.

Lui si passa il dorso della mano sul viso per asciugarselo. «Pensi questo?». Tra le lacrime intravedo vergogna, ma non è diretta a me. Credo che si vergogni di *sé stesso*. «Davvero ti ho portata a credere questo? Che ti odio? Che mi vergogno di te?».

Mi mordo forte il labbro inferiore. Se continua a piangere, lo seguirò a ruota, e uno dei due deve restare lucido. «Non è vero?»

«Dio mio, certo che no». Ha la voce roca. «Non ti ho mai fatto una colpa di essere rimasta incinta, stellina».

Stavolta è impossibile trattenere le lacrime. Sgorgano e mi rigano le guance, il sapore salato sulle labbra.

«Sono stato giovane anch'io», bofonchia. «So quante stupidaggini si fanno in preda agli ormoni e so che capitano incidenti. Non ero entusiasta, ma non te ne facevo una colpa». Si strofina un'altra volta gli occhi.

«Dopo averlo scoperto non mi hai più guardato in faccia».

«Perché ogni volta che lo facevo, ti rivedevo a terra in bagno, in una pozza di sangue». Il suo respiro si fa debole. «Dio mio, non ho mai visto tanto sangue in vita mia. Eri bianca come un fantasma. Avevi le labbra blu. Pensavo che fossi morta. Quando sono entrato in bagno ho creduto davvero che fossi morta». Si prende la testa tra le mani, la spalle larghe che si scuotono.

Una parte di me vorrebbe avvicinarsi e stringerlo, ma è da così tanto che i rapporti tra noi sono tesi. Sono anni che non ci abbracciamo e mi sento a disagio. Perciò rimango lì seduta a guardare mio padre che piange, le lacrime che rigano il viso anche a me.

«Credevo che fossi morta». Solleva la testa, la faccia distrutta. «Mi è sembrato di rivedere tua madre. Quando mi hanno chiamato per dirmi che c'era stato un incidente e dovevo andare all'obitorio per identificare il corpo».

Mi si blocca il fiato. È la prima volta che ne sento parlare.

Sapevo che mia madre era uscita fuori di strada dopo essersi schiantata contro un blocco di ghiaccio con l'auto.

Ma non che papà avesse dovuto identificarne il *corpo*.

«Lo sai che zia Sheryl dice sempre che le assomigli tantissimo. È vero. Sei la sua copia sputata». Fa un mugugno addolorato. «E quando ti ho trovata in bagno eri la copia sputata del suo cadavere».

Mi viene una tale nausea che ho paura di vomitare. Non posso neanche immaginare come si sia sentito in quel momento.

«Non riuscivo a guardarti perché ero terrorizzato. Ho rischiato di perderti e sei l'unica cosa che mi rimane al mondo a cui tengo, cacchio».

«E l'hockey?», dico per scherzo.

«L'hockey è un gioco. Tu sei la mia vita».

Oh mamma. Si riapre la fontana. Frigno come una bambina, ma non riesco a bloccare le lacrime e ora mi cola pure il naso. Papà non mi tira a sé per abbracciarmi. Non siamo ancora arrivati a quel punto. Per noi questo è un territorio inesplorato… o meglio, è un antico terreno da riseminare.

«Ho rischiato di perderti e non sapevo come semplificarti le cose», ammette sottovoce. «Se ci fosse stata tua madre, avrebbe saputo esattamente cosa fare quando piangevi in ospedale e nei mesi che sei rimasta a casa. Mi sentivo inadeguato. Non sapevo come gestire la situazione e ogni volta che ti guardavo, ti rivedevo a sanguinare sul pavimento». Trema. «Non dimenticherò mai quell'immagine. Me la ricorderò finché vivo».

«Mi dispiace se ti ho fatto spaventare», sussurro.

«A me dispiace se ti ho fatto pensare che mi vergognassi di te». Emette un sospiro tremolante. «Ma non ho intenzione di scusarmi per quello che è successo dopo. Le sgridate, il coprifuoco che ti ho imposto. Eri ingestibile».

«Lo so». Chino la testa, dispiaciuta. «Ma sono cambiata. Sono cresciuta e vado al college. Non faccio più cavolate per attirare la tua attenzione. All'epoca avevi ragione a essere iperprotettivo, ma ora sono una persona diversa. Mi piacerebbe che lo capissi».

Mi rivolge uno sguardo mesto. «Mi sa che inizio a capirlo».

«Bene. Perché è l'unico modo che abbiamo per andare avanti». Lo osservo piena di speranza. «Credi che potremmo ricominciare da capo? Dimenticare il passato e imparare a conoscerci da adulti?».

Fa un cenno con la testa. «Credo di sì». Annuisce di nuovo, stavolta piano, come se il suo cervello stesse elaborando qualcosa. «Anzi… credo che sia una splendida idea».

Capitolo trentasette
Brenna

L'indomani vado da Summer, per dire quanto voglio evitare di pensare a Jake. Sono addirittura disposta a entrare nella fossa dei leoni, a passare la serata con Hollis, Hunter e forse persino Nate, nonostante siano convinti che li abbia traditi andando a letto con il nemico. Sono disposta ad affrontare tutta la rabbia che mi vomiteranno addosso: è sempre meglio di angustiarmi pensando ossessivamente al fatto che Jake non vuole stare con me.

La cosa buffa è che mi sarebbe piaciuto passare la serata con mio padre. Dopo anni a cercare di evitare di ritrovarci nella stessa stanza, finalmente non vedo l'ora di trascorrere del tempo insieme. Ma stasera aveva una riunione. A quanto pare il rettore della Briar vorrebbe discutere del rinnovo del suo contratto, e se lo merita proprio. Ma questo significa rimanere a casa da sola. Con i miei pensieri.

Con mio grande stupore, quando metto piede a casa di Summer non vengo lapidata. Anzi, appena faccio capolino in soggiorno, Hollis alza lo sguardo e mi rivolge un distratto: «Ehi, Jensen».

«Tutto qui? Mi aspettavo urla e strepiti».

«Perché dovrei urlare?».

Rimango sbigottita. «Mi prendi in giro? L'ultima volta che abbiamo parlato mi hai dato della traditrice!».

«Ah. Giusto». Non l'ho mai sentito tanto apatico e assente. E dopo un attimo mi accorgo che non sta neanche guardando la TV. Fissa lo schermo spento e ha il cellulare sul tavolino.

«Che succede?», gli domando. «Tutto a posto? Dove sono Summer e Fitz? Di sopra?»

«No, sono andati a prendere la pizza. Summer è contraria alla consegna a domicilio da quando il fattorino si è lamentato dei cinque dollari che gli ha dato di mancia».

«Non vanno bene?». Se non bastano, allora sono anni che sbaglio a dare la mancia ai ragazzi delle consegne.

«Non per il signor Quattrini».

Apro la giacca, vado ad appenderla in corridoio e poi raggiungo Hollis sul divano. Il suo sguardo assente è a dir poco preoccupante. «Okay. Che cos'hai?».

Lui scrolla le spalle. «Niente di che. Studio per gli esami. Rupi mi ha mollato, ma non è una tragedia».

«Aspetta, cosa?». Sono realmente sconvolta. «Sul serio? E perché ti ha mollato?»

«Pazienza. Chissene, no?». Scatta in piedi. «Vado a prendermi una birra. Ne vuoi una?»

«Certo. Ma il discorso non è chiuso».

«Nah, sì, invece».

Quando ritorna e mi passa una Bud Light, mi torna in mente l'appuntamento al bowling con Jake quando ci siamo scolati questa birra annacquata. Non mi stupisce che sia la preferita di Hollis. È proprio un tipo da Bud Light.

«Secondo me è una cazzata», faccio.

«Che cazzata?»

«Quella che stai cercando di propinarmi dicendo che non tieni a Rupi. Ci tieni eccome. Ti piaceva».

«Non è vero. È una rompipalle».

«Ah sì? E come mai continuavi a frequentarla?»

«Perché volevo calarle le mutandine. Su, Brenna, svegliati!».

«Come no. Quindi volevi solo farti una scopata?»

«Esatto. E ora non devo più dannarmi. Ho una decina di ragazze che fanno la fila per me. È stata una liberazione». Ha un tono tutt'altro che convinto.

«Ammettilo, Hollis, ti piace. Ti piacciono la sua voce squillante, la sua prepotenza e logorrea».

«Ma va'», insiste lui. «Non è neanche il mio tipo».

«Questo è vero», concordo. «Non è una tifosa di hockey con

un fisico da modella, o una di quelle tipe rifatte con cui ci provi al Malone. È strana, bassa e ha una smisurata sicurezza in sé stessa». Gli faccio un sorrisetto. «E ti piace. Am-met-ti-lo».

Gli si arrossano le orecchie. Si passa le mani tra i capelli, dopodiché si imbroncia. «Mi ci stavo affezionando», confessa alla fine.

«Ah-ah!», esclamo vittoriosa. «Lo sapevo! Allora adesso la chiami per dirglielo».

«Col cavolo! Mi ha mollato!». Mi lancia un'occhiata di sfida. «Se il tuo fidanzatino di Harvard *ti* lasciasse, gli correresti dietro?».

Mi scappa una risata semi-isterica. Non riesco a trattenerla. Appoggio la testa sulla spalla di Hollis in preda alla ridarella.

«Che succede?», mi chiede confuso. «Sei fatta, Jensen?»

«No, è solo che...». Sghignazzo ancora. «Mi ha lasciato *davvero*».

Hollis si raddrizza sconvolto, togliendosi la mia testa di dosso. Sgrana gli occhi azzurri. «Sul serio? Era *fatto*?»

«Non era fatto e sì, sul serio. Mi ha lasciata ieri. Ha detto che deve concentrarsi sul torneo e sulla squadra, che io lo distraevo troppo e bla bla bla».

«Che cagate! Ho sempre saputo che quelli che vanno a Harvard sono coglioni, ma questo è un livello di coglionaggine inaudito! Ma ti ha vista? Sei la ragazza più figa del pianeta!».

Il complimento mi lusinga, anche se arriva da Mike Hollis. «Grazie».

Mi cinge con un braccio. «È solo la conferma di quello che pensavo. Harvard è una merda e Connelly ancora di più».

«Concordo», biascica Hunter che entra in salotto con una birra in mano. Ne sta bevendo una ad alta gradazione alcolica. Perché non mi è stata offerta quella?

Quando noto il gesso al polso sinistro faccio una smorfia di dolore. Almeno non è il destro, quindi può ancora usare la mano dominante. E dato che la sua stagione è finita, per fortuna non si perderà delle partite. Ma la vista del gesso mi scatena comunque un moto di compassione.

«Ehi», dico cauta. «Come va il polso?»

«Cos'è, non si vede?». Solleva il braccio. «È rotto». Non sembra incazzato, però. Solo rassegnato.

«Posso firmarlo?», lo prendo in giro.

«Spiacente, Hollis ha rovinato la festa a tutti», risponde sarcastico. Si avvicina al divano per farmi vedere meglio il gesso.

Qualcuno ha disegnato un pisello e due palle con l'indelebile nero.

Sospiro. «Davvero maturo, Hollis. Le palle sono molto particolareggiate».

«Be', lo sai come si dice», fa lui con una scrollata.

«No, com'è che si dice?», rispondo accigliata.

Hunter si accomoda sulla poltrona. «Sono curioso anch'io».

«Porca miseria. Sul serio? In effetti non ho niente da aggiungere», bofonchia irritato. «Di solito quando uno fa "sai come si dice?" la gente non chiede spiegazioni».

Mi piacerebbe molto passare una giornata dentro la testa di Hollis. Una sola, però. Se ci restassi di più, probabilmente rimarrei intrappolata in un mondo alla rovescia. «Okay. Hai evitato l'argomento abbastanza. Perché Rupi ti ha lasciato?»

«Rupi ti ha mollato?», mi fa eco Hunter. «Significa che non dobbiamo più sentire urlarvi addosso a qualsiasi ora della notte? Evvai!».

«Sii carino, Davenport. Hollis è davvero giù di corda».

Hunter drizza la testa. «Davvero?»

«No», risponde con fermezza Hollis. «Per niente. Non me ne importa un fico secco».

«Se non te ne frega nulla, perché non dirci come mai è finita?», ribatto.

«Per una scemenza, okay? Non vale neanche la pena di parlarne».

«Che cos'hai combinato?», chiede Hunter divertito.

Hollis fa un sospiro. «Voleva che ci scegliessimo dei nomignoli e a me non andava».

Uhm. Okay.

Sto tentando con tutte le mie forze di non ridere.

Hunter non ci prova neanche… scoppia in una fragorosa risata. «E che nomignoli erano?»

«Non li aveva ancora scelti. Voleva che facessimo un elenco e poi…». Serra visibilmente i denti. «…Discutessimo di ognuno e di come ci faceva sentire».

«Certo, perché è una cosa importante», annuisce solenne Hunter.

Lo fulmino con uno sguardo. Al momento Hollis è vulnerabile, non è carino prenderlo in giro.

Oddio. Che ne è stato di *me*? Sono finita nel mondo alla rovescia? Da quando in qua mi lascio scappare l'occasione di prendere in giro Hollis?

«Non ti piaceva nessuno di quelli che aveva scelto?», chiedo con tatto.

Lui mi fissa. «Non le ho neanche dato il tempo di pensarci. Chi fa una lista di nomignoli e poi li mette ai voti, manco fosse *American Idol*? Ho detto che era una roba da matti, che lei era matta e poi ho suggerito che magari il suo nomignolo doveva essere Matta. Al che lei è sbroccata e se n'è andata come una furia. E poi mi ha scritto un messaggio in cui diceva che non può stare con uno che – cito – non è *pienamente coinvolto*».

«Non ha tutti i torti. È difficile stare insieme quando uno dei due non è pienamente coinvolto». Scuoto la testa. «E capisco anche che se ne sia andata. A chi piace farsi dare tutto il giorno della matta? Fa venire i complessi».

«Uno ce l'ha già. Si chiama infermità mentale».

«Hollis», lo redarguisco.

Giustamente fa una faccia vergognosa.

«Scommetto che le hai dato della matta più volte di quanto le hai detto che ti piace. Anzi, scommetto che non le hai nemmeno mai detto "mi piaci". O sbaglio?», lo provoco.

«Sì».

«Hollis».

«Okay, non gliel'ho detto».

«Sii sincero: vorresti continuare a frequentarla?».

Dopo un interminabile silenzio imbarazzante, annuisce.

«Okay. Allora dammi il tuo cellulare».

Diffidente, me lo passa. Scorro la rubrica finché non trovo il contatto di Rupi. Con accanto l'emoji con gli occhi a cuoricino. Risponde al primo squillo, quindi intuisco che c'è ancora qualche speranza.

«Che vuoi, Mike?». Non ha il suo solito tono brioso.

«Ciao Rupi. Sono Brenna».

«Brenna? Come mai hai il cellulare di Mike?»

«Ti metto in vivavoce, okay? Hollis è qui accanto a me. Saluta, Hollis».

«Ciao», bofonchia.

«Stavamo facendo due chiacchiere», continuo, «e Hollis ha qualcosa da dirti».

«Sarebbe?», chiede Rupi, diffidente.

«Hollis?», lo incito.

Sta zitto.

«Va bene, allora lo dico *io*. Gli piaci, Rupi. Fa finta di no, ma in fondo gli piaci. Fa finta che non gli piaccia litigare, ma in fondo adora i melodrammi. Il suo programma preferito è *Al passo con i Kardashian*, per la miseria!».

Sulla poltrona, Hunter ride sotto i baffi e sorseggia la birra.

«Sì, ma la sua Kardashian preferita è Khloe», dice mesta Rupi. «Lo sanno tutti che la migliore è Kourtney».

«Kourtney non arriva neanche sul podio», bofonchia Mike al cellulare.

«Visto? Per questo non può funzionare!».

«Nah», dissento. «È per questo che funzionerà *di sicuro*! Non vorrai mica stare con un ragazzo identico a te? Tu vuoi stare con un ragazzo che ti stimoli, che ti spinga ad aprirti dopo una vita passata a chiuderti a riccio…». Mi si incrina la voce. Oh no. Sto di nuovo pensando a Jake e mi accorgo che Hollis mi guarda strano. Lo ignoro e continuo a parlare con la sua stalker. Cioè, la sua ragazza. «Senti, lo so che ti dà continuamente della matta, ma detto da lui in realtà è un complimento».

Hunter sghignazza di nuovo.

«Spiegati meglio», mi ordina Rupi.

«L'hai conosciuto? *È* matto da legare! E a quanto ho capito pure i suoi».

«Ehi!», protesta Hollis. «Preferirei che tenessi fuori la mia famiglia».

«L'erba voglio cresce solo nel giardino del vicino», rispondo con sufficienza, bloccandolo subito. «Quindi in realtà, Rupi, quando Mike ti dà della matta è perché riconosce in te uno spirito affine». Gli faccio l'occhiolino. «Vede la sua anima gemella».

Dal cellulare parte un verso di stupore. «È vero, Mike?».

Lui mi fulmina con lo sguardo e poi si passa un dito sulla gola per farmi capire che mi ucciderà per avere tirato fuori l'espressione «anima gemella». Ma dopo il casino sulle Kardashian dovevo ricorrere all'artiglieria pesante.

«Mike?», ripete Rupi.

«È vero», bofonchia lui. «Mi piaci, okay? Non penso che sei matta. Penso che sei fantastica».

«Allora perché non vuoi che ci chiamiamo con dei nomignoli carini?», domanda Rupi.

«Perché è una cosa troppo...».

Scuoto la testa in segno di avvertimento.

«...Importante», conclude, salvandosi. «È un passo enorme in una storia».

Ho paura che Hunter possa letteralmente morire dal ridere. Si schiaccia la faccia contro il braccio per non farsi sentire.

«Ma va bene», sbuffa Hollis. «Se vuoi che scegliamo dei nomignoli, sceglieremo dei nomignoli. La mia prima proposta è Pulce».

«Pulce!», ulula Hunter.

«Non so se mi piace», dice lentamente Rupi.

«No, sarebbe per me. Oppure mi è venuto in mente... aspetta, tolgo il vivavoce». Preme un pulsante e porta il cellulare all'orecchio. «Vado di sopra. Brenna e Hunter non devono avere voce in capitolo sull'argomento nomignoli». Si avvicina alla porta e si blocca di colpo. Si volta e con il labiale mi fa: «Grazie».

Mi si scioglie un po' il cuore. Per *Hollis*. Roba da non credersi.

Gli sorrido. Appena esce dalla stanza mi giro verso Hunter e faccio: «Il mio lavoro qui è finito».

Lui ricambia il sorriso. «Hai fatto un ottimo lavoro».

Lo squadro. «Mi pari piuttosto di buonumore, considerando che, insomma...». Indico il gesso con la testa. «Non sembri neanche incazzato con me».

«Non sono mai stato incazzato con te».

«Mi hai mandato un messaggio acido in cui mi dicevi di ringraziare il mio ragazzo da parte tua», gli ricordo.

«Okay, ma era il giorno dopo che quello stronzo di Hemley mi ha rotto il polso. Stavo ancora rimuginando su ciò che era successo durante la partita ed eri un bersaglio facile».

«Cavolo, grazie».

Scrolla le spalle. «E indirettamente ero incazzato con Connelly. Ma... a essere sincero non ha fatto nulla di male. Ha cercato anche di bloccare la rissa». Altra scrollata. «Detto questo, continuo a pensare che se io e Nate avessimo giocato fino alla fine, ora saremmo noi ad affrontare il Michigan questo weekend».

«Anche secondo me». Sospiro mogia. «Siamo stati in vantaggio per quasi tutto il primo tempo, finché non siete usciti voi due. Avremmo vinto noi».

«Avremmo vinto sì», mi fa eco, dopodiché beve un sorso di birra. «Abbiamo perso per colpa mia».

«Ma va'. Mica ti sei fatto male apposta».

«No, ma a costarci la partita è stato il mio comportamento fuori dal campo. Ho passato gli ultimi due mesi a scoparmi qualsiasi ragazza dell'università. E quando mi sono stufato, ho iniziato a girare i bar di Boston per rimorchiare sconosciute. E guarda cos'è successo». Sbuffa. «A quanto pare Violet voleva vendicarsi di Hemley perché avevano litigato. Sapeva chi ero quando ci siamo presentati».

«Davvero?». Sono sconvolta.

«Eh sì. E appena me ne sono andato via lo ha chiamato per sbatterglielo in faccia. Così quando Hemley è entrato in campo alla finale, ha iniziato a tartassarmi di domande e il resto lo conosci».

Scuote la testa con disprezzo. Però si vede che è rivolto a sé stesso.

«Una volta non ero così. Scopavo, certo, ma non avevo come unico obiettivo della vita andare a letto con ogni tipa che mi capitava a tiro. Ho perso la testa, sono diventato un "infoiato", come dice Hollis». Fa un sorriso caustico. «Devo rimediare e tornare in me. La prossima stagione voglio portare la squadra al Frozen Four. Tra poco Nate si laurea. Non so se il prossimo capitano verrà scelto dal coach, o se voteranno i ragazzi o altro. Ma vorrei che scegliessero me».

Fischio. «Obiettivo ambizioso».

«Lo so. E intendo impegnarmi per raggiungerlo. Quindi... basta fare il cazzone. Sul serio».

«In che senso?»

«Nel senso che farò voto di castità».

Scoppio a ridere. «Uhm. Come no. Ti do una settimana. Al massimo».

«Credi che non riesca a tenermelo dentro i pantaloni per più di una settimana?». Sembra un pochettino offeso.

«Sei un ventenne che gioca a hockey. Esatto, dubito che tu riesca a tenertelo nei pantaloni per più di una settimana».

«Okay. Allora mi sa che dovrò dimostrarti che ti sbagli», fa lui con un sorriso furbetto.

Capitolo trentotto
Brenna

«Porca miseria!».

Papà sta preparando la colazione a entrambi. Si volta di scatto a guardarmi. È sabato mattina e sullo schermo del mio cellulare è apparsa la notizia più sconvolgente e inaspettata da quando il giocatore dei Toronto Ryan Wesley ha annunciato al mondo intero di essere gay.

«Tutto bene?», fa brusco papà.

«Porca miseria!», ripeto rileggendo il messaggio. «Tansy si sposa!».

Lui mi guarda incredulo. «Tua cugina Tansy?»

«Sì!».

«Si sposa?»

«Sì!».

«E con chi?»

«Lamar, il cestista con cui non fanno altro che prendersi e mollarsi. A quanto dice, ieri sera si è inginocchiato davanti a lei in discoteca e le ha chiesto di sposarlo. Con tanto di anello eccetera». Giro il cellulare per fargli vedere la foto che mi ha mandato mia cugina. Il diamante che ha al dito non sarà gigante, ma è molto più grande di quanto pensavo potesse permettersi uno studente universitario.

Wow. Immagino che Tansy non scherzasse quando mi ha detto che pensavano di sposarsi.

«Caspita!», dice papà. «A Sheryl verrà un infarto!».

Faccio una risata nasale e lui risponde ridacchiando. Sono passati solo pochi giorni ma il nostro rapporto è già cambiato. È molto più spontaneo, ormai non c'è quasi più tensione. Certo, non è che ci abbracciamo un minuto sì e uno no, ma le conversazioni filano con grande naturalezza e facciamo un sacco di battutine. Battute vere, non frecciate al vetriolo.

Stiamo davvero ricominciando daccapo.

«Aspetta che le rispondo».

Io: Ehi!!! Ora nn posso parlare xké sto facendo colazione cn papà ma ODDIO!!! Auguroni! È una splendida notizia, sono felicissima per voi. Sarai la sposa più bella del mondo, T!! <3 <3

Sto sparando cazzate? Sarò onesta... Sì. Sono ancora convinta che, visti i loro trascorsi, non durerà. Lamar le ha chiesto di sposarlo *in discoteca*, per la miseria. Ma Tansy è mia cugina, e la sosterrò sempre, quindi anche se non faccio i salti di gioia per questo matrimonio sono felice che *lei* sia felice. E semmai mi sbagliassi e lei e Lamar arrivassero davvero all'altare, sono sicura che sarà una sposa bellissima.

Mi risponde immediatamente.

Tansy: Grazie, B!!! CHIAMA APPENA PUOI!!

Sorrido al cellulare e lo metto via mentre papà porta in tavola due piatti. Uova strapazzate, pancetta e fettine di cetrioli. Lo ringrazio e mi avvento subito sul mio piatto.

«Non ci credo che si sposa. Sarà una catastrofe. È troppo giovane. O meglio, troppo immatura. Insomma, cavolo, sono più pronta per sposarmi *io*», dico con la bocca piena.

Papà assume un'aria sardonica. «Vuoi dire che da un giorno all'altro tu e Connelly potreste annunciarmi che volete sposarvi?».

Raggelo. Dopodiché prendo la forchetta e infilzo un po' di uova. «No, non c'è pericolo».

«Perché?».

Mastico lentissimamente per ritardare la risposta. «Perché ci siamo lasciati».

«Perché?», ripete.

«Perché sì». Alzo gli occhi al cielo. «Adesso io e te andremmo anche abbastanza d'accordo, ma non significa che siamo diventati migliori amici. Non ho intenzione di raccontarti le mie tragedie sentimentali».

«Innanzitutto, non andiamo abbastanza d'accordo. Andiamo d'accordo. Punto. E dato che hai promesso di non spaventarmi più, non mi piace sentirti dire che questa rottura potrebbe essere stata tragica». Dal tono è davvero preoccupato.

«Non lo è stata», lo rassereno. «Se proprio ci tieni a saperlo, Jake mi ha lasciata perché voleva concentrarsi sull'hockey».

Papà si acciglia.

«Non importa. Tanto non sarebbe durata. Jake sta per trasferirsi a Edmonton, ricordi? Le relazioni a distanza non funzionano mai».

«Tra me e tua madre ha funzionato», dice burbero.

Alzo lo sguardo, stupita. «Quand'è che avete avuto una relazione a distanza?»

«Tua madre aveva un anno meno di me», mi ricorda. «Quando mi sono laureato a lei mancava ancora un anno a Yale. Il periodo in cui quella testa di cazzo ha provato a…».

«*Aspetta* un attimo. Riavvolgi il nastro. Che testa di cazzo?», dico, di colpo sbigottita. «Intendi Daryl Pedersen?»

«Esatto. Frequentava l'ultimo anno come tua madre. Pure la stessa facoltà. Telecomunicazione». Sorride. «Come te. Insomma, ha aspettato che mi laureassi per provarci con Marie».

Sono orripilata. «E la mamma…?»

«Dio, certo che no. Tua madre era una dolce ragazza della Georgia. Fedele fino al midollo».

«Insomma il coach Pedersen ha cercato di soffiarti la mamma, ma lei gli ha dato il due di picche». Questa storia mi intriga tantissimo. Fa sempre un certo effetto ricordare che i nostri genitori hanno avuto tanti anni di vita piena e realizzata prima di metterci al mondo.

«Daryl si è giocato la carta del "Bado io alla tua ragazza mentre sarai via"», dice papà con un verso sprezzante. «Non eravamo amici. Non mi stava simpatico, ma lo tolleravo. Mi toccava, giocavamo nella stessa squadra. Tua madre invece la pensava diversamente. Secondo lei era un bravo ragazzo e mi dava del paranoico perché non mi convinceva. Ma avevo giocato con quello stronzo per tre anni, sapevo che razza di persona era. Un coglione arrogante che non disdegnava di commettere falli e parecchio subdolo. Era un donnaiolo, ma quando stava con tua madre faceva il santerellino».

Si infila in bocca una forchettata di uova, mastica, ingoia, e poi prende la tazza di caffè. «Non mi dà neanche fastidio la commedia che ha fatto con tua madre, sai? Ma poteva dirmi chiaramente che intenzioni aveva. Poteva dire: "Ehi, mi piace Marie e voglio dirglielo". Probabilmente gli avrei riso in faccia e gli avrei detto: "Okay, fa' pure"». Papà fa un sorrisetto. «Non ho mai dubitato dei sentimenti di tua madre».

Dev'essere bello, avrei voglia di dire. Neanch'io dubitavo dei sentimenti di Jake, ma poi ha fatto dietrofront e mi ha scaricata.

«Invece ci ha provato in modo viscido. Non è che i compagni di squadra devono per forza starti simpatici, ma almeno rispettali. Ha fatto il carino con tua madre, ha organizzato incontri per studiare, uscite innocenti. E una sera sono usciti con degli amici e dopo averla riaccompagnata a casa, l'ha seguita fino alla porta di casa e ha provato a palpeggiarla».

«Ti prego, dimmi che quando la mamma ha detto di no si è fermato».

Papà annuisce. «Si è fermato, sì. Ma prima l'ha accusata di averlo illuso, di averlo usato per studiare, di aver approfittato dell'affetto e del tempo che lui le aveva dedicato per poi negargli quello che secondo lui gli spettava di diritto. E ha concluso il discorso dicendo che le serviva un uomo vero per soddisfarla».

«Che porco».

«Quando l'ho scoperto ho guidato da Burlington fino a New Haven... All'epoca allenavo la squadra di pattinaggio dell'Università del Vermont. Ci ho messo quattro ore ad arrivare, ma è valsa la pena di sentirgli scricchiolare le ossa quando gli ho tirato un pugno in faccia».

«Bravo, papà!».

«Marie stava con me. Non si manca di rispetto a una ragazza

fidanzata». Scrolla le spalle. «Da quel giorno Pedersen non si è più avvicinato a lei».

«Ed è successo tipo vent'anni fa, ma lo odi ancora».

«Quindi?». Si infila in bocca una fetta di cetriolo.

«Quindi non ti pare sia l'ora di seppellire l'ascia di guerra?»

«Posso seppellirla dentro il suo cranio?».

Sghignazzo. «È un modo di dire. Metterci una pietra sopra e compagnia bella. Hai avuto la mamma, una splendida figlia...». Gli faccio l'occhiolino. «Come allenatore hai vinto tre campionati. Lui invece è un coglione rancoroso. Perché non lasci perdere?»

«Perché quell'uomo non mi piace e la mia opinione non cambierà. Capita che le persone non si piacciano, stellina. Abituatici, perché è una costante della vita. Ci saranno sempre persone che ti odieranno perché le hai ferite, volontariamente o meno. Ci saranno sempre imbecilli che ti odieranno perché non gli piace il tuo carattere, o come parli, o qualsiasi cazzata non riescano a superare. Ci saranno persone che ti odieranno così senza motivo: quelle sono strane». Sorseggia il caffè. «Ma alla fine della fiera, così è. Non si può piacere a tutti, e a te non piaceranno mai tutti. A me non piace lui. E non serve che cambi opinione».

«Ci sta». Abbasso lo sguardo al piatto, mentre l'immagine di Jake mi si insinua di nuovo nella mente.

«Mi dispiace per te e Connelly». Mi sa che la mia espressione triste è abbastanza eloquente e ciò che la causa non molto difficile da indovinare.

«Da quando? Mi avevi detto di stargli lontana, ricordi? L'hai paragonato a Eric».

«È possibile che l'abbia detto per rabbia», bofonchia. «A quanto ho sentito Connelly è un bravo ragazzo».

«Te l'ho detto. Mi ha aiutata a soccorrere Eric».

«A proposito, lui l'hai più sentito?»

«No, e ho la sensazione che non ricapiterà».

«Bene. Esiste un modo per deviare le sue telefonate sul mio numero, così posso fargli un discorsetto?»

«Papà». Il luccichio omicida che ha negli occhi è un tantinello preoccupante. «Non sei autorizzato a fargli un discorso alla Liam Neeson. Speriamo soltanto che sua madre lo abbia convinto ad andare nella clinica di disintossicazione. Magari il fatto di essere finito tra i cespugli di chissà chi gli ha dato la spinta che gli serviva».

«Magari». Papà non mi pare convinto.

E non lo sono neanch'io. Le superiori sono finite da cinque anni ed Eric non ha ancora accettato di avere un problema.

«Però mi dispiace per Connelly», dice papà, riportando il discorso su Jake.

«Anche a me».

Inarca un sopracciglio. «Mi pareva che avessi detto che non sarebbe durata».

«Infatti. Ed è quello che gli ho detto, tra l'altro. Quando mi ha mollata ho finto che non mi importasse», confesso. «Non volevo che vedesse quanto stavo male. Ma *stavo* male. Dopo tanti anni, per la prima volta avevo pensato di poter avere una storia seria con un ragazzo. Ci stavo bene, e *mi* trattava bene. Tipo, quand'ero nervosa all'idea di venire a parlarti mi ha prestato… *Oh cazzo!*».

«Signorina!», mi riprende papà.

Sono già saltata giù dalla sedia. Mi sono scordata il braccialetto di Jake. Mi sono scordata di restituirglielo, porca miseria!

L'altra sera, dopo la chiacchierata con mio padre, sono salita a farmi una doccia e ricordo di averlo poggiato sul comodino. E giovedì e venerdì sono stata quasi sempre da Summer. Non mi andava di rimanere da sola, quindi non sono ancora tornata nel mio appartamento risistemato. Ho paura che stando da sola penserei tutto il tempo a Jake. Negli ultimi giorni sono riuscita a togliermelo dalla testa. E dato che non ci pensavo, non ho pensato neanche al suo braccialetto portafortuna.

Oggi gioca contro il Michigan. Cazzo. Perché non mi ha chiamata o mandato un messaggio? Non si è accorto di non averlo?

«Ho il portafortuna di Jake!», esclamo. «Me lo ha dato prima di lasciarmi e mi sono completamente dimenticata di restituirglielo. E oggi gioca a Worcester!».

Allenando una squadra di hockey da oltre vent'anni, mio padre ha senza dubbio avuto a che fare con una valanga di portafortuna e riti scaramantici. Quindi non mi stupisce che assuma un'aria da funerale. «Male».

«Male, sì». Mi mordicchio l'interno della guancia. «Che cosa dovrei fare?»

«Temo che tu non abbia molte alternative». Appoggia la tazza sul tavolo e tira indietro la sedia.

«Che fai?»

«Mai rovinare i riti, Brenna». Controlla che ora è. «A che ora inizia la partita?».

Sto già guardando sul cellulare. «All'una e mezzo», dico un secondo dopo.

Sono le undici. Per arrivare a Worcester ci vorrà un'oretta. Che sollievo. Ce la faccio ad arrivare prima che inizi la partita.

Papà dà voce ai miei pensieri. «Se partiamo subito arriviamo con largo anticipo».

«Partiamo?»

«Credi che ti lascerei guidare la jeep in questo stato? Dio mio, tremo al solo pensiero della sfilza di buche delle lettere distrutte che ti lasceresti dietro». Ride sguaiato. «Guido io».

Jake non risponde al telefono e neanche ai messaggi. Mi viene in mente che magari ha bloccato il mio numero, ma sarebbe proprio da stronzo. È stato *lui* a mollarmi. Non ha motivo di bloccarmi. A meno che non abbia pensato che io sia una di quelle ragazze che chiamano cinquecento volte per chiedergli una seconda possibilità. Se è così, vuol dire che non ha capito niente di me.

Oppure è talmente concentrato sui suoi riti pre-partita da non controllare il cellulare.

Fuori c'è una lieve pioggerellina che scivola indolente sul parabrezza della jeep. Seduta dal lato passeggero mi chiedo se esista un altro modo per contattarlo. Il numero di Brooks non ce l'ho, quello di McCarthy l'ho cancellato. Immagino che potrei smanettare su internet e trovare i loro profili social, ma non sono così impanicata da arrivare a tanto.

Abbiamo un sacco di tempo e quando arriveremo al palazzetto incrocerò senz'altro un giocatore di Harvard o una persona che potrà mandare un messaggio a un giocatore di Harvard. Anzi, spero di poter dare semplicemente il braccialetto a qualcuno che poi lo consegnerà a Jake, così non sarò costretta a vederlo. Anche perché non so proprio che cosa potrei dirgli. E poi mi ha già accusata di distrarlo. Se mi vedesse poco prima della partita potrebbe andare in confusione.

Quando arriviamo al palazzetto, papà supera il parcheggio e si dirige direttamente all'ingresso. «Scendi», mi ordina. «Io vado a parcheggiare, ci vediamo dentro. Tieni il cellulare sottomano».

All'improvviso mi viene in mente una cosa. «Oh no!», dico costernata. «Non abbiamo i biglietti!».

«Certo che li abbiamo. Mentre ti vestivi ho chiamato Steve Llewellyn. Gli ho detto che mi serviva un favore. Al box office troverai due biglietti a nome tuo. Per i posti in piedi, però. Era troppo tardi per rimediare qualcosa di meglio».

Llewellyn è l'allenatore del Michigan. È utile avere un padre con conoscenze. «Sei il migliore».

Smonto dall'auto e schizzo verso l'ingresso. Mentre ritiro i biglietti provo a richiamare Jake. Non risponde.

Nonostante la partita inizi tra un'oretta e mezza, sta già arrivando un sacco di gente per prendere posto sugli spalti. Scorgo una marea di tifosi di Harvard, assieme alle maglie blu e oro del Michigan. Scruto gli spettatori in rosso alla ricerca di una faccia familiare. *Nada*. Dopodiché cerco qualsiasi cartello che possa dirmi dove si trovano gli spogliatoi. Ne vedo uno e prendo la direzione indicata.

Via via che mi avvicino al corridoio, finalmente incontro una faccia che conosco.

È Hazel, l'amica di Jake.

Fantastico. «Ciao», la saluto. «Sto cercando Jake».

Dopo avermi squadrato gelida, il suo sguardo si accende di una scintilla infastidita. «Cosa ci fai qui?»

«Te l'ho detto. Sto cercando Jake». Armeggio con una perlina del braccialetto. Per sicurezza l'ho messo al polso. «È già arrivato il pullman di Harvard?»

«No».

«Sai quando arrivano? Oggi l'hai sentito?»

«No». Si acciglia un po'. «Non risponde al cellulare. Sono venuta con i suoi...».

Mi si stringe lo stomaco. No. Non è gelosia. Io non sono *gelosa.*

«...Ma non riusciamo a metterci in contatto con lui. Magari gli è morta la batteria. Ogni tanto quando entra in modalità hockey si dimentica cose banali tipo mettere in carica il cellulare».

Non sopporto questa ragazza. Non so se lanci apposta queste frecciate per la serie "Lo conosco meglio di te". Magari sono io l'insicura. O magari lo fa senza accorgersene. Magari lo conosce così bene che le viene spontaneo.

Sia come sia, è un bene che Jake non sia ancora arrivato. Così non sarò costretta a vederlo e lui non sarà costretto a vedere me. Vuole concentrarsi sull'hockey? Perfetto, che si concentri.

«Puoi darglielo quando arriva?». Mi tolgo goffamente il braccialetto dal polso. Nel toglierlo provo una fitta. È come dire addio all'ultimo pezzo che mi era rimasto di Jake.

Lo sguardo di Hazel si incupisce di diffidenza. «Dove lo hai preso?».

Serro i denti. Non mi piace quest'accusa poco velata. «Se credi che lo abbia rubato, rilassati. Me lo ha prestato Jake qualche giorno fa. Ero nervosa per una cosa e mi ha detto che mi avrebbe portato fortuna». Non riesco a trattenere un sorriso, perché qualcosa di buono ne è uscito. Alla fine io e papà abbiamo ricucito il rapporto. «E poi mi sono scordata di ridarglielo, per questo sono venuta fin qui per...». Allungo la mano di scatto. «Potresti darglielo quando arriva?»

«Jake ti ha prestato il suo portafortuna», dice come un automa.

«Sì». Incomincio a scocciarmi. E me ne sto ancora con il braccio teso come una cretina. «Senti, capisco che non ti sto simpatica… senza motivo, tra parentesi, dato che non mi conosci neanche. Ma tengo a Jake, come te. E questo…». Le sventolo il braccialetto in faccia. «…È importante per lui. Se al fischio d'inizio non lo avrà al polso, mi odierà per sempre. Quindi puoi prenderlo e facciamola finita?».

Dopo un istante di esitazione, Hazel lo prende. Se lo infila al polso e mi fa: «Mi assicurerò che gli arrivi».

Capitolo trentanove
Jake

Sono da solo nello spogliatoio, a lottare con i miei pensieri. Dietro la porta rimbombano voci, risate, chiacchiere e il trambusto generale, ma riesco a bloccarlo fuori. Il mio rito del silenzio non richiede silenzio assoluto. Devo solo calmare la mente. Riflettere sul da farsi.

Il coach mi ha dato il permesso di venire a Worcester per i fatti miei. Non era mai successo, ma credo che le mie performance tutt'altro che eccelse agli allenamenti degli ultimi tre giorni lo preoccupino. Ha paura che a causa mia potremmo perdere la partita. E ha ragione. La mia concentrazione è andata a farsi benedire. La rottura con Brenna mi ha distrutto.

Ho sbagliato.

Ho sbagliato e l'ho capito non appena è andata via da casa mia. Lasciarla è stata la cosa più stupida che io abbia mai fatto. È stata una decisione dettata dalla paura, del tutto irrazionale, e mi si è ritorta contro, perché sono andato in tilt.

È buffo. Tutte le cazzate che ho sparato sul bisogno di eliminare le distrazioni – una panzana colossale – non hanno fatto altro che mandarmi ancora di più nel pallone. Brenna non mi distraeva: lasciarla mi ha distratto, cacchio.

Perciò il coach mi ha dato un pass e sono venuto in auto a Worcester da solo. Ho trovato un diner e mi sono fatto una bella colazione porcosa. A un certo punto mi sono accorto di aver dimenticato il cellulare a casa, ma tanto non mi serve. L'unica cosa a cui devo pensare oggi è la partita. Se vinciamo andiamo al Frozen Four. La pressione potrebbe paralizzare un uomo debole, ma io non lo sono. Sarò stato debole riguardo la storia con Brenna, ma non lo sono riguardo l'hockey. Non lo sono mai stato e mai lo sarò.

Sento dei passi pesanti nel corridoio. Per un attimo penso che siano arrivati i miei compagni di squadra, poi qualcuno battibecca. Altri passi, un tonfo, e un uomo che grida scandalizzato.

«Ve l'ho detto, non potete entrare!».

«Ci basta un minuto», insiste qualcuno. «Sul serio, cosa pensa che possa succedere, cacchio? Che lo ammazziamo?».

Non riconosco la seconda voce. La prima presumo che sia quella dell'uomo della sicurezza.

«Spiacente, impossibile. Non posso farvi entrare, ragazzo».

«Dai, Hollis», insiste una terza persona. «Lo becchiamo dopo».

Hollis? Cioè Mike Hollis?

Salto dalla panca e mi fiondo alla porta. «Aspettate!», urlo spalancando la porta. «È tutto a posto, li conosco».

Il tizio della sicurezza mi squadra da capo a piedi come un falco. «Non può entrare nessuno».

«Ci mettiamo poco», gli garantisco. «Due minuti al massimo».

Si sposta dalla porta.

Qualche secondo dopo mi ritrovo nello spogliatoio con le ultime due persone che mi sarei aspettato di vedere oggi. Mike Hollis ha le braccia conserte sul petto muscoloso. Colin Fitzgerald è più rilassato, le braccia lungo i fianchi. Indossa un maglione con lo scollo a v e le maniche tirate su, e dal colletto e dai polsini spunta dell'inchiostro. È ricoperto di tatuaggi, mi rendo conto.

«Come facevate a sapere dov'ero?», chiedo ai giocatori della Briar.

«Ce l'ha detto il bastardo», fa Hollis.

«Il bastardo?»

«Weston», mi spiega Fitzgerald con un gran sorriso. «Gli ha scritto Summer, la mia ragazza».

«Ah».

«Abbiamo finito coi convenevoli?», chiede con educazione Hollis.

Trattengo una risata. Chissà se hanno intenzione di fare la

scena del poliziotto buono e poliziotto cattivo. «Sì, immagino di sì». Faccio un cenno cortese. «Perché mi cercavate?»

«Perché volevamo ficcarti un po' di sale in zucca».

«Per favore, parla *per te*», obietta Fitzgerald. «Io ti ho solo dato un passaggio».

Hollis lo fulmina. «Stai dicendo che te ne sbatti se ha spezzato il cuore a Jensen?».

Rimango spiazzato. Le ho spettato il cuore? Glielo ha detto lei?

Hollis si rigira verso di me. «Sei proprio un minchione, Connelly. Hai fatto l'errore più grande della tua vita minchiona a rompere con Brenna».

«Lo so».

«Innanzitutto, è una gnocca pazzesca. È di una gnoccaggine scandalosa. È intelligente, brillante e simpaticissima e... Aspetta, in che senso "lo sai"?».

Scrollo le spalle e mi risiedo sulla panca. Loro rimangono in piedi e di colpo mi sento un bambino rimproverato da due papà.

«Nel senso che lo so», rispondo rattristato. «È stato un errore madornale. Un errore al quale ho intenzione di rimediare appena batteremo il Michigan».

«Se sai già di aver sbagliato, perché non hai rimediato *giorni fa*?», mi domanda Hollis.

«Perché abbiamo una partita da giocare».

"Perché, cazzo, ho il terrore di affrontare Brenna".

Col cavolo che lo ammetto davanti a questi due testoni, ma è la verità, la verità *nuda e cruda*.

Immagino che potrei incolpare Hazel delle mie azioni. È stata lei a mandarmi nel panico tartassandomi di domande, chiedendomi se ero pronto, mettendomi in guardia su quanto sarebbe stato difficile, sul fatto che le storie a distanza non funzionano mai. A ogni dubbio che sollevava l'ansia aumentava, al punto da togliermi il fiato. Sembrava che la stanza si stesse rimpicciolendo e mi pareva di soffocare.

Lo so che non l'ha fatto apposta. Sono cose alle quali avrei dovuto pensare da solo, problemi che avrei dovuto mettere in conto.

E invece non l'ho fatto, perché continuavo a vivere la mia vita in solitaria. E in quella vita a volte sono egoista. Mi capita di saltare appuntamenti per colpa dell'hockey. Mi concentro sul giocare da Dio nella lega nazionale. Ho una sola priorità: me stesso.

Iniziare una storia implica stare vicino a un'altra persona, a parte me. O meglio, stare vicino a una persona *al mio fianco*. E al solo pensiero me la sono fatta sotto. Non sono mai stato vicino a nessuno. E se non ne fossi capace? Se in qualche modo deludessi Brenna? Non posso prometterle di starle accanto sempre, e da come l'ha messa Hazel sembra che non avrò più un secondo per me.

Non dico che sia colpa sua. Ma l'attacco d'ansia incominciato al diner mi ha tormentato fino a casa. Quando ho visto Brenna, il panico ha preso il sopravvento.

Mi sono ritrovato ad accampare la prima scusa che mi è venuta in mente, quella collaudata che usavo con le ragazze che mi chiedevano di passare più tempo insieme: l'hockey. Le ho detto che dovevo pensare alla squadra, perché in quel momento ero terrorizzato dalla responsabilità di *starle* accanto.

Ma dopo appena un'ora, magari due, l'ansia è passata e mi sono schiarito le idee. Sarei *capace* di stare vicino a Brenna. Non l'ho già fatto per un mese e rotto? Le sono stato accanto durante la farsa con Ed Mulder, quando abbiamo soccorso il suo ex, quando le ho dato consigli su come risolvere i problemi con il coach Jensen. Quando stava a casa mia, a parte l'allenamento a cui sono arrivato in ritardo – il terzo in *diciassette* anni – sono riuscito benissimo a destreggiarmi tra l'hockey e una ragazza.

Non mi aspetto che la prossima stagione sia una passeggiata. Viaggerò un sacco, sarò esausto per gli allenamenti e non la vedrei neanche metà delle volte che vorrei. Ma sarebbe solo per un anno. Sopravvivremo. E magari dopo la laurea lei prenderà in considerazione l'idea di trasferirsi a Edmonton, se giocherò ancora lì.

Eeeeee, ora sto correndo troppo. Prima devo convincerla a riprendermi, dopodiché potremo pensare al suo trasferimento in un altro Stato per stare insieme.

«Hai intenzione di parlarle dopo la partita?», mi chiede Hollis con aria speranzosa. «O dobbiamo tirare fuori una pistola e...».

«Rilassati, non serve che mi puntiate una pistola addosso per convincermi a parlare con Brenna», rispondo ridacchiando.

«Eh?». Mi guarda confuso. «Veramente pensavo più che altro di darti una botta in testa per farti ragionare».

Mi volto verso Fitzgerald, che scrolla le spalle e fa: «Il suo cervello prende direzioni che noi umani non possiamo comprendere».

Hollis gongola. «Cavolo, è la cosa più bella che tu mi abbia mai detto!».

L'improvvisata dei ragazzi della Briar non è nulla paragonata allo shock che provo quando esco dallo spogliatoio per andare a prendere qualcosa da mangiare a una macchinetta e trovo i miei in corridoio. Per un attimo penso di avere le traveggole, ma poi mia madre urla il mio nome.

«Jake!». Fa una faccia sollevata. «Sei qui? Rory, è già qui!».

«Lo vedo», commenta ironico mio padre.

Scuoto la testa frastornato, poi lancio un'occhiata a Hazel, che sta accanto a mia madre. Mi fa un sorrisino per la serie "Guarda un po' chi ti ho portato!".

«Sì, sono qui. Sono arrivato prima».

«Perché non hai risposto al cellulare?», mi chiede la mamma.

«L'ho dimenticato a casa». Li fisso. «Come mai siete venuti?»

«Siamo venuti a fare il tifo per te», mi risponde.

Papà mi dà una pacca sulla spalla. «È una partita importante. E a essere sincero a me e tua madre dispiaceva di non esserci impegnati di più per venire a vederti giocare. Ora che diventerai un professionista la gente si aspetterà che i tuoi genitori vengano alle partite, no?»

«Dubito che importi a qualcuno se sugli spalti ci sono i genitori di un esordiente x, papà».

«Un esordiente x!», mi fa eco lui. «Ma che dici?»

«Diventerai una superstar!», mi ricorda la mamma, un sorriso raggiante stampato in faccia. «E siamo orgogliosissimi di te».

Di colpo mi vengono gli occhi lucidi. Porca miseria, non posso piangere adesso. Ho una partita, devo concentrarmi.

«Grazie», rispondo. E sì, ho un po' il magone. Mi schiarisco la voce. «Lo so che l'hockey non vi interessa, apprezzo tanto che siate venuti».

«Non saremo fan sfegatati dell'hockey, ma siamo fan sfegatati di Jake», dichiara mia madre.

«Che sdolcinata, signora C!», fa Hazel con una risata nasale.

«Meglio se andiamo a prendere posto», dice mio padre. «Il palazzetto si sta riempiendo».

«In bocca al lupo, amore», mi dice la mamma.

Mi ritrovo stritolato in un abbraccio dei suoi, seguito da uno meno plateale ma altrettanto affettuoso di mio padre.

«Vi raggiungo tra un attimo», gli dice Hazel. «Devo parlare un attimo con Jake».

Appena i miei se ne vanno, la guardo sbalordito. «Non ci credo che sono venuti. Tu lo sapevi?».

Annuisce. «Tua madre mi ha chiamata per chiedermi di prendere i biglietti. Volevano farti una sorpresa».

Infilo le mani in tasca e lancio uno sguardo alla porta alle mie spalle. Tra poco arriveranno gli altri. «Meglio che rientro e mi preparo psicologicamente».

«Okay». Hazel sembra incerta.

«Tutto a posto?»

«Tutto bene». Però è un po' pallida e il sorriso stona con il suo sguardo. «Buona partita, Jake».

Capitolo quaranta
Jake

Di ritorno nello spogliatoio, ritrovo subito la concentrazione. La forza. La motivazione. Ora che so che i miei genitori saranno sugli spalti a fare il tifo per me sono ancora più deciso a giocare bene.

Batterò il Michigan e poi riconquisterò Brenna. Non importa se dovrò gettarmi ai suoi piedi e supplicarla. Me la riprenderò.

Le divise e l'equipaggiamento della squadra sono stati portati prima, ma io ho sempre con me il mio borsone. Ci tengo lo scotch di riserva e altri attrezzi, e di solito ci ficco anche il braccialetto. Apro la cerniera e frugo alla ricerca delle perline. Ma non lo trovo.

Quando faccio mente locale, l'orrore ci mette un secondo a prendere il sopravvento.

Ho prestato il bracciale a Brenna.

E l'ho lasciata prima di riprendermelo.

Cazzo.

Oh cazzo, oh cazzo, oh cazzo!

Una vocina furiosa in fondo alla mente si chiede come mai non mi abbia contattato in questi tre giorni per ricordarmi che ce l'aveva ancora lei. Lo sa quanto ci tengo e non si è neanche degnata di chiamarmi? Non serviva vedersi. Avrei potuto mandare Weston a riprenderlo.

Ma Mike Hollis ha detto che Brenna ha il cuore a pezzi. E sono stato io a spezzarglielo. Ovvio che non si sarebbe scapicollata per farmi un favore.

Il panico mi attanaglia. Faccio dei respiri profondi. Mi sforzo di calmarmi. È solo un braccialetto del cazzo. Non mi serve un braccialetto *da bambina* per vincere la partita. Non siamo arrivati alle regionali grazie a un braccialetto. Non sono stato preso dagli Oilers grazie a un braccialetto. Non sono…

«Jake».

Mi volto di scatto verso la porta. Hazel entra timorosa nella stanza.

«Non dovresti stare qui», le dico.

«Ci metto poco, giuro. Ho…». Si avvicina e si ferma a mezzo metro da me. Fatica a deglutire, più volte, a quanto sembra. Poi si toglie qualcosa dal polso e me lo porge.

Per poco l'ondata di sollievo che mi assale non mi butta a terra. Le strappo di mano il braccialetto. Devo farmi forza per resistere alla tentazione di stringerlo al petto e proclamare: «Il mio tesoro». Ma porca miseria, che spavento, cazzo!

«Stavo per non dartelo», mi fa. Nel sentire il tono di vergogna con cui lo dice, la fisso.

«Di che cavolo parli? Come l'hai avuto?»

«Brenna è venuta e mi ha chiesto di dartelo».

«Adesso?».

Scuote lentamente la testa. «Una mezz'ora fa».

«Intendi mezz'ora *prima* che parlassimo in corridoio?». Avvampo, la rabbia che mi brucia in gola. «Mi prendi in giro, Hazel? Ce lo avevi al polso mentre parlavamo un attimo fa?»

«Sì, ma…».

«E non me l'hai dato? Mi hai fatto l'in bocca al lupo e mi hai salutato senza ridarmelo, cazzo?»

«Lasciami finire», mi supplica. «Per favore».

Devo di nuovo farmi forza per tenere la bocca chiusa. La lascerò finire, per rispetto dei sedici anni di amicizia che ci legano. Ma sono talmente furibondo che mi tremano le mani.

«Non volevo ridartelo perché avresti capito che c'è Brenna», bisbiglia.

Mi vengono le palpitazioni. Non per rabbia, stavolta, ma al pensiero che Brenna sia qui. È venuta fin qui per ridarmi il mio portafortuna, nonostante io le abbia spezzato il cuore.

«Ma poi ho capito che non solo sarei stata una pessima amica, ma anche una persona incredibilmente di merda a rovinarti il rito per tenerti lontano da te, per gelosia». Rifugge il mio sguardo incredulo. «Sarebbe stato imperdonabile».

Mi si rigira lo stomaco. Non è una conversazione che voglio avere adesso. Almeno, non con Hazel. Ora che so che Brenna sta qui, è l'unica persona con cui voglio parlare.

«Ho sempre provato qualcosa per te», mi confessa.

Merda. Be', *ora* non posso andarmene.

Ci vuole coraggio a fare una confessione del genere, un coraggio ammirevole. «Hazel», dico.

«È stupido, lo so. Ma è difficile non provare *qualcosa* per Jake Connelly, sai?». Un sorrisino triste le solleva un angolo della bocca. «So benissimo che per te sono soltanto un'amica, ma ho sperato che un giorno ti saresti svegliato e avresti capito di aver sempre voluto stare con me, come in una melensa commedia romantica. Ma non succederà mai».

"No, infatti".

Non lo dico ad alta voce, perché non voglio ferirla più di quanto evidentemente non sia già. Ma di sicuro me lo legge in faccia. Non è mai scoccata la scintilla con Hazel, provo solo un affetto amicale. Non potrebbe mai esserci nulla tra noi, anche se non fossi innamorato di un'altra.

«Mi dispiace tanto, Jake». Sul viso ha dipinto autentico rimorso. «Hai tutto il diritto di avercela con me. Ma spero che l'essere tornata indietro per restituirti il braccialetto e dirti che Brenna è qui rimedi al non avertelo dato prima. Ho fatto un casino. Sono stata egoista, lo ammetto». Guarda a terra. «Non voglio perdere la tua amicizia».

«Non succederà».

Il suo sguardo affranto schizza verso di me. «No?»

«Certo che no». Sospiro. «Ci conosciamo da una vita. Non ho intenzione di buttare via un'amicizia decennale perché hai fatto una cazzata. Accetto le scuse».

Si rilassa, sollevata.

«Ma se mi sei davvero amica, dovrai fare uno sforzo sincero per conoscere Brenna. In realtà credo che ti starebbe simpatica. Se così non fosse, dovrai fingere, cazzo». Drizzo la testa con impertinenza. «Se tu stessi con un tipo che non mi piace io lo farei, per te. Ti sosterrei sempre».

«Lo so. Sei una delle persone migliori che io conosca». Fruga nella borsa di stoffa verde alla ricerca del cellulare. «Lo so che hai lasciato il tuo a casa, ma posso trovarla sui social e…».

«Chi?»

«Brenna», risponde. «È venuta fin qui per restituirti il braccialetto e lo ha dato a me invece che a te di persona, quindi immagino che non stia proprio benissimo. E non ti faccio entrare in campo se prima non risolvi la faccenda». Inserisce il codice di sicurezza del cellulare, l'anello al pollice che sbatte sulla custodia. «Ha Facebook o Instagram? Posso mandarle un messaggio privato dal mio numero».

«Non serve contattarla tramite i social. Conosco il suo numero a memoria».

«Sul serio? Lo sai a memoria?».

Annuisco.

«Wow! Io non so a memoria nemmeno quello di mia madre!».

Le rispondo con una scrollata imbarazzata. «Volevo ricordarmelo casomai lo avessi perso».

Hazel si zittisce.

«Che c'è?», chiedo sulla difensiva.

«È solo che…». Mi pare stranamente colpita. «Sei davvero innamorato, eh?»

«Sì».

Capitolo quarantuno
Brenna

Visto che sarebbe un sacrilegio non sfruttare due biglietti per una partita di hockey, alla fine io e papà restiamo a Worcester. Siamo nell'area dei posti in piedi e il caso vuole che sia vicina a una delle telecamere sistemate intorno al campo per riprendere e trasmettere la partita in diretta. Adocchio un cameraman con la giacca della HockeyNet e mi chiedo chi abbia mandato Mulder per la telecronaca. Kip e Trevor non si occupano delle dirette, quindi immagino che l'incarico sia andato a Geoff Magnolia.

Di sicuro so chi Mulder *non* ha mandato: Georgia Barnes. Insomma, suvvia! Sport e vagine? Che orrore!

Uno spilungone in completo elegante si avvicina al cameraman e impreco a bassa voce. Evidentemente non abbastanza, perché mio padre alza lo sguardo dal cellulare con il quale stava rispondendo a una mail.

«Che c'è?»

«Geoff Magnolia», brontolo, indicando con un discreto cenno della testa verso le telecamere. «La HockeyNet ha mandato lui a seguire la partita».

Neanche a papà piacciono le sue telecronache. Segue il mio sguardo. «Dio, che taglio di capelli. Penoso».

Una risata mi gorgheggia in gola. «Da quando in qua sei così pettegolo, papà?»

«Che c'è? È un taglio penoso».

«Vipera».

«Piantala, Brenna».

Osservo Magnolia conversare con il cameraman. Gesticola un sacco. Quant'è fastidioso. Per fortuna non lo fa mai in video.

«La sai una cosa? Fanculo la HockeyNet», dico. «In autunno manderò il curriculum all'ESPN. Sono meno sessisti. E se mi prenderanno per uno stage non dovrò più rivedere Ed Mulder. O quell'arnese laggiù».

Lancio un altro sguardo a Magnolia, e oh mio Dio: beve il caffè con la cannuccia! O comunque una bevanda calda, perché dal bicchiere sale vapore.

«Bleah. Rettifico. Non è un arnese. Almeno un arnese serve a qualcosa. Quell'uomo è inutile».

«E la vipera sarei io?», chiede mio padre. «Senti chi parla, stellina».

«Piantala, vecchio».

Fa una risata fragorosa e poi torna alle sue mail.

Mentre allungo il collo in cerca di qualche viso familiare sugli spalti mi squilla il cellulare. Do una sbirciata, vedo un numero sconosciuto e premo "rifiuta".

Tre secondi dopo mi arriva un messaggio.

"Ehi, sono Hazel, l'amica di Jake. Mi ha dato lui il tuo numero. È nello spogliatoio e ha un disperato bisogno di vederti".

Guardo lo schermo confusa. Non so perché, ma mi puzza tanto di trappola. Come se Hazel volesse adescarmi nello spogliatoio per poter... Fare cosa? Picchiarmi con una mazza da hockey? Reprimo l'impulso di autorimproverarmi. Che paranoie assurde mi vengono.

«Ehi, papà, ti spiace se vado un attimo a parlare con Jake?».

Alza la testa dal cellulare. «Che è successo?».

Gli mostro il cellulare. «Dice che vuole parlarmi».

Papà ci riflette un secondo. Dopodiché fa spallucce. «Fagli vedere i sorci verdi».

«Oh, è quello che farò».

«Brava la mia ragazza». Si blocca ancora un attimo e poi con tono brusco mi fa: «Se alla fine della chiacchierata avrai un fidanzato, allora digli che stasera è invitato a cena».

Rimango di stucco, ma non recrimino né mi metto a discutere dell'invito inaspettato. Non so neanche per quale motivo Jake voglia vedermi.

E nemmeno perché sto correndo da *lui*, mi chiedo un attimo dopo aver varcato come una furia la seconda porta. A metà del corridoio il mio passo si fa incerto.

Jake mi ha lasciata.

Non dovrei precipitarmi così da lui. E se mi avesse mandata a chiamare solo per ringraziarmi di avergli ridato il braccialetto? Sarebbe parecchio umiliante. Non mi serve la sua riconoscenza. Mi serve…

Cosa?

Neanche lo so. Insomma, di sicuro il mio *cuore* sa cosa vuole. Vuole Jake Connelly. Ma, notizia bomba: il mio cuore è stupido e avventato. Non sa tutelarsi, quindi devo tutelarlo io.

Quando arrivo agli spogliatoi non c'è traccia di uomini della sicurezza. Non sapendo quale sia quello di Harvard, mi metto a urlare come una deficiente: «Jake?».

Una delle porte sulla destra si spalanca subito. Quasi mi aspetto di trovarci Hazel, ma non c'è. C'è Jake e nel vedermi i suoi occhi verde bosco si addolciscono.

«Non pensavo che saresti venuta». Apre di più la porta per farmi entrare.

Lo seguo. Mancano ancora tre quarti d'ora all'inizio della partita, ma è strano vedere lo spogliatoio vuoto. Gli armadietti di legno alle pareti sono belli ordinati, le divise e le imbottiture appese in attesa di Jake e i suoi compagni.

«Dov'è la tua amica?», faccio quando torno a guardarlo negli occhi.

«Al suo posto, immagino. Mi spiace di averti scritto dal suo numero, ma ho dimenticato il cellulare a casa».

«Ah. Per questo non rispondevi ai messaggi sul braccialetto». Indico il suo polso, sollevata nel vedere le familiari perline rosa e viola. «A quanto vedo te l'hanno dato. Bene».

«C'è mancato poco che non lo avessi», mormora.

«Cosa?»

«Niente. Lasciamo perdere. Abbiamo poco tempo prima che arrivi la squadra, non sprechiamolo a parlare di uno stupido braccialetto».

Lo guardo sbigottita. «Uno stupido braccialetto? Stai parlando del tuo portafortuna, Jakey! Un po' di rispetto!».

Il suo bel viso si apre in un gran sorriso.

«Perché sorridi?», gli chiedo, sospettosa.

«Scusa. Mi mancava».

«Cosa?»

«Sentirmi chiamare Jakey». Fa un'adorabile scrollata di spalle. «Mi ci ero abituato. Non importa se lo dici per sfottermi. Mi piace un sacco».

Faccio un impacciato passo indietro. «Perché mi hai chiesto di venire qui?»

«Perché...». Tentenna e si passa una mano tra i capelli.

A poco a poco incomincio a spazientirmi. «Mi hai lasciata tu, Jake. Ricordi? Hai detto che non volevi più vedermi e che ti distraevo, e ora mi trascini nello spogliatoio prima di una partita decisiva? Non è una distrazione? Che *vuoi* da me?»

«Te», gli scappa.

«Me cosa?»

«È quello che voglio. Voglio te», si limita a dire.

Lo osservo sconcertata. «Sei stato tu a mollarmi».

«Lo so, mi dispiace tanto, cazzo. Sono stato un idiota. Ed egoista. E...». Deglutisce. «E vigliacco, okay? Non c'è altro da dire. Sono sempre stato egoista, ma se c'è una cosa che non mi appartiene è la vigliaccheria. Eppure ti ho lasciata *per questo*. Me la sono fatta addosso. Non ho mai avuto una storia seria e sono stato assalito dall'ansia».

«Ansia di cosa?». Per un secondo non capisco, ma poi comprendo la banale verità. «Ah, capito. Ti ho raccontato del bambino che ho perso e di quello che è successo... e quindi sono diventata una specie di palla al piede... Giusto?»

«Eh? Ma va!», esclama. «Non è per questo, giuro. Sono stato felice che tu ti sia aperta con me. Era da un sacco che lo aspettavo e quando finalmente è successo è stato come...». Il suo sguardo si addolcisce di nuovo. «È stato bello che qualcuno si confidasse di me, soprattutto da parte tua. Lo so che non ti fidi di molte persone».

«No», rispondo piccata. «Infatti».

«Mi è venuta l'ansia al pensiero di iniziare una storia seria in generale. Mi angosciava come avremmo potuto far funzionare le cose quando mi sarei trasferito a Edmonton, come avrei potuto darti la precedenza, come avremmo potuto gestire il fatto di vederci poco. Potrei elencare un sacco di altre cose, ma alla fine si riduce tutto a… un attacco di panico». Sospira. «Gli uomini sono scemi, ricordi?».

Non riesco a trattenere un sorrisetto sarcastico.

«Sono stato uno scemo. E ora ti chiedo di perdonarmi». Ha un attimo di esitazione. «E ti chiedo di darmi un'altra possibilità».

«E perché dovrei farlo?»

«Perché ti amo».

Mi scoppia il cuore, e per un istante ho paura che possa sfondarmi la cassa toracica. Sentire queste due parole uscire dalla splendida bocca di Jake Connelly mi scatena un turbine di emozioni che provo disperatamente a reprimere.

«Mi hai fatto stare male», bisbiglio.

Stavolta non mi viene rinfacciata la mia vulnerabilità. «Lo so. E mi sento uno schifo, credimi. Non posso cambiare quello che è successo, posso solo dirti che mi dispiace e che farò qualsiasi cosa in mio potere per non farti più soffrire».

Non riesco a dire nulla. Le emozioni mi serrano la gola.

«Se vuoi che ti implori, lo faccio. Se vuoi che mi metta in ginocchio sui ceci, portali pure. Fino a quando dovrò partire per Edmonton passerò tutto il tempo a dimostrarti quanto sei importante per me». Affonda i denti nel labbro inferiore. «A dimostrarti che merito di stare con te».

Sento che mi tremolano le labbra e prego Dio di non scoppiare a piangere. «Cazzarola, Jake».

«Che c'è?», fa con voce roca.

«Nessuno mi ha mai detto una cosa simile». Nemmeno Eric, nonostante abbia passato mesi e anni a cercare di riconquistarmi. Sparava frasi tipo "Sono la persona giusta per te" e "Non puoi farmi questo". Non ha mai impiegato una frazione di secondo per dimostrarmi che meritava di stare con me.

«Dico sul serio, ogni singola parola», si limita a dire Jake. «Ho cannato. Ti amo. E voglio che torniamo insieme».

Scaccio il nodo in gola. «Anche se mi manca ancora un anno di università?».

Mi fa un mezzo sorriso. «La prima stagione sarà un inferno, piccola. Mi prenderà un sacco di tempo. Probabilmente è un bene, se sarai impegnata anche tu, no?».

Non ha torto.

«Possiamo farla funzionare. Se vogliamo davvero stare insieme, la faremo funzionare. La domanda è: tu lo vuoi?». Ha un altro istante di titubanza. «Vuoi stare con me?».

La desolazione racchiusa nella domanda mi toglie il fiato. Sono parole sincere… *Vuoi stare con me?* Non sarà la confessione di un'ora che gli ho fatto qualche sera fa, ma non significa che Jake sia meno fragile. Il suo sguardo rivela tutte le sue insicurezze, la speranza, il rimpianto e la paura di un possibile rifiuto. E, stranamente, scorgo anche la sua classica sicurezza in sé stesso. Quest'uomo è addirittura sicuro delle proprie *insicurezze*, e cavolo se non lo amo ancora di più per questo!

«Sì che voglio stare con te». Do un colpetto di tosse, perché dalla voce sembra che abbia passato una settimana a fumarmi una sigaretta dietro l'altra. «Ovvio che lo voglio», mi esce d'impeto. «Ti amo, Jake».

L'ultimo ragazzo al quale l'ho detto ha scelto sé stesso invece di me, più volte, e senza pensarci un secondo.

Ma quello a cui l'ho appena detto? Confido che sceglierà sempre me, che sceglierà sempre *noi*.

«Ti amo anch'io», mi sussurra. Dopodiché mi bacia, e cavolo quanto mi è mancato!

Sono passati solo pochi giorni, ma mi sembra una vita dall'ultima volta che ho sentito le labbra calde di Jake sulle mie. Gli getto le braccia al collo e lo bacio con passione, finché un suo gemito non riecheggia nella stanza.

«Dio mio», dice affannato. «Dobbiamo smettere. Subito». Si guarda il cavallo dei pantaloni. «Troppo tardi, cazzo».

Seguo il suo sguardo e nel notare l'erezione che gli tira la cerniera scoppio a ridere. «Controllati, Jakey. Tra poco devi giocare».

«Non lo sai? I giocatori di hockey sono impetuosi e passionali», fa con voce suadente.

«Ah. Giusto. Me n'ero completamente dimenticata». Ho stampato in faccia un sorriso ebete che si rifiuta di sparire. Trabocco di felicità, uno stato d'essere a me completamente estraneo. Non so se mi piace.

Nah.

In realtà mi piace da morire.

«Meglio che vai», dice a malincuore Jake. «Gli altri potrebbero arrivare da un momento all'altro. Rimani a vedere la partita?».

Annuisco. «C'è anche mio padre».

«Sul serio? Oh, cazzo, dovevi proprio dirmelo? Ora avrò ancora più ansia da prestazione».

«Tranquillo, Jakey. Non ho dubbi sulle tue prestazioni, e parlo per esperienza».

Mi fa l'occhiolino. «Grazie, piccola».

«Ah, e non mi sclerare ancora di più, ma dopo la partita papà vuole portarci a cena fuori».

«*Non mi sclerare ancora di più?*». Si strofina le mani sulla faccia. «Dio santo. Va' via! Va' via prima di fare altri danni!».

«Ti amo!», cinguetto mentre mi avvio verso la porta.

«Pure io!», sospira alle mie spalle.

Quando esco ho ancora un sorriso da scema stampato in faccia e percorro il corridoio con passo molleggiato, neanche fossi un personaggio della Disney. Oh no. Che guaio. Quella cazzuta di Brenna Jensen non può innamorarsi.

"È successo. Fattene una ragione".

Sì.

Mi sa che è la mia nuova vita.

In fondo al corridoio giro l'angolo e ho talmente la testa tra le nuvole che sbatto letteralmente contro al petto muscoloso di Daryl Pedersen.

«Piano, signorina!», fa con uno sghignazzo… che sparisce

non appena mi riconosce. «Brenna», dice ora un tono guardingo. «Sei venuta a fare il tifo per Connelly, immagino».

«Esatto. Sono qui con mio padre, in effetti». Pedersen si incupisce e io cerco di non scoppiare a ridere. «Facciamo tutti e due il tifo per voi, coach!».

Dopo un secondo di sconcerto, torna in sé e mi fa un sorrisetto. «Di' pure a Chad che non mi serve il suo supporto. Non mi è mai servito e mai mi servirà».

«Le brucia ancora dopo tanti anni, eh?»

«Non so cosa vorresti insinuare ma...», risponde brusco.

«Ho saputo che ha provato a portarsi a letto mia madre e che lei gli ha dato il due di picche», lo interrompo allegra. «E non sto insinuando nulla... Sto dicendo apertamente che non sapeva perdere allora e non sa perdere neanche adesso». Scrollo le spalle. «Detto questo, stasera tifo comunque per Harvard. Ma ovviamente per Jake. Non per lei».

Pedersen socchiude gli occhi così tanto che sembrano due fessure. «Sei diversa da tua madre», dice lentamente. Non riesco a capire se sia compiaciuto o dispiaciuto. «Marie era una dolce ragazza del Sud. Tu... tu non le somigli per niente».

Incrocio il suo sguardo turbato e gli faccio un sorrisino. «Mi sa che ho preso da mio padre».

Dopodiché me ne vado, con quel fastidioso e incontrollato passo molleggiato dettato dal mio cuore felice, e l'unica cosa che voglio è tornare sugli spalti e sgolarmi mentre guardo il ragazzo che amo vincere la partita.

Epilogo
Brenna

St. Paul, Minnesota

L'ultima volta che sono stata al Frozen Four tifavo la squadra di superstar di mio padre. Garrett Graham, Dean – il fratello di Summer – e i due John: Logan e Tucker. E hanno vinto. All'epoca ero contentissima, ma nulla in confronto a ora per questa partita tra Harvard e Ohio.

Il punteggio è 3-1 per Harvard. Mancano cinque minuti alla fine. Basta un secondo per segnare, quindi no, la vittoria non è assicurata. Può ancora succedere di tutto, non dico gatto finché non ce l'ho nel sacco. Però ho un buon presentimento.

Accanto a me, Lily e Rory Connelly, i genitori di Jake, si stanno sgolando. Devo dire che è divertente assistere a una partita di hockey con loro: tutte le volte che succede qualcosa Lily fa un verso sconvolto, tutte le volte; dopo ogni scontro Rory fa una smorfia ed esclama: «Be', domani qualcuno starà male!». Si vede che non sono patiti di hockey. Non conoscono le regole e a quanto pare non gli importa. Però ogni volta che Jake si impadronisce del disco si alzano e iniziano a urlare a squarciagola.

Mi piacerebbe che ci fosse anche papà. Sta guardando la partita da casa. Però ha riscosso un favore e ci ha fatto avere un palchetto riservato, il che significa che abbiamo i posti migliori di tutto il palazzetto. E tutta la privacy che serve ai genitori di Jake per farmi il terzo grado.

Durante gli intervalli mi hanno bersagliata di domande.

«Dove vi siete conosciuti?»

«Da quant'è che state insieme?»

«Lo sai che sta per trasferirsi a Edmonton, vero?»

«Pensi di trasferirti anche tu?»

«Potresti cambiare università», ha detto sua madre, con una faccia talmente speranzosa che per poco non le ho riso in faccia.

Appena sono tornati a guardare la pista di ghiaccio mi sono girata verso Hazel e le ho chiesto: «Ma sono sempre così?».

Mi ha fatto un sorrisetto e ha risposto: «Per loro è una specie di evento. Jake non ha mai avuto una storia seria».

Okay, d'accordo, non mentirò. Mi si scalda il cuore al pensiero che sono la prima ragazza che Jake ha presentato ai suoi. Hazel non conta, per loro è come una figlia. E devo dire che la ragazza si sta sforzando. Mi ha chiesto che corsi frequento, che interessi ho, sembra che voglia davvero conoscermi.

Però non le piace l'hockey ed è un punto a suo sfavore. Non ci posso credere che sto guardando la partita più importante dell'hockey universitario maschile con tre persone *a cui non piace l'hockey*. Roba da matti. Il lato positivo è che mio padre continua a scrivermi per commentare la partita, ed è proprio bello.

Mi piace il rapporto che abbiamo adesso. È spontaneo. Eric non si è fatto più sentire dalla sera in cui sono andata a soccorrerlo. In effetti ci ho pensato pochissimo. Finalmente sto chiudendo quel capitolo per concentrarmi su ciò che ho davanti.

E quello che ho davanti è incredibile. Jake sfreccia sulla superficie scintillante del ghiaccio. Un attimo fa stava sulla linea centrale con il disco, ora si trova davanti alla porta avversaria e tira.

«GOOOOLLLL!», urla il presentatore.

Il palazzetto va in visibilio. Adesso sono 4-1. Forse posso iniziare a mettere il gatto nel sacco. Lo vedo già dietro l'angolo. Spuntano i baffetti e manca poco al fischio finale. Sono 4-1, Harvard può farcela. Il mio uomo può farcela.

I genitori di Jake si alzano di nuovo e si mettono a urlare. Anch'io. Il cellulare mi vibra nella tasca una decina di volte. Sarà mio padre. O magari Summer, anche lei a guardare la partita da casa con Fitz e gli altri, compreso Nate, che è tornato mio amico. Cavolo, potrebbero addirittura essere messaggi di

Hollis. Da quando ho salvato la sua storia con Rupi mi scrive spesso. Ormai stanno ufficialmente insieme e pare che gli piaccia *un sacco* dire in giro che ha la ragazza.

Al che mi domando se per Hollis sia la prima volta come per Jake. Sia come sia, sono contenta per lui. Rupi è fuori di testa, ma in senso buono.

Il tempo scorre. Guardo l'orologio con autentica gioia in gola, nel petto, nel cuore. Jake se lo merita. Si merita di concludere la carriera universitaria con una vittoria importante come questa. Stasera ha giocato alla grande e sono sicura che a Edmonton farà lo stesso.

Quando l'arbitro fischia la fine, i compagni di squadra di Jake saltano giù dalla panchina e si riversano in campo. Scoppia il finimondo. Sono al settimo cielo. Persino Pedersen sembra contento. Non gongolante per la serie "Abbiamo vinto tiè tiè tiè". In questo momento capisco che ama i suoi giocatori e questo sport. Sarà scorretto rispetto ad altri, ma ama l'hockey come noi.

Mi vibra di nuovo il cellulare. Appena finisco di abbracciare i genitori di Jake, controllo chi sia. Pensavo fosse un SMS di mio padre, invece è la notifica di un messaggio in segreteria. Ne desumo che quella di prima era una chiamata. Ho le traveggole oppure quello sullo schermo è davvero il numero dell'ESPN? Sarà stato uno del call-center che voleva rifilarmi qualche offerta... «Il suo gestore via cavo le offre tutti i servizi che le offriamo noi?».

Ma i call center non lasciano messaggi in segreteria. O sbaglio?

«Scusatemi un attimo». Tocco il braccio a Lily e mi allontano di qualche metro per ascoltare il messaggio.

Quando la persona che ha chiamato si presenta per poco non svengo.

«Ciao Brenna, sono Georgia Barnes. Scusa se ti disturbo a quest'ora di sabato sera, ma sono ancora al lavoro per organizzare il nuovo ufficio. Volevo mettermi in contatto con te perché da lunedì sarò sommersa di lavoro. Mi ha dato il tuo numero

Mischa Yanikov, il responsabile dei tirocini della HockeyNet. Ma che resti tra noi, perché non so quanto sia ortodosso prendere il tuo numero dal curriculum per darlo alla concorrenza. Sarà il nostro piccolo segreto».

Il cuore incomincia a battermi a mille. Perché mi ha chiamata Georgia Barnes? E che significa che sta nel nuovo ufficio? All'ESPN? Adesso lavora lì?

La frase successiva svela l'enigma.

«Comunque, non c'è ancora stato un comunicato stampa ma ho lasciato ufficialmente la HockeyNet. L'ESPN mi ha fatto un'offerta e diciamo che sarebbe stato stupido rifiutare. Siccome mi permettono di scegliermi l'assistente, mi piacerebbe se venissi a fare un colloquio. Lo so che studi ancora, quindi se prendessi te in autunno ci metteremmo d'accordo su un orario che ti vada bene. Magari potrei assumerti come tirocinante oppure... ma corro troppo. A quanto ne so, Ed Mulder non ti ha presa perché ai colloqui sei andata malissimo. Però ho come la sensazione che non sia vero».

La sua risatina sicura mi strappa un sorriso.

«Comunque chiamami appena senti questo messaggio». Mi detta il suo numero di telefono. «Mi piacerebbe fissarti un colloquio. Credo che saresti adatta al posto. A presto, allora».

Alla fine del messaggio guardo il cellulare sconvolta.

«Tutto a posto?». Hazel mi arriva di fianco.

«Tutto okay». Scuoto la testa un paio di volte. «Va tutto bene».

Tutto bene? No, va molto meglio di quanto potessi immaginare. Farò un colloquio all'ESPN per diventare l'assistente di Georgia Barnes. E Jake ha appena vinto il campionato nazionale. È il giorno più bello della mia vita.

L'unica cosa che voglio fare adesso è scendere dagli spalti, così sarò la prima persona che Jake vedrà all'uscita dallo spogliatoio. Sono ufficialmente la sua tifosa numero uno. Va bene così, tanto anche lui è il *mio* tifoso numero uno. Ci facciamo il tifo a vicenda. Stiamo bene insieme. E non vedo l'ora di scoprire che cosa il futuro abbia in serbo per noi.

Indice

ELLE KENNEDY

THE CAMPUS

IL CONTRATTO

LO SBAGLIO

IL TRADIMENTO

L'IMPREVISTO

Volume di 1152 pagine, euro 9,90

La vita al college non è semplice. Lo sa bene Hannah: nonostante i suoi ottimi voti e la sua intelligenza, quando si tratta del ragazzo che le piace... è invisibile. Tutta il contrario di Garrett, che nonostante le sue imprese sul campo da hockey ha i voti troppo bassi. Un accordo tra i due sembra essere l'unica opzione per aiutarsi a vicenda. Anche John, nel tentativo di distrarsi, comincia a frequentare la matricola Grace, ma quando un banale errore manda a monte la loro avventura, decide che trascorrerà l'ultimo anno nel tentativo di ottenere un'altra possibilità. Questa volta però è lei ad avere il controllo. Allie, al contrario, non ha la più pallida idea di come affrontare il futuro e qualche bicchierino di troppo la porta dritta dritta nel letto di Dean: è solo un episodio da archiviare al più presto? Di sicuro non è così per Tucker, che da quando ha passato la notte con Sabrina non riesce a smettere di pensare a lei. Ma Sabrina è troppo presa dalla laurea e non vuole distrazioni. Si può sbattere la porta in faccia all'amore?